科学与人生

中国科学院等离子体物理研究所
研究生教育（1978—2001）

主编 张 英 何友珍

中国科学技术大学出版社

内 容 简 介

本书以回忆文章的形式,生动展现了中国科学院合肥物质科学研究院等离子体物理研究所培养的研究生成长成才的故事。

近30年中,霍裕平院士、潘垣院士、万元熙院士、邱励俭研究员、季幼章研究员、王绍虎研究员、谢纪康研究员、余增亮研究员等老一辈科学家,以敢于探索、勇于创新的精神和忘我奉献、科学报国的情怀,如春风化雨般精心培育青年人才;一批批优秀的硕士、博士研究生毕业后走上工作岗位,他们在追梦的征程上,不忘初心,为国家的科技、教育、社会经济的发展,勇挑重担、接续奋斗、自强不息,取得了令人瞩目的成就。

青年强,则国家强。本书将激励新一代年轻人拼搏奋斗、报效祖国,在实现中华民族伟大复兴的事业中,谱写人生绚丽的华章。

图书在版编目(CIP)数据

科学与人生:中国科学院等离子体物理研究所研究生教育:1978—2001/张英,何友珍主编. —合肥:中国科学技术大学出版社,2023.3

安徽省文化强省建设专项资金项目

ISBN 978-7-312-05600-0

Ⅰ.科…　Ⅱ.①张…②何…　Ⅲ.回忆录—作品集—中国—当代　Ⅳ.I251

中国国家版本馆CIP数据核字(2023)第026044号

科学与人生:中国科学院等离子体物理研究所研究生教育(1978—2001)
KEXUE YU RENSHENG: ZHONGGUO KEXUEYUAN DENGLIZITI WULI YANJIUSUO YANJIUSHENG JIAOYU (1978—2001)

出版	中国科学技术大学出版社 安徽省合肥市金寨路96号,230026 http://press.ustc.edu.cn https://zgkxjsdxcbs.tmall.com
印刷	安徽新华印刷股份有限公司
发行	中国科学技术大学出版社
开本	787 mm×1092 mm　1/16
印张	24.25
字数	370千
版次	2023年3月第1版
印次	2023年3月第1次印刷
定价	258.00元

本书编委会

顾问　季幼章
主编　张　英　何友珍
成员　张建平　李贵明　储　慧
　　　蒋　缇　叶华龙

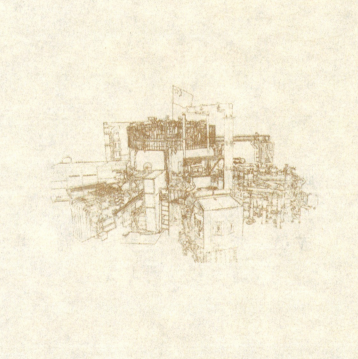

序　言

中国科学院等离子体物理研究所（以下简称等离子体所）成立于1978年9月，主要从事高温等离子体物理研究、磁约束核聚变工程技术及相关高技术研发，以实现受控热核聚变、开发人类未来终极能源为目标。多年来，等离子体所先后建成并运行了HT-6B、HT-6M常规托卡马克和HT-7、EAST超导托卡马克装置，作为我国主要单位参与国际热核聚变实验堆（ITER）项目，推动中国聚变工程实验堆（CFETR）项目研制，成为国际上有重要影响的受控热核聚变研究的重要基地。

等离子体所1978年开始招收研究生，1978—2001年共招收培养硕士生431名、博士生203名、在职研究生31名。

1986年10月，等离子体所成立研究生部，规范了研究生教育，包括制定培养目标，强调做好学位论文选题、中期论文检查等工作，要求硕士论文要有新见解、博士论文要做出创造性的成果，开展学生暑期社会实践，加强对学生的德育教育，鼓励学生学习"创造学"以开发创造力。研究生部关心研究生生活，改善研究生住宿条件等。

科学文化以科学为载体，是科学人在科学活动中自觉和不自觉地遵循、传承和传播的价值观念、思维方式、制度约束、行为准则、社会规范、生活方式和生活态度。

科学文化的核心是科学精神。科学精神的核心是追求真理。其精髓是崇尚理性，提倡质疑、批判、创新，追求实证和普遍确定性原则。

人生之旅是一种奋斗、一种探索、一种付出、一种征服的过程。在人

科学与人生

生的旅途上,无论是宠辱得失,还是成功失败,我们都要坦然面对。科学人带着坦然开展人生旅行,不忽略匆匆旅途中的每一个瞬间,这才算是一段精彩的人生之旅。

本书专门反映等离子体所建所以来培养出的优秀毕业生经历的科技人生及其成就。我们从所征文稿中选取了50篇文章,概括介绍了具有代表性的优秀毕业生的成才之路,展现栋梁之才的科学信仰、品格、操守、情怀以及服务经济社会发展的能力与贡献,弘扬其敢于探索、勇于创新的科学精神,以此启迪、激励年轻一代锐意进取、勇攀高峰。

毕业后在科研单位从事科研工作的毕业生,如:

等离子体所1984级博士生、中科院物理研究所李定研究员,在磁流体不稳定性和等离子体输运的研究中取得了一些创新性成果,改正了英国权威学者创立的环耦合撕裂模理论。

等离子体所1985级博士生李建刚院士,参与主持完成了EAST装置工程设计和建设,主持EAST辅助加热系统项目,攻克了一系列技术瓶颈,建成多项具有国际先进水平的工程实验系统。

等离子体所1986级硕士生、中科院上海硅酸盐研究所董显林研究员,长期从事无机功能材料与器件领域的新材料探索、微结构设计与可控制备、物理性能调控与表征、服役行为和应用技术的研究工作。

等离子体所1986级硕士生、中科院高能物理研究所屈化民研究员,主要从事北京正负电子对撞机(BEPC)的维护运行和改进工作,全面负责BEPC准直测量。担任中国散裂中子源(CSNS)项目总工程师、高能同步辐射光源(HEPS)工程总工程师。

等离子体所1987级硕士生傅鹏研究员,完成国家"九五"大科学工程子课题:EAST超导托卡马克极向场电源研制;科技部"973"项目:ITER超导磁体电源设计研究。

毕业后在高校从事教学科研工作的毕业生,如:

等离子体所1988级博士生、南京大学闻海虎教授,主要研究领域为

探索合成新型超导材料：新型非常规超导体机理和磁通态物理、非常规电子态材料及物理性质。

等离子体所1992级博士生、复旦大学邵春林教授，主要研究方向为放射生物学、环境物理化学因素生物效应，从低能离子束辐射诱变扩展到重离子肿瘤生物学领域。

等离子体所1986级硕士生、中山大学包定华教授，一直从事光电功能材料及器件的研究工作，应邀做国际国内学术会议大会报告、主旨报告或特邀报告近50次。

等离子体所1986级硕士生、云南大学杨宇教授，主要从事薄膜光电材料、无机/有机界面光电材料与器件、量子点材料、半导体物理与器件研究。

等离子体所1997级博士生、安徽大学吴李君教授，研究方向为辐射与环境生物物理，包括辐射遗传损伤的细胞和分子基础、环境污染与生物相互作用的机制和通路、生物大分子体外进化及高通量筛选。

毕业后在企业从事研究开发工作的毕业生，如：

等离子体所1993级博士生，国网智能电网研究院党委书记、院长汤广福院士，是"高压直流输电技术与装备"国家重点领域创新团队带头人。

等离子体所1985级硕士生、深圳市菲普莱体育发展有限公司董事长冯再金高级工程师，研制开发出全国田径竞赛管理信息系统，提高了中国田径竞赛信息化管理能力。

等离子体所1987级硕士生、深圳艾尔曼医疗电子仪器有限公司总经理贾月超高级工程师，提出绿色物理康复治疗新概念，研制出物理预防治疗康复设备，主打产品是高电位治疗仪，致力于解决一些中老年慢性病问题。

等离子体所1988级硕士生，昆明海天科技开发有限公司董事长、总经理杨文勇高级工程师，致力于工业及民用自动化控制系统的设计、设

备安装调试及相关技术服务。

等离子体所1991级硕士生、广州德珑磁电科技股份有限公司董事长兼总经理汪民高级工程师,致力于电磁器件、磁性材料、绝缘材料的研发与生产。产品广泛应用于智能家电、新能源、电动汽车、智能电网、节能照明、IT/通信设备等多个领域。

文集读时格外亲切,读后倍感振奋。本书的出版,推动了等离子体所科学文化建设,为中国科学院创新文化乃至社会文化的繁荣发展贡献了力量。

季幼章

2022年6月12日

目　录

序言 ……………………………………………………………（ⅰ）

路漫漫其修远兮，吾将上下而求索——中国首届等离子体
　　物理研究生班小记 ……………………………………… 李　定（001）
把实现"聚变梦"作为毕生的追求 ………………………… 李　定（007）
为了心中永远的"太阳" …………………………………… 李建刚（015）
耕耘基础物理　潜心聚变研究——万宝年院士的科研之路
　　……………………………………………… 张建平　叶华龙（019）
为科学事业建功立业　为高等教育培养人才——记中国
　　科学院合肥研究院院长、安徽大学校长匡光力 ……… 张建平（025）
走上国防科研之路 ………………………………………… 张建德（031）
致三十五道科岛"年轮" …………………………………… 张晓东（037）
难忘读研美好时光 ………………………………………… 邹建华（049）
忆峥嵘岁月，寻青春芳华 ………………………………… 闻海虎（054）
科学岛，我心中的圣殿山 ………………………………… 林晓东（059）
永远不变的是"情怀" ……………………………………… 冯再金（063）
建设"大国重器"，书写无悔人生——记中国散裂中子源
　　项目总工程师屈化民研究员 …………………………… 蒋　缇（069）
潜心求学问，科海任纵横 ………………………………… 包定华（076）
致敬，我的老师 …………………………………………… 项　农（082）
求学进取人生路，科学报国终无悔 ……………………… 董显林（088）

 科学与人生

为"聚变梦"而奋斗——记大科学工程核聚变电源系统
　　学科带头人傅鹏研究员 ………………………………… 蒋　缇(095)
不断挑战自我的科研生涯 ………………………………… 盛政明(102)
为"健康中国"贡献力量 …………………………………… 贾月超(111)
青春在国际舞台上闪光 …………………………………… 武松涛(117)
抒写"创新与产业融合发展"的精彩画卷——记安徽省
　　政协副秘书长、民进安徽省委副主委王容川 ………… 蒋　缇(125)
珍惜每一次选择——从科学家梦想向企业家梦想的转换
　　……………………………………………………………… 杨文勇(133)
择一业,终一生——我在等离子体所难忘的岁月 ……… 胡纯栋(141)
少年辛苦终身事,莫向光阴惰寸功 ……………………… 李传起(148)
梅花香自苦寒来——漫谈我的成长之路 ………………… 杨　宇(158)
不是亲人　胜似亲人——我在等离子体所读研的美好回忆
　　……………………………………………………………… 徐业彬(169)
创新之路　永无止境 ……………………………………… 吴宜灿(176)
"学科交叉"才能"融合创新" ……………………………… 邵春林(186)
交叉创新,方得枝繁叶茂——见证离子束生物工程学的发展
　　……………………………………………………………… 吴跃进(192)
科技报国谱华章 …………………………………………… 汤广福(199)
科技强军的实践者 ………………………………………… 时家明(209)
耕耘在祖国的大地上 ……………………………………… 杨剑波(217)
创业:一种生活方式的选择 ……………………………… 汪　民(222)
科研工作显身手　科技副职谋发展 ……………………… 程绍玉(229)
点"石墨"成"金刚石"记——中科院等离子体所研究生
　　学习生活回顾 …………………………………………… 陈　峰(235)
奋战在国家一流高科技园区的领军人物——访合肥市
　　高新区党工委书记、管委会主任宋道军 ……………… 张建平(244)
不忘初心探奥秘 …………………………………………… 杨　愚(251)

我的科学岛求学与成长之路 ················· 吴李君(258)

记忆深处是故园——在科学岛的岁月 ············ 刘克富(264)

感恩前辈，努力奔跑——记中国科学院合肥物质科学
　研究院等离子体物理研究所所长宋云涛研究员 ········ 叶华龙(269)

荏苒岁月 ··································· 黄懿赟(275)

让科技成果在祖国的大地上开花结果 ············ 姚建铭(281)

在路上，看风景 ···························· 吴仲城(289)

为大装置奉献的科研工作者——记我最尊敬的潘引年老师
　······································· 陈文革(293)

一次邂逅　一生结缘 ························ 姚达毛(299)

以大科学精神为引领　用匠心品格创造辉煌 ······ 吴杰峰(308)

我的成长之路 ······························ 胡建生(316)

当好聚变事业的"螺丝钉" ···················· 王　茂(325)

就从这里起航 ······························ 袁春燕(331)

聚变梦　能源梦　海奥梦 ···················· 陈滋健(340)

群星闪耀"聚变梦"——回忆等离子体物理研究所研究生
　培养教育工作 ···························· 张建平(348)

后记 ····································· (357)

附图 ····································· (361)

路漫漫其修远兮，吾将上下而求索
——中国首届等离子体物理研究生班小记

李 定

李定简介

李定，等离子体物理学家，中国科学院物理所研究员、博士生导师，国家杰出青年科学基金获得者(1995年)。1978—1984年在中国科学技术大学攻读学士和硕士学位。1985—1988年在中国科学院等离子体物理研究所攻读博士学位，导师为霍裕平院士。曾在德国KFA研究中心做访问学者、博士后和客座研究员。曾任等离子体所研究员、博导；中国科大教授、博导，副校长，党委副书记兼纪委书记；中科院基础科学局局长、监察审计局局长兼中央纪委驻院纪检组副组长。长期从事等离子体物理和可控核聚变的科研和教学工作，在磁流体力学不稳定性、等离子体输运、强磁场等离子体物理等方向有一系列创新性研究成果，改正了英国权威学者创立的环耦合撕裂模理论。曾主持完成国家"973"项目，发表SCI论文70多篇。曾获中科院和安徽省自然科学二等奖各1项，入选国家"百千万人才工程"第一、二层次人选，获国务院政府特殊津贴，入选安徽省十大杰出教师。曾兼任国家磁约束聚变专家委员会成员，国家"863"计划惯性约束聚变主题专家组成员，中国核学会常务理事、安徽省核学会理事长，中国物理学会理事、等离子体物理分会主任，国际纯粹与应用物理学联合会(IUPAP)等离子体物理专业委员会委员，联合国教科文组织(UNESCO)国际基础科学计划科学理事会成员，ITER管理咨询委员会(MAC)、科技咨询委员会(STAC)专家，中法科学与应用基金会(FFCSA)中方共同主席等。

科学与人生

学生时期的李定

1981年,当我们考上研究生的时候,就成为了中国首届等离子体物理研究生班的一分子。这个1981级硕士研究生班集全国等离子体物理学界之力举办,据说该班的诞生是由中国科学技术大学项志遴教授和美国马里兰大学刘全生教授等几位海内外学者联合倡议的。

研究生班一共有34人,其中尹富先、刘万东、刘亚东、朱莓莓、孙宏桥、李定、李唯强、杨维纮、肖持进、张大鸣、张左阳、陈晶、郑家林、徐纪华、徐鹏、蒋勇、戴文龙共17位同学在中国科大注册;王川、王胜光、尹雨松、沐建林、宋铮、吴利泉、孟军、秦江、夏维东、徐学桥、黄朝松、陶悦群12位同学在中国科学院等离子体物理研究所注册;还有宋院旭、周昌淮、康向东3位同学由原子能研究所(简称401所)委托中国科大代培,洪党才、全宏俊2位同学由国防科技大学委托等离子体所代培,和我们一起上课。

研究生导师分别由中国科大项志遴教授,等离子体所邱励俭研究员、霍裕平研究员(中国科大客座教授,1993年当选中科院院士)和季幼章研究员,中国科学院物理研究所陈春先研究员和蔡诗东研究员(1995年当选中科院院士),401所王淦昌院士等担任。

项志遴老师名下的弟子有:尹富先、孙宏桥、肖持进、陈晶、徐纪华、蒋勇6人;

邱励俭老师名下的弟子有:刘万东、张大鸣、郑家林、全宏俊、沐建林、孟军、洪党才、秦江、黄朝松、陶悦群10人;

霍裕平老师名下的弟子有:王胜光、李定、张左阳、徐鹏、徐学桥、尹雨松、朱莓莓、宋铮、吴利泉、杨维纮、戴文龙11人;

季幼章老师名下的弟子有:王川和夏维东2人;

陈春先老师名下的弟子有:李维强;

蔡诗东老师名下的弟子有:刘亚东;

王淦昌老师名下的弟子有：宋院旭、周昌淮、康向东3人。

大部分同学的学位论文还有第二导师参与指导，据不完全统计，包括401所的王乃彦老师（1993年当选中科院院士）；北京应用物理与计算数学所（简称九所）的贺贤土老师（1995年当选中科院院士）；中国科大的老师俞昌旋（2007年当选中科院院士）、吴岳林、马明义、刘之景、闻一之、金怀城等；等离子体所的老师王兆申、任兆杏、陈苗荪、余增亮、范叔平、何也熙、李大丰、杨耀臣、栾贵时、胡希伟、郭文康、郭其良、李淦、王正民等；物理所的老师王龙、刘轶群、杨思泽、祖钦信、郑少白等。

1982年春季学期有6门课程："等离子体物理"（110学时）由刘之景等老师授课；"聚变装置概论"（80学时）由金钟声老师授课；还有"泛函分析"（80学时）、"高等英语（1）"（72学时）、"算法语言"（40学时）、"自然辩证法"（80学时）。实验方向的同学可以不选"泛函分析"。

1982年秋季学期有5门课程："非平衡态统计物理"（80学时）由霍裕平、郑久仁老师授课；"高等应用数学物理方法"由霍裕平、陈俊本老师授课；还有"等离子体诊断技术"（80学时）、"等离子体物理专题"（108学时）、"高等英语（2）"（72学时）。理论方向的同学可以不选"等离子体诊断技术"。

"等离子体物理专题"由学校从外地请专家专门来中国科大集中授课，包括复旦大学的陆全康教授讲授"关联统计——BBGKY方程链"；核工业部585所的马腾才老师讲授"等离子体MHD不稳定性"和"等离子体电阻MHD不稳定性"；九所的贺贤土老师讲授"等离子体强湍流理论"；中科院紫金山天文台的李晓卿老师讲授"等离子体微观不稳定性和弱湍流"。马腾才老师集中讲授了两个月，其他老师分别集中讲授了一个月。本人当时是班长，负责去文印社将各位老师的讲义油印并装订成册。

此外，学校还请了海内外一些专家来做讲座，例如有一位美国教授讲授"计算等离子体物理"，成都电讯工程学院刘盛刚院士讲授"等离子体波与不稳定性"，中科院上海光学精密机械研究所徐至展研究员（1991年当选中科院院士）讲授"惯性约束聚变"等。

经过两年多的学习和科研，同学们都取得了良好的学习成绩和较好的科研成果，例如，徐学桥的论文《托卡马克中宏观束——等离子体扭曲模不稳定性研究》、张左阳的论文《非圆截面托卡马克轴对称模的反馈稳定》、戴文龙的论文《等离子体中Langmuir波、横波和离子声波相互作用过程的孤立子行为》、本人的论文《用Radon变换处理非圆截面等离子体的测量结果》，先后在《物理学报》上发表。

1984年11月8日至10日，等离子体所和中国科大近代物理系在等离子体所联合举办了首届等离子体物理研究生班的论文答辩。

理论组徐鹏、王胜光、李定、张左阳、尹雨松、朱莓莓、徐学桥、戴文龙、陶悦群的答辩委员会由潘良儒老师（中科院力学研究所）任主席，霍裕平、金尚宪（中国科大研究生院）、贺贤土、俞国扬四位老师为成员。陶悦群的答辩增加栾贵时老师为成员；宋铮的答辩则由孙湘老师（585所）取代金尚宪老师为成员；杨维纮、吴利泉的答辩则由金尚宪老师任主席；潘良儒老师没有参加吴利泉的答辩。

1981级等离子体物理硕士论文答辩理论组合影（1984年11月10日）
（前排右起：金尚宪、霍裕平、潘良儒、俞国扬、董俊国；后排右起：宋铮、王胜光、张左阳、栾贵时、尹雨松、吴利泉、徐鹏、戴文龙、陶悦群、杨维纮、李大丰、徐学桥、李定。摄于等离子体所四号楼）

实验组刘万东、张大鸣、孟军、郑家林、洪党才、徐纪华、沐建林、黄朝松、蒋勇、全宏俊、秦江的答辩委员会由孙湘老师任主席，邱励俭、项志遴、吴广学、俞昌旋、阮定朴五位老师为成员。刘万东的答辩增加余增亮老师为成员；张大鸣的答辩增加范叔平老师为成员；郑家林的答辩增加何也熙老师为成员；洪党才、全宏俊的答辩增加黄建新老师为成员；徐纪华的答辩增加金怀城、王正民两位老师为成员；沐建林的答辩增加李淦老师为成员；秦江的答辩增加郭文康老师为成员；李维强的答辩孙湘老师没有参加，由邱励俭老师任主席。

电源工程组夏维东、王川的答辩委员会由等离子体所王绍华、季幼章、潘垣和中科院安徽光学精密机械研究所李逸松四位老师组成。夏维东的答辩由王绍华老师任主席；王川的答辩则由李逸松老师任主席。

肖持进、孙宏桥因出国已在此前答辩。刘亚东、陈晶、尹富先大约于1985年1月分别答辩。宋院旭、周昌淮、康向东也在1985年春天答辩。

毕业后有15人赴国外攻读博士学位，约占44%：其中刘亚东、朱莓莓、孙宏桥、张左阳、陈晶、徐鹏、戴文龙、尹雨松、徐学桥、陶悦群、宋院旭11人赴美国；肖持进、周昌淮赴德国；洪党才赴澳大利亚；康向东赴日本。有16人在国内攻读博士学位，约占47%：其中刘万东、李唯强、杨维纮、徐纪华、蒋勇、全宏俊6人考入中国科大；尹富先、李定、王川、夏维东、黄朝松、郑家林6人考入等离子体所；张大鸣、王胜光、秦江3人考入中科院物理所；沐建林考入中科院大气物理研究所。宋铮、吴利泉、孟军3人直接参加工作，约占9%。

从目前来看，有13人成为大学教授或研究所研究员，约占38%：刘万东、李定、杨维纮、王胜光、宋铮、夏维东、全宏俊7人在国内工作；朱莓莓、肖持进、戴文龙、徐学桥、黄朝松、洪党才6人在国外工作。有8人成为成功的企业家，约占23.5%：刘亚东、郑家林、徐纪华（已逝世）、王川、吴利泉、陶悦群6人在国内创业；蒋勇、尹雨松2人在国外创业。有10人成为公司的技术专家或部门经理，约占29.4%：尹富先、李唯强、张左阳、陈晶、徐鹏、秦江、周昌淮、康向东8人在外企工作；张大鸣驻外；孟军在国企工作。有1人（孙宏桥）在美国任公务员。还有沐建林、宋院旭尚未联系上。

总体来看，首届等离子体物理研究生班办得相当成功，同学们大都成为了社会的中坚力量，这既得益于老师们的悉心培养和言传身教，也得益于同学们的勤奋学习和坚持不懈。谨以一首词作为本文的结尾：

1981级等离子体物理硕士论文答辩实验组合影(1984年11月10日)
(第一排右起:孙湘、项志遴、邱励俭、郭文康;第二排右起:俞昌旋、袁定朴、杨思泽、吴广学、俞燕青;第三排右起:蒋勇、徐纪华、全宏俊、李唯强、张大鸣、秦江、洪党才、刘万东、曹金祥、郑家林、孟军。摄于等离子体所四号楼)

满庭芳·首届等离子体物理研究生班感怀

喜鹊登梅,东风送爽,同窗曾聚庐州。
求知若渴,学海任遨游。
探究孜孜不倦,等离体、博大深幽。
登高处,天空辽阔,热血写春秋。

研班真创举,空前启后,独领潮头。
沥心力,众师破浪推舟。
今日龙行四海,遍天下、硕果丰收。
诚期待,成功聚变,吾辈志能酬。

2019年12月10日

把实现"聚变梦"作为毕生的追求

李 定

我出生于一个知识分子家庭,祖父是老中医,父亲是高级农艺师。小时候,在炎热的夏天,晚上经常在家门口乘凉,父亲会给我们讲一些科学家的故事,包括华罗庚的自学成才和"三钱"(钱学森、钱伟长和钱三强)对中国的贡献等,同时也会讲一些诗词歌赋和古今名联。受父亲的影响,我从小对科学家就很崇拜,梦想着自己长大后也能成为像他们那样的人。

我的小学和中学是在"文革"时期度过的,眼看当科学家的梦想越来越遥远,直到1977年恢复高考,我的人生道路上才出现了一个契机。1977年高考之后,我当年的高中语文老师朱长久写信告诉我父亲,我的高考成绩为安庆地区理科第一名(总分338分,其中政治77.25分、语文90分、数学100分、数理70.75分),我顺利地进入了中国科大近代物理系等离子体物理专业学习,尽管当时我都不知道何为等离子体。

当时还有个小插曲挺有意思的。1977年高考前,我哥哥已经作为知青下乡四整年了,他也想参加当年的高考。当时很多人劝我不要参加高考了,以免影响我哥哥的录取。因为在当时的情形下,一家同时录取两个大学生简直是天方夜谭,更何况我父亲当时还是个尚未平反的摘帽右派,这样就更不可能了。但我父亲坚持要我们兄弟两人一起去参加高考,他认为,假如政策没有进步,那我们这样的家庭就一个也不会被录取;如果政策进步了,则一家两个孩子都考上也是有可能的。结果我哥哥同年考上了合肥工业大学。

在中国科大本科毕业前夕,我顺利考入中国首届等离子体物理研究生班(也在中国科大),有幸成为霍裕平老师的硕士生。霍老师当时是中国科大的客座教授。霍老师给我的论文题目是"用 Radon 变换处理非圆截面等离子体的测量结果"。在文献调研阶段,霍老师开出了清单让我到国家图书馆和中科院图书馆去查阅,记得国家图书馆中的一本 *Radon Transformation* 被冯康先生借走了。我从霍老师那里要到了冯先生的电话,冯先生与我约定了时间到国家图书馆门口碰头,他还书后我立即借书,以免该书被其他人借走。在做研究阶段,霍老师尽管工作非常繁忙,但每一两周就会与我们讨论一次。霍老师在物理图像和数学方法上的指导使我受益良多。例如,我至今还保存着霍老师指导我的一页手稿,是在华中工学院教师备课用纸上写的,可能是他在武汉出差期间想到的思路。

读硕士期间的合影(1984 年)
(左起:李定、杨维纮、戴文龙、霍裕平、徐鹏、张左阳)

1984 年 11 月,我硕士毕业留校,然后报考了霍老师的博士生。1985 年 3 月,我到中科院等离子体所报到,霍老师给我的论文题目是"电阻撕裂模的耦合效应",这对我来说是一个全新的挑战。在霍老师的指导下,我建立了撕裂模的环耦合模型。经过深入的调研之后,我先编写了 Fortran 程序对环耦合效应进行计算,但总是得不到理想的结果,于是又回到解析分析上来。每当遇到难以逾越的问题时，我就找机会向霍老师请教。霍老师坚信大方向是正确的，会给我一些思路，并鼓励我攻克难关。经过不断尝试和反复推导，我终于得到了与物理图像一致的解析结果。后来，我又在霍老师指导下建立了撕裂模的非线性耦合模型，导出了增长率的解析表达式。在攻读硕士和博士学位阶段，霍老师的言传身教和严格要求让我终身受益！

1989年3月，等离子体所派了一个4人科研小组去德国亥姆霍兹联合会于利希研究中心等离子体物理研究所(IPP/KFA)进行工作访问，我是其中之一。在与Andre Rogister老师的合作研究中，我学到了不少科研实战的经验，例如，怎样用量级分析方法建立和修正物理模型、如何用回旋动理论来研究微观不稳定性和湍流输运，等等。在两年合同快到期时，Rogister老师给欧共体写信帮我申请博士后基金，他希望我再做一年博士后的工作。当时IPP的所长G. Wolf教授在华盛顿参加国际会议期间，花了两个多小时说服霍老师同意我在于利希继续访问一年。在德国的3年期间，我与Rogister老师共合作发表了6篇文章，与同事Michalis Psimopoulos博士合作发表了2篇文章，涉及的方向有湍流输运理论、横越强磁场输运、锯齿振荡机理、电离漂移不稳定性和扭曲模不稳定性等方面。

1992年，Rogister老师又帮我争取了一个3年博士后的职位，按照德国当时的法规，在同一个单位工作满5年就可以变成永久职位，他希望我可以与他一直合作下去。我打电话请示霍老师，霍老师说你回来吧，以后还会有机会出国的。作为一个中国人，回国效力是天经地义的。按照等离子体所当时的规定，访问学者的最高可批准年限是3年，作为所长的学生，我也不能带头坏了规矩，让所长为难，于是我就动员夫人带着孩子于1992年4月和我一起回到了合肥。

在等离子体所工作期间，我们相继发表了撕裂模的环耦合效应、撕裂模的非线性耦合效应、极向旋转对环耦合撕裂模的影响、非线性撕裂模新的代数增长和Fokker-Planck方程的正则方法等文章，改正了英国权威学者Connor、Hastie和Taylor创立的环耦合撕裂模理论，被他们认为"揭示了CHT理论中的错误"。1995年，我幸运地获得了国家杰出青

科学与人生

年科学基金的资助,1998年获得了该项基金的延续资助。1996年,我入选为国家首批百千万人才工程第一、二层次人选,并与霍老师、王传兵(我指导的硕士生)一起获得了中科院自然科学奖二等奖。1996—1997年,我又应邀赴德国于利希研究中心从事合作研究一年。1996年,等离子体所通知我中途回来参加中科院"百人计划"答辩。候选人答辩之后就要离开会场,然后由评委们进行闭门会议讨论和投票。会后霍老师打电话找我去谈话,可惜因为我马上要赶去德国的航班,来不及去谈。后来听说我落选了,至今我也不知道落选的原因。2019年出版的《托卡马克之谜》一书,对于在"百人计划"答辩现场李定当场"翻脸",把霍老师"晾"在会场上的"桥段"杜撰得过于离奇,这么不负责任的写法实在令人啼笑皆非。

　　1997年7月,我调入中国科大近代物理系工作,因为想全力以赴做学问,故对科大提出的唯一条件就是潜心科教,不做管理。1998年,我获得了国务院政府特殊津贴。那一年近代物理系换届,俞昌旋教授突发心肌炎,躺在病床上,他希望我能接替他担任系主任,学校也希望我接手,在这种情况下我无法拒绝。这一年,陈骝教授发起成立了蔡诗东等离子体物理奖励基金会,我担任首届秘书长,基金会成功地在全国范围内组织了第一次评审。1999年,学校批准我们等离子体科学研究实验室作为校级科研机构,我还主持召开了第一届全国等离子体科学青年学者学术研讨会,并发起成立了中国等离子体科学青年学者联谊会。2000年,我开始给本科生讲授"电磁学",给研究生讲授"等离子体电磁流体力学";受海内外专家的委托,我还主持举办了首届全国计算等离子体物理暑期讲习班。这一年,在酝酿进入知识创新工程的过程中,中科院计划让中国科大和合肥研究院共同成立一个高等研究院,作为两者之间的一个学术桥梁。当时中国科大校长朱清时院士找我谈话,希望我做校长助理来负责这项工作,不过后来高等研究院的愿景没有实现,学校又让我负责联系国家同步辐射实验室,分管图书馆工作等。

　　2001年,中国等离子体研究会的前辈们让我接任主席,负责推动等离子体研究会加入中国物理学会的事宜。在大家的共同努力之下,中国物理学会等离子体物理分会于2004年正式成立,我担任主任至2013年。

2003年，中国科大领导班子换届，我被选入学校领导班子，就这样一步步走上了管理岗位。但在我的心里，实现受控热核聚变作为毕生的追求始终未变，我在做管理的同时还一直没有放弃做科研和带研究生。2005年，中科院批准我们实验室成为中科院基础等离子体物理重点实验室，我担任主任至2011年。同年，我当选为国际纯粹与应用物理学联合会（IUPAP）等离子体物理专业委员会委员。2006年，我和陈银华、马锦秀、杨维纮三位教授编著的《等离子体物理学》作为"十五"国家级规划教材正式出版了。这一年，在陈骝教授与陈宽任教授的倡议之下，我们开始举办海峡两岸聚变能源会议，我被推选为大陆方面的首任共同主席。

2007年，我奉调到中科院基础科学局任局长。同年，国际热核聚变实验堆（ITER）开始建设，我有幸成为国家磁约束核聚变专家委员会成员，并作为中方专家从一开始就参加每年在ITER总部召开的管理咨询委员会会议。基础局也一直进行受控热核聚变领域的调研和布局，这使得我能及时了解和掌握国内外受控热核聚变的最新动态。作为国内磁约束核聚变专项的前奏，ITER计划中国专家委员会从国家"973"计划争取到两个项目，让我作为其中"磁约束核聚变若干基础科学问题的研究"项目的协调人（相当于首席科学家），与8个高校的同仁一起致力于等离子体物理基础研究和人才培养工作。2007年，我们开始恢复举办中国等离子体物理暑期讲习班；2008年，我们正式成立了中国等离子体物理暑期讲习班组委会，我有幸被推选为第一、二届主协调人直至2016年初。

2010年，我奉调到中科院监察审计局任局长，由于工作岗位的要求，我几乎把国内外学术组织的兼职都辞掉了，唯有与ITER建设和国内配套专项相关的工作继续参与。例如，我作为中方专家参加每年ITER科技咨询委员会的会议直到2017年秋。

2011年，中科院物理所时任所长王玉鹏研究员找到我，希望我帮忙保住物理所的等离子体物理学科博士点，我毫不犹豫地就答应了。因为物理所是中科院等离子体物理学科的发源地，也是中科院第一个托卡马克装置的诞生地，还是霍老师曾经工作过的地方。随着坚守的老师们逐渐退休,等离子体物理学科点即将成为空巢。于是,我动员以前我在中国科大培养的几名研究生先后加盟物理所;我自己作为物理所的兼职博导,开始在物理所招收博士生。

李定在法国参加 ITER 科技咨询委员会会议(2010 年 5 月)
(左起:西南物理研究院原院长潘传红研究员、美国 PPPL 国家实验室主任 R. Goldston 教授、李定)

2012 年,我们的"973"项目顺利通过了结题验收。后来,应科技部 ITER 中国中心邀请,我还担任了国内磁约束核聚变能发展专项几个项目的责任专家。

2016 年 5 月,我辞去了中科院机关的行政职务,婉言谢绝了其他单位的邀请,到物理所工作,因为重振等离子体物理学科的使命依然任重而道远。除了承担中科院前沿科学重点项目、国际合作重点项目及先导专项(B 类)的课题之外,我还申请了国家自然科学基金的一个重点项目和一个面上项目,聚焦于强磁场下等离子体输运与约束机理的研究,因为强磁场可能是未来紧凑型聚变堆的发展方向之一。值得庆幸的是,张文禄研究员 2020 年获得了国家杰出青年科学基金的资助,实现了物理所在物理Ⅱ学科"零的突破",他是我当年在中国科大培养的第一个硕博连读研究生。

回顾起来,我自己在等离子体物理方面鲜有建树,似乎还牵头为等离子体物理界做了不少事情,实际上,我当时由于管理工作比较忙,很容易顾此失彼,很多事情都是靠大家干的。

在"ITER 十年:回顾与展望"会议上李定(右)与霍裕平老师合影(2017 年)

总之,实现受控热核聚变是造福人类的宏大事业,需要几代人前赴后继、坚持不懈的努力。研究生阶段所接受的教育,让我们坚定信心,把受控热核聚变作为毕生的追求。不过,要坚持下去确实不是一件容易的事,因为人生的际遇和道路受很多外来因素的影响,往往不是自己所能左右的。但是,只要我们每个人不忘初心,坚持不懈,甘当前进道路上的铺路石,我们追求的目标就一定会实现。正如 2018 年冬,我在乐山参加中国聚变工程实验堆(CFETR)年会时所写的一首词:

满江红·CFETR 盛会
步柳永暮雨初收韵

又到嘉州，岷江缓、风萧月落。
堆设计，大咖云集，纵横求索。
美日中欧齐论剑，谁家赢取名花落。
致知者、为造福千秋，宜渊泊。

磁约束，犹云漠。
征程远，峰如削。
要循序渐进，方能飞跃。
大佛凌云天降佑，同俦不负平生约。
聚变能、待正果终成，人人乐。

2020 年 8 月 28 日

为了心中永远的"太阳"

李建刚

李建刚简介

李建刚，等离子体物理学家，中国工程院院士，中国科学院等离子体物理研究所研究员、博士生导师。1982年本科毕业于哈尔滨工程大学（原哈尔滨船舶工程学院）；1982—1990年在等离子体所攻读硕士、博士研究生，获硕士、博士学位。硕士导师为郭文康研究员，博士导师为邱励俭、郭文康研究员。长期从事磁约束核聚变研究。主要研究方向为等离子体与波的相互作用、等离子体诊断、托卡马克运行、等离子体与壁相互作用、聚变材料等。长期主持国家大科学工程项目，攻克了一系列技术瓶颈，建成多项国际先进的工程实验系统，负责等离子体所聚变实验装置的工程技术发展和科学实验，在超导托卡马克工程系统的设计、关键技术发展、工程建设、系统集成、科学研究等方面解决了一系列技术难题并取得了多项重大成果。主持的EAST辅助加热系统项目高质量且提前完成，建成了具有国际领先水平的稳态低杂波系统和具有国际先进水平的中性束加热系统。曾获国家科技进步奖一等奖2项，安徽省重大科技成就奖1项、一等奖2项，中科院科技进步奖二等奖1项。为"万人计划"领军人才首批入选者、四部委杰出专业技术人才，是全球华人物理学会亚洲成就奖、亥姆霍兹国际合作奖等多项奖项的获得者。曾任等离子体所副所长、所长，中国科学院合肥研究院副院长，中国科学技术大学副校长。2015年当选中国工程院院士。

科学与人生

学生时期的李建刚

40年前,当我在上大学的时候,就开始对聚变感兴趣。1982年我如愿以偿考上中科院等离子体所的研究生,并开始为之奋斗。记忆最深的是两次艰难的时刻:第一次是1989年到1990年,博士论文的研究进入低谷。导师出访英国两年,所里科研经费不足,几乎到了研究工作开展不下去的地步。研究生部季幼章主任从研究生部少得可怜的办公费中拨给我2万元,使我得以坚持并完成了博士论文。第二次是2003年,申请参加国际热核聚变实验堆(ITER)项目的论证。当时全国国家重点基础研究发展计划("973"计划)一年的全部经费只有3.5亿元,如果参加ITER,我国需提供4.6亿元。可想而知反对的声音有多大,40位院士联名反对。国家在北京国家会计学院召开了为期三天的论证会,会上各路英豪发表意见,一些专家发言时甚至声泪俱下,将对ITER项目的重大意义、必要性、可行性等的质疑抛给了主帅霍裕平院士,支持ITER项目的同志也要面对一浪接一浪的质询和批评意见,当时感觉非常不好。现在回头看,无论是支持还是反对参加ITER项目的同志,基本上都是本着对国家高度负责的态度,各抒己见,希望中国聚变能够更好地发展。一晃18年过去了,中国通过参加ITER项目,聚变事业得到了快速发展。中华人民共和国科学技术部也采纳了许多当时反对者的建议:中国聚变一定要国内、国际同步发展,最重要的是在国内打好基础、培养队伍,为未来自己独立建堆奠定基础。现在看来,当时的争论非常必要,正是这种百家争鸣的方式,给国家决策提供了全面的参考意见。

我本人的发展得益于一个机遇——1996年入选了中国科学院"百人计划"。"百人计划"为我提供了一个良好的发展平台,经费有了保障。我还记得1997年,在中科院院部机关,路甬祥作为中科院的新任院长亲自参加了1996届"百人计划"入选者汇报会。在会上,我向与会者描述

李建刚院士在等离子体所所区留影

了我的梦想:"希望通过艰苦的努力,能在有生之年开始建造聚变实验堆,为人类的梦想——在地球上建造'人造太阳'而不断奋斗。"路院长听后很高兴,勉励我专心致志,利用"百人计划"带领一支队伍,为将来的发展打下坚实的基础。

25年过去了,我国的聚变研究和等离子体所都有了长足的发展。当时,国内超导工业基础薄弱,缺乏相关技术储备,国际上也没有现成经验可供借鉴,在万元熙所长的带领下,我们这支大科学工程团队潜心钻研、艰苦奋斗,用国际上同类装置最少的经费、最快的速度,攻克了一系列世界前沿性难题;自行设计、研制成功世界上第一个全超导非圆截面托卡马克实验装置(简称东方超环或EAST,俗称人造太阳),获得了一系列具有自主知识产权的高新技术;又在短短几年时间内,在物理实验上取得很多重大成果,特别可贵的是带出了一支肯吃苦、能奉献的攻关型人才队伍。

现在,通过参与ITER项目和国内聚变研究事业,我国在超导托卡马克聚变堆工程建设和相关物理实验方面已步入世界先进国家行列。由我国承担的ITER部件制造进度和质量均已处于合作七方的前列;参与ITER项目实施的一批科研机构和企业,在超导托卡马克工程建设、聚变实验堆部件制造方面,都有很大的进展,技术水平和管理水平实现了大幅度的提升。与此同时,在科技部的组织下,能够验证聚变大规模发电的中国聚变工程实验堆(CFETR)设计和工程研发正在深入进行,从整体上看,我国已经基本具备了制造聚变实验堆的工程技术和能力。

当前,正在积极谋划的未来中国聚变工程实验堆建设具有重要的战略意义,成功建设并开展该项科学研究,不但能为我国进一步独立自主地开发和利用聚变能奠定坚实的科学技术与工程基础,而且将使得我国率先利用聚变能发电、实现能源的跨越式发展成为可能。

聚变的道路依然漫长,无论是目前的 EAST 还是未来的 ITER 都还不能发电,但正在向着实现人类彻底掌握"人造太阳"的梦想一步步前进。

李建刚院士在合肥第四十八中学做"人造太阳"科普报告

我们"聚变人"是幸运的,因为我们生活在这个大有作为的年代,有强大的国家和科技的高速发展为基础,有公众对聚变事业的大力支持。我本人已经从事聚变研究近 40 年,真心希望梦想能早一天实现。中国聚变团队时时刻刻都牢记国家和人民对我们的期望,不敢懈怠,唯有更加努力地工作,为了心中永远的"太阳",为了在中国点亮聚变第一盏灯,去努力、去追梦、去飞翔。

2020 年 8 月 18 日

耕耘基础物理　潜心聚变研究
——万宝年院士的科研之路
张建平　叶华龙

万宝年简介

万宝年，等离子体物理学家，中国科学院院士，中国科学院等离子体物理研究所研究员、博士生导师。1982年本科毕业于扬州师范学院；1982—1985年在等离子体所攻读硕士研究生，获硕士学位，导师为王兆申研究员；1988—1992年在德国维尔茨堡大学攻读博士学位；1992—1993年在德国维尔茨堡大学开展博士后研究，曾在日本文部省核融合科学研究所、美国德克萨斯大学聚变研究中心等做客座教授和高级访问学者。长期从事磁约束核聚变研究，主持国家大科学工程核聚变实验装置的等离子体物理实验研究。近年来，带领磁约束核聚变大科学工程实验团队聚焦聚变堆稳态运行的关键科学技术问题，开展长时间尺度、稳态聚变等离子体的物理和工程实验研究，在高性能、稳态、长脉冲等离子体研究方面取得了多项原创性成果，推动我国磁约束核聚变研究走在国际前列。曾获国家科技进步奖一等奖2项、中国科学院杰出科技成就奖1项、安徽省科技进步奖一等奖2项。曾任等离子体所副所长、所长，合肥研究院副院长。自2008年3月开始连任三届全国政协委员。2021年当选中国科学院院士。

 科学与人生

一、"刻苦钻研、锲而不舍",受益一生的座右铭

回忆起读书的经历,万宝年记忆犹新。

1976年,万宝年考入海安县中学读高中。1977年,中断了11年的高考恢复了,在特殊年代里集聚的一大批知识青年也来参加高考,真可谓是千军万马过"独木桥",当时大学的录取率还不到5%。1978年,万宝年考入了扬州师范学院物理系。那时,大学生的年龄参差不齐,"父子同考"的现象也有所闻。同是一个班的学生,万宝年作为应届高考生只有16岁,而班里的大龄同学已经36岁,年龄跨度达20年。四年的大学时光,大家在知识的海洋里遨游,特别是那些大龄学生,考上大学已是万幸,尽管拖家带口负担很重,但他们发奋读书,惜时如金,竭尽全力要把耽误的时间补回来,那种锲而不舍的精神鼓励着全班同学。大学期间,万宝年刻苦学习,在数学和物理学科上已经崭露头角。

1982年8月,万宝年大学毕业,以优异的成绩被中科院等离子体所录取,开启了全新的研究生学习生活。

按规定,所有的新生在第一学年都要去中国科大学习专业基础课。这一届新生招收了10人,与早半年入学的上一届34名研究生在一起学习深造。说起学习外语,那时没有语言环境,发音不标准是一个普遍的问题,因此外教老师用了将近3周的时间来矫正大家的发音。半年的学习结束以后,新生们回到等离子体所,为了弥补缺失的基础理论课,当时分管研究生工作的邱励俭副所长,想方设法为大家开设了半年的课程,复印了厚厚的几大本资料,聘请了各研究室主任和课题组组长前来讲课,内容有受控热核聚变理论、托卡马克装置工作原理,还有反应堆、磁镜等方面的知识。半年的学习可谓强度大、知识面广,大大拓宽了研究生们的眼界。

二、和谐的师生关系,奠定人生底色

提起当年融洽的师生关系,万宝年难以忘怀,这对他未来的科研道

路产生了重要影响。

科学岛远离市区、三面环水，环境幽静、鸟语花香，正是学习、科研的"风水宝地"。

那时，研究生的数量不多，科研的刚性任务也不是很重，导师有精力对学生进行一对一的指导，从学术到实验、从工作到生活的各个方面，关爱学生的成长。

万宝年被分配在十室离子回旋加热课题组，王兆申老师是他的导师。王老师是等离子体所的"奇才"，虽然没有念过正式的大学，但对科学研究却有着敏锐的洞察力、理解力和极强的动手能力，思想活跃又很严谨，是一位能够解决棘手问题的实干家。王老师放手让学生们做实验，锻

重返德国维尔茨堡大学

炼学生独立思考的能力，即便工作中出现了差错也很宽容，有问题时大家可以随时和老师交流讨论，因而研究生们从科研思路的形成到动手能力的增强，都得到了很大的提升。

工作闲暇之余，万宝年喜欢和同学们去跑步、打球，有时去科学岛周边的农村、集市看一看，业余生活充满了乐趣。晚上没有电视可看，大家基本上就在实验室或者办公室加班、看书。逢年过节，导师经常邀请学生们来家做客，吃一顿可口的饭菜，师生之间、同学之间其乐融融的深厚感情，让万宝年倍感温暖，永记心间。在读硕士期间，良好的学习工作氛围、真诚和谐的师生关系，在万宝年心中留下了深深的烙印，对他后来的科研生涯以及培养学生产生了积极影响。

岁月不居，时节如流。万宝年于1992年获得德国维尔茨堡大学自然科学博士学位，1993年完成了在该校物理系的博士后研究工作。2005年3月，万宝年接过老一辈科学家手中的重任，走上了领导岗位，先后担

任等离子体所副所长、所长以及中国科学院合肥物质科学研究院副院长。

三、潜心聚变研究，数十年如一日

40年来，万宝年潜心聚变研究，成果丰硕。

核聚变研究事业任重而道远，需要几代人的接续奋斗。万宝年长期从事核聚变装置的等离子体物理实验研究，从常规磁体装置HT-6B、HT-6M到超导托卡马克装置（HT-7），再到全超导托卡马克装置（EAST），他历经了等离子体所四代托卡马克装置的建设和运行。

万宝年带领实验团队聚焦托卡马克稳态运行的关键科学技术问题，对加热/电流驱动、约束改善机理、不稳定性控制等与稳态等离子体运行密切相关的物理和技术开展了持续的系统性研究，取得了多项原创性成果。这为在EAST装置上发展高比压完全非感应先进稳态运行模式、实现百秒级稳态长脉冲高约束等离子体运行、获得百秒级电子温度超亿度的长脉冲高参数等离子体提供了重要的物理和技术基础。

万宝年院士（右二）携等离子体所科研人员与DIII-D装置科研人员开展联合实验

从2015年开始，万宝年倡导并成立了跨学科的、以中青年博士为主的"物理研究联合工作组"。这种老中青相结合的科研机制，凝聚起了团队的力量，推动了对重大科学问题的解决和青年人才队伍的成长。他还积极开展国内外合作，倡导资源开放、共享，组织和打造国际化的实验研究平台，扩展了等离子体所与国际聚变界的合作范围和方式，提升了科研资源的成果产出和青年科研人员的国际视野，实现了互利共赢、开放共享、长期稳定的合作关系。

万宝年在科研上成就突出，在管理上勇于创新，2021年11月当选中国科学院数学物理学部院士。

四、履行政协委员职责，为科技发展建言献策

万宝年在担任三届全国政协委员的15年中，始终关心科技界的创新驱动发展，在创新机制和人才培养方面积极建言献策。

他对改革开放40多年来国家科技发展的巨大变化感受深刻，"别人没做过的尝试去做；别人做过的尝试做得更好"。目前合肥综合性国家科学中心集聚方方面面的智慧，在重大创新设施、协同创新体系、成果转化体制三大层面体系加快建设。他一直呼吁汇聚更多力量支持合肥综合性国家科学中心的建设。

万宝年委员在全国政协会议上建言献策

科学研究不可能一蹴而就，没有捷径可走，基础研究更是一个长期

积累的过程,核聚变研究要走的路还很长。万宝年表示,要持续提升科技基础能力及原始创新能力,要加强从基础理论、模拟计算、原理验证到应用基础向应用层面的延伸,形成完整的研究链条。在追逐人类聚变能源梦想的征程中,万宝年寄语广大青年科研人员要始终坚定理想信念,传承"甘于奉献、团结协作、锐意进取、争创一流"的大科学文化精神,时不我待,只争朝夕,用实干担当做新时代的"追梦人"。

2022 年 7 月 28 日

为科学事业建功立业　为高等教育培养人才
——记中国科学院合肥研究院院长、安徽大学校长匡光力

张建平

匡光力简介

匡光力，现任安徽大学校长，全国政协委员。1983年7月安徽大学物理系本科毕业，1983年9月至1990年4月在中国科学院等离子体物理研究所攻读硕士、博士研究生，获硕士学位、博士学位。硕士导师为邱励俭研究员，具体指导老师为陈世贤高级工程师；博士导师为邱励俭研究员，具体指导老师为王兆申研究员。1990—1992年在德国Juelich研究中心做访问学者。1995年3月起任等离子体所微波加热研究室副主任、主任；2000年5月起任等离子体所党委副书记、副所长、纪委书记；2001年12月至2019年12月历任中国科学院合肥物质科学研究院党委副书记、党委书记、副院长、院长。2017年3月任安徽大学校长。2008年5月至2017年9月，兼任中国科学院强磁场科学中心首任主任，同时担任国家重大科技基础设施（国家大科学装置）——稳态强磁场实验装置项目负责人；目前兼任国家强磁场科学中心（筹）主任、强磁场安徽省实验室主任。曾主持完成了HT-7超导托卡马克上兆瓦级长脉冲低杂波驱动电流系统的设计、建造和调试工作；曾负责HT-7超导托卡马克低杂波驱动电流实验研究；主持完成了国家"十一五"重大科技基础设施——稳态强磁场实验装置项目，其磁体技术和装置综合性能指标达到国际领先水平。

两次被评为国家"863"高技术计划先进个人，且被评为全国优秀留学回国人员；先后获安徽省科技进步奖一等奖、中国科学院杰出科技成就奖（集体奖，排名第一）、安徽省杰出贡献人才奖、安徽省科技进步奖特等奖（集体奖，排名第一）。获国务院政府特殊津贴。

科学与人生

匡光力

1983年7月，匡光力本科毕业于安徽大学物理系，考上了中国科学院等离子体所研究生，1990年4月获得博士学位。1990年6月赴德国Juelich研究中心做访问学者，1992年7月学成回国。当时，匡光力31岁，正是风华正茂的好年华，他立志在日后的工作中闯出一片新的天地。

匡光力在科研工作中，刻苦钻研、成就突出，赢得了大家的信任。2000年5月，他担任等离子体所领导职务；2014年4月，任中国科学院合肥物质科学研究院院长；2017年3月，在院长的岗位上同时兼任安徽大学校长至今。

一、科研工作的领军人物

匡光力在科研工作中，主持并带领团队完成了建设国家"稳态强磁场大科学实验装置"的艰巨任务。

"稳态强磁场大科学实验装置"是国家"十一五"重大科技基础设施项目，由国家发改委2008年批准建设。在匡光力的主持下，这项工作顺利完成。

该装置的建成意义十分重大：稳态强磁场实验装置是一系列物理、材料、化学和生命科学等研究和多学科交叉研究所需的重要设施，包括9台稳态强磁场装置、六大类实验测量系统、极低温和超高压等极端实验条件系统。它的建成将为探索物质科学和生命科学的未知世界、发现其自然规律、实现功能材料和医疗等技术的变革，提供极限稳态磁场的研究手段，成为支撑物质科学和生命科学前沿发展、解决相关重大科技问题的实验平台。

首先，匡光力主持制定了《稳态强磁场实验装置总体建设方案》；其次,组建了具有很强创新能力的强磁场科学技术研究团队;再次,决策并解决了项目推进过程中遇到的各类问题;最后,直接负责混合磁体的大孔径高场超导磁体的具体工作,并成功研制了稳态铌锡超导磁体装置。

研制团队经过多年的自主创新,打破了国际技术壁垒,建成3台场强创世界纪录的水冷磁体;建成继美国之后第二台40特斯拉级混合磁体,未来将向45特斯拉的世界纪录发起冲击。

2010年10月,项目进入"边建设、边运行"的阶段,建成的部分磁体和实验系统陆续投入运行。2017年9月,稳态强磁场实验装置建成使用,通过了国家验收。其创新水平如下:

(1) 提出了一种水冷磁体设计创新方案,发展了一套全程可量化检测的高精度装配工艺。在建成的水冷磁体中,有3台磁体的性能指标创世界纪录,其中2台继续保持至今。强磁场水冷磁体技术达到世界领先水平。

(2) 突破了800毫米室温孔径、磁场强度达10特斯拉的铌三锡超导磁体研究的技术难关,实现了大型强磁场铌三锡超导磁体技术的重大突破,达到国际一流水平。建成40特斯拉稳态混合磁体装置,磁场强度世界第二。

(3) 建成了国际首创水冷磁体扫描隧道显微镜系统、扫描隧道-磁力-原子力组合显微镜系统,以及强磁场下低温、超高压实验系统,使得我国稳态强磁场相关实验条件达到国际领先水平。

二、在院长岗位上运筹帷幄

2014年4月,匡光力任中国科学院合肥物质科学研究院院长,主持并组织申报成功"合肥综合性国家科学中心建设方案",其意义重大、影响深远。

2014年,中科院启动"率先行动"计划,优先启动了中科院大科学中心的建设。其中包括由中科院合肥物质科学研究院和中国科学技术大学联合申请并获批的"中国科学院合肥大科学中心",这直接推动了"合肥综合性国家科学中心"的建设。

大科学中心于2016年以"优秀"的成绩完成筹建。在此基础上,合肥

科学与人生

研究院又积极推动安徽省、中科院联合申报"合肥综合性国家科学中心"。

2016年3月18日,"合肥综合性国家科学中心建设方案"论证会召开,在答辩会上,匡光力在报告中提出了前瞻性的发展远景:

(1) 综合性国家科学中心所依托的是:先进的国家重大科技基础设施群建设,可支撑多学科、多领域、多主体、交叉型、前沿性的研究,有代表世界先进水平的基础科学研究和重大技术研发的大型开放式研究基地。

该中心的建设,对于国家及安徽的科技创新能力提升,具有三方面的重要意义:① 有利于解决重大科学问题,提升知识创新能力,提供创新原动力;② 有利于整合创新资源,开展多学科交叉研究,催生变革性技术;③ 有利于搭建从科学到技术、从技术到产业化的转化桥梁。

(2) 合肥已经积聚了建设国家科学中心良好的基础和发展环境:① 拥有包括合肥同步辐射装置、全超导核聚变实验装置、稳态强磁场实验装置等世界先进的大科学装置集群;② 在量子科学、核聚变、智能语言等多个前沿科技领域具有国际影响力;③ 拥有包括中国科学技术大学、中科院合肥物质科学研究院、中电集团第38研究所在内的各类大学和国立研究机构近百家,具备雄厚的科教能力和技术研发实力;④ 此外,还有特色鲜明的高技术产业集群、优越的创新改革环境、丰富的高层次人才,等等。

(3) 除了建立组织管理架构、探索运行机制之外,科学中心建设的主要任务还包括:① 可以进一步推进国家大科学装置群建设,即提升现有大科学装置性能、争取新建大科学装置;② 将加快共性技术研发圈构建,如建设世界一流的创新型大学,提升一批并新建一批科学技术研究平台,建设三大全国性产业创新中心;③ 依托该创新平台,可以催生原创技术,引领新型高端产业发展等。

(4) 科学中心将聚焦信息、能源、健康、环境四大领域,在解决重大科学问题、提升原始创新能力、催生变革性技术、开展多学科交叉和变革性技术研究方面,发挥重大作用。

① 在信息领域:建设量子信息重大创新基地、天地一体化信息网络合肥中心和联合微电子中心;② 在能源领域:建设聚变堆主机关键系统综合研究设施和分布式智慧能源创新平台;③ 在健康领域:建设国际一流的离子医学中心与大基因中心;④ 在环境领域:开展大气环境立体探

测实验装置的预研。

2017年1月10日,国家发展改革委和科技部联合批复了"合肥综合性国家科学中心建设方案"。合肥成为继上海之后,国家正式批准建设的第二个综合性国家科学中心。这标志着安徽省在全国创新大格局中占据重要的地位,成为代表国家参与全球科技竞争与合作的重要力量。

根据这项建设方案,合肥综合性国家科学中心到2020年基本建成,成为国家创新体系的基础平台、科学研究的制高点、经济发展的原动力、创新驱动发展的先行区;到2030年,建成国际一流水平、面向国内外开放的综合性国家科学中心,为我国科技长远发展和创新型国家建设提供有力的支撑。

三、努力打造"双一流"高校平台

2017年3月匡光力任安徽大学校长,2018年3月经提名推荐、协商通过成为全国政协委员。

作为教育战线上的政协委员,匡光力近年来多次在全国"两会"上提交提案,持续关注高校建设、人才培养和科研创新能力的提升。

匡光力说,要分类推进高水平大学的建设,安徽已有123所大学,规模很大,但还要在质量上有所提升,更加关注优质高教资源和个性化、多样化的需求。安徽大学是一所综合性、研究性大学,已进入国家"双一流"高校建设名单,不论是文科还是理工科,都要培养出一流的研究型人才。

匡光力认为,安徽大学要瞄准安徽省重大发展创新领域,深度融入合肥综合性国家科学中心的建设,聚焦国家重点实验室培育与建设,特别是在"集成电路先进材料与技术研究"等"瓶颈"技术攻关上,大规模培养青年拔尖人才和引进科学领军人才,组成高水平创新团队,为安徽电子产业的发展提供新技术、输送优秀人才,做出高校对国家对安徽应有的贡献。

回忆起母校安徽大学,匡光力深情地说,我于1979年考入安徽大学,安徽大学让我从一棵小苗成长为一棵大树,我的人生之路从这里起航。38年后我又回来了,在安徽大学校长的岗位上,我要为安徽大学和高校事业的发展建功立业。当然,建功立业绝非易事,依靠的是集体的智慧,需要的是时间的考验,积久之"功力",方有一事之"功成"。所以,"功成"不是属于哪一个人的,是每个人的努力付出,在我的任期、在我的有生之年,我将锐意进取,拼搏奉献。

匡光力校长为研究生授予学位

匡光力校长信心满怀地奋斗在建设"双一流"高校的道路上,把"无我"的高尚情怀与"有我"的责任承担结合起来,为新时代美丽中国的精彩篇章,再谱写崭新的一页。

2021年11月2日

编者注:在本书即将出版之际,2023年1月12日,由中国科学院和中国工程院两院院士投票评选的2022年中国十大科技进展新闻、世界十大科技进展新闻在北京揭晓并对外公布。其中,2022年8月12日,国家重大科技基础设施"稳态强磁场实验装置"实现重大突破,创造了场强45.22万高斯的稳态强磁场,超越已保持了23年之久的45万高斯稳态强磁场世界纪录。

走上国防科研之路

张建德

张建德简介

张建德,1983年8月至1986年10月在中国科学院等离子体物理研究所攻读硕士研究生,获硕士学位;1987年3月起在等离子体所攻读博士研究生,获博士学位。硕士导师为任兆杏、方瑜德研究员,博士导师为邱励俭、方瑜德研究员。现任国防科技大学前沿交叉学科学院教授,从事高功率微波技术研究。2004年、2007年和2012年分获军队科技进步奖一等奖1项,分别排名第一、第二、第一;2018年获国家科技进步奖二等奖1项,排名第二。近10年来,以排名前三作者发表SCI论文40余篇,获授权国家发明专利近30项。获国务院政府特殊津贴,并且荣立二等功2次。2017年被评为技术三级(副军级)教授,2019年被授予技术少将军衔。

 科学与人生

"九层之台,起于垒土",我走上科研之路的厚实根基就是从董铺岛开始夯实的。从一个农村娃成长为国防科技大学的教授,科研路上的苦辣酸甜,个中滋味,寸心自知。在探索的路上,我产生过失落,经受过迷茫,遇到过挫折,遭受过冷遇,但更多的是奋斗后的充实、拼搏中的进取和获得创新突破时的欣喜。

我自小在农村长大,是那个时代的"留守儿童",父母一直在湖南省醴陵县不同的公社工作,将我寄养在农村的外婆家。童年时期我除了上学读书,就是打猪草、拾柴火、喂鸡喂鸭,过着物质贫乏但天真快乐的生活,那段青葱岁月在我的人生中留下了深刻记忆。

1978年,是中国历史上具有转折意义的重要年份,对我而言更是如此。当年3月,作为第一批恢复高考后的大学生,我走进了湖南湘潭大学的校门。我非常幸运,也非常感激那个伟大的时代。虽然教室是"夏天半尺灰,雨天一脚泥",但没有一个人抱怨,同学们学习的热情异常高涨,难得的学习机会,让我们忽略了学习条件的艰苦。老师们教学也非常认真,特别是颜家壬老师。他是我们心中的偶像,才华横溢,课讲得非常好,他送给我"持之以恒"的赠言,让我铭记终生。兴趣是最好的老师,大学期间,令我印象最深的就是自己主动参加学校选拔,被顺利推荐参加湖南省非数学专业的数学竞赛,喜获三等奖,且排名第一位。1982年1月,我毕业后以优异的成绩留校工作,对科研的浓厚兴趣促使我选择继续深造。1983年,我如愿考上中国科学院等离子体物理研究所硕士研究生,正式迈出了走上科技创新之路的关键一步。

1983年8月,我怀揣科学梦想走进了等离子体所驻地——董铺岛,研究生部董俊国老师的热情接待让我感受到了"家"的温暖;研究生部主任季幼章老师向我们新同学介绍了等离子体所的情况,我顿时感到进入了科学的殿堂,立刻就有了崇高感和自豪感,从此我们这一届同学也就被称为83级。当时的董铺岛,三面环水,地处偏僻,离合肥市区三十里地,附近最大的农村集镇是三十岗。这个几乎与世隔绝的小岛,却成了我们专心学习的好地方。

经过一年在中国科学技术大学的基础课学习,我进入了十一室磁镜研究室,开始了硕士课题的研究工作。我的论文题目是《简单镜中

ECRH 初步分析》，主要任务是进行磁镜热电子环逆磁测量。

1983 级部分硕士研究生合影
（左起：吴桂平、叶民友、张建德、王先玉、黄荣、匡光力、邓传宝）

进入实验室我才真正感受到本科阶段进行的实验训练太少了，几乎什么都不会，任兆杏和方瑜德两位导师手把手地教我，从焊同轴电缆接头到冲洗示波器照片，用比较的方法判断集成运算放大器的好坏。我明白了撰写论文的核心就是：说清楚一个事情的道理。任老师让我从一个科学研究的门外汉，成为一个熟练的科研实践者。

1986 年 10 月，我顺利完成学业，硕士毕业后被分配到了长沙，来到闻名遐迩的国防科技大学工作；1987 年 3 月又有幸回到等离子体所读博士，师从邱励俭和方瑜德两位导师，进行 ECRH 产生晃荡电子形成串级磁镜热垒研究。

邱励俭老师时任研究所副所长，风度翩翩又平易近人，对我们学生既在工作上严格要求，又在生活上嘘寒问暖。方瑜德老师科研思路非常敏锐，待人宽厚大度。记得方老师一直和年轻同志及我们研究生在一个办公室，有一次他在办公室白板上提示我们"注意办公室整洁"，被年轻同志加上了"自勉"二字，方老师见后莞尔一笑，可见其幽默风趣。

1989年10月，我的博士研究课题遇到了比较大的困难，主要是研究室研究重心转移，获得的人力物力支持减少。那时我成了一个要面对多方任务的科研人员：磁场坏了修磁场，电源坏了修电源，真空坏了修真空，开关坏了修开关，还有诊断系统要研制、维护和维修。印象最深的是真空，花了两个月时间将真空抽上来，一次漏气就又回到原点，真是辛辛苦苦60天，一下回到"解放前"。在邱老师和方老师的不断鼓励下，1990年9月我终于完成了实验，又经过在长沙两年的数值模拟分析，1992年10月我顺利完成了博士论文答辩。

从1983年8月到1990年9月在所里攻读硕士和博士期间，我特别要提到的是研究所的学术活动和文体活动：组织灵活、内容丰富、形式多样。比如，研究所霍裕平所长亲自召集和参加研究生学习心得交流会；五室俞国扬老师和六室谢纪康老师常常向研究生介绍国外科学研究的见闻；篮球、排球、足球、桥牌、围棋和游泳比赛应有尽有，交谊舞会、音乐歌唱会、文娱晚会交替进行。印象最深的是82级的李建刚师兄，不仅学问做得好，音乐方面也是行家里手，弹电子琴如行云流水，还会编曲、指挥。还有82级万宝年师兄，篮球打得特别好，我们83级总是打不过以他为代表的82级。

记得1985年夏天，我们组织了一次非正式比赛，82级以万师兄、吴颖和张北超三人组队，83级由匡光力、叶民友和我组队，经过激烈对抗，最后我们83级取胜，并且还赢了万师兄一个10斤重的大西瓜。现在回想起来，这很可能是万师兄为了鼓励我们83级而故意"放水"的。也正是在董铺岛这些丰富有趣的文体活动中，我于1987年底遇到了我的夫人——1987年进入等离子体所、在七室计算机研究室攻读硕士学位的88级的杨松琪同学，有了和她接触并在她面前表现的机会，从而在1989年走到了一起，我们夫妻二人相濡以沫，互敬至爱，直到现在。

1992年10月，我博士毕业，在国防科技大学进行以脉冲功率技术和等离子体物理为学科基础的高功率微波技术研究，其目的是进行国防应用。刚开始的十年，我遇到了很大的困难，课题经费不足、研究设备落后、技术积累缺乏，因此课题进展很慢，一直到2000年都没有成绩。在那种情况下搞科研，精神上真是辛苦加痛苦，但在等离子体所学到的科研方法和实验技能,尤其是百折不挠的精神,还是让我咬牙坚持下来了。

我与同事们加班加点拼在一起,2001年,终于突破了高功率微波装置原理,相关成果获得军队科技进步奖二等奖;2004年,实现小型化,获得军队一等奖;2007年,科研成果实现工程化,又获得军队一等奖;2012年,实现平台适装,再次获得军队一等奖;2018年,完成产品研制,我们团队的科研成果又一举获得国家科技进步奖二等奖。我们那个当年从"地窝子"里走出来的科技创新团队,成为了名副其实的国家队,我个人因贡献突出,于2009年和2013年两次荣立二等功,2017年被评为技术三级(副军级)教授,2019年被授予技术少将军衔。

艰难困苦,玉汝于成。回忆自己的人生之旅,我深感每一项成就都来之不易,尤其是站在科技创新前沿的探路人。上大学时,我总是充满幻想,想当牛顿、爱因斯坦;刚读研究生时,又因学业压力大感到沮丧,因为我觉得受控热核聚变作为新能源在我有生之年都不一定能实现。后来随着思想的成熟,我逐渐学会了面对现实和脚踏实地,认识到科学研究不管现在是否有用,只要对人类认识世界和改造世界有益,就有它的价值。科学研究包括基础研究、应用基础研究和应用研究,无论哪一种科学研究都有它的意义,作为一名科研人,我们只需沉得住气,让努力成为一种习惯,谋事在人,成事在天。

我所在的国防科技大学高功率微波技术团队有一句口号:"干惊天动地事,做隐姓埋名人",其实我的等离子体所的老师们、同学们不也是如此吗?为了研制出受控热核聚变能源,一代又一代的科研人在默默奉献。正是在等离子体所受到的教育和训练,使我甘愿为国家的强大而做一名默默奉献的隐姓埋名人。

时隔多年,2009年夏天我回到等离子体所,时任所长的李建刚师兄带领我参观"东方超环"(EAST),其庞大的躯体,先进的微波、电源和真空等实验设备,以及高精尖的诊断设备,令人震撼,其复杂的科学内涵更令我对其建设者和实验者们肃然起敬。

"团结协作、锐意进取、艰苦奋斗"的传统,开放、公平、民主的科研氛围及宽松和谐的科研环境,是等离子体所工作不断开拓创新的保证。当年直观的感受是:等离子体所培养的学生,优势在于实验动手能力很强,解决问题的能力很棒，不足之处是所学知识不够系统；而今天看到，在高度信息化和国际化的等离子体所，后者早就不是问题了。

张建德（左二）与立陶宛科学家（左一）和俄罗斯科学家（左三）参观实验室（2018年）

　　岁月不居，时节如流。2018年，等离子体所迎来了四十华诞，四十年栉风沐雨，四十年春华秋实，四十年来不忘初心，探索受控热核聚变领域的未解之谜。一代又一代的科研人员以数十万次实验攻克核聚变难题，一次次的胜利让我们更加坚定了信念，使我国磁约束热核聚变的发展经历了从无到有、从弱到强、从跟随到领跑的跨越式发展。董铺岛，这个曾经远离城市喧嚣、绿带环绕的小岛，已成为全国科学中心，以 EAST 为代表的科研成果享誉全球，其培养的核聚变人才也在全世界生根开花结果。等离子体所在人才培养和科学研究上做出的重大贡献，是献给建党100周年的最好礼物，作为其中的一员，我深感骄傲和自豪！

2019 年 7 月 26 日

致三十五道科岛"年轮"

张晓东

张晓东简介

张晓东,中国科学院等离子体物理研究所研究员、博导。1979年从安徽宿城一中考入清华大学工程物理系加速器专业,1984年考入等离子体所攻读硕士研究生,师从陈苗荪老师(时任研究室主任)开展大功率负离子源研究,获硕士学位。1987年10月硕士毕业后留研究室工作至今。其间,攻读在职博士研究生,师从谢纪康研究员,获博士学位。1995—1997年在德国马普学会等离子体所仿星器研究室访问工作,1999年获研究员职称。曾任等离子体所HT-7研究室副主任,托卡马克研究室副主任,等离子体所党委书记、副所长。

主要从事托卡马克装置长脉冲运行实验和研究;开展高约束模式转换机制研究,合理解释了L-H转换条件与实验现象;提出了新的偏滤器技术概念并开展相关实验研究。参加了HT-7、EAST超导托卡马克装置的建设和调试;带领课题组解决了超导托卡马克装置失超保护系统在长脉冲运行中的实时保护问题;曾负责HT-7、EAST装置的运行。主持多项国家自然科学基金委面上和重点基金项目、科技部研发专项,参与3个国家大科学工程项目建设。获国务院政府特殊津贴。

四号楼南门外有一棵雪松,是等离子体所里最大最老的"树王",也是我的邻居。每每透过办公室窗户,我总能看到它傲然挺立的身姿。自我来等离子体所时它就在这里,无论是盛夏的骄阳烈日,还是严冬的风霜雨雪,都始终坚守着自己的一方天地,用遒劲的线条记录自己生命的轨迹。

"树王"见证了等离子体所艰苦创业的成长历程,也陪伴着作为等离子体所一员的我,走过放飞理想、追求奋斗的人生岁月,刻下了三十五道科岛"年轮"。

一、难忘读研时光

我从小有着极强的好奇心,特别有兴趣和动力去探求未知世界。每破解一个问题后,很享受探索的过程。高考时,父亲希望我填报清华大学的建筑专业,但我对它并不"感冒"。当时,中国科学院刚开始建对撞机,虽然我还不清楚高能物理的具体概念,但是觉得它很神奇,就坚持己见填报了清华大学工程物理系的加速器专业,最终以全校第一、在整个地区名列前茅的成绩圆梦清华,迈出了走上科研道路的第一步。

考研时,恰巧获悉科学岛(当时的中国科学院合肥分院)在招收加速器专业的学生,合肥离我的老家宿州不远,在各种机缘巧合下我果断报考了等离子体所的研究生。那是1984年,我们到等离子体所考试的时候,四号楼正在做抗震加固,楼外立着支架,让人感觉到办公楼很有年代感。考试的前一天,住在岛上服务楼招待所,当晚下了一整夜的雨,我辗转反侧难以入眠,有些忐忑,担心考不上,同时在想等离子体所到底是做什么研究的,毕竟高温等离子体对那时的我来说是一个陌生的世界,未曾料到自此就与等离子体所结下了不解之缘。

刚到等离子体所求学时,工作和生活条件相比现在要差得多,整个研究生阶段可谓有苦有乐。当时所里的科研经费很少,设施也非常简陋。科研所需要的设备一半是靠所里的大厂(研制中心)和小厂(科烨公司)加工;另一半则需要科研人员自力更生,对老的设备进行清理、维修、拉线、布线来做实验。即使是我们刚入学的研究生,也得在没有人帮助

等离子体所1984级硕士研究生及其他所的学生在中国科大学习基础课程（第一排左起：任英、胡云霞，左六：张延彪，左九：吴恪；第二排左三起：胡立群、张晓东、陈荣江、陈一平，左七起：邹建华、张华，左十起：李国相、吴俊伶；第三排左二起：余元旗、邓晓华，左七：丁涟城，右三：张大庆）

的情况下，自己摸索着清理、维修和组装设备。那时，没有现在这么好的采集、记录系统，就连单片机也很少，只能用电子管的示波器，记忆示波器更是少得可怜，只有在别人不用时才能轮到我用，能借到已经很幸运了。做实验的时候，记忆示波器记录的曲线是一直亮着的，我们得拿着装胶片的照相机，把示波器上的波形图拍出来，在暗室里洗出照片，再把照片贴到论文上。此前在清华大学时，我没有真正接触过实验，现在就算科研条件不尽如人意，但是能摸得着设备，有条件去做实验，我倍感幸运并珍惜来之不易的机会。

读研期间，等离子体所主要运行的是HT-6B和HT-6M两个装置。我的导师是中性束注入研究室主任陈苗苏副研究员。就当时而言，研究中性束注入系统还是很有难度的，因此研究室的科研人员仅有少数在跟着装置做实验，大部分人则把主要精力放在发展中性束注入相关的技术

研究上。陈苗荪老师安排我参与他申请的基金项目"中性束注入负离子源研究",需要搭一个实验系统并根据实验结果撰写论文,那时的一个基金项目经费只有4万元,现在看来真是少得可怜。我迎难而上,想方设法到器材旧品库去淘,到各个实验室去找,自己去拆洗、换加热炉丝,连大蝶阀、水冷管和控制系统等都要自行组装连接,终于依靠一己之力,成功搭建一套负离子源实验设备。这也成为数年后所领导们"挽留"我的原因之一,他们认为我动手能力比较强。

陈苗荪老师又安排我去调研某一研究方向上国际同行的工作进展情况。当时参考资料非常匮乏,我正在一筹莫展之时,陈苗荪老师把参加国际会议带回的一本论文集借给我看,我立即把整本书都复印下来开始挑灯夜读。当时也没有计算机,我就把笔记写在信纸上,把重要图片从论文集复印件上剪下来贴在笔记旁;读完以后再根据自己的理解和思考,写出未来的研究思路,配以手绘的示意图,最终整理形成了一份40页的调研报告。到现在我都认为,这是从学生到科研人员角色转换所必须经历的成长之路。

读研期间,我们所处的董铺岛被称为合肥的"西伯利亚",不通公交车,也没有出租车,只有每天为数不多的班车能带人进出小岛,很难接触到"外面的世界",这为我们创造了潜心致学的客观条件,但也让初来乍到的研究生业余生活难免单调。随着等离子体所体育活动的开展,"随大流"的我,开始投入到篮球、足球、羽毛球等各项运动中去。我们那一届只有5个学生打篮球,没有替补,一打比赛就要从头到尾全程参与,就算受伤或者体力透支也只能咬牙坚持。就这样的一支队伍,曾打败了各个室职工篮球队以及其他年级的研究生篮球队,问鼎冠军,也锻炼了我坚韧不拔的毅力。

二、走进托卡马克

随着等离子体所科研布局的变化,1989年老四室撤掉了,这对我影响很大。我随着室里大部分人到六室去做锂束诊断,由于当时工业技术条件比较差,锂束诊断全靠手工来做,做了四五年,虽然取得了一些成绩，但进展不大。我感觉自己处在"边缘"，只在做大系统里一项不起眼的辅助研究，与理想的事业规划相去甚远，对自己未来的发展也比较茫然。1993年，我在北京开会时偶遇了原来清华大学的老师，他邀请我回母校工作，我同意了他的提议。

时任所党委书记王绍虎是我读研时期的老四室副主任，得知我要调走的消息，一开始他说："年轻人嘛，你要出去闯，有好的去处我也不反对。"当我拿到清华大学的商调函后，他却改口不让我走。我入所以来的表现他都看在眼里，他认可我的科研能力，认为如果我离开对所里是一个损失。时任副所长万元熙正在北京出差，专程打了半个多小时的长途电话做思想工作挽留我。我那时只是一个具有中级职称的助理研究人员，心想没有必要留我吧。当我得知所长霍裕平刚从国外出差回来，大雪天里我跑到老先生家，一见面老先生就对我说："别人来找我说要走我会同意，你呢，我不同意你走，你别想走，胳膊扭不过大腿。"所领导的一致挽留和心中对等离子体所难以割舍的情愫，最终让我决定留了下来，毕竟在等离子体所生活工作了快十年。

1994年1月，我被调入了由研究所领导的，由何也熙、刘正之、毕延芳、高大明等几个研究室主任负责的HT-7超导托卡马克组装和调试运行项目，进入了几个年轻人组成的"核心组"。曾经发誓不学等离子体物理的我，从此换了研究方向，开始接触、认识、了解托卡马克，迎来了事业上的天时、地利、人和。

HT-7项目启动后，等离子体所有了真正的大科学工程，进入了一个崭新的阶段。当时物质条件很艰苦，全所咬紧牙关过穷日子，有时候甚至需要借钱来发工资，但科研团队的精神状态很好，没有人懒惰和懈怠。老所长、老领导客观公正地从工作表现和对所里的贡献出发，来评价一个人的能力，这把"量尺"为后续管理者树立了良好的榜样。在此前提下，全体项目人员一心为了工作，干劲十足，想方设法赶进度。每天"白加黑"从早一直干到晚上9点多，也没有休息日，但大家毫无怨言，直到现在我还保留着那时留存下来的一年多的加班条。最热的"三伏天"里，"8-1大厅"没有空调，我们许多同事光着膀子干活，常常因为钻上钻下而汗如雨下，即便在这样的条件下大家都干得不亦乐乎。所里各个岗位工资差别不大，不仅没有绩效奖金，连加班时的盒饭都没有，最高的奖励就是加班时的一袋水饺，大家不计得失，仍然报以满腔的热情和奉献的精神。团队成员达成了共识：任何岗位哪怕是"临时工"都是人才，没有人因为具有较高的职务和职称而指手画脚，有理论储备的科研人员和有操作经验的工人形成了互补，遇到困难共同摸索解决方法；每个人都有表达自己意见的权利，每个人都受到了应有的尊重，渐渐地我们的团队成为一支凝聚力强且颇有战斗力的科研团队。

张晓东在第一届中国磁约束聚变能大会上做学术交流

"核心组"每天在所领导和室主任的眼皮底下干活，我觉得总得有点"真材实料"才能站得住脚。加入"核心组"之后，我有幸参与了HT-7装置组装过程中所有技术方案的讨论，领导把一项工作安排给我，我就一门心思把它做好，从没有想过要得到什么"好处"。最辛苦的是每天的晨会，领导们会在头一天把遇到的问题"抛出来"，让大家第二天拿出解决方案，成员们每天都得绞尽脑汁去思考，围绕问题做功课。参与HT-7调试的一年中，我们没有现在这样的控制系统，所有的加热场和平衡场的控制都是靠十进制的电位器。当时等离子体控制无法去耦合，不能既控制水平位置，又控制垂直位置，还保持等离子体电流不变。我要想调多少、加多少或减多少，十进制电位器的拨动控制都得靠经验，这样的经历非常能锻炼人对等离子体的理解，我的工作内容由此又向等离子体物理方面延伸了许多。

有人曾说，老八室出来的人嗓门都很大。这是因为 HT-7 装置调试运行时，我们没有远程控制系统，天天围着装置转，常常站在现场的平台上讨论问题，这样看得最清楚最直观，也便于尽快发现问题。HT-7 装置抽真空时噪声很大，为了盖过装置的声音，我们说话都得用"喊"，嗓门能不大吗？在 HT-7 装置建设初期，我每天只抽 3 根烟，自己想方案时也很少抽烟。到 HT-7 调试运行之后，实验 24 小时不停歇，大家都泡在现场，周围有人想抽烟提神，偶尔递过来一根，自己抽的时候再递给别人一根，你来我往就抽得多了，就在这个阶段我的吸烟量变大了。

说到那时的条件缺乏和工作艰苦，从一些小事可以看出。装置组装调试时，首先要看投入的加热场、极向场和充气是否能够在真空室里形成气体击穿，我们当时称之为"点亮"，没有摄像头和远程监控设备，怎么判断是否亮了？那时由我来观察是否"点亮"，所领导和全体参加 HT-7 装置建设的人员都很担心。在击穿放电时我就坐在离装置 2 米远处紧盯着玻璃窗口，看是否亮了，好在我学过辐射防护，没有心理负担，一次点亮就相当于医院做一次 X 光透视，装置能亮起来我们的工作才能继续下去。

除 HT-7 装置外，给我印象最深的是会议室的老式长条木桌，那可是两位所领导谢纪康老师、翁佩德老师和研究室主任何也熙老师专用的床。HT-7 装置是集全所之力在原 T-7 装置的基础上改建的，它的放电运行情况各级领导都很关心。晚上领导忙完所里的事就经常过来陪我们，了解装置放电运行情况，大家看在眼里心里也就踏实了。那时装置是 24 小时连续放电运行，很晚了领导也不回家，会议室里的那个长条桌子对几位领导而言也就有了"床"的功能。虽然条件艰苦，领导为我们普通科研人员挡风遮雨，所表现出来的无言关爱一直萦绕在我心里，我至今心存感激，也成为我前行的动力。

HT-7 装置是等离子体所第一个大科学工程装置，其成功研制和放电运行，为等离子体所和中国聚变走向国际舞台开拓了创新之路。运行 20 多年来，培养造就了一批高素质的大科学工程人才队伍，为成功建设

 科学与人生

和运行 EAST 装置奠定了坚实基础。老一辈聚变人团结奋进、无私奉献的精神,始终激励着我们前进。

三、EAST 装置二三事

1995 年 HT-7 装置顺利运行之后,我就到德国马普等离子体所做访问学者,更加系统深入地学习等离子体物理;1997 年回到所里时 EAST 装置前期的物理设计已初步完成,我主要负责 HT-7 装置运行的相关工作。

当时所里"8-1 大厅"有两个装置:一个是 HT-6M,一个是 HT-7。EAST 装置项目经费只有 1.65 亿元,建设费用肯定是不够的,但如果这笔钱不用,所里就很难再申请其他项目,一定要上这个项目。最初 EAST 装置计划放在"8-1 大厅"里,做此考虑的原因,主机厅建设费用就可以省下来,不过 HT-6M 装置和 HT-7 装置得拆除。首先,我认为:一旦 HT-7 装置被拆除了,所里 5 年内将没有装置运行,无法跟踪国际上相关领域的研究,也没法培养实验运行人员的技能,科研和实验人员就会青黄不接,人才队伍也会出现断层。其次,如果 HT-7 装置拆除,运行费没有了,科研经费也会短缺;再者,"8-1 大厅"辐射防护能力弱,装置建成后,安全没有保障。我准备向所长万元熙提出新建 EAST 装置大厅的建议,有人劝我说,我们这样的小兵犯不着管这件事。但我还是坚持表达了自己的想法,领导考虑之后采纳了我的建议。这样 HT-7 装置也可以继续运行,可谓两全其美。

我回国没两年,室主任何也熙老师调走了,把 EAST 装置布局的大课题交给了我,这可不是一件容易的事。做规划时,装置周围怎么建,给各个子系统预留的后续发展空间够不够用,还有安全问题如何考虑,这些都至关重要。所有细微之处,比如:大厅地下窗孔如何设置,还要预留一些窗孔,它们和"8-1 大厅"及外围设施怎么连,也都不能马虎。EAST 装置到目前已经安全运行了 13 年,我做的规划没有让 EAST 装置的升级改造和发展受到较大的限制。

当时,EAST 装置内部所有低温管路铺设布局都没有三维图,如何

走管道有时由工人师傅来决定,有的设计人员并不完全了解托卡马克装置以什么样的运行模式运行。装置快封装的时候,我带领高大明、吴维越、龚先祖最后检查 EAST 装置内部管线的安装情况,我们在现场发现,EAST 装置的低温金属管路是暴露在变化磁场中的,未加固定及绝缘处理,这在变化的磁场中一旦振动搭接,可能会形成电弧,危及装置安全。我曾参与了 HT-7 装置的组装、调试和运行,解决过装置遇到的各种问题,对装置工程方面的理解也比较深刻,据此,我提出了对低温管线加以固定和绝缘处理的改进方案,排除了安全风险。可见,有装置调试和运行的"经验"做支持,多与工程、物理和技术人员充分沟通,对整个工程是多么的重要。

EAST 装置的建成,被国际同行认为"是世界聚变工程的非凡业绩,是世界聚变能开发的杰出成就和重要里程碑"。这张漂亮的成绩单,为等离子体所后续科研事业的蓬勃发展奠定了坚实基础,也让等离子体所迎来了飞速发展的机遇。

四、初心与使命

2005 年 11 月,我开始担任等离子体所党委书记,至今已有 14 年,其间伴随等离子体所走过 30 年和 40 年的华诞。近年来,在 EAST 装置上取得的成果屡创纪录,也为 ITER 计划做出了重要贡献;等离子体所发展了多项聚变工程关键技术,作为核心单位推动了中国聚变工程实验堆(CFETR)项目;还积极参与了合肥综合性国家科学中心的建设。等离子体所先后获得了国家科学技术进步奖一等奖、国家科学技术进步奖创新团队奖等多个国家级重要奖项,现已成为国际上有重要影响力的热核聚变研究基地,为促进我国科技事业的发展做出了重要贡献。这是全所上下坚守创业初心、不忘光荣使命,秉承"甘于奉献、团结协作、锐意进取、争创一流"大科学文化精神以及求真务实、团结奋斗所取得的丰硕成果。

曾有人对我说,当我还在担任研究室负责人时,我只要负责装置主机即可。但是大厅里如有其他系统坏了,即使不是我们室的设备,其他人不愿意出钱修时,我也愿意从自己课题费里出钱去修,这样就能很快排除障碍,让科研工作得以顺利开展。因此,在推选所领导时,他们投了我一票。回想起来,我当时的出发点很简单,就是"一切从研究所利益出发、服务科研事业发展"这一初心,这也是历任等离子体所领导班子的优良传统。担任党委书记以后,岗位变了,但初心和使命不变,"主体责任"要经常闪现在脑海中,我始终以"为全所服务,助科研发展"为己任来开展工作。当研究室、个人有难处时,在不触碰底线,不影响国家、研究所和他人利益的前提下,我尽可能地协助解决问题。

有作家撰写《核聚变领跑记》采访技术中心的刘琼秋时,他提起了一件事:当初研究所要建设 110 kV 变电站,保证 EAST 大科学装置运行,需要合肥供电公司提供保证书,只有拿到保证书,北京方面才能同意这座大型变电站放在研究所内。时间紧、任务急,北京方面要求必须在下午三点钟之前,将合肥供电公司的保证书传真到北京。我带着技术中心人员到合肥供电公司,当即拍板,如果出现问题,我来承担责任。于是,保证书快速拿到手,在截止时间前传真过去,保证了 110 kV 变电站的顺利开工。职责之事必须用心去做,个人之事则微不足道,如果不是刘琼秋说起,我自己都不记得了。

"在其位谋其政",谋,就是要策划,当党委书记需要深入思考在不同时期应开展哪些有特色的活动,来统一思想、深化认识、增强凝聚力,营造和谐奋进的科研氛围,推动科研事业的蓬勃发展。2016 年"七一"前,我组织复印了全所党员的入党申请书并发至各党支部。各党支部组织了专题学习会,让党员们宣读自己的入党申请书,回忆誓言,不忘初心;同时,大家对照党章要求找差距,坚定党员的理想信念,"做合格的共产党员"。活动与当时全国开展的"不忘初心、牢记使命"的主题教育活动有着异曲同工之效。

为深化科教合作,加强人才培养,发挥等离子体所导师资源优势,促进整体队伍能力的提升,我在所内实行了研究员讲习制度,我开场做第一讲,至今已举办讲座 100 余期。注重自由平等的科学文化氛围也是我们所的优良传统,2015 年我提出并启动了 NICE(New Idea Conformation and Exploration)计划,其徽标展示了人插上翅膀,目的在于放飞科研人员思想,目标是:打造等离子体所全新的学术交流模式,在自由、平等、诚信的氛围中,在充分保障成员学术贡献及成果的基础上,追求聚变领域的新思想、新技术,力求突破科研难点和产出有影响力的成果。我还策划组织了"研究所优秀青年人才"评选活动 和"所长奖学金"评选活动,举办了"青年心声"座谈会,开展了以科研为主题的全所职工调查,等等,解决了他们在思想、科研、生活中的实际问题,激励优秀青年脱颖而出,希望培养出一支素质过硬、能打胜仗的青年人才队伍。

初心和使命是代代相传的。"甘于奉献、团结协作、锐意进取、争创一流"的大科学文化,是等离子体所的宝贵财富,因此,所党委注重通过多元化的文化建设活动,传承和发扬大科学文化精神,并且组织开展各种创新文化活动,"内聚人心,外塑形象",营造有利于科技创新和人才辈出的良好氛围,形成富有特色的文化软环境。我们组织开展了"七一"系列活动;打造了所文化品牌"爱乐合唱团"、迎新春联欢会、青年文化月以及各类球赛等体育活动;还响应"春蕾计划",开展扶贫帮困、送爱心送温暖活动,彰显了党员和群众的精神风貌。忘我的科研精神和优秀的文化活动激励着等离子体所人,在新时期不忘初心、牢记使命、勇攀高峰、再创佳绩。

张晓东代表合肥物质科学研究院传递奥运会火炬(第126号火炬手)(2008年5月28日)

在科学岛上的岁月里,除了科研工作外,我倍感荣幸地参与了国家举办的两个重要活动。2008年我作为合肥市火炬手参加我国第一次举办的奥运会的火炬传递活动,高举火炬奔跑在合肥市天鹅湖畔。2019年10月1日,我很荣幸地作为国庆70周年中组部邀请的观礼代表,在北京天安门旁观礼台上观看国庆大游行,三军雄姿、人民欢歌,见证了我们党的伟大和国家的繁荣富强,我激动的心随着冲天高飞的焰火,融入那欢乐的海洋。

张晓东作为中组部邀请的安徽六名代表之一参加新中国成立70周年观礼活动(2019年10月1日)

回忆起当年和我一起来科学岛面试的同学,有的人是乘大卡车从北门离开的,车子驶离时扬起的漫天尘土,模糊了我的视线,那场景依然历历在目。须臾之间,三十五年光阴一晃而过。一起面试但最终没有来岛上读研的人,不知道他们究竟去了何方,走了怎样的人生道路。而我在这个远离尘嚣的小岛上扎根、工作、生活,为聚变研究事业添砖加瓦,因为热爱,所以坚守,走过了我充实愉快、无怨无悔的人生旅程。

2019年10月19日

难忘读研美好时光

邹建华

邹建华简介

邹建华，1984年毕业于华中理工大学，1984—1991年在中国科学院等离子体物理研究所攻读硕士、博士研究生，获硕士、博士学位。硕士期间师从潘垣、郭文康研究员，博士导师为潘垣研究员。1991—1993年在华中理工大学博士后流动站工作，1993—1995年在西安交通大学博士后流动站工作。作为高级访问学者，2002年曾在荷兰Eindhoven大学和Philips公司进行交流合作研究。

1995年至今在西安交通大学电信学院系统工程研究所工作，任教授、博士生导师。1995年任系统工程研究所副所长，2008—2015年任电信学院副院长，2015年起至今，任西安交通大学广东研究院院长。

从事科研工作30余年，发表高水平学术论文100余篇。已主持完成国家自然科学基金项目2项，国家重大专项等工业和军工关键技术研究项目10余项。

近几年带领科研团队主要从事模式识别与计算机视觉、数据挖掘与知识发现等方面的研究工作，获得的重要关键技术成果已应用到工业实际之中。2011—2013年带领科研团队承担了"天宫一号"目标飞行器和神舟系列运输飞船的环境控制与生命保障系统的飞控决策支持任务。课题组开发的决策支持系统属于载人航天七大系统之一的航天员系统，在"天宫一号""神舟八号""神舟九号"和"神舟十号"发射任务以及交会对接任务中成功运用。

科学与人生

我是1984年9月被录取到中国科学院等离子体物理研究所读硕士研究生的。那时候，我们满怀革命理想，沐浴在"科学春天"的阳光里。我们诚心地做学问，踏实地搞科研。在那时，还没有要求博士生必须发表学术论文，更不要说必须在国际期刊上发表SCI论文，但在求真务实方面，我们应该庆幸自己部分继承了中国科学院体系的优良基因。科学研究最终还会回归其求真务实的本源。朴实和高贵，是一枚硬币的两面。搞科学，尤为如此。没有纯朴厚道的内心，何来外在辉煌的成就？

受控核聚变，是一项关乎人类前途命运的伟大事业，能亲身参与其中，是我一生的幸运与荣耀。首先，等离子体所的历届领导班子团队都很优秀，并且都有一个业界"大咖"作为带头人。其次，受控核聚变是一个相对比较窄的科学技术领地，同行竞争相对和缓。因而我们作为等离子体所的研究生，科研条件很好，可以有一个比较平稳的心态去做研究工作。当然，不要以为这些是理所应当的，没有优秀的领导，或离开这个科研环境，你可能就会感受到同行之间竞争所形成的巨大压力。

记得刚到等离子体所读研究生的时候，一位老师告诉我，核聚变有望在40年后就有可能实现商业运行，我们万分期盼这一天的到来。因为我们也曾在等离子体所学习、工作过，为人类的共同福祉和命运做出过一份贡献。

邹建华博士论文答辩

在借鉴西方近代科学和技术的基础上，中国科学工作者在不断努力、拼搏进取，为国家的经济发展做出了突出贡献。作为教书育人的一员，我们也要指导学生清醒地认识到，不要因为中国崛起，成为世界第二大经济体，就忘乎所以。在世界范围内来看，科学、技术、经济等要素，总的来说还是人类命运共同体的支撑基石，要脚踏实地地在这些方面打好基础，就像我们期盼早日使用上聚变能源一样，为人类的美好共存付出努力。

专家、导师听取、审议邹建华答辩

[后排左起：周永诚、潘垣、黄桥林、苏建龙（学生）、徐伟华（学生）；前排：张英、李正赢（华中科大）、中国科大教授、华中科大教授]

1991年11月，在经历了三年硕士生、四年博士生学习和研究共七年的美好时光之后，我顺利地拿到了学位，也收获了爱情和家庭。离开等离子体所后，我回到母校华中科技大学做了2年博士后，随后一直在西安交通大学工作。2015年8月至今，我被学校派往广东负责西安交通大学广东研究院的管理工作。

我们那几届同学，毕业后一部分出国了，一部分留在国内发展。现在回过头来看，感慨很多：选择比努力更重要。出国的同学，大致是一个轨迹;留在国内的又是另一种发展模式。如果当初选择出国,身处异国他乡,刚开始时肯定要承受经济和心理的巨大压力。但过几年一旦适应立住脚,就能步入正轨。我们这些留在国内发展的同学,起初很羡慕出国的那一部分同学,毕竟当时国内外的收入水平相差悬殊。

2000年之后,中国在经济和科技领域厚积薄发,一鸣惊人。中国的成功,不光西方人没想到,就连当事人——我们自己也根本没想到。我们这一拨人,是非常幸运的,随着中国改革开放而发展。现在来看,我们在经济上虽然取得了伟大成就,但在某种程度上缺乏对大自然的保护,环境遭到污染,自然植被遭到破坏,社会风气浮躁。

习近平总书记立志图新,铲除腐败,正本清源。目前,我们享受着改革开放带来的物质成果,但与此同时,我们也非常怀念年轻时的浪漫理想。正因如此,我特别希望在国外发展的那部分同学能经常回国看看,交流互惠,给发展中的中国带来建设性的意见和影响。期许在有生之年,能够部分实现我们年轻时的理想与追求。

邹建华近照

从等离子体所毕业到现在,几十年的人生旅程和经历,多少有些体会和感受,与大家分享一下:

(1)为什么要读书?又为什么要攻读硕士学位或博士学位?有时候自己也在反思,如果我不读书,是否会有更精彩的人生。也许会,但那一定是小概率事件,因为读书可以增长知识、掌握技能。老祖宗在人生智慧、传统文化方面可谓积淀深厚。理工科出身的人,要多方面领悟政治、文化和历史的奥秘。

(2) 重要的事情,一定很少,要把"少的事情"做好。也许一个很小的科学技术问题,就可能轻易地耗费一个人的一生。其实,任何一个行业或领域都是一样的。人的一生确实很短暂,一生要做好一件事,服务于社会,服务于国家和人民。

(3) 学会去爱。从爱自己、爱家人、爱朋友开始,学会爱祖国、爱人民的"大爱"。陈毅元帅说过,"淮海战役的胜利,是老百姓用小推车推出来的",共产党为人民打江山,才有了新中国的诞生。我们应该不断学习、做好科研、掌握技能、增长才干,才能为我们伟大祖国屹立于世界强国之林贡献一份力量。

2019 年 6 月 15 日

忆峥嵘岁月，寻青春芳华

闻海虎

闻海虎简介

闻海虎，1985年9月至1991年3月在中国科学院等离子体物理研究所攻读硕士和博士研究生，获硕士、博士学位。师从曹效文研究员。现为南京大学教授、博士生导师，南京大学超导物理和材料研究中心主任，国家杰出青年基金获得者(1996年)，教育部"长江特聘"教授(2012年)，国家"万人计划"领军人才(2016年)，美国物理学会会士(2013年)。因对铁基高温超导材料研究的贡献获得国家自然科学奖一等奖(2013年，第四完成人)；因对高温超导体磁通动力学研究的贡献获得国家自然科学奖二等奖(2004年，第一完成人)。此外还获得中国青年科技奖(2000年)、海外华人物理学会亚洲成就奖(2010年)、香港求是基金杰出科技成就集体奖(2009年)等奖项。从2005年开始，连续担任科技部全国超导研究"973"项目(2005—2010年，2011—2015年)和重点研发项目(2016—2021年)的首席科学家。

长期从事超导和低温物理研究，在高温超导体磁通动力学、高温超导机理问题及非常规超导材料合成和物理性质研究方面获得一系列成果。2000—2009年曾担任超导国家重点实验室主任。

2018年初秋,中国科学院合肥物质科学研究院等离子体物理研究所举行了隆重的40周年所庆。我们1985级的几位同学故地重游,睹物思情,感慨万千。

闻海虎在南京大学实验室(2014年)

在我们毕业后的近30年时间里,等离子体所获得了飞速发展,核聚变事业经过几代人的努力,取得了优异的成果并蜚声海内外。尽管所里的布局发生了翻天覆地的变化,但是我们依稀还能找到当年的影子。小白楼和小红楼基本保留着当年的架构,掩映在竹林树荫中,引起我们无限的遐想。由于专业不同,很遗憾没有为后来研究所的大发展做出贡献,但是每每听到等离子体所取得巨大进展,都打心里感到高兴,因为那里有我们的青春芳华,有我们度过的峥嵘岁月。

大学毕业后,我在1985年顺利地考入了等离子体所读研究生,那时候正好赶上发现了高温超导,因此在中国科学技术大学完成一年的理论基础课学习以后,回到所里我就开始做高温超导材料的研究。这些年来,我在超导材料和物理方面做了一点工作,也去了很多全球先进的超导研究机构,回想当年在所里做超导研究的条件和基础,可以说不是"简陋"二字所能表达的。举例来说,全所当时只有一台数字电压表,需要用的时候,要到所器材科去借;低温实验用的杜瓦瓶还是老式教科书中的玻璃制品,其优点是能够看见液氦和液氮的平面,缺点是容易破碎,高真空也很难达到。但即便是在这样的条件下,科研工作还能够如火如荼地

科学与人生

开展起来,我们居然还能够做液氦实验!这不得不钦佩以霍裕平院士为首的所领导的前瞻性决策能力和等离子体所老师们强大的动手能力。其实1985年夏天我刚进所的时候,所里还根本没有超导托卡马克,正是所领导的远见卓识,储备了一批开展低温和超导研究的人才力量,才使得后续的超导托卡马克项目付诸实施,推进速度很快并且迅速达到国际先进水平。

在等离子体所里,当时最大的感觉就是每个人都很忙,都很充实,都有自己的事情可做。尽管在做学生期间,心中的目标也还不太明确,但霍裕平所长当年说过的一句名言,深深地烙在我的心里,他说:"等离子体所是个练兵场,任何人在这里都会得到很好的锻炼。"也正是等离子体所的同事们不畏艰难、勇于创新,大家都得到了很好的训练,特别是在机械设计和制图以及相关设备加工制作和安装调配上,都逐渐形成了很强的动手能力。当我到荷兰做博士后的时候,有一次导师安排我做一根低温样品测量杆,我先画出标准的"机械制图图样",而且是用尺子和铅笔,导师惊讶地说:"It seems that the Chinese students are educated and trained very well!"("看来中国的学生得到了严格的培养和训练!")我为此而感到很自豪。在所里的时候,感觉自己在大学里学到的知识都能得到很好的发挥和应用,尽管实验条件很简陋,但我们在这种环境中,在导师的指导下,各方面能力有了很大的提高,积累了未来做科学研究的宝贵经验。

在我的记忆当中,等离子体所是一个团结的大集体。全所重大的事情和进展总是被大家所牵挂,哪怕是一个学生。这中间有一个插曲——当年的"冷聚变事件"。在1988年前后,国际上冒出一个未经证实的实验,即所谓"冷聚变"实验。大家群情激动,恨不得都去追赶一下这个潮流,做这个"重要"的实验。当时消息也不断传来,说国内的某单位也测量到反应所生成的中子了。在如此亢奋和嘈杂的环境下,霍所长从基本的核反应过程所需要的条件出发,大胆地预言了"冷聚变"是不可能的!我们作为年轻的学生,当时也不能做出判断,只是将信将疑。后来进一步的实验证明这个"冷聚变"实验结果的确是一个乌龙。因此,我们对霍所长宽广的知识面和对科学问题的准确判断非常敬佩。

闻海虎读书期间开展实验（1987年）

在等离子体所里，当时所领导以身作则和吃苦在前的工作态度，让我感触很深。当时所里只有一个冷气供应站，每到夏天，冷气站就只给实验室提供冷气，而所领导们所在的楼层和办公室是没有冷气的，只有电风扇。开始我不知道，有一年夏天，我到所办公室办事，发现所领导和行政部门的人员在挥汗如雨地工作，这让我触动很大。我们普通学生在实验室里享受着舒适的冷气，而为研究所方向把舵的领导们却在炎热的夏天忍受酷暑。后来，我逐渐明白，所领导的强大号召力都基于这一点一滴的做人准则。所领导班子中的任何人，对我们学生都客客气气、彬彬有礼，全所都沉浸在良好的风气和氛围里。当我离开等离子体所到中国科学院物理所工作的时候，去向万元熙所长道别，万所长当时对我说："可惜我们没能够留住你这样的人才，祝你到新的单位和岗位做出好的成绩。"这温暖的话语至今萦绕耳边。20年后与万所长重逢，我们彼此还是感觉那么亲切，如同亲人相聚。

等离子体所当时给我们带来的是快乐和充实。研究生部对我们每个学生的生活都照顾得无微不至。每逢周末，总能看见食堂大厅里举行的周末舞会，在闪烁的霓虹灯下，同学们翩翩起舞，正是这样融洽美妙的氛围成就了很多美好的姻缘。等离子体所当年的科研与文化平台，使我

在这里得到锻炼和积累,让我在后来的工作中不断地取得进步和成绩。今天当我看见等离子体所的科研事业呈现出欣欣向荣的状态,特别是以李建刚院士、万宝年院士等为代表的新一代学术带头人带领大家在核聚变领域自信而且扎实地推进,不断取得新的国际前沿成果的时候,作为一个曾经的等离子体所人,我心里充满了自豪。我衷心祝愿等离子体所在核聚变事业上永立潮头,为人类未来能源问题的解决做出耀眼的成绩。

2019 年 7 月 17 日

科学岛，我心中的圣殿山

林晓东

林晓东简介

林晓东，深圳大学物理与光电工程学院教授，曾任学院党委书记、副院长。1985年本科毕业于安徽师范大学物理系，获学士学位；1985年9月至1992年8月在中国科学院等离子体物理研究所攻读硕士和博士研究生（等离子体物理专业、高温等离子体诊断方向），获硕士、博士学位。硕士阶段师从邱励俭研究员、魏乐汉教授，博士阶段师从霍裕平院士、谢纪康研究员和方自深研究员。在脉冲光源的真空紫外、近紫外和可见光谱测量领域开展了一系列工作，率先在托卡马克装置上实现了真空紫外波段的时空分辨测量。

1992年至今一直在深圳大学工作，2001年受聘教授岗位、博士生导师，主要研究方向为光电测量与仪器及等离子体物理，开展了新型激光器研制，系统地研究了激光沉积薄膜过程中等离子体的特性，建有"深大磁环"等离子体研究装置。主持国家科技部重点研发计划项目、国家自然科学基金项目和其他省、市级科研课题10余项，在国内外学术期刊发表论文100余篇，获得国家实用新型专利2项。曾获得广东省"优秀青年教师"称号和深圳市"鹏城成才勋章"，现为中国光学学会光电测试专业委员会委员。

我第一次到科学岛是35年前的春天,当时为了参加硕士生录取面试。那时的蜀山湖大桥尚未完工,进岛必须乘坐公交车颠簸近一个半小时方可到达。

科学岛是位于合肥西郊董铺水库上的一个半岛,记得我进岛的当晚便住在岛上唯一的招待所里,室内蚊声不息,窗外蛙鸣不止,再加上嘀嗒的春雨声,迎接我的竟是一夜的原生态交响曲!

很荣幸,我是自己所在高校第一个报考中国科学院等离子体物理研究所研究生并被顺利录取的学生。20世纪80年代中期,国内高校还少有开设等离子体物理课程的,和我一样,我们这届26位硕士生大多是充满对受控热核聚变的憧憬才来到这里的。

学生时期的林晓东

按惯例,第一年的基础课我们是在中国科学技术大学完成的,除了繁忙的课程,科大有三个场景让我至今记忆犹新:第一是对知识的渴望——凡是有名家讲座,水上报告厅就一座难求;第二是对英语听力的自觉训练——每天晚上八九点钟学生便自觉地离开自习座位,到教学楼附近的草坪上三五成群地坐在一起,打开短波收音机收听BBC和美国之音播放的慢速或者常速英文特别节目;第三是对出国留学的传承——学生宿舍晚上熄灯后如果还有声音,那一定是打字机的键盘敲击声,那时学生联系国外高校还需通过发信件。受此启发,形成了我从教时经常告诫学生的一句话:世上本没有名校,好学生聚集多了便成了名校!

回到科学岛已是1986年夏天,恰好赶上蜀山湖大桥完工,大桥的通车极大地改善了科学岛与市内的交通状况。周末进城,可乘车或骑行,求知者可重回中国科大图书馆阅览;相恋的人,可穿梭于市里的公园和影院。

我在科学岛生活了近6年,在等离子体所完成了硕士和博士阶段的学习和研究工作。这期间有过对未来不确定的迷茫,有过不安于现状的焦虑,但更多的是获得有效实验数据后的喜悦。

林晓东近照

这6年,等离子体所对我影响至深的主要是三种文化:第一是永创一流的研究文化:等离子体所从跟踪高科技起家,从HT-6B和HT-6M起步,直至现在全球领先的EAST,每一步都汇集着一代科学家的智慧和艰辛,从小事入手,但一定是以大事为目标!这是我理解的等离子体所的科研精神。第二是协作文化:等离子体所的工作实际上是壳层结构,最核心的是等离子体物理,外层依次是等离子体诊断、装置运行、加热手段、电源保障、数据采集等,好的研究结果依赖于各壳层之间的高度协作,每一个科研人员既属于自己所在的课题组,又游离于各壳层,这对研究生的培养来说是一种得天独厚的条件,不同学科的交叉协作,既能开阔视野,又能碰出火花!第三是技能培育文化:在我们读研的年代,每天是背着工具包上班的,研究所尽管有许许多多的进口仪器,但通过自行加工设备解决实验问题是研究生的家常便饭,我的导师是这样要求我的——能自己加工的不去工厂,能在工厂加工的不去采购。作为一名理科生,我曾在研制中心车间开过行车,钻过地道铺设光缆、电缆,自封为三级钳工、二级车工,这些技能让我在后来的实验物理研究中获益匪浅。

转眼间,我和我的同学已步入即将退休的年龄,感慨颇多。人生数十载,三十年学习——学走路、学语言、学文化、学安身立命的技能;三十年工作——找个平台跳舞展示!但人生的舞台是多级的,关键是要练好你的舞姿,找准属于你的平台!

在深圳大学合影
(右起:林晓东、张英、季幼章、贾月超)

1992年初,当我离开科学岛到刚成立不久的深圳大学时,我便清醒地认识到,也许以后只能成为国家顶级科研团队和国家大科学工程的旁观者,因此将科学岛称为我心中的圣殿山。谨通过此文向一直奋斗在科学岛上的老师和同学表示由衷的敬意!也想通过此文感谢我的硕士生导师邱励俭研究员、魏乐汉教授,博士生导师霍裕平院士、谢记康研究员和方自深研究员。

2020年10月9日

永远不变的是"情怀"

冯再金

冯再金简介

冯再金，深圳市菲普莱体育发展有限公司董事长。1978年9月至1983年8月就读于中国科学技术大学物理系激光与光学专业。1983年8月至1992年4月就职于中国科学院等离子体物理研究所六室激光散射组（607组），研究方向为利用红宝石激光散射方法测量高温等离子体的电子温度。其间，1985年9月至1988年8月在等离子体所攻读硕士研究生，获硕士学位，导师为邱励俭，具体指导老师为方自深、毛剑珊、李铸和。

1992年4月至1993年11月就职于深圳先科激光电视有限总公司，从事电视游戏机、固体录音电话答录机等产品的研发工作；1993年12月至1994年6月就职于深圳澳沃投资发展有限公司，从事医用伽马刀的研发工作；1994年6月至2000年12月就职于深圳迈瑞电子有限公司，先后从事插件式多参数监护仪、血液分析仪、生化分析仪等产品的研发工作；2000年12月至今创建并就职于深圳市菲普莱体育发展有限公司（原名深圳市菲普莱科技有限公司），从事竞赛计时计分系列产品、体育考试系列产品、体质健康检测系列产品的研发工作。

科学与人生

从 1983 年我到中国科学院等离子体物理研究所工作,1985 年在所里读研究生,1988 年取得硕士学位,1992 年去深圳创业至今,37 年弹指一挥间。如今再回首,在等离子体所近 10 年的工作、学习经历,无疑是人生中最美好的记忆。比较外面的世界,这里可谓一方净土,人与人之间的关系简单而纯粹,工作环境宽松而不乏压力,工作目标明确又富有激情,这一阶段的知识积累,为我日后的"闯荡"打下了扎实的基础,我心里一直觉得,虽然离开了等离子体所,但一直是在吃"老本"。

冯再金近照

下面就说一说我在等离子体所学习、工作期间等离子体所对我的历练吧。

我是 1983 年大学毕业后分配到等离子体所工作的,现在的毕业生可能对"毕业分配"一词有陌生感。当年所里很多职工住在合肥市内的梅山公寓,每天有班车接送上下班(从市内到单位大约 40 分钟行车路程)。记得我报到第一天,从梅山公寓乘班车,车上很拥挤,一位中年男子在车外大发雷霆,可能是因为人多车少挤不上班车。报到以后,人事处的领导带我去课题组,推门一看我吃了一惊:第一个看到的是早上乘车时在车外发火的人,他就是我要加入的激光散射组的课题组长。不过,在后来的相处中我很快对他有了新的印象:方自深,一个率真随性、坦诚磊落、很好相处的人，对课题组成员们非常和善友好。在以后的岁月里，他不仅是我的领导，还是我研究生期间的指导老师，我在等离子体所的9年当中，从组长兼导师那里学到的做人做事的本领最多。

1983年，等离子体所成立才5年时间，当时HT-6B，HT-6M刚开始筹建，很多的参数测量实验系统还处于台面研制和调试阶段，没有接入装置运行。当时课题组还在3号楼（原等离子体所行政、科研楼）上班，我完整地经历了红宝石激光散射测量系统的研制，以及调试、接入装置测试、改进、出结果的全过程，最大的收获是，培养了我百折不挠做科研的毅力。当时国内的科研基础很薄弱，虽然所里给激光散射课题的支持挺大，但与课题要达到的目标所需要的条件相比，差距还是很大的。就说核心部件红宝石激光器，光脉冲能量偏小，光束质量也不高，故障率还不少。所以工作的主旋律基本上是装拆、改进和调试的循环，非常磨人。但无论遇到多大的困难，我都坚信，只要坚持下去定会柳暗花明。我"打杂"也打出了后来的饭碗。说来话长，我加入激光散射组时，经常是哪里需要就去哪里：比如，要去熟悉和改进测量电路；负责数据的处理业务，就是做计算机软硬件方面的工作。即便这些和所学的激光专业没多大关联，却成了我后来离开等离子体所，能在深圳立足创业的本领。到目前为止，我从事的研制工作都与电路和计算机软硬件分不开，可谓"无心插柳柳成荫"。

可能是年轻的缘故吧，在岛上工作的几年，算得上是迄今为止最为无忧无虑、简单快乐的时光了。虽然收入不高，但小岛清静安宁，风光优美。有空时我便骑着自行车环岛转转，到附近的乡村逛逛，去湖边走走看看，赏春华秋实，品鸟语花香，非常闲适惬意。尤其是到了夏天，去大桥边的湖里游泳是每天傍晚的必修课，如果不追求速度，游多长时间都没有问题，基本不会感觉到累。离开等离子体所后，工作繁忙，游泳就成了记忆中的事了。

在那段时间，我受到各位前辈的教诲，这是我人生的精神财富。其中印象最深的是谢纪康老师传授的"秘诀"。在岛上的时候，我还处于刚走出校门跨入社会的阶段，年轻气盛，有一个"一点就着"的火爆性子，常会给工作和生活带来一些负面效应。有一次，谢老师专门找我聊天，他

说:"在火气快要爆发的时候,告诉自己,先不发火,等一会儿再发。"后来我就按这个方法试了试,果然"等一会儿"以后,就会觉得根本没有发火的必要。随着阅历的增长、修养的提升,我学会了遇事冷静和忍耐。

还有一件事,在董铺岛通往大铺头市区的公路修好之后,蜀山湖大桥进岛的大门夜间11点以后关门上锁,当然有特殊情况时例外。有一次我周末进城回岛晚了,紧赶慢赶,在11点差几分赶到了南大门,一看,大门已经关闭,推了推,没动静,拍门叫值班人员,岗亭里没人应声。这可如何是好?半夜三更的,折回城里,太晚太远也不合适。不像现在,有手机有微信有QQ,打个电话发个信息求助就行,那时真可谓是"呼天不应叫地不灵"啊。万般无奈,无计可施,只有坐等天明吧。想着,天亮就去投诉,是可忍孰不可忍!百无聊赖之际,我随手拨弄门闩,拨着拨着,随手一拉,门闩开了……铁门没上锁!我当时的感觉只有四个字——"悲喜交加"。唉,表面上看起来多么确定的事,说不定会有变数呢!以后凡事不要先入为主,可以动手"试试看"呀,这对我后来的人生发展起到了很大的启示作用。

1992年4月,我离开了等离子体所,要去看看外面的世界有多精彩,我来到了改革开放的前沿——深圳特区。

我先后在三个公司工作,完成了从科研人员到企业人员角色的转换;2000年底,我成立了一家从事体育电子产品研发和生产的科技公司。

说起这个公司的成立,还真是出于偶然。在和一位体育工作者聊天的过程中,对方说,目前田径比赛的跑步成绩测量已经从传统的手掐秒表向电子自动计时设备过渡,特别是破纪录的成绩,手掐秒表测量结果已不被认可。他询问我,电子计时设备好不好做,当前国内市场在这个领域是空白,而进口设备又非常昂贵。我一听到对方的问询,第一反应觉得这事太简单了,在终点线上安一对红外拦截器,用发令信号自动开启一个高精度计时器,运动员冲线时计时停止,不就自动测出比赛成绩了嘛。但是,随着深入了解比赛规则后,发觉不是我想象的这么简单:首先,规则规定必须是躯干的有效部位冲线,而不是以最先冲线的部位计算成绩,红外拦截无法确定正确的拦截位置;其次,每组比赛有多人,冲

研发实验室照片

线时前后运动员会有重叠遮挡问题,红外拦截存在很高的丢失成绩概率,特别是短跑。从事过技术研究的人,对未知的东西都具有很强的探求欲望,所以我就极力想搞清楚用什么方法才能进行有效的测量。经过几番努力,终于有了进展,兴趣也不断增加。业余时间,我就按照测量要求,准备材料、设计制作、测试实验,最终把样机研制出来了,拿到运动会上试用,得到了裁判员的认可。到了这一步,水到渠成,我就成立一个公司接着做。公司延续至今 20 年了,也已从当初的默默无闻到现在的在业界略有薄名。

我现任深圳市菲普莱体育发展有限公司董事长。公司是从事竞技体育和体育考试类电子设备开发和生产的高新技术企业,产品涵盖三个相关领域:

（1）体育比赛设备:包括田径运动会计时计分系统和赛事管理系统,还有马拉松、公路赛、赛马、赛舟艇和自行车计时计分系统等。

（2）体育考试成绩的测量与管理系统。

（3）体质健康检测与管理系统。

各种设备既可单独使用,又可分领域在各自统一的系统管理软件下,连接成有机整体形成完整的网络。产品均通过国家级计量检测部门和国家质量检测中心的检测,获得了中国田径协会、国际田联、国际田联

地区发展中心（北京）、NSCC 国体认证中心的认证认可，具备了在国际国内各种级别赛事、升学体育考试中使用的资质。产品高效精准，已成功应用于亚运会、全运会、城运会、省运会和各省市中考、高考的体育考试，获得了一致好评。现在，公司已与中国田径协会共建了"全国田径竞赛信息管理系统"，为提高中国田径竞赛信息化管理水平再贡献我们的一份力量。

离开董铺岛快 30 年了，其间因公因私回去过几次，每次都感觉变化很大，亲切感莫名地涌上心头。环岛而行，仿佛又回到无忧的青年时代，往事历历在目，感慨万千。只是，随着时间的推移，认识的人越来越少，当初的前辈导师已安享天伦，青涩玩伴大多已年近花甲。走在蜀山湖大桥上，远山近水，碧波荡漾；各位师长和伙伴们，期待有机会再聚董铺岛，把酒闲话当年！

2020 年 10 月 9 日

建设"大国重器",书写无悔人生
——记中国散裂中子源项目总工程师屈化民研究员

蒋 缇

屈化民简介

屈化民,研究员、博士生导师。现任国家"十三五"重大科技基础设施项目——高能同步辐射光源总工程师。研究方向为精密机械技术,长期从事国家大科学工程项目、重大科技基础设施项目研制。1986—1989年在中国科学院等离子体物理研究所攻读硕士研究生,获硕士学位,师从于书永研究员。曾参与等离子体所中国首台超导托卡马克核聚变研究装置HT-7石墨限制器研究与设计以及真空系统运行维护;担任中国科学院高能物理所北京正负电子对撞机重大改造工程BEPCII储存环主任工程师,国家重大科技基础设施项目中国散裂中子源CSNS项目总工程师。作为主要完成人之一的北京正负电子对撞机重大改造工程荣获2011年度中国科学院杰出科技成就奖和2016年度国家科学进步奖一等奖,散裂中子源项目荣获2021年度广东省科学技术奖科技进步特等奖。

科学与人生

展开"十三五"这幅波澜壮阔的时代画卷,一批批中国制造、中国创造、中国建造,展现出中华民族伟大复兴征程上日新月异的崭新形象……

散裂中子源是由加速器提供的高能质子轰击重金属靶而产生中子的大科学装置。中国散裂中子源(CSNS)是我国"十一五"期间重点建设的十二大科学装置之首,是国际前沿的高科技多学科应用的大型研究平台。该项目总投资约23亿元,由中国科学院和广东省人民政府共同建设,2018年建成。

屈化民在中国散裂中子源国家验收会现场(2018年)

中国散裂中子源的建成,填补了国内脉冲中子应用领域的空白,使我国成为全世界第四个拥有脉冲式散裂中子源的国家。项目凝聚着300多名科研人员敢为人先的魄力,散裂中子源项目的总工程师屈化民就是砥砺前行的带头人。

一、"追星"结缘科学岛

党的十一届三中全会以后,国家迎来了"科学的春天"。一批"明星"科学家通过新闻媒体走入人们的视野。还在家乡读中学的屈化民当时非常喜欢数学,立志成为像华罗庚一样的科学家。高考后,屈化民阴差阳错地被合肥工业大学精密仪器系录取,虽然他与最向往的数学专业失之交臂,但投身科研的梦想依然在他心中生根发芽。1986年,他以优异的成绩考取了中国科学院等离子体物理研究所的研究生。

20世纪80年代末,等离子体所正着手开展HT-6M即第二代托卡马克核聚变研究装置的维护和运行。屈化民的导师是真空技术研究室副主任于书永,主要从事工程方面的大功率激光器的研制。读研期间,导师的培养目标是:研究生在毕业时要具备自主设计、研制设备的能力。屈化民在完成工程设计后,便乐此不疲地到工厂与技术人员讨论交流设备加工的关键技术问题,虚心向技术人员请教学习。"为尽快完成设备加工,要想方设法地催促技术人员见缝插针地加工设备,这需要沟通;如果设计思想不能落地,或者加工的产品不能满足实验需求,这更需要沟通,"屈化民接着说,"很多时候我们会三番五次地讨论如何改进设计或者修改工艺,这不仅提升了理论水平和知识储备量,还增强了与人合作的能力,受益匪浅。"

等离子体所坐落在合肥西北郊远离城市喧嚣的科学岛,交通不便,当年只有一趟公交车可以上岛,而且这趟车每天的班次也不多。学生们的日常生活本应是单调、乏味的,但在屈化民的记忆里,研究生的业余生活还是多姿多彩的:有的人呼朋唤友踢足球、打篮球,有的人组建了FUSION乐队,还有的人热衷于棋牌活动。屈化民虽然不太擅长文体活动,但也有"棋"逢对手的好友。硕士阶段丰富多彩的生活场景让人记忆犹新。所里的领导和老师们竭尽所能为学生们创造良好的氛围,充分让大家感受到大家庭的温暖。读研期间,屈化民住在研究生公寓"小白楼",现在每次出差回到所里,他都会散步去看看当年的"小白楼",那里有他美好而永恒的记忆。

二、科研征途的"无价之宝"

等离子体所崇尚"甘于奉献、团结协作、锐意进取、争创一流"的大科学工程文化,屈化民结合自己的经历对它进行了个性化的解读,他认为这种精神力量对于一个科研团队来说弥足珍贵,对于团队中的每一位科研人员而言,也是"无价之宝"。

硕士毕业后,屈化民为追求科学的梦想而留所工作。当时等离子体所处于一个承前启后的时期。1990年初,在当时所里经费非常困难的情况下,霍裕平所长与所领导班子研究决定接收苏联退役的托卡马克装置T-7,集全所人力、财力投入到装置的建设中,对T-7及其低温系统进行了根本性的改造。从T-7装置的引进到对HT-7改造的成功,拓展了我国在大型低温技术和大型超导技术方面的应用,培养造就了一批具有超导托卡马克研制和稳态运行能力的人才队伍,为等离子体所后续成功研制世界首个全超导托卡马克装置(EAST)奠定了坚实的基础。屈化民认为,如果没有所领导班子的高瞻远瞩和果断决策,没有全所上下一心、咬紧牙关的艰苦攻关,就没有此后等离子体所聚变研究事业蓬勃发展的崭新局面。

关爱青年科研人员、重视青年人才的培养也是等离子体所的优良传统之一。1993年,受等离子体所委派,屈化民到意大利核物理研究院弗拉斯卡蒂国家实验室做访问学者,参加DAφNE加速器的部件研究与设计,如真空盒和磁铁等设备的设计研制,这一经历让屈化民了解了大科学装置建设的复杂性,需具备团结合作、严谨科学的素质,提升了科研水平,拓宽了学术视野,也让他接触了加速器这个行业。从意大利回所后,屈化民参与了HT-7真空系统的运行工作,运行值班期间,同一课题组的辜学茂老师已经是老同志了,但仍和大家一起值夜班,深夜一两点时,他让年轻人去休息,自己坚持监测系统运行。前辈们的关爱和等离子体所对人才的爱护与培养,让屈化民铭记于心、感恩不已。

无论是HT-7装置一轮又一轮的运行和维护,还是研制EAST装置的敢为人先的探索,等离子体所前辈们都用实际行动诠释了"干一行爱一行,活到老学到老"的精神,屈化民认为这种精神是科研工作中不可或缺的财富。在等离子体所期间,屈化民从事真空系统研究,主要负责HT-7装置的石墨限制器研究与设计,调入高能物理研究所后,他转行做了机械方面的工作,面对全新的领域,他没有丝毫畏惧,边做边学让自己迅速进入状态,很快地完成了角色的转化。自2001年起,屈化民担任北京正负电子对撞机重大改造工程(BEPCII)储存环主任工程师,主要参加了BEPCII的机械设计、安装等工作,负责储存环机械总体设计和准直测量。该工程是在原有单环隧道内进行改造,改造成双环运行,空间极其有限,如何在有限的空间内确保设备满足工程要求是关键问题,屈化民和大家一起攻坚克难,保障了BEPCII储存环设备安装任务保质保量地完成,实现了BEPCII储存环的顺利开机与调束。

三、"开朝元老"的拓荒之路

作为中国散裂中子源项目的总工程师,屈化民参与了中国散列中子源从项目立项、开工建设到项目的运行,可谓是真正意义上的"拓荒者"。

从2008年起,屈化民就开始参加中国散裂中子源项目的前期筹备工作,开展了关键设备预研和样机研制。而他的夫人2007年就离开北京到2000多千米之外的东莞市大朗镇水平村,开始了散裂中子源项目园区的建设工作,夫妻俩自此开启了长达7年的异地分居生活。直到2014年,散裂中子源园区的办公楼、宿舍楼全部完工,屈化民才带队常驻东莞,夫妻两人终于"会师"。

中国散裂中子源装置是一个由数以千计的高精尖设备组成的复杂整体,其建造工程本身,就是一个"从0到1"的巨大挑战。在建设中,项目实施除了解决基础科学原理外,还要研制大量非标设备,工程与研究的双重复杂性难以尽述。屈化民一方面进行工程机械总体布局的研究和设计,协调与控制各系统之间的接口关系,负责完成各种机械设备的设计评审、工艺评审、验收等工作,同时带领团队创新性地设计了大约160种精密复杂结构的设备,基本实现了机械设备的国产化。2015年12月,散裂中子源工程最后一台RCS-253Q磁铁转运至环隧道并安装就位,环隧道磁铁安装工作终于顺利完成。屈化民说道:"一颗悬着的心终于放下了。在整个建设过程中,如履薄冰;每当我们遇到问题的时候,都会一起讨论如何解决;甚至要向国外专家请教,从多方面进行把关。事先,我们会对没做过的设备进行预研,找出解决方案。比如说二极磁铁因为振动而产生铁芯开裂的问题,我们经历了四次改进,才取得了成功。"

中国散裂中子源直线加速器建成(2015年)

大装置项目建设千头万绪,屈化民及其团队遇到了很多超乎想象的困难。2014年他和团队刚入驻东莞时,总装进程迫在眉睫,他们的设备必须在安装前完全测试好后再进行组装,才能少走弯路,但如果等园区的实验场地建好再做测试,就将为时已晚。他们辗转联系上东莞理工学院开展合作,总算解了燃眉之急。

屈化民带领团队凝心聚力、攻坚克难,破解了从设计到项目总装过程中环环相扣的难题,圆满完成了散裂中子源项目的建设任务。

唯其笃行,方能致远,唯其磨砺,始得玉成。2017年8月,散裂中子源首次打靶成功并获得中子束流。2018年8月23日,经过十余年的筹备和六年半的建设,中国散裂中子源工程圆满通过了国家验收,正式投入运行。中国散裂中子源将为我国材料科学技术、物理、化学化工、生命科学、资源环境和新能源等提供一个先进的、功能强大的科研平台。

屈化民近照

星光浩瀚，前路可期。在中国散裂中子源项目投入运行后，屈化民又以项目总工程师的身份，马不停蹄地奔赴国家"十三五"重大科技基础设施项目——高能同步辐射光源项目的建设征途。他再一次怀揣满腔的热情和昂扬的斗志重新出发，一步一个脚印地向前迈进，探索前沿科技的星辰大海，书写无怨无悔的科研人生。

2022年6月1日

编者注：在本书即将出版之际，2023年1月14日，从中国新闻网获悉，又一个大科学装置——高能同步辐射光源（HEPS）又实现了一个重要里程碑——高能同步辐射光源增强器全线贯通，进入设备调试阶段。屈化民担任总工程师。该装置是中国第一台高能同步辐射光源，也是世界上亮度最高的第四代同步辐射光源之一。

潜心求学问，科海任纵横

包定华

包定华简介

包定华，1986年毕业于湖北大学物理系，获理学学士学位；1986—1989年在中国科学院等离子体物理研究所攻读硕士研究生，获理学硕士学位，师从方瑜德研究员；1999年毕业于西安交通大学电子与信息工程学院，获工学博士学位。2000—2003年在日本东京工业大学先后任JSPS特别研究员、文部科学教官/讲师，2003—2004年在德国马普微结构物理研究所任洪堡学者。

2004—2015年，在中山大学物理科学与工程技术学院光电材料与技术国家重点实验室任教授、博士生导师，曾任物理系主任、中山大学凝聚态物理研究所所长、凝聚态物理国家重点学科协调人。2016年，任中山大学材料科学与工程学院教授、博士生导师，现为材料科学与工程学院学术委员会主任（材料科学与工程学科为国家"双一流建设"学科）。

曾获2016年广东省科学技术奖一等奖（第一获奖人）、2003年全国优秀博士学位论文奖；2006年入选教育部新世纪优秀人才支持计划，2008年入选广东省"千百十"人才工程省级培养计划；获2000年日本学术振兴会JSPS Research Fellowship、2003年德国洪堡基金会Humboldt Research Fellowship、2014年第四届山海论坛最佳合作论文奖等奖励。

担任中国物理学会电介质物理专业委员会委员、中国硅酸盐学会溶胶凝胶分会常务理事、全国工业陶瓷标准化技术委员会功能陶瓷分会委员、多家学术期刊的编委；为第十二届广东省政协委员、广东留学人员联谊会/广东欧美同学会理事。

1986年，我毕业于湖北大学物理系，到中国科学院等离子体物理研究所攻读硕士学位，导师是方瑜德先生。现在，我任中山大学材料科学与工程学院教授、博士生导师。回首来时路，我发自内心地感谢等离子体所的培养。读研期间，我学会了如何查阅文献、开展科研工作，实验动手能力得到了明显提升，这为日后的继续深造、进行科学研究打下了良好的基础。

硕士求学时包定华与同学合影
（左起：龚振芳、项农、包定华）

一、崭露头角

我一直从事有关功能氧化物薄膜及器件应用的研究工作。硕士研究生毕业后，加入湖北大学邝安祥教授领导的铁电压电实验室，在国家"863"课题的支持下，开展了钽铌酸钾光电薄膜材料研究。当时，溶胶凝胶法制备氧化物功能薄膜刚起步，我采用该方法在单晶衬底上制备了高取向的薄膜，并实现了薄膜的取向生长控制，论文发表在《科学通报》上。经过一段时间的探索，我又在石英玻璃衬底上实现了氧化锌薄膜的高c轴取向生长，论文发表在 Thin Solid Films 上，至今该论文被同行引用已超过260次。

在科研上取得了初步进展以后,我深感专业知识积累得不够深厚,还需要进一步地提升。于是又考入西安交通大学攻读博士学位,在中国科学院院士姚熹教授的指导下,继续开展氧化物薄膜材料的研究工作。学习期间,我注意到多层膜是一个新的发展方向,尤其是成分梯度铁电薄膜可能耦合出新的物理现象,于是开展了这项研究,揭示了成分梯度铁电薄膜铁电性能异常的本征特性及其物理机制;从原理上提出了4种新途径,并从实验上一一证实,又对相关的物理机理进行了深入的分析。在姚先生的指导下,我在美国 *Applied Physics Letters* 和 *Journal of Applied Physics* 等知名刊物上发表了多篇学术论文,受到国际同行的高度重视,论文被广泛引用。在美国阿贡国家实验室 O. Auciello 教授和伯克利加州大学 R. Ramesh 教授主编的 *Multifunctional Thin Films* 系列专著中,共7次引用我们的5篇论文,并直接采用我们的两个实验结果图。2003年,我的博士学位论文获得了全国百篇优秀博士学位论文奖。

博士研究生毕业后,我来到日本东京工业大学,先在日本学术振兴会的资助下任 JSPS 特别研究员,两年之后获该校正式教职,任文部科学教官/讲师。在此期间,我选择开展了新型铁电存储器材料的研究,通过多层结构改进了铁电薄膜的疲劳特性,同时,发现了铁电薄膜的光学带隙存在临界厚度效应,并揭示了其物理机制。论文发表在 *Applied Physics Letters*、*Journal of Applied Physics* 等杂志上。我还参与该校无机材料系本科生课程"材料制备工艺"的教学工作,主动向日本教授学习如何上课,由此积累了一些有益的教学经验,为以后在国内任教并担任教学督导打下了初步基础。

2003年,在德国洪堡基金会的资助下,我来到德国马普微结构物理研究所任洪堡学者。在那里,我利用该机构良好的实验条件,开展了铁电超晶格的研究。我发展了控制多层薄膜外延生长的有效方法,实现了新型多层铁电薄膜的全外延生长,并成功制备了先前难以实现的人工铁电/反铁电超晶格结构,发现了铁电超晶格中应力导致的异常取向生长现象。这一研究为构筑新型多层铁电薄膜和超晶格、改善铁电薄膜的物理性质提供了新的思路,研究成果在美国知名刊物上发表。后来受邀为美国科学出版社的专著 *Handbook of Nanoceramics and Their Based Nanodevices* 就多层介电铁电薄膜和铁电超晶格的研究进展撰写了综述一章,等等。

二、更上层楼

2004年,我作为高层次引进人才加入了中山大学,任物理科学与工程技术学院光电材料与技术国家重点实验室教授、博士生导师。现为材料科学与工程学院学术委员会主任,材料科学与工程学科是国家"双一流"建设学科。我不仅承担本科生和研究生重要课程的教学任务,还兼任中山大学教学督导,为培养年轻教师队伍尽心尽力。在科研工作中,我带领团队刻苦攻关,在新型功能薄膜及光电器件研究方面,取得了一系列创新性研究成果。

包定华作为研究生导师代表寄语毕业学子

其中的一个研究成果是,发现稀土掺杂钛酸铋是一种很有希望的发光铁电薄膜材料,揭示了其发光的物理机制;提出利用 Eu^{3+} 离子的独特发光特征作为荧光结构探针,通过研究薄膜中稀土离子的结构对称性变化,从全新的角度,揭示了稀土掺杂钛酸铋铁电薄膜抗极化疲劳的本质。

这些研究对于揭示铁电薄膜的新现象及物理机制、开拓铁电材料的新性能、探索新的稀土发光材料体系和研制新型集成发光铁电薄膜器件具有重要意义。其研究成果发表在 J. Am. Chem. Soc.、APL、JAP 等刊物上，并被 Nova 科学出版社 Lanthanum Compounds and Applications 和 INTECH 科学出版社 Ferroelectrics 专著选用，各撰写综述一章。美国、芬兰、日本的教授也多次引用了我们的论文。

在开展铁电薄膜研究的同时，我积极拓展新的研究方向：敏锐地注意到电致电阻效应的巨大潜力，在国内较早投入到电致电阻存储薄膜材料及器件的研究中，揭示了物理机制；提出了改进电致电阻存储效应，并用实验证实。这一系列研究对于探索新的电致电阻薄膜材料体系、理解电致电阻效应的物理机制具有重要意义，并为进一步发展新型电致电阻存储器件奠定了基础。我受邀为 J. Ceram. Soc. Jpn 撰写综述一篇，又为美国科学出版社 Nonvolatile Memories 和 Nova 科学出版社 Advances in Nanotechnology 专著各撰写综述一章。韩国先进科技研究院的学者在"APL，133508（2009）"中，引用了我们关于 MgZnO 薄膜导电机理的模型分析，认为他们的结果可作同样解释。

包定华为本科生上课

我指导培养了一批博士后以及博士、硕士研究生。毕业生中不少人已成为"985"/"211"/"双一流"建设高校的教授或副教授；还有的成为高科技企业的技术创新人才；其中2人获得教育部博士研究生学术新人奖、11人获得研究生国家奖学金；12人获中山大学优秀研究生奖、2人获中山大学光华教育奖学金，多人获中山大学杨振宁物理奖学金、中山大学逸仙创新人才培养计划和中山大学芙兰优秀论文奖等。

三、服务社会

我于2018年担任第十二届广东省政协委员，在教育界和社会与法制工作委员会的各项活动中，积极参政议政、建言献策。我参加了"推进我省异地婚姻登记试点工作"的对口协商会，在会上作了发言，建议：可在身份证上标明婚姻状况，以降低骗婚重婚的发生；优先推进广东省与邻近省份之间的数据共享等，受到广东电视台、人民政协网、羊城晚报的广泛关注。

我还积极参加省政协组织的调研活动。2018年先后参加了在广州市开展的"推进我省欠发达地区农村基层社会治理建设"的调研和专题协商会，在会上我提出了"重视村干部挂职交流""农村基层社会治理要可持续发展"等建议。2019年，在广东省第十二届政协第二次会议上，我就"推进广东乡村振兴战略"作了大会书面发言。我独立提出的《关于从根本上整治骚扰电话的提案》受到省政协的高度重视，广东省市场监督管理局在该提案的会办意见中指出，"非常赞同包定华委员提出的建议"，并提请相关部门共同努力，做好这方面的工作。

2019年6月15日

致敬，我的老师

项 农

项农简介

项农，中国科学院等离子体物理研究所研究员、博士生导师，中国科学技术大学双聘教授，国际热核聚变实验堆（ITER）集成模拟专家组成员，中国科学院合肥物质科学研究院等离子体物理学科副主任。曾任等离子体所理论模拟研究室主任、中国科学院磁约束聚变理论中心副主任。

1986 年毕业于中国科学技术大学近代物理系，1986—1989 年在中国科学院等离子体物理研究所攻读硕士研究生，获理学硕士学位，师从霍裕平研究员。1994—1995 年由国家教委选派为法国 L'ecole Polytechnique 大学访问学者。2004 年于美国得克萨斯大学奥斯汀分校获理学博士学位，2004—2010 年在科罗拉多大学波德分校开展博士后研究和相关研究工作，是美国 Tech-X 公司等离子体商业软件 VORPAL 的开发者之一。2010 年任职于中国科学院等离子体物理研究所。主要研究方向包括聚变等离子体先进算法、等离子体鞘层物理、等离子体与壁材料相互作用、射频波和等离子体相互作用理论和模拟研究等。以第一或通讯作者在 *Physical Review Letters*、*Nuclear Fusion* 等国际等离子体权威期刊发表论文 70 余篇。先后主持科技部重点研发专项、国际热核聚变实验堆（ITER）计划专项、中科院"一三五"培育项目、国家自然科学基金项目等多项科研项目。

我的数学成绩直到初中二年级时才得以提高,而且这时我对数学产生了浓厚的兴趣,因为我遇到了一位很好的数学老师——张国梁。张老师是毕业于"文革"前的大学生,数学功底深厚,为人风趣幽默,我特别喜欢他的教学方式。打那以后,数学成为我学得最好的一门功课。从此,我明白了一个好的老师对学生的影响有多么重要。

1986 级硕士研究生合影
(前排左起:屈化民、马辉礼、杨传元、张凤英、盛艳亚、王劲松、焦新平;后排左起:包定华、张连根、孟学良、董显林、项农、侯海晏、龚振芳、沈林方)

　　我第一次接触到磁约束核聚变是 1983 年在中国科学技术大学大三分专业的时候。科大物理系当时有四个专业:核物理、理论物理、核电子和等离子体专业。学生选择专业之前,由各个专业的老师介绍情况。当时等离子体专业是俞昌旋(2007 年当选中国科学院院士)老师介绍,我清楚地记得,俞老师那时非常年轻,穿着一件白衬衫,清瘦的面容显得非常温和诚恳。他轻声细语地向我们介绍了近代物理系等离子体专业的特点和前景。

　　当时,国际社会弥漫着对地球能源前景的忧虑,专家估计,地球上如石油、天然气等能源可能会在 100 年内消耗殆尽。因此寻找新的能源,是各国政府特别是发达国家迫在眉睫的一件事。核聚变,作为一种清洁安全、资源极其丰富的潜在能源,开始被国际社会所关注。磁约束核聚变成为有可能实现核聚变反应、解决人类能源危机的一种极具希望的途径。当时等离子体物理还是一门非常年轻的学科,后来大名鼎鼎的国际等离子体物理权威期刊 Physics of Plasma 于 1994 年从流体物理期刊中独立出来,变成了等离子体物理专业期刊。那时全国的高校里,只有科大开设了等离子体专业。俞老师不仅详细介绍了等离子体物理专业的特点和优势,还描绘了磁约束核聚变的应用前景,这些介绍促使我下定了选择等离子体物理专业的决心。

中国科学技术大学建校的宗旨就是所系结合,近代物理系的每个专业,中国科学院都有与之对应的研究所。因此,1986 年从中国科大毕业后,我顺理成章地被免试推荐进入等离子体所读研究生。刚进等离子体所,我就被当时的理论室主任俞国扬老师找去谈话。俞老师想让我和另外一位从北京大学考来的同学,到理论室开展硕士论文课题研究工作。他强调了做理论科研方面的优势,我记得他说:"做理论工作很简单,一张纸、一支笔就可以开展,不需要其他条件。"我自以为没有做实验的天分,当时就同意加入理论室。现在想来,人生旅途有时就是这样,在遇到不同方向的、多条路线交错的路口时,真的可能因为别人的一句话、自己的一个闪念,就选择了完全不同的道路。

等离子体所成立于 1978 年。当时理论室有七八位老师,都是毕业于"文革"前的北京大学、清华大学的大学生。由于"文革"的缘故,他们毕业后在厂矿、建设兵团等相关单位工作,几乎没有开展科研工作的条件。自从进入研究所以后,他们为了弥补科研短板,追赶国际同行的先进水平,经常通宵达旦、夜以继日地开展工作。在所有老师的共同努力下,等离子体所的科研工作进展迅速。我记得当时计算机在国内是极其罕见的,在俞国扬老师带领下,李肖、朱思铮等老师就研发了托卡马克平衡程序 HOPEST,其中包括了固定/自由边界平衡程序,可以优化位形和托卡马克的磁场线圈设计。在磁约束核聚变研究方面,那时等离子体所自主研发了托卡马克装置 HT-6B。HT-6B 尺寸非常小,大小半径分别只有 45 cm 和 12 cm,但在其上开展了很多出色的研究工作。

利用低杂波驱动等离子体电流是当时 HT-6B 主要的物理研究方向

之一，我当时跟从霍裕平（1993年当选中国科学院院士）老师开展硕士论文课题研究，他让我发展低杂波电流驱动数值模拟程序。那时我只是一个等离子体物理的初学者，对低杂波一无所知。霍老师让我先从文献调研开始，那个时候文献调研远不如现在这么便捷。当时连互联网的概念都没有出现，能查阅到的文献只是所图书馆订阅的有限的几本等离子体和核聚变期刊。

由于等离子体所1978年才建所，因此，查阅1978年之前的文献是让科研人员非常头痛的一件事。记得那时如果有认识的老师和同事出差到北京，大家便委托他们去北京相关机构帮助查阅并复印所需文献。我的一大幸事，是研究室有一些年长的老师，如马中芳老师等，当时已对低杂波做了大量的调研工作，并做了详细的笔记。马老师对我们刚进所的学生是非常关照的，真正做到了言传身教，将科研中的心得和经验毫无保留地传授给我们。得益于马老师和其他老师的帮助，我的硕士论文课题研究工作进展顺利，编写的低杂波在托卡马克等离子体中传播和吸收的模拟程序，在研二的下半年也基本完成。当时主持HT-6B低杂波实验的谢纪康老师听说我完成了低杂波程序，专门找到我，让我针对HT-6B的低杂波实验开展相应的模拟研究。那时我经常与从事低杂波实验的谢纪康老师、方瑜德老师以及一些学生如邓传宝学长等开展讨论，这些交流让我受益匪浅，也让我认识到开展模拟工作不仅有趣，而且对研究所相关的实验研究也会有帮助，这更加坚定了我从事理论模拟工作的决心。

1989年硕士毕业后，我选择了留所工作。我在马中芳老师笔记的基础上完成的硕士论文，也成为所里后来从事低杂波电流驱动研究的学生们经常参阅的文献，在硕士阶段发展的低杂波电流驱动程序，也被后来的学生用于低杂波实验相关的模拟研究。

我从1986年8月到等离子体所读研开始，到1995年10月去法国留学，以及后来又去美国留学为止，在等离子体所学习、工作了近10年。那个时候，所里的生活和工作条件都是相当艰苦的。科学岛，那时还叫董铺岛，远离市区，生活极其不便，去市区的公交车不仅车次少，而且乘车的人很多，我们学生经常花一个多小时骑自行车进城去逛街、买东西。

科学与人生

项农近照

研究生部董俊国老师和张英老师,想出各种办法,组织各种活动,来充实我们学生的业余生活,取得了很好的效果。虽然身处僻壤,学业繁忙,但在所里的研究生生活还是活泼有趣、非常充实的。在科研工作方面,除了我前面提到的文献查阅是个痛点之外,做理论工作也不再仅仅是一支笔、一张纸的事了。特别是针对所里的托卡马克实验开展研究工作,只靠笔和纸的解析工作已经很难满足需求了,利用计算机开展数值模拟研究已成为越来越实用的研究方向。可是,当时等离子体所的计算机极其简陋。记得我第一次接触计算机大约在 1987 年,是一台 Macintoshi,内存只有 512 kB。这台 Macintoshi 被我们理论室几个学生轮流使用,依靠它我们学会了基本的编程技巧。1989 年俞国扬老师利用访美的机会,从美国带回了 Macintoshi II,内存是 4 MB,计算速度也比第一代 Macintoshi 快了不少。这台电脑成为我们运行程序的主要工具。再后来,随着计算程序越写越长,计算量越来越大,所里已经没法满足我们需求的计算资源了,俞国扬老师就带着我们坐公交车到科大计算中心进行计算。我记得大概是 1991 年的夏天,因修路公交车不能直接到达,俞国扬老师带着我和他以前的学生杜涛,顶着盛夏烈日步行了很长一段路去科大计算中心开展模拟计算。当时杜涛因为踢足球,脚部受伤,还杵着一只拐杖。

那天的烈日下,每个人大汗淋漓的场景,真让我难以忘怀。

　　我在等离子体所一直从事低杂波电流驱动相关的理论研究工作,去美国留学后,虽然还继续从事等离子体方面的研究,但工作重点已在等离子体鞘层和计算机算法方面。我2010年从美国回所之后,因所里研究任务的需求,又继续开展低杂波电流驱动相关的研究,似乎10多年后工作地点和工作内容完成了一个轮回。但再回到科学岛后,此地此景都有了很大不同。以往充满着工作热情、诲人不倦的师长们,都已陆陆续续退休了;以前留所工作的同学和年龄相仿的同事们,已成为所里科研的中坚力量。等离子体所经过几十年的发展,在国家力量的支持下,无论是科研环境还是科研水平,都有了飞跃性的提高。用时任所长李建刚的话说:"这是中国磁约束聚变的最好时代,回来一起为自己的国家做事业!"这是他当时邀请我回所时最打动我的一句话。

　　纵观我在等离子体所多年的工作经历,深感收获良多,我很荣幸加入了这支朝气蓬勃、充满活力、平等友善的研究队伍。无论是兢兢业业、以身作则开展科研工作的师长们,还是热情澎湃、勤学上进的学长同学们,都给予我极大的帮助。这些收获是我人生中最宝贵的财富之一,也是我选择回所工作的主要动力。

　　40年来,等离子体所栉风沐雨,随着国家的强盛而飞速发展。从HT-6B、HT-6M、HT-7到EAST,将来再到CFETR,一代一代的装置,见证了一代一代等离子体人的意志和奉献,凝聚着一代一代等离子体人的努力和心血。我非常荣幸成为这个伟大团队的一员,从当初进所之时一个青涩的"科研菜鸟",如今成为研究员、博士生导师,这离不开团队在我成长路上的帮助和支持。因此,如何将等离子体所自成立以来形成的科研文化和积淀的科研经验传承下去,是我们"60后"这一代等离子体所人的责任和担当。

2019年8月1日

求学进取人生路，科学报国终无悔

董显林

董显林简介

董显林，1965年10月生，江西南康人，中共党员，研究员、博士生导师。1986—1989年在中国科学院等离子体物理所攻读硕士研究生，获硕士学位，师从季幼章研究员。1992年毕业于中国科学院上海硅酸盐研究所无机非金属材料专业，获工学博士学位，师从王永龄研究员。1996年在日本筑波大学物理工学系，以日本振兴学会外国人特别研究员（JSPS fellowship）身份开展合作研究。现任中国科学院上海硅酸盐研究所党委书记、副所长，中国科学院无机功能材料与器件重点实验室主任，上海科技大学兼职教授，中国科学院大学杭州高等研究院双聘教授。

主持了40多项国家、上海市和中国科学院的科研任务；组织研制的多种关键功能材料与器件，在航空航天、医疗系统、油气勘探等领域得到成功应用；在国内外发表SCI论文400余篇，被授权中国发明专利60多项。

获得上海市技术发明一等奖、"五一"劳动奖章，中国科学院科技促进发展奖、科技贡献奖二等奖、青年科学家奖；被评为上海市科技系统"十大杰出青年"、中国科学院优秀共产党员等荣誉称号，享受国务院政府特殊津贴。

在党和国家的关怀培养下,近些年,我获得了中国科学院青年科学家奖、上海市"五一"劳动奖章;被评为上海市科技系统"十大杰出青年"、中国科学院优秀共产党员等荣誉称号,享受国务院政府特殊津贴。

我出生在江西一个普通工人家庭,人生之路上,有阳光有风雨,有艰辛有成功。一路走来,我感恩父母教自己如何做人,感谢导师们对我的谆谆教诲,所以我牢记肩上科学报国的责任,立志传承大师们育人的"红烛"精神……

一、求学之路

我于1982年考入湖南大学化学化工系高压电瓷专业,毕业时以优异成绩获得了免试推荐攻读研究生的资格。之后,我有幸来到中国科学院等离子体物理研究所攻读硕士研究生,师从季幼章研究员,开始了充满理想的人生之路。

第一年被安排在中国科学技术大学学习基础课程。考虑到专业原因,我们班被安排到四系。进入选课环节,四系的专业课程基本都是物理类的,根本没有电介质材料之类的课程,只好以完成学分为目的选择一些研究生课程。由于我本科学的大都是化学和材料一类的基础课程,物理基础薄弱,学起来非常吃力,内心很"受伤"。记得选了一门"高等量子力学",对于我这个连"量子力学"都没有学过的人来说,难度之大可想而知,最后考试只能是"低空飞过"了。这件事给了我很大的启发,后来在指导研究生时,我都十分尊重学生的

董显林(2021年)

兴趣,首先让他们自主选课程,再根据他们本科的学习背景和将来拟开展的研究课题,做出适当调整。这样,他们可以比较愉快地学习,并且学以致用。事实证明,这种做法的效果是很好的。

尽管学习压力很大,但还是有不少难忘的回忆:当时科大学生出国盛行,校园兴起了学英语潮,我的英语水平也有了较大的提高。当时科大的少年班在国内很有名,这些超级"学霸"颇有神秘感,我干脆去少年班上课的教室一睹为快,了却了我的一桩心事。

一年的基础课程学习结束后我回到了等离子体所,开始硕士论文课题的研究工作。导师季幼章研究员当时主管研究生工作,又是所学术委员会主任,在百忙之中,他为我选了一个很好的课题:即利用现代分析技术观察高能ZnO非线性电阻的微观结构,并建立微观结构与电性能之间的关系,同时研究ZnO阀片交流老化特性(服役性能)。平时,贺旦莉和佟世华两位老师具体指导我工作,师兄汪良斌和张树高也经常给予我帮助,我很快进入了状态。尽管ZnO非线性电阻在等离子体所,乃至电源及控制工程研究室(简称二室)都谈不上主流方向,但由于它应用面很广,又和我本科的专业比较契合,因而我兴趣盎然。当时国内外对高压型ZnO非线性电阻的研究比较深入,但对高能型ZnO非线性电阻的研究报道很少,由于组分、物性和使用工况的不同,其微观结构和老化性能必然有所不同。由于条件的限制,样品的微结构分析是在固体物理所完成的,林生杰和李勇等给予了热情帮助和指导(李勇现在已是中科院宁波材料所的党委副书记和纪委书记)。我第一次确定了晶界的最可能的组成:Zn_2TiO_4 和 $SrBi_4Ti_4O_{15}$,添加 Ti 促进了 ZnO 晶粒生长是导致低场强高能容的主要原因,这对材料的性能调控和组成设计提供了指导。"ZnO非线性电阻交流老化特性研究"是我的课题的重要内容,师兄曾对电性能的变化规律进行过研究,我则侧重于将老化特性演变与显微结构联系起来,期望能揭示老化特性的物理本质。加速老化试验装置是在原来的基础上,由贺旦莉老师指导搭建的,可以进行多个样品的同步测试。加速老化试验是依据 IEC 推荐的方法,将样品置于特定的温度环境中,施加持续运行电压,时间超过 1000 小时,观测其性能的变化情况,进而推算出产品的寿命。由于需要 24 小时不间断进行试验,我在实验室架了一张简易床，住在实验室里，定时观测样品性能随时间的变化和击穿情况。这项工作非常考验人的耐心，面对傍晚时分同学们邀请打篮球、踢足球，以及晚上在电视室看球赛的诱惑，我还是能控制自己，坚持在实验室坐"冷板凳"。幸运的是，整个实验比较顺利，获得了几千个实验数据，特别是采用了一种简易的方法，每次都成功找到了热-电击穿的通道，为开展显微结构分析奠定了很好的基础。这项工作的亮点是：揭示了 ZnO 阀片的晶界特性是决定其老化性能优劣的本质因素，与小电流特性无直接关系；同时对传统的以 $I_R=10\ \mathrm{mA}$ 作为寿命判断依据的准确性提出了质疑。1989 年 2 月，我提前近半年完成了硕士论文，顺利通过了答辩。

硕士学习期间，当时华中工学院（现华中科技大学）的王士良教授是电压敏专业的大专家，他和导师季幼章都是中国电子学会敏感技术分会电压敏专业分会副主任委员。记得是 1988 年夏秋之际，季老师带我和张树高三人一同乘飞机前往武汉拜访王士良教授，并转往湖南常德的一家生产 ZnO 阀片的企业进行技术交流。这是我第一次乘飞机，运 7 噪音非常大，一路都在颠簸，加之 1988 年国内发生了多起空难事故，我完全没有第一次乘飞机的新鲜感。还有一次，实验用的一台关键设备非线性电阻漏电流测试仪坏了，一直找不到原因和解决方案，我只得带上设备到武汉的生产厂家去维修。由于那时候公路状况很不好，特别是途经大别山一带，颠簸得厉害，我一路怀抱这沉沉的仪器到了武汉客运站，尽管疲惫，但少年不识苦滋味，当时也确实把仪器修理看作是科研工作不可或缺的一部分。

二、美好时光

尽管我在等离子体所求学只有短短的三年时间，但留下了很多美好的记忆。董铺岛远离市区，三面环水，交通极其不便，一天就几趟公共汽车往返市府广场，所以我除了偶尔周末进城购物、看场电影，大部分时光都是在岛上度过的。我一直非常感念所领导对研究生的关爱和包容，让我们感受到了"家"的温暖。

研究所购置了大量体育器械，如单双杠、杠铃、康乐球、乒乓球台，建了篮球场、排球场、游泳池等，所以每到下班后、周末和节假日，体育场地和娱乐场所人声鼎沸、热闹非凡。这不仅有利于身心健康，释放学习工作压力，还增加了研究生们之间的了解和友谊。我的爱好是打篮球，速度快、投篮准，所以经常和焦新平、张连根、孟学良以及固体物理所的篮球爱好者一起奔跑在球场上，并开展不同年级之间的篮球比赛。对篮球的喜爱我一直保持着，到45岁时还参加了中科院在长春举办的"三对三"篮球赛。我们班参与度最高的还是围棋，在食堂打好中饭或晚饭，回到101宿舍，一边端着饭盆，一边就大"杀"起来。围观者众多，其中的活跃分子有龚振芳、马辉礼、项农、包定华等，我基本属于"围观群众"，只是偶尔上场。我在硕士第三年被大家推选担任了一届研究生会副主席，主要工作是：每月组织一次食堂舞会，春节前组织联欢晚会。搞文艺不是我擅长的，而且理工科的研究生们大多缺乏"艺术细胞"，组织这类活动不太容易。记得我们还与安徽黄梅戏剧团举办了一次联欢活动，马兰、吴琼等著名演员也来了，挺轰动的。所里还有一个养鸡场，所领导也给我们发鸡蛋票，所以我不时地会做番茄炒蛋和蛋炒饭改善伙食。硕士期间，我的体重增加了20多斤。

在等离子体所学习的三年，给我留下了十分美好的回忆。研究生部季幼章、董俊国、张英等老师一直给予我父母般的关爱。他们希望我留所攻读博士，前思后想，我还是选择了我国无机材料领域最负盛名的上海硅酸盐研究所，报考王永龄研究员的博士生。很幸运，我通过了考试，顺利进入硅酸盐所攻读博士学位。后来才知道，硅酸盐所那一届只招收了两名博士生。我心中有万般的不舍和愧疚，离开等离子体所时，没有与老师们一一道别。但我清楚地记得，当班车缓缓向前行驶时，董俊国老师从所大门口一路小跑，挥手和我告别，这一幕永远刻在我的脑海里……

三、事业起飞

获得博士学位后，我一直在上海硅酸盐研究所工作至今，成为研究员、博士生导师。1996年在日本筑波大学物理工学系,我以日本振兴学会外国人特别研究员(JSPS fellowship)的身份开展了合作研究。现在,我任中国科学院上海硅酸盐研究所党委书记、副所长。

我长期从事信息功能陶瓷材料与器件的制备科学、性能研究和应用开发工作,主持了40多项国家、上海市和中科院的科研任务;组织研制的多种关键功能材料与器件,在我国航空航天、医疗系统、油气勘探等领域得到成功的应用;在国内外发表SCI论文400余篇,被授权中国发明专利达60多项;还获得上海市技术发明一等奖和中国科学院科技促进发展奖、科技贡献奖二等奖。现担任全国工业陶瓷标准化技术委员会功能陶瓷分技术委员会副主任。

董显林在独立建所60周年发展论坛上发言

在一个人的成长过程中,总会有那么几个对自己产生重要影响的人。我的导师季幼章研究员、王永龄研究员,还有殷之文院士、郭景坤院士,他们学识渊博,有着百折不挠的科研精神,他们的言传身教、大师风范,影响了我的人生轨迹。我们在研制两种新型高性能压电陶瓷元件等项目中,从立项到最终定型,坚持了近8年时间,终于实现了我国重点型号关键配套材料的国产化和批量化生产。在为国家和社会培养创新创业人才方面，我也传承导师们诲人不倦的精神，增强学生独立开展科研工作的能力；像父母一样关心他们的身心健康、婚恋家庭以及在事业上的进步和发展。

2018年等离子体所40年所庆，阔别30年后我再次回到了董铺岛，巨变中的园区还依稀留有当年的身影，现在这里已成为国内外闻名的科学岛。我近距离观看了我国自行设计研制的国际首个全超导托卡马克装置EAST和控制大厅，自豪感油然而生。栉风沐雨四十载，等离子体所硕果累累，我为自己曾有幸与这么多有梦想、执著于聚变研究的科学家们一同工作而感动。2019年，是我们这一届研究生毕业30周年，很多同学都回来了，一同亲身体会等离子体所的沧桑巨变和跨越发展，一起流连曾经学习和生活过的中国科大和董铺岛，当年纯真、美好的时光成为心中永恒的记忆……很遗憾，这两次我都没有见到我的导师季幼章，还有董俊国、贺旦莉等老师。

在等离子体所学习生活的三年青春岁月，简单无虑、温暖和谐，培育了我健康的身心，开启了我从事科研工作的航程；浓厚的学术气氛，包容宽松的文化氛围，以及"甘于奉献、团结协作、锐意进取、争创一流"，以国家需求为己任的大科学精神，对我日后的科学人生产生了深远的影响。

祝愿等离子体所再创辉煌，我永远为你骄傲！

2020年10月17日

为"聚变梦"而奋斗
——记大科学工程核聚变电源系统学科带头人傅鹏研究员

蒋 缇

傅鹏简介

傅鹏,1962年7月生,中国科学院等离子体物理研究所研究员、中国科学技术大学双聘教授,博士生导师。1985年毕业于华中科技大学电气工程学院,获学士学位;1987年9月至1990年7月在等离子体所攻读硕士研究生,获硕士学位,师从许家治研究员;1995年起继续在等离子体所攻读博士研究生,获博士学位,师从万元熙院士、许家治研究员和刘正之研究员。1998—2000年,在德国Max-Planck等离子体研究所从事博士后研究工作。

长期从事核聚变电源、大功率开关、电力电子、自动化控制等研究工作,曾负责大科学装置EAST极向场电源研制、"973"项目"ITER计划超导磁体电源设计研究"、科技部国际合作项目"ITER计划极向场变流器电源系统设计及国内集成"等项目。

先后担任等离子体所电源及其控制研究室主任、副所长。2020年至今担任等离子体所学术委员会副主任。

一、从非线性到线性的变化，实现等离子体反馈控制

HT-7超导托卡马克自1994年底开始等离子体放电，虽然得到了等离子体，但是其等离子体电流大小和位移一直处于一种随机和不稳定的状态，不能有效地被控制，严重地影响了等离子体物理实验研究。在以后的数年里，这一直是HT-7托卡马克难以进入好的实验状态的主要原因。当时，有各种观点，最主要的观点是认为该装置设计有缺陷，不可能进行好的物理实验研究。

1987级硕士研究生集体合影
（第一排左起：濮荣健、董俊国、张英、程晓红、盛政明；第二排左起：贾月超、刘光恒、赵涛、傅鹏、黄孙利、范楠；第三排左起：聂立新、吴从中、程杰、张亨明、程健、钟方川、李格、萧庆军）

当时，傅鹏负责极向场电源系统，但看到HT-7超导托卡马克不能很好地运行和实验，心里很着急，于是下决心攻克这个难关。那时候他白天得从事电源系统的运行和研究工作，就抽出晚上和周末的业余时间对HT-7超导托卡马克结构进行仔细分析。每天晚上，他总是最后一个走出所计算机房，周末的时间也是在机房和办公室度过。他建立了大量的

电磁方程和进行了大量的理论计算；为保证分析结果的正确，还进行了无数次的超导托卡马克电磁参数测量实验，精确测量出了 HT-7 超导托卡马克装置的各种电磁参数；同时充分利用放电中的实验数据进行比较和校正分析结果。辛勤的劳动换来了回报，他终于找出了 HT-7 超导托卡马克等离子体难以得到很好的控制的原因。

HT-7 超导托卡马克同时具备三个特点：一是具有铁芯，在等离子体运行的过程中，随着铁芯饱和程度的变化，各极向场线圈和等离子体电磁参数也在变化，它是非线性时变的；二是由于各磁场线圈和等离子体都同心于铁芯中心柱，各磁场线圈和等离子体之间有强烈的耦合，在等离子体位移和电流控制之间是相互耦合和影响的；三是在等离子体外面有两层厚 1.5 cm 且处在零下 180 ℃ 环境下的铜壳，该铜壳虽然对等离子体平衡有一定的作用，但对控制等离子体的外加磁场有较大的屏蔽作用。在国内外所有的托卡马克装置中没有一个同时具备这三个特点，这三个特点的叠加，使得 HT-7 超导托卡马克等离子体控制具有相当的特殊性和难度，而当时 HT-7 超导托卡马克的等离子体控制是按照国内外常用的托卡马克等离子体控制方法而设计的，虽然在最初方案的基础上进行过各种改进，但并没有涉及 HT-7 等离子体控制不成功的根本原因。

在计算机中可以通过有限元、电磁方程等方法对该时变和非线性的系统进行复杂的计算，这种计算一轮需要数个小时。但托卡马克等离子体控制必须是实时的，从等离子体数据采集到计算机分析、反馈和输出必须在 1 毫秒内完成，显然按照常规方法采用任何的高速计算机也是难以胜任的，必须从工程的角度对托卡马克电磁系统模型进行简化。第一步要建立两层厚壁铜壳等效模型，并通过实验验证其合理性；第二步将等离子体和托卡马克极向场各线圈系统等效成正反线圈对，并在理论和实验中证明了各等效线圈对电磁参数不随铁芯饱和而变化，从而对托卡马克电磁系统参数进行了线性化；第三步，虽然通过上述两步的简化，但该等离子体控制系统还是一个复杂的多变量控制系统，有必要再进一步简化。因此，傅鹏根据系统特点采用了测量中间变量方法进行解耦，通过这种方式使 HT-7 超导托卡马克等离子体控制系统方程大大简化，由一个复杂的非线性和时变的多变量控制系统变成一个简单的线性的单变量控制系统,等离子体反馈控制问题也就迎刃而解了。

在进行了理论分析并得到控制方法后,傅鹏又多次和当时负责等离子体控制的同志进行交流,希望利用该结果对HT-7超导托卡马克等离子体反馈控制进行改造。由于当时许多同事对该方法并不理解,这一先进控制技术未能实施,搁置了近两年的时间。1998年初,傅鹏得到了所领导的支持,开始负责HT-7托卡马克等离子体反馈控制改进工作。他用自己研究出的等离子体系统控制方法重新设计了HT-7等离子体的反馈控制系统。1998年5月,他成功地实现了等离子体反馈控制,使HT-7超导托卡马克等离子体由不可控迈向可控阶段,在等离子体放电实验中取得了非常好的结果。这项等离子体反馈控制技术于1998年应用于HT-7超导托卡马克装置直至装置退役,运行可靠,取得了很好的效果,为后来HT-7超导托卡马克装置的稳态运行和获得高参数可重复的高温等离子体放电提供了可靠的保证。

二、设计及研制国际热核聚变实验堆(ITER)磁体电源

美国、中国、欧盟、日本、俄罗斯、韩国、印度七方于2006年11月21日正式签署相关文件,全面启动ITER计划,这是一项集世界各参与方的先进技术和人才的国际大科学工程合作项目。

ITER磁体电源是ITER装置的重要组成部分,是目前世界上最大的非常规电源系统,也是世界上最复杂的大型电源系统之一,整个电源占地约70万平方米,按照2018年时的估价,工程造价约100亿人民币。ITER磁体电源原设计方案(FDR 2001)是由欧盟、日本、俄罗斯、美国等国家及地区的专家组成联合设计团队,在欧洲西门子公司、安萨尔多等公司的协助下,经过7年的努力于2001年完成的。ITER组织将该设计方案作为ITER电源方案和设计基准,并以此评估电源系统的价格。而我国承担了其电源系统大部分工作,包括400 kV脉冲高压变电站、SVC无功补偿系统、大部分变流系统。

2005年,傅鹏受科技部委托,对ITER电源设计方案FDR 2001进行技术消化吸收,以此为中国后续承担该采购包打好基础。他和团队经过

近两年的研究与论证,通过分析和验证,发现原 ITER 电源方案存在重大设计问题,主要包括:变流电源系统故障时,超导磁体电流不能形成闭合路,数十 G(10^9)焦耳的能量不能释放,将损坏数百亿元价值的超导磁体系统;电源甩负荷时,电源系统引起法国 400 kV 电网过压 20%、66 kV 电网过压 50%;同时发现原电源系统和法国电网之间具有 2 次基频左右的振荡点,运行中产生的低次谐波将通过振荡放大,会导致法国电网和 ITER 电源崩溃。这些设计缺陷将会使 ITER 装置承受巨大的运行风险。

傅鹏及其团队针对 FDR 2001 存在的设计缺陷和风险,提出 ITER 磁体电源优化设计方案:

(1) 用外旁通替代内旁通,使超导线圈电流有稳定的续流通路,让系统安全性和可靠性大大提高。

(2) 采用晶闸管整流桥反并联代替晶闸管反并联设计方案,大大减少系统最大故障电流,提高系统故障抑制能力;晶闸管承受最大故障电流从 440 kA 降低到 320 kA,并且衰减迅速。

(3) 采用多变流器单元串联顺序控制方案减少系统最大无功,系统无功可以降低 30% 左右,从原来的约 1000 MVar 降低到约 750 MVar,从而减少甩负荷时的系统过电压和低频振荡。这一方案既能消除原设计中的缺陷,又能排除 ITER 装置主机、法国电网及电源系统的运行风险。

2007 年,中方团队项目组正式向 ITER 国际组织指出 ITER 电源设计存在重大隐患,并提出解决方案,遭到 ITER 组织电源负责人的反对。经过中国国际核聚变能源计划执行中心罗德隆主任多次沟通,ITER 常务副干事长 Hotkom Nobel 决定成立外部独立专家组对中方意见进行评估。第一个独立专家组由来自美国、德国、意大利、瑞士等国家的 5 位世界知名的专家组成,经过一年的努力和 12 次会议讨论,2008 年底形成最终技术报告,支持中方提出的意见。

由于 ITER 国际组织决定采用中方提出的电源方案,因此 ITER 装置需要重新进行设计,经费也随之需要重新评估,牵涉各国利益,ITER 国际组织又组织了第二个独立外部专家组来进行评估。第二个独立专家组由来自美国、德国、意大利、日本的 6 位专家组成,经过 4 次会议、3

个月时间的讨论,2009年3月该专家组提交的最终报告也支持中方观点。2009年12月,ITER国际组织和7方政府代表,一致同意更改ITER电源方案,采用中方设计的新方案。2010年,ITER国际组织重新评估了价格,中方承担的电源份额实际应为25亿人民币,比之前评估的15亿增加了10亿人民币。

随后,傅鹏率领的科研团队经过不懈努力,于2015年完成世界上首台一体化设计非同相逆并联四象限变流系统样机研制,研发了国内最大功率的直流测试平台,在此平台上样机通过了国内最大直流短路测试以及其他一系列共计80多项型式试验和常规试验,元件均流系数在额定电流55 kA达到0.9、短路415 kA达到0.8,占地面积减少了50%。

傅鹏近照

十年磨剑,一朝出鞘。2018年4月9日至4月10日,首批5套我国自主研发的世界上首创一体化设计非同相逆并联四象限变流系统,由8辆大型卡车装载,从等离子体所起运前往法国ITER国际组织,标志ITER电源采购包国内集成任务开始进入设备交付阶段。ITER电源变流系统由14组单元变流器组成,此次交付的是首批5套,后续9套正处于生产、测试阶段,将按照预定进度完成交付。

国际核聚变专家曾于2017年底联合发表了《北京聚变宣言——支

持中国聚变能源发展》,称中国(等离子体所)为 ITER 准时交付高质量部件,显示出中国在 ITER 中扮演了重要角色。而等离子体所凭借在托卡马克装置上 40 多年的技术积累和国际影响力,正让"中国设计"和"中国制造"应用于国际大科学工程。作为等离子体所核聚变研究团队电源系统的学科带头人,傅鹏仍然在为他的"聚变梦"坚持不懈地奋斗,他相信,中国人终有一天将让世界亮起一盏用聚变能点亮的灯!

2019 年 11 月 5 日

不断挑战自我的科研生涯

盛政明

盛政明简介

盛政明，上海交通大学物理和天文系特聘教授。1987年毕业于合肥工业大学应用物理专业；1987年9月至1990年7月在中国科学院等离子体物理研究所攻读硕士研究生，获硕士学位，师从俞国扬研究员；1993年毕业于中国科学院上海光学精密机械研究所，获博士学位。1995—2001年，先后在德国马普量子光学研究所和日本大阪大学从事研究工作。2001年起，进入中国科学院物理研究所，先后任特聘研究员和研究员。2007年任上海交通大学特聘教授。

长期从事强激光与等离子体相互作用及其在新型粒子加速和辐射源、激光核聚变、实验室天体物理等方面应用的研究。曾荣获国家自然科学基金委杰出青年基金、国家自然科学奖二等奖、中国科学院杰出科技成就奖、中国物理学会饶毓泰物理奖、全球华人物理与天文学会(OCPA)亚洲成就奖(AAA-Robert T. Poe Prize)、上海市自然科学奖一等奖、香港求是基金会杰出科技成就集体奖，入选教育部"长江学者奖励计划"，并当选为美国物理学会会士、英国物理学会会士等。

斗转星移，日月如梭。屈指一算，自大学毕业以来我已走过了32年的科研生涯。一路走来，既感受到了科研的乐趣，也深深体会到从事科研工作的艰辛。科学研究很少是一帆风顺的，它就像爬山，也许你可以看得见目标，但你需要绕很长的路，爬过很多的山峰，还会经历多次的无功而返，历尽千辛万苦，最终抵达最高峰。科学研究也像航海，在茫茫大海上确定自己的航线，在惊涛骇浪中颠簸前行，只有不畏艰险的人，才能到达胜利的彼岸。所以，唯有对科学本身的热爱和执着，才能发现属于自己的"新大陆"。在导师和前辈们的指导和提携下，以及自己坚持不懈的努力下取得了一点成绩，我觉得非常幸运。我的个人成长经历与很多同年龄段的学者相似，我们都是国家改革开放的受益者，在国内接受了比较扎实的基础教育，同时在国外多年的工作经历，使自己的科学视野拓宽不少。这里我结合个人的经历，讲一讲自己在科研和教育方面的感受。

一、在无意间踏入等离子体物理领域

等离子体物理研究是物理学的一个分支，我从事这个领域的研究也属偶然。我记得填报高考志愿时第一志愿填的是计算机专业，因为当时看了一些科普文章，觉得计算机很神奇。在1983年高考时，平时是数学尖子生的我，数学考得不太理想，没有被第一志愿录取，结果就去学物理（光学）专业了。大学毕业的时候，我被保送去中国科学院等离子体物理研究所读研究生，当时我本可以选择攻读大学中所学的光学专业，但我又鬼使神差地选择了读一个不太熟悉的专业方向——核聚变与等离子体物理专业。那时自己的想法非常单纯，希望挑战一下自我，学习了解更多不熟悉的东西，因为在大学里唯独没有上过等离子体物理课。三年之后我转到将光学和等离子体物理结合的方向——激光等离子体物理。从1990年至今，我一直在从事这个领域的研究，包括激光核聚变、相对论激光等离子体、等离子体新型加速器、实验室天体物理等课题。这是一个充满挑战的研究领域，面向国家的需求。目前这方面的人才培养还远没能满足国家的需要。

等离子体作为物质的第四态,对我们很多人来说似乎很陌生,但其实它离我们的日常生活也很近,譬如火焰、气体放电灯管、大气闪电等都处于所谓低温等离子体状态。稍远一点的,我们大气层上面的电离层也是等离子体状态。从 20 世纪 30 年代开始,人们发现太阳和许多天体是由等离子体组成的,因此宇宙中的等离子体比固态、液态、气态物质都多得多。一般认为,我们宇宙中 99% 的可见物质处于等离子体状态。宇宙中等离子体状态的参数范围极其广阔,其密度范围为 $10^3/m^3$—$10^{33}/m^3$;温度范围为 10^2—10^8 K,远远超出我们的想象。因此理解和掌控等离子体,对人类生存和生活都非常重要。美国物理学会等离子体物理分会出版的 *The Pervasive Plasma State* 以通俗的语言、图文并茂的方式介绍了无所不在的等离子体以及它的广泛应用。等离子体是研究各种非线性问题的理想介质,譬如,著名的等离子体物理学家 A. Hasegawa 在研究等离子体非线性的基础上,首先发现了光孤子,并发明了光孤子通信。等离子体也是比较难以驾驭的物质状态,人们在实验室花大力气来控制高温等离子体的各种不稳定性,这是人们在地球上实现可控核聚变能的必要手段。在上海交通大学激光等离子体实验室,我们也在研究控制激光驱动惯性约束聚变中的激光等离子体不稳定性。随着激光和等离子体技术的发展,等离子体的新应用不断被开拓。譬如,由于超强超短激光技术的发明,人们发现利用超短强激光可以产生激光尾波场(一种电子等离子体波),利用其极高的加速梯度(比传统加速器高三个数量级以上)来加速等离子体中的电子。因此,人们可以在中等规模的大学实验室得到能量在数百至数千兆电子伏的强流高能粒子束,这些在先进加速器研究、工业、医疗等领域有广泛的应用前景。

二、从不同导师和前辈那里学习开展科学研究

在我的成长过程中,我非常幸运地遇到了几位引领我走上科学研究之路、让我十分敬仰的导师。我的硕士导师是等离子体所俞国扬研究员。俞老师是"文革"前北京大学毕业的研究生,做人做事都极为严谨。我是他直接指导的第一个研究生,他对我的要求是比较严格的。我记得

一开始他就让我看几篇描述磁约束等离子体中电子回旋动力学的经典文献，并且要求我一步步地把文献上所有公式仔细推导出来。俞老师给我布置具体的硕士论文课题时，他自己先有一个简单的物理图像，然后让我从数学上来证明这个物理图像。所以在后面近两年的硕士论文撰写中，基本都是在推导公式。当别的同学在忙考 TOFEL 和 GRE 的时候，我能安下心来埋头于其中的物理研究，这除了我对物理的兴趣和做事认真专注的态度，也与俞老师的言传身教分不开。俞老师不仅热爱科学，也非常热爱生活，他是手风琴高手，也是个乐队指挥高手。在他和其他同事召集下，所内一些音乐爱好者在等离子体所成立了核聚变乐队（Fusion Band），我也有幸加入了这个乐队。俞老师曾经多次组织和指挥乐队在所内和合肥分院内进行表演，这也为生活和工作在那时相对偏僻的董铺岛上的人们增添了生活的乐趣。作为研究生，我能充分感受到来自等离子体所研究生部各位老师和各个研究室老师对学生的极大重视，各位老师在生活和工作上全心全意地关心和支持我们，让人感到很温暖，因此我在那里度过了一段快乐和难忘的时光。

　　硕士快毕业的时候，我还在犹豫要不要向象牙塔尖继续攀爬时，中科院上海光机所的徐至展院士（俞国扬老师的研究生同学）写信鼓励我去他的课题组攻读博士学位，因此我接受了他的邀请去上海光机所读博。徐院士的研究兴趣非常广泛，是国内强场激光等离子体物理的开拓者和先驱。20 世纪 90 年代初，超短强激光脉冲技术刚刚出现，徐院士敏锐地注意到这一点，所以他建议我将超短强激光脉冲与等离子体相互作用作为我的博士论文方向。在上海光机所那段时间，课题组中活跃和自由的学术氛围对我的博士论文研究很有帮助。如果说在硕士期间我像被老师扶着走路，完成的是老师的命题作文；攻读博士学位期间，我通过大量地阅读文献，了解这一领域最前沿的动向，逐渐能开展独立思考，在物理上能有些新的发现了。记得在读博期间，我提出了用激光在等离子体中产生的尾波场来压缩激光脉冲的理论，10 多年后，法国的学者在实验中第一次观察到了这种现象。我研究生时期的导师都是中国老一辈科学家，他们大都生活在科研条件简陋、物资比较匮乏的年代，但这些丝毫也没有动摇过他们对科研的无限热爱和执着，这种精神不断激励我，让我终身受益。整整六年攻读硕士、博士学位期间的训练,让我逐步迈进等离子体物理研究的世界。

读书期间盛政明(左)与俞国扬老师在等离子体所大门前合影

1995 年,我获得德国洪堡基金会的资助,有幸去马普量子光学所,师从 J. Meyer-ter-Vehn 教授开展博士后研究。他是一位具有深刻洞察力和敏锐直觉的著名等离子体物理学家,特别擅长抓住复杂物理问题的核心,然后提出简单明了的物理模型。20 世纪 80 年代初,他提出了著名的激光核聚变内爆等压模型,计算核聚变靶的能量增益。在这之前,虽然美国劳伦斯利佛莫尔国家实验室的科学家们采用大量的数值模拟给出了核聚变增益曲线,但没有人真正明白其物理内涵。我刚去的时候,Meyer-ter-Vehn 教授开始把研究兴趣从惯性约束核聚变转向超短脉冲强激光与等离子体作用。他建议我先把最简单的强激光与单电子作用过程理解清楚,然后再去做复杂一点的激光加速问题。后来基于另一个年轻同事 A. Pukhov 的数值模拟,我们提出了激光等离子体通道中的直接加速机制,也是用我给出的单粒子模型来描述的,这个工作在 2009 年被美国物理学联合会(AIP)选为"过去 50 年等离子体物理高引用文献"。和 Meyer-ter-Vehn 教授讨论问题时,他经常要求我对经过很多计算后得到的结果给予物理上的解释,这对我帮助很大。此外,虽然他自己是做解析理论研究的,但意识到等离子体物理很多非线性问题离不开大规模数值计算,所以他的很多学生和合作者,都是做大规模数值计算的。那个时候的我从来没有听说过大规模并行计算,但他的研究组里有两位科研人员已经在用当时世界上运算最快的计算机做强激光等离子体方面的工作,并且研究结果对实验起到了直接的引领指导作用。这些对我的影响很大,也促使我往数值模拟这个方向去发展。

  1998 年,日本大阪大学激光核聚变研究所时任所长 K. Mima 教授以及该所计算物理研究组的负责人 K. Nishihara 教授邀请我去大阪大学从事强激光与等离子体作用的研究。Mima 教授也是等离子体物理理论界国际公认的大家,描述等离子体中湍流的 Hasegawa-Mima 方程,就是以他和合作者的名字命名的。Nishihara 教授是激光等离子体数值模拟研究的大家,记得当时他的学生得到了一些三维粒子模拟的结果,观察到强激光在近临界密度等离子体中传输时的各向异性调制现象,希望我能发展一个理论模型来解释数值模拟观察。在那时我经常会参加两位教授的研究组组会,对此有着很深的印象。我们每周在某个中午的午餐时间开组会,每个人轮流讲自己的研究进展,时间长度不限。Mima 教授具有非常丰富的等离子体物理知识,他对每个人的研究进展都能给出深入的点评和建议,很有启发性。有时他自己信手拈来,就在黑板上推导公式。Nishihara 教授做事极为认真,很多事情也躬身亲为。当时国际上少有的三维粒子模拟并行计算程序就是他自己写的。他对学生抓得更紧,学生要经常向他汇报工作进展,他自己也是每天很晚才离开办公室。

  在德国和日本六七年的经历,极大地拓展了我的学术视野,使我从一个稚嫩的学术青年成长为能在不同的研究课题独立开展研究的科研人员。前面提到的 Meyer-ter-Vehn 教授和 Mima 教授都获得过美国核物理学会的 Edward Teller 奖章,这是激光核聚变领域最重要的奖项。他们两位还都获得过欧洲物理学会的 Hannes Alfvén 奖,这也是欧洲物理学会授予等离子体物理学家的最高奖。和他们的合作经历并得到他们的赞许,也让我感到非常自豪。

  1999 年在日本大阪举行的国际学术会议上我遇到了张杰院士,他热情地邀请我加入他刚刚在中科院物理研究所组建的团队。2001年我决定回国加入他的课题组工作。正是在他那里，我把自己的理论和数值模拟研究与他的实验研究很好地融合在一起，一方面他的实验研究引领我不断思考；另一方面，我的理论工作又解释了他的一些非常有趣的实验发现，进而启发他们的实验研究。这样一种紧密的合作，真正使我感受到自己所做工作的价值。张杰院士对科研的前瞻性、敏锐度和广阔的视野，不断启发我和同事们去探索，使我们的工作能够始终处于本领域的前沿。2007年他担任上海交通大学校长，有感于国内等离子体物理领域人才培养的迫切需要，他邀请我去上海交通大学发展等离子体物理学科，并组建新的研究团队。在他的领导下，上海交通大学的这个学科从无到有，再到发展壮大和成熟，并在国内外具有一定影响力，为国家在等离子体物理领域不断输送着新鲜血液。张杰院士对工作热情、严谨和追求卓越的态度深深影响了我；同时，他对下属的爱护和支持，让我和同事们感到温暖，使我们这个团队更加团结。张杰院士也获得过美国核物理学会的 Edward Teller 奖章，这是国内第一位获此殊荣的科学家。

在我的科研和人生道路上，还有两位对我影响颇深的前辈——中国工程物理研究院的贺贤土院士和美国马里兰大学的刘全生教授。贺院士是我国激光聚变事业的开拓者之一，虽然他常需要在国家层面考虑有关研究科学规划问题，但仍然对激光聚变和高能量密度物理很多具体的问题充满好奇和兴趣，经常在不同场合听他讲述他的团队对有关问题研究的新进展，让我对他充满敬意。他也在很多方面非常关心和帮助我和我的科研团队，让我深切体会到老一辈科学家的宽广胸怀。刘全生教授是国际知名的等离子体物理理论学家，研究涉猎广泛，包括激光惯性约束聚变等离子体和磁约束等离子体物理。他在20世纪70年代发表的多篇有关激光等离子体不稳定的文章，是激光等离子体物理领域的经典文献，奠定了激光聚变研究的重要基础。我有幸在过去10多年里跟他有不少交往与合作，在科研上他总是能给我一些引领性的启发、鼓励和建议。另外，他乐观的人生态度和广博的胸怀深深打动了我和我的同事、学生们。

我跟着这些大师们一起学习和工作，有幸领略他们身上的"科学灵

盛政明近照

气",学习他们指导学生和管理研究组的方法;更幸运的是,可以近距离地感受他们文化背景的迥异、个性的不同,却又无不例外地闪烁着各自耀眼的人性光辉。幽默、宽容、充满好奇心、对艺术的热爱,使他们没有被繁重而枯燥的工作变成"工作上的巨人,生活上的弱智",而是经常红光满面、精神矍铄、收放自如。他们就像一面面镜子,让我清晰地领悟到:科研工作是唯一的,又不是唯一的;激光等离子体物理是我此生唯一的事业,却又不是生活的全部。对一个人而言,只有让生活和工作保持相对的平衡,才能使我们有一颗年轻的心,保持旺盛的工作斗志。

三、与学生一起感受更多的科研乐趣

科学发展到今天,科研的方式也在不断转变。以前从事理论研究,往往以一个人为主;而现在的科学研究往往是多学科交叉,同时需要充分利用先进的技术,譬如大规模高性能并行计算。这方面,我们年轻的学生确实可以做得很好,他们的高性能计算和编程能力已经超过我很多。不仅如此,他们的思想并没有受到太多的束缚,经常会有意想不到的新发现。回国后,我也尝试效仿我的中外导师们带学生的方法,对于

每一个新的学生,如何让他们扬长避短,在一张空白的纸上,在有限的时间内,画出一幅令人满意的科研画卷?在一个比较浮躁的大环境下,怎样让他们能够沉下心来去做科学探索,让他们认识到所从事的工作的意义和价值,培养他们在循序渐进中发现一些有意义的新的科学问题,并在与科学的互动中感受快乐和满足?这都是需要导师不断去思考的问题。只有这样,我们的科学知识、科学精神才能得到不断的传承和发展。基于个人的体会,我非常支持毕业的学生去国外进一步深造,他们中的许多人已经在国外做出了很重要的成果。他们带着这些成果和科研经历回到中国,继续为中国的等离子体物理事业做贡献。他们的成功也给我带来了很大的成就感和快乐,迄今我培养了31名博士生(4名外国学生),其中有7人获得蔡诗东等离子体优秀博士论文奖,3人获得国家高层次人才计划资助,5人获得德国洪堡基金会和日本学术振兴会资助,1人获得欧盟玛丽-居里奖学金资助。蔡诗东等离子体物理奖,是国内等离子体物理学界和海外华人学者为纪念我国等离子体物理研究的先驱蔡诗东先生捐赠设立的,以表彰和激励国内从事等离子体物理研究的青年学者。当然,我们从事科研不是为了获奖,更多的是为了超越自己,留下科研足迹,为人类和国家的发展做出更多的贡献。

滚滚长江东逝水,大浪淘沙无尽时。科学研究需要长时间的积累和磨炼,只有耐得住寂寞和孤独的人,才可能一直走在通往成功的道路上。即使最后没有到达科学的顶峰,但他能在一路上欣赏和领略到很多美景,并有不少良师益友一路同行,他的内心是平静和满足的,他的人生是充实和幸福的。

2019 年 10 月 20 日

为"健康中国"贡献力量

贾月超

贾月超简介

贾月超,1987年9月至1990年7月在中国科学院等离子体物理研究所攻读硕士学位,获硕士学位,导师为高秉钧研究员。毕业后,先后在深圳南方信息企业有限公司、广东志成冠军集团有限公司工作。1994年公派赴美学习后归国。现任深圳市艾尔曼医疗电子仪器有限公司总经理、高级工程师。

带领团队以"绿色物理预防、治疗与康复"的新理念,开发了健康管理、医学美容、微创手术、家庭保健系列医疗电子产品,主持研发了国家科技部创新项目"高频电磁刀"、高电位治疗仪、智能超短波治疗仪等,申请国家发明专利10项、实用新型专利20多项、外观专利10余项。曾获深圳市科技进步二等奖、东莞市科技进步二等奖。先后编写《UPS不间断电源》《常见病高电位疗法》等著作,为国家行业标准《电位治疗设备》起草人之一,为深圳市政府医疗事故再评估专家、深圳市科技创新委员会评审专家。

科学与人生

习近平总书记说:"没有全民健康,就没有全面小康。"

我1990年硕士研究生毕业后到深圳工作,现任深圳市艾尔曼医疗电子仪器有限公司总经理,是深圳市科技创新委员会项目评审专家。公司以"绿色物理预防、治疗与康复"的新理念,开发了健康管理、医学美容、微创手术、家庭保健系列产品,曾荣获深圳市科技进步奖二等奖、东莞市科技进步奖二等奖,为"健康中国2030"规划的实施、大众健康水平的提高贡献了一份力量。

30年弹指一挥间,无论我在哪里,都忘不了中国科学院等离子体物理研究所领导和老师们对我的教导,为我施展理想抱负打下了坚实的科研基础。

贾月超在湖北武汉健康体验店普及"预防大于治疗"健康理念

一、雏鹰展翅科学岛

1985年的夏天,我从西安交通大学毕业,被分配到了中国科学的殿堂——合肥科学岛等离子体所工作。

科学岛是一个做科研的好地方,这里三面环水,鸟语花香,实验室配备了先进的科研设备,具备雄厚的科研条件,当时已经有了台式计算机,这让我那些分配到其他单位的同学们很是羡慕。记忆特别深刻的是,所里的科研氛围浓厚,团结协作的精神很强。

经过两年的工作锻炼,1987年我考上了等离子体所的研究生。研究生部1987级班主任张英老师认为我品学兼优,还让我当了1987级研究生班的班长。我的专业导师是高秉钧研究员,他是国际强场磁体设计的权威专家。在高老师的指导下,我专攻强场磁体电源设计。该电源装置因其设计性能指标输出功率大、精度高、稳定性好,属国内一流电源装置,当然也有很多待解的技术难题。我设计了基于单片机数字控制的可控硅高对称触发电路,降低了大功率直流电源的纹波输出。等离子体所当时在做电磁炮及高温超导方面的实验,大家经常夜以继日地工作,而且加班补助费也很少。等离子体所老师勇攀科学高峰的认真求实精神、拼搏奋斗和忘我工作的奉献精神,让我终身受益,最重要的是通过接受研究生教育,我具备了敢于突破的创新精神。

1990年快毕业的时候,一位上届毕业的同学从深圳来科学岛,他说深圳是年轻人的天下,我们很多同学都对深圳特区对于人才的渴求及良好的待遇感到惊讶。同学说的"从事计算机与自动控制专业,在南方特别有发展前途"这句话对我产生了极大的触动和影响,研究生毕业后我放弃了"铁饭碗",登上了南去的列车。

二、追逐梦想在深圳

深圳,一个海纳天下英才的开放城市。我写了多份简历揣在身上,每天奔走于各个职场。看到有单位招聘电源高级工程师,怕自己资历太浅不敢应聘。有一天,我气喘吁吁爬上了7楼来到一家公司,老总盯着我的简历看了约有一分钟,说:"你的计算机控制技术真好,"我心中暗喜,他又接着说,"这段时间受外部进出口环境的影响,公司前景不定,暂时不再进人了,有机会一定联系你。"就这样,我住着红岭路10元一天的当时深圳最廉价的旅馆,早出晚归,出来带的300元钱也所剩无几,都有了打道回府的念头。旅馆同房间住着一位做生意的河南小伙子,通过几

科学与人生

天相处,我们无话不谈,成了患难朋友。一天晚上,他手里拿着一份《深圳特区报》对我说:"有家高科技公司登广告了,要招聘UPS(不间断电源)的高级工程师,去试一试呗。"抱着试试最后一搏的想法,第二天我坐了一个半小时公交车从罗湖到了蛇口。招聘单位总工程师看到我的硕士论文《强场磁体电源》后说:"专业对口,就需要你这样的人!快来一起工作吧!"我终于有了工作、有了用武之地啦,这时我也才发现,眼前的深圳是那么美丽浪漫、那么富有生机活力!

隶属于长城电子集团下的南方信息企业有限公司有近百名员工,年产值达5000万元,在当时全国电子行业排名第260位左右。在等离子体所我做的工作是"把交流电变成直流电",在这里的工作正好要"反过来"。鉴于当时国内经常停电,一停就是8小时,很多计算机信息处理部门都需要UPS。当时工业用UPS都是进口的,我们就是要把"国外仅供电10分钟的不间断电源"做成"满足国内需求的长达8小时的不间断电源"。为争取接下一个大订单,我和技术研发部的6个同事三天三夜没有离开过实验室,累了困了就在桌子上趴着打个盹,就像当年在研究所做超导实验一样。我们研制的样机终于通过了验收,为中国银行计算机系统的信息网络现代化保驾护航,公司也顺利地签下了2000万元的大订单。当真切地感受到知识变成了实用产品,我的心里有说不出的高兴。在这里,我的技术长进得很快,因为可以检测、了解当时世界最先进的美国EXID及法国梅兰日兰等公司的不间断电源产品,并与同事编写了《UPS不间断电源》一书。1994年6月,电子部又派我们一行4人去美国学习,更多地了解了电源领域世界前沿高新技术发展趋势及美国社会。我也可以像一些公派人员一样留在美国工作,但我毅然选择了回国。我当时就认识到,深圳是中国改革开放的前沿,城市面貌日新月异,我的事业发展机会也更多更大。

1995年8月,我加盟广东志成冠军集团有限公司,并自主研发生产了一款"高频晶体管10 kVA长时间不间断电源"产品,性能国内领先,市场需求非常大。公司上下团结一心,发扬"拓荒牛"的精神,一天工作达10个小时;公司还成立了党支部及工会,精神面貌焕然一新。公司业绩很快跻身于国内同行业的前三名,连国外的知名厂家也来采购我们的产品,我们开始挣外汇了。公司被树为全国的先进典型,当时的广东省委领导也前来公司考察指导。在南方信息和志成冠军的日子里,我深刻理解了"空谈误国,实干兴邦"的深远意义。

三、进军医疗健康新领域

随着人民对美好生活、健康水平要求的不断提高,2006年,由我出任总经理的深圳市艾尔曼医疗电子仪器有限公司正式成立,先后开发出了高电位治疗仪、高频电刀、智能超短波治疗仪等一系列医疗预防和康复及家庭保健电子产品,较国外同类产品性价比更高,申请国家发明专利10项、实用新型专利20多项、外观专利10余项;我撰写了《常见病高电位疗法》一书;也成了国家行业标准《电位治疗设备》的起草人之一、深圳市政府医疗事故再评估专家。这次事业高跨度转型到医疗健康新领域,就是为了让普通大众既少花钱也能享受高科技健康产品的服务。

贾月超(左五)邀请美国哈佛大学 Spaulding 康复医院罗逊教授(左七)、湖南中医药大学常小荣教授(右六)、深圳大学王军教授(右五)到公司进行学术指导

我领衔研发的高电位治疗仪,是一款物理康复、预防治疗器械,采取

了特殊的高压电源,将人体全部或局部置于电场中进行治疗,对头痛、失眠、便秘、高血压和软组织损伤引起的疼痛有辅助治疗作用,拥有5项国家发明专利。智能超短波治疗仪,产生的热效应等可改善血液循环、消除炎症,加速组织生长、降低肌张力、解除肌痉挛等,利用一项发明专利,解决了目前国内外设备普遍存在的电磁兼容问题。高频电刀,也拥有专利技术,可用于微创手术和医学美容。

这一系列医疗电子产品深受大家的欢迎,公司讲究的就是创新、诚信和客户至上。公司目前在上海、安徽、福建、山东、广东等省有400多家体验店,每天有近20万的免费体验者受益。合肥市的10多家体验店已连续经营9年了,口碑一直很好。

公司还用"爱心"服务社会、回馈家乡父老:在国家"脱贫攻坚年",公司向全国贫困县20多家敬老院捐赠了高电位治疗仪;在"抗美援朝胜利60周年"之际,向老兵们赞助了康复和预防治疗仪器;公司还开展了"艾心无限"活动,助力深圳市政府的"民生微实事工程项目"的实施;艾尔曼也参与了"春蕾助学"计划;公司还收到了来自广西壮族自治区巴马县民族特殊教育学校寄来的感谢信;经过康复仪器的治疗,有些患有风湿的病人双手可以拿住筷子了,长期卧床的老人也可以站起来了……

2016年,《健康中国2030规划纲要》实施以来,"全民健康"已成为社会的大趋势。我带领公司正在积极推进"预防和康复仪器进社区"计划的落实,就像体育锻炼器材安装在每个小区一样。健康是大产业,健康更是大事业。做好这件事,可以让中国的老百姓做到防病在先、健康长寿,从中得到更大的实惠,为中华民族伟大复兴和中国梦的实现,提供坚实的健康基础。

2020年10月25日

青春在国际舞台上闪光

武松涛

武松涛简介

武松涛,中国科学院等离子体物理研究所研究员、博士生导师。1987年9月起在等离子体所攻读在职硕士研究生,获硕士学位,师从秦文汀和王永成高级工程师;1998年起在等离子体所攻读在职博士研究生,获博士学位,师从吴小平院士、李建刚研究员。曾任等离子体所副所长,所学术委员会学术秘书,国家重大科学工程"EAST超导托卡马克核聚变实验装置项目"总经理助理、副总工程师,是EAST超导托卡马克装置主机总体负责人,负责EAST超导托卡马克装置主机的总体设计,完成装置主机的工程设计、总装设计及关键技术预研。获安徽省科技进步奖一等奖及国家科技进步奖一等奖(集体奖)。还参与过HT-7超导托卡马克的建造协调和负责美国ETG、EPIUES及HELIMAK等数个托卡马克项目的工程设计、制造、安装和调试运行,开创中国向发达国家出口核聚变实验装置系统的先河。享受国务院政府特殊津贴。作为项目负责人承担过国家"973"项目、"863"项目。1999—2002年曾在俄罗斯、德国、日本短期工作;2003—2004年曾驻德国任ITER国际组中国技术代表;2008年赴ITER国际组织工作,曾任ITER国际组织托卡马克总装总工程师、工程司副司长,ITER真空室项目集成团队负责人,ITER托卡马克装置主机总体集成负责人,ITER总部与各方协调负责人等职。兼任中国科学技术大学、华中科技大学及合肥工业大学教授。

因为父母亲都在中国科学院安徽光学精密机械研究所工作,我是小学三年级转入董铺岛子弟学校的。当时的教室是一排科研用房,课桌及凳子是用两条厚长的木板搭在两头由红砖垒砌的墩子上而成的。老师原来大都是科研人员,或是科研人员的家属。他们的教学方式常常是带着搞科研的认真劲儿教着一帮科研子弟。

长期在这种环境下耳濡目染,我从小就对科学有一种向往。记得当时有一位科研人员来我家做客,说未来的托卡马克装置非常大,人们要开着汽车才能绕它转一圈。我就琢磨着:等我长大了也去做科研,天天在实验室里搭建新奇玩意儿,应该是非常有意思的吧。

一、研究生之路

1979年高考,我考入了华中工学院(现华中科技大学)光学工程系。大学毕业后,我被分配到中国科学院等离子体物理研究所,算是圆了我的科学梦。

工作之初,指导我的是傅积凯老师。我的第一项工作是"真空紫外反射仪"的研制。这是要在一个真空腔内设置一个可在外面调节的反射镜系统。从材料的选择到反射镜的转角方案,我都得到了傅老师的悉心指教。设计完成后,我自己联系制造厂家。因为考虑到材料的无磁性及成本,我们选择了铝合金作为真空腔的材料;因为超高真空的要求,所有的焊缝都必须是真空氩弧焊。我调研了一个制造飞机副油箱的军工厂,这里的铝材氩弧焊是他们的日常工作,很快就解决了超高真空焊的难题,我第一次感觉到我国军工企业真是人才济济。

我攻读硕士学位的论文课题是"氢冰弹丸注入器的研制":要求将氢气冷却至零下269 ℃,冷凝成氢霜,再把氢霜压缩成氢冰后,切割成直径和高度各为1毫米的小冰柱,用高压氢气将小冰柱以每秒数百米至1000米的速度射入高温等离子体中。指导我的是结构设计高手秦文汀老师和制造工艺专家王永成老师。这个系统必须解决超低温转动与密封、低温绝热、真空腔内氢冰弹丸路径的光学准直、氢冰弹丸实时无损测速和真空差分等技术问题。其中的"氢冰弹丸实时测速系统"的研制成了最大的难题:因为氢冰弹丸体积非常小,又是在真空腔内高速飞行,如何在不接触到氢冰弹丸、不破坏真空的条件下,实时测出弹丸的飞行速度?于是,我结合在大学里学到的光学知识,提出了激光分束光纤探测及数字信号处理的方案。在秦老师的全力支持下,我有了一个专用的、面积约10平方米的小实验室。一年的时间内,我天天泡在那个小实验室里,使用了当时最先进的激光器、分束光纤、记忆示波器、光电管、数字电路等,搭建了光路及试验台。为了模拟弹丸的飞行,我从朋友那儿借了一把气步枪。虽然气步枪的弹丸比我们的氢冰弹丸大一点,但在我第一次实时测量到了气步枪的弹丸速度时,非常兴奋。当时经数字放大器输出的信号只能传给记忆示波器显示,然后再拍照留存,不像现在可以直接通过数字接口送到计算机处理保存。氢冰弹丸注入器的后续加工制造,在王老师的指导下也完成得很顺利。整个研发过程中,秦老师对我的信任和支持是让我最难以忘怀的。因为要设计搭建和优化放大器电路,需要经常去器材处领取各种电子元器件,秦老师就给了我一个器材领用本,并授权我可以自己直接去领用所需元器件。来自老师的信任,更让我感到肩上的一份责任,一定要保质保量地完成这项研制任务。

我的博士论文课题,是为美国德克萨斯大学聚变研究中心研制一台螺旋马克装置系统(HLIMAK)。这是一个具有简化磁场位形的装置,用于开展磁湍流及托卡马克边界层相关的前沿等离子体物理研究。李建刚所长希望通过这个中美合作项目进一步加强与美国聚变界的合作,从而提高研究所的等离子体物理实验水平。当时我还在负责HT-7U装置主机的设计及研制,正处在紧张的组织投标制造阶段,不能抽调与HT-7U直接相关的科研人员。所以我组织了一个由毛新桥、杜世俊、郁杰及两位在读博士研究生宋云涛和陈文革组成的精干项目组,利用业余时间,开展了包括真空室、纵场磁体、垂直场磁体、支撑结构、电源等系统的分析和设计,还完成了总装设计。毛新桥老师当时虽然已经退休,但他是工程经验非常丰富的高级工程师,由于曾经参与了美方TEXT-U真空室的设计与制造,特别受到美方的信任;杜世俊老师是磁体分析及电气工程专家,郁杰是结构及分析博士出身;两位博士研究生也都是出类拔萃的,虽然他们自己手头都有课题,又在紧张地准备自己的博士论文，但他们毫无怨言，愉快地接受了新的任务。为了不影响 HT-7U 的工作，我们都是利用晚上、周末及节假日加班加点工作。经过约两年的时间，HELIMAK 的大部件全部制造完毕，并在国内开展了装置主机的试装。试装过程出奇的顺利，记得我当时正在厂家车间的技术室，一位工人来告诉我说：试装很顺利，即将完成了。我急忙下楼来到现场，看到付出辛劳的装置总装成型，内心非常欣慰，并由衷地感谢我们项目组成员的共同努力。HELIMAK 总装采用的是"套装"方案，为后来 HT-7U 装置主机的总装提供了借鉴；现在 ITER 的装置主机总装，"套装"也是备选方案之一。

武松涛在法国 ITER 工作

这个项目的执行过程中还有一个小插曲。在 HELIMAK 所有部件顺利装船运往美国后，美方邀请我们团队去美国现场总装及调试。在启动办理签证手续前，美国发生了"9·11"事件。结果在运输部件全部抵达美国一个多月之后，我们的签证仍然杳无音讯。为保证进度的需要，美方决定根据我们的总装设计方案自行安装。结果，美方在仅有两位工程师及其他物理学家的共同努力下，顺利完成装置主机的总装，直至调试成功。美方对我们的工程设计大加赞赏，特别是我们提供的安装程序及技术要求非常详尽，对 HELIMAK 的总装顺利完成起到了关键作用。

HELIMAK 项目是当时所里的一项重要国际合作项目,由李建刚所长牵头,他是项目的经理,我是项目的执行经理,他还是我博士论文的导师之一。在我负责 HELIMAK 项目的过程中,得到了他的完全授权及信任,我可以自由地实施我的技术方案及项目管理模式,这对项目能够成功地完成起到了决定性的作用。在项目的实施过程中,我们这个小团队配合默契,合作得非常愉快。宋云涛和陈文革两位博士毕业后成了科研骨干,都是研究员和博士生导师;宋云涛研究员现在已任等离子体所所长。

在 HT-7U 设计、加工制造、总装调试及运行的日日夜夜里,我感受到所里团队精神的可贵。印象最深的是,在 HT-7U 等离子体调试期间,万元熙总经理已近 70 岁,但仍然和我们一起熬通宵,半夜里肚子饿了就吃几个包子,继续再做实验。2006 年 9 月 26 日,我们得到了第一个等离子体,大家拿来了准备已久的香槟,共同庆贺这一重要的历史时刻。

二、在法国的工作经历

2008 年初,经我们老所长霍裕平先生的一再要求,我应聘来到设在法国的 ITER 国际组织,参与国际热核实验堆(ITER)项目。它由国际聚变界 7 方的中国、欧盟、美国、俄罗斯、日本、印度及韩国共同参与,也是新中国成立以来参加的最大国际合作项目。ITER 国际组织是 2007 年 10 月正式成立的,在我 2008 年 2 月入职 ITER 国际组织时,仅有不到 100 人,是一个全新的单位,人员来自世界 37 个国家和地区的不同领域。该组织采用不同的工作方式,秉承着迥异的文化理念,操着不同口音的英语,开始时相互之间的协作交流存在一些障碍,我刚到 ITER 国际组织工作初期,也是很不适应的。

我在 ITER 国际组织的第一项任务,是要尽快确定 ITER 真空室与其相关联的各个系统的技术界面,并完成界面要求的文件起草、审核和批准等程序,为 2008 年底前签署 ITER 真空室采购协议奠定基础。ITER 真空室是 ITER 装置主机"涉核"的重要安全系统,因此,与 ITER 真空室相关的系统非常多,这就要与很多系统的负责人开展多次技术讨论,以明确功能及物理的界面,这是一项需要极强的协作精神才能高效完成的工作。本来我认为3个月可以完成的任务,结果6个多月才全部完成,这让我更加怀念所里的团队精神。

2020年武松涛代表等离子体所向ITER国际组织捐献防疫口罩

为了提高效率,ITER国际组织在2008年组建了三个项目集成团队(简称IPT),我被委任为"ITER真空室(VV-IPT)"项目集成团队的负责人。项目集成团队采取"矩阵制组织结构",需要极强的团队合作精神,因为我们在研究所承担EAST项目时,已经很好地验证了这种组织架构的优势。但这对ITER国际组织职员来说却是一个很大的挑战,他们这么多年来都是单打独斗过来的,突然出现了这么一个纵横交错的组织架构,需要一段时间来适应。而对于"ITER真空室采购包"相关的欧盟、韩国、印度、俄罗斯等参与方的国内机构来说,需要尽快让他们理解这种组织架构更能体现出他们的利益所在。我鼓励相同系统采购方的工业界,分担不同前期关键技术的预研,预研的技术成果各方共享,这大大降低了各方的预研成本;甚至组织双方工业界,互相到对方去实地考察制造工艺过程,促进技术交流与合作的互利互惠。同时,VV-IPT还包括ITER国际组织内部安全、质保、设计等部门的人员,实行集中办公,可高效解决任何管理及技术问题。我因为岗位变更离开VV-IPT后,该组织架构一直良好运行至今,这得归功于我在研究所承担 EAST 项目时积累的经验。

我在 ITER 国际组织感受最深的是核安全文化的建立。法国的核安全管理体系一直处于国际领先地位,其国内电力供应中核电占比达到 70% 以上,是世界上最高的;其核安全记录也是国际上最好的几个国家之一。在决定将 ITER 建在法国之后,法国专门将原法国的核电标准做了修订,出台了适用于核聚变堆的设计和建造标准。在 ITER 国际组织成立的初期,职员们大都来自于聚变界或加速器领域,并未真正参与过核设施项目。在经历过法国原子能安全委员会(简称 ASN)多次的质询与检查,以及日本福岛核事故后的核安全再核查,还有 ITER 理事会的独立管理评估组又对 ITER 管理进行评估之后,ITER 国际组织逐步建立起了"聚变核安全文化",并将核安全文化的理念作为一种基本管理原则和目标,渗透到 ITER 组织及每个人所开展的一切活动中。目前 ITER 的设计,正按照全面满足核安全要求,持续地在改进。我们在 ITER 国际组织工作的中方职员,特别是聚变界同仁,将为中国未来聚变堆的设计、建造及安全运行,贡献所学的知识与经验。

2020 年武松涛与 ITER 国际组织总干事 Bigot 先生在 ITER 的总装现场

 科学与人生

　　得益于我在国内聚变界工作的经历,从加入 ITER 国际组织至今,我还担任过 ITER 托卡马克集成负责人、ITER 国际组织与各参与方国内的机构协调负责人及托卡马克工程司副司长等职。虽在国外,但我始终心系国内聚变事业的发展,积极推动国内聚变界与 ITER 项目的合作,现已促成了多项重大合作项目,这让我感到非常的欣慰和自豪。

2019 年 11 月 13 日

抒写"创新与产业融合发展"的精彩画卷
——记安徽省政协副秘书长、民进安徽省委副主委王容川

蒋 缇

王容川简介

　　王容川,教授级高级工程师,现任安徽省政协副秘书长、民进安徽省委专职副主委。十三届全国人大代表、民进十五届中央委员、十二届安徽省人大常委会委员、十三届安徽省政协常委会委员。

　　1988年9月至1991年7月在中国科学院等离子体物理研究所系统工程专业攻读硕士研究生,获硕士学位,导师为季幼章研究员和许正荣研究员。长期从事科技成果转移转化和产业化工作,在技术创新和科技成果转化、支撑产业发展等方面做出了重要贡献。曾担任中国科学院合肥智能机械研究所企业资产处常务副处长、芜湖市人民政府科技副市长、安徽循环经济技术工程院副院长、合肥研究院院地合作处处长、合肥研究院先进制造技术研究所所长、江苏省产业技术研究院机器人研究所所长、合肥研究院智能机械研究所所长等。曾荣获科技部科技进步先进个人称号以及中国产学研合作促进奖、中科院院地合作贡献奖和安徽省省院共建(安徽省人民政府与中国科学院)突出贡献奖。

科学与人生

王容川参加全国"两会"时在人民大会堂前留影

2021年3月,王容川在北京参加全国"两会"时,接受了《中国科学报》的采访,他指出,"从实验室的技术发明到应用开发、中试放大、批量生产,再达到各类检验标准、满足企业用户需求,这是高校院所和企业两头不愿沾的中间地带"。针对这一问题,他从改革科技评价体系、加强高校院所技术转移机构建设、强化知识产权法律保障、营造有利于技术转移的社会氛围等四个维度,提出了如何提高科技人员从事成果转化积极性的建议。

打通成果转化"任督二脉"的建议,是王容川担任全国人大代表以来提出的最多的提案和建议之一。王容川是一位不折不扣的跨界人士,工作履历非常充实,但无论身份如何切换,他都围绕着两个关键词:科技、产业,为建立两者之间更为紧密的联系,王容川这些年可谓费尽心思。自从1988年他考上等离子体所的硕士研究生来到科学岛,就和这两个词结下了不解之缘。

一、始于美丽误会的"研"学时光

王容川本科就读于西安交通大学工业自动化专业。当年西安交大的系统工程专业享誉盛名,融合了控制理论、自动化、运筹学、管理和自动化理论等学科,这让王容川为之向往。为了回到合肥的父母身边,考研时他报考了中国科学院等离子体物理研究所的系统工程专业。面试中,等离子体所用了模电和数电的考卷,这让他觉得继续干工科"老本行"十拿九稳了。

王容川读研时期与同学合影
（左起：王容川、胡纯栋、杨文勇、陈琛）

被等离子体所录取之后，王容川却被告知，等离子体所计划培养管理类的研究生，他和另一位来自江西的同学成为第一批"吃螃蟹"的人。当年的系统工程专业分为三个方向，即科研管理、经营管理和教育管理，他就选择了相对而言较感兴趣的科研管理方向。"说不遗憾是假的，但转念一想，科研和管理是缺一不可的，在任何领域都能学有所长、学有所获。"于是王容川迅速调整心态进入了读研阶段。

回忆起读研的经历，王容川感恩满满。他师从时任中科院合肥分院副院长、等离子体所研究生部主任季幼章和安徽光学精密机械研究所党委书记许正荣，由两位导师联合培养。季老师为他安排了用于研究的软件，许老师为他联系到了当时中科院科技政策与管理科学研究所所长罗伟老师等。和同一届研究生同学相比，王容川的"研"学经历确实与众不同。别的同学基本泡在实验室和车间，而他主要搞软件、建模型，考察广州、深圳等地的高新开发区。在两位导师的悉心指导下，王容川运用系统工程（动力学）的软件，结合高新开发区发展模式、土地政策、周边区位优势、劳动力供给、产业发展方向以及国家政策、研发投入等因素，顺利

完成了一篇颇具探索性研究色彩的硕士论文。

王容川至今还记得一件读研期间令其印象深刻的事。1990年暑假,王容川的毕业论文框架已经搭好,需要去厦门考察开发区,实地撷取一些素材充实论文的内容。他坐火车从合肥出发,约好的同学在江西站乘同一班火车,到了约定的时间和地点却没见同学的身影,一直到了厦门站,同学依然无影无踪。一开始王容川急得团团转,因为介绍信和差旅费在同学身上,他带的钱也不多。短暂的焦虑之后,他镇定下来,决定在厦门再等一天并且"多管齐下":先在火车站留言板上告知同学自己在何处;再向单位打电话请人转告他的同学,自己将在厦门站等待这位同学。第二天,他终于在厦门站接到了没赶上原定火车而姗姗来迟的同学,差点喜极而泣。

王容川至今记忆犹新的是读研时的有趣的同学,有喜欢健身的,有爱好吹口琴的,还有经常从家乡带海产品到合肥售卖给本地饭店的。后来,他和一位研究生班同学组建了幸福的小家庭。

读研中王容川还经历了一段特殊时期,当时学生们受到前所未有的"经商下海潮"的冲击,有的学生无心向学。等离子体所霍裕平所长亲自给学生上思想政治课,结合亲身经历推心置腹地和同学们谈话,告诫大家绝不能做让自己一辈子后悔莫及的事。研究所的各位老师也都很爱护学生,为他们指引了正确的人生方向。等离子体所的大科学工程文化以及前辈们踏实奉献的优秀品质对王容川影响深刻,这些经历让他认识到读研不仅充实了自己的理论知识,更使自己经受了思想的洗礼,世界观、人生观、价值观都日趋成熟,为今后的职业生涯汲取了充沛的精神养分。

虽然选择研究生专业时"纯属意外",但此后30余年王容川在科研管理的道路上一往无前,所有走过的路让他无悔于当初的选择,也无愧于为他传道授业解惑的各位前辈。

二、深耕于科研管理与成果转移转化

硕士毕业后,王容川的第一份工作是在中国科学院合肥分院计划处从事科技管理工作,其间他受中科院派遣到美国波特兰市俄勒冈科学技术研究生院访问学习,拓展了技术研究、成果转移转化和科研管理的视野。2000年8月起,王容川担任中科院合肥智能机械研究所企业资产处常务副处长(主持工作)。随后,王容川逐渐走上更为广阔的平台从事科研管理工作。

2004年10月至2007年12月,王容川挂职芜湖市人民政府副市长,主管科技、信息化工作,并协助负责工业、交通、电力等方面重点项目工作。任职期间,王容川曾提出"信息化是科技中的科技"。他说:"信息化不仅仅是一项技术,信息化带来的将是整个社会的变革。信息化有一个根本的特征,就是缩短了人与人之间在时空上的距离。从经济体系来讲,无论对宏观的政府还是对相对微观的企业来说,信息化的作用都是非常大的。"

担任芜湖市副市长期间,一方面,王容川落实信息化领域"条条整合、条块整合是为了块块共享"的理念,倡导避免各个部门各自为政、单线作战;呼吁国家层面应大力推进信息在各个部门之间的整合、互动,并增加信息资源共享方面的投入和顶层设计,他本人还在芜湖市积极推进了信息资源整合方面的探索。另一方面,他始终重视信息化技术的应用,多次鼓励分管的各个部门:信息化用得好,不但能加深人民群众对信息化的理解,还能获得更多的支持。应用系统多了,人气就有了,信息化基础扎实了,我们的公用数据库就会更加丰富。

挂职结束后王容川回到合肥,负责中科院合肥物质科学研究院的科技成果转移转化工作,先后在合肥、铜陵、淮南等地建立转化机构,筹备成立中科院合肥技术创新工程院/有限公司、皖江新兴产业技术发展中心、淮南新能源研究中心等,在技术创新和科技成果转化、支撑产业发展等方面取得不少成果。中科院合肥技术创新工程院、皖江新兴产业技术发展中心被认定为安徽省首批新型研发机构,并在绩效评估中获得优良。由于表现突出,王容川获得了安徽省省院共建(安徽省人民政府与中国科学院)突出贡献奖一等奖。

在王容川担任先进制造技术研究所所长期间,研究所主要承担了中科院战略新兴产业等项目,开展机器人与智能装备研究,服务地方经济发展，累计服务企业300多家，新增销售收入120亿元，孵化企业26家。王容川荣获中国产学研促进先进个人称号，并当选第十三届全国人大代表。

三、履职尽责显担当，建言献策谋发展

当选全国人大代表后，王容川秉承"人大代表不仅是一种荣誉，更是一种担当与使命"，始终围绕中心、服务大局、认真履职尽责、积极建言献策。作为科技界代表，他始终把焦点落在"推进创新链与产业链融合发展"上，广泛深入调研，在实践中发现问题，脚踏实地化解问题，书写出精彩的履职答卷，收获了沉甸甸的履职成果。

王容川在全国"两会"上建言献策

饮水思源，王容川始终关注等离子体所以及核聚变研究事业的发展，并在全国"两会"上提出与之相关的建议和提案。2018年，王容川提出："大科学装置科学技术在建设中研制大量非标设备，具有工程与研制的双重性，因此对建设和运行资金的投入、科学研究和工程技术人才的需求、提升领域内的国际知名度等要求非常高。"对此，他建议要遵循基

础研究以国家投入为主、地方投入为辅的原则,加大国家财政资金在综合性国家科学中心建设中的投入,同时建立和营造突破重大科学难题和前沿科技瓶颈的机制和环境,打通原始创新成果向高技术辐射和服务经济社会的渠道。

2021年,王容川又呼吁建设合肥国际磁约束核聚变中心,他建议:应基于合肥综合性国家科学中心基础和协同创新资源,发挥我国集中力量办大事的制度优势,建设合肥国际磁约束核聚变中心。可依托合肥国际磁约束核聚变中心,进一步推动建设"磁约束聚变国家实验室"和中国聚变工程实验堆,为地方经济社会发展提供强有力的"原动力",助力长三角高质量一体化发展,加快打造具有重要影响力的科技创新策源地、新兴产业聚集地、改革开放新高地和经济社会发展全面绿色转型区域,成为建设创新型国家和世界科技强国的重要标志性项目。

按新理念、新思路探索科技成果转移转化的体制机制,一直是王容川心之所系。2019年,王容川提出:要在原始创新上敢于领跑,科技创新突破不仅需要"硬件"支撑,更需要"软件"保障,要高位推进综合性国家科学中心的建设,进一步深化科技体制改革,激发科技人员创新创造活力,积极探索新型研发机构的运行模式,创新产业研发的组织方式,加快重大基础研究成果产业化,突出重点抓好人才培养、引进、使用三大环节,着力把科教人才的优势转化为创新发展的优势。顺应科技体制的改革,在改革中摸索,在摸索中前进,做深化改革的"助推器"。

2020年,王容川在全国"两会"上作"推进创新链与产业链融合发展"的发言,提出在科技创新与产业之间,搭建两座桥梁,围绕产业链系统部署创新链、资金链、政策链、人才链,开展科创与产业融合创新实验,加快构建科技研发、技术孵化、企业对接、成果落地的完整机制,为合肥综合性国家科学中心、成果转化赋能、安徽产业转型升级和未来产业发展,持续提供技术支撑。同年,王容川在接受采访时表示可以通过国家技术创新中心的建设,实现从科学到技术的转化,促进重大基础研究成果产业化。在王容川看来,国家技术创新中心既要靠近创新源头,充分依托高校、科研院所的优势学科和科研资源,加强科技成果辐射供给和源头支撑;又要靠近市场需求,紧密对接企业和产业,提供全方位、多元化的技

科学与人生

术创新服务和系统化解决方案,切实解决企业和产业的实际技术难题。

近年来,王容川的"两会"身影多次被核心媒体捕捉,他曾应《光明日报》邀请参加了"改革开放走过千山万水,仍需跋山涉水"专访;应《中国科学报》邀请参加了"跨越科技成果转化的无人区'达尔文死海'""核心技术攻关:产业升级如何破局"等专访;还应邀参加了《安徽日报》"打造长三角区域协同创新共同体""培育新动能,迈向高质量发展"等多次专访。2022年,王容川在参加全国"两会"后收到了特殊的"礼物",最高人民法院致信感谢他在十三届全国人大五次会议期间审议《最高人民法院工作报告》时建议修改民事诉讼法司法解释第165条关于解除保全措施的规定,并表示将在今后的工作中认真研究采纳。无独有偶,财政部也就他提出的"加大基础研究占科研投入的比例"发来了感谢函并给予回复。

海纳百川,有容乃大。王容川表示将不负所托,深怀为民之心,真正走进人民群众,倾听他们的意见和要求,做到想群众之所想,急群众之所急,如实反映民意,扎实为民办事。还将恪尽为民之职,把人民的意愿体现在参政议政中,真正成为党和政府联系人民群众的桥梁和纽带,做人民群众忠实的代言人。

2022年5月2日

珍惜每一次选择

——从科学家梦想向企业家梦想的转换

杨文勇

杨文勇简介

杨文勇,昆明海天科技集团公司董事长。1988年7月本科毕业于电子科技大学,获学士学位;1988年9月至1991年7月在中国科学院等离子体物理研究所攻读硕士研究生,获硕士学位,导师为邱励俭研究员,指导老师为胡思明高级工程师。毕业后,先后在昆明市高新区管委会任项目官员,在昆明市高新区开发建设总公司任项目经理,在昆明杰地高技术公司任副总经理。

1999年8月,选择辞职创业,创立了第一家公司昆明海天信息技术有限公司。2003年11月,成立了第二家公司昆明海天科技开发有限公司,并于2015年改制成为股份有限公司。两家公司以工业自动化产品设计、生产、销售和系统集成于一体,成为云南工业自动化行业的领军龙头企业。

2019年,以个人名义合资创立了云南凝慧电子科技有限公司,并成立了第三家公司昆明碧海环境技术有限公司。昆明海天科技集团公司成功打造了"海天技术联盟"的生态产业链的产业布局。

科学与人生

我于1988年9月来到中国科学院等离子体物理研究所攻读硕士研究生,第一年到中国科学技术大学进行研究生基础课程学习,后两年回到所里做毕业设计和论文。我被分到等离子体实验室(六室),跟随导师从事HT-6M装置部分电子测量与控制设备的研发工作,导师是邱励俭,指导老师是胡思明,专业是核聚变工程,研究方向是电磁兼容及抗干扰。1991年在导师的指导下,我顺利毕业,获得硕士学位。现在我已经工作快30年了,任昆明海天技术集团公司董事长。当收到来自等离子体所《科学与人生》约稿函,约我撰写一篇人生感悟时,我思量很久,许多记忆跃入脑海。一路走来,感慨良多,现将我的成长经历与大家交流分享。

杨文勇在等离子体所硕士毕业前和同学合影(1991年)
(左起:胡纯栋、陈琛、杨文勇、王容川、胡文英)

一、中学时期的科学家梦想

记得1982年我在湖北大冶市第一中学上高中,当时有位物理老师上课时最喜欢向我提问,我回答后还经常表扬我。因而,我除了上课认真听讲外,还主动自学一些课外资料来丰富物理方面的知识。语文课上,有一次作文题目是"我的理想是什么?"我写了"我的理想是当一名科学家",现在回头想想,我的科学家梦想,应该是这两位老师点燃的吧!

二、电子科技大学时期的美好人生

我于1984年考入电子科技大学(原名成都电讯工程学院)电子机械系电子精密机械专业,大学四年是我人生中最美好的时光:我获得了电子科技大学各类专业奖学金和奖项,还包括院、系级三好学生,优秀学生干部和体育竞赛奖等,最后以专业总分第一名的成绩,获得1988年度电子科技大学免试推荐研究生资格。我至今仍清楚地记得当时学校研究生部的老师找我谈话:你是选择校内还是校外就读研究生?当看到了中国科学院的名字,我就毫不犹豫地选择到等离子体所就读,这再次点燃了我想当科学家的梦想。

三、在等离子体所的收获

我在科大4系(等离子体物理学科核聚变工程专业)一年的时间里,学习完成所有硕士课程后,回到等离子体所开始了两年的工程研究工作,算得上是所里的"半个职工"。我的大部分工作是围绕所里承担的国家"863"项目HT-6M装置上所需的电子测量与控制设备的研究和制作开展的,比如,国内首创的地回路监测仪,主要用于各类测量和排除现场几百根电缆线控制线路之间是否有断路或者接地现象。装置实验开机前须先进行监测、报警和排除,通过这类电子设备和电子器件的研发,我真正具备了独立动手设计和制作电子线路板、电子集成电路的集成以及机械手的设计和制作的能力,这为我日后的工作和创业打下了坚实的科研基础。通过撰写毕业论文,我的综合分析和处理数据能力,特别是建立模型的能力得到了极大的提升,逻辑思维能力也上了一个新台阶。在我记忆中比较深刻的事情是:1990年我代表所里第一次到北京参加了全国电磁兼容学术研讨会,见了世面,拓宽了视野。

在等离子体所学习、研究期间,让我受益终身的还有如下三方面的经历和感悟:

(1) 等离子体所的许多科研项目的选题和目标,始终站在世界和中国的前沿,在国内一直处于领先的地位,为等离子体所的发展带来了先机和无限发展的空间,同时也为个人的成长提供了广阔的舞台。

我记得 1991 年 6 月李鹏总理到所里考察我国核聚变事业发展时,看到核聚变事业在等离子体所的崛起,欣然提词"发展核聚变,造福全人类",当时我有幸参加了这次活动。等离子体所的"高度"让我懂得了做人做事一定要"志存高远",至今我一想到"等离子体所很牛"便倍感鼓舞,也为我曾在等离子体所读过研究生而感到自豪。

(2) 所里的很多科学家都很有"领导范",记得所长霍裕平院士每次的讲话都很鼓舞人心,团结所里的全体职工齐心协力、拼命工作并干出佳绩,这让我懂得做人做事中"领导力"很重要。

(3) 研究所里的各级领导和老师为人大度,善待我们研究生,包容性也很强。记得当时我毕业分配被派遣留到所里六室工作,但由于我个人的原因又须改派到昆明工作,我很为难地找到时任六室主任谢纪康老师解释,没想到谢老师立马同意了我的请求。这件事让我终生难忘,因而懂得了做人做事不仅要有"高度",还要有"宽度"。

四、从国企下海创业

1991 年 7 月,我毕业后被分配到昆明市政府工作,随后被派往昆明高新技术开发区管委会企业处,主要负责一个国家火炬项目"新型光控焊接面罩"的开发工作。1992 年因政企分开,我调到昆明高新技术开发区开发建设总公司任项目负责人;1994 年组建昆明杰地高技术公司任生产部经理,1996 年升任公司副总经理,从一名科技人员逐步走上了科技管理的岗位,同时在商海中也得到了一些锻炼。但离开技术研究岗位太久,我总有一种不踏实的感觉,1999 年 5 月,我决定辞职下海创业。当时在没客户、没产品,也没钱的情况下,最初创业的三个人就在我 70 多平方米的家里办公,海天公司就这样开张了。

五、昆明海天信息技术有限公司的创立和发展

1999年8月,我满怀"创立一家高科技公司,以提升云南自动化水平"的梦想,成立了第一家公司昆明海天信息技术有限公司,发挥自己读本科和研究生所学专业的优势,以流体控制系统设计和系统集成为特色,并与德国宝得流体控制系统公司和德国西门子系统公司等国际知名公司结成战略合作伙伴,以工业自动化产品销售、设计、生产和系统集成于一体,经过近十年的持续发展,海天公司逐步成为云南自动化行业的领军企业。

杨文勇在海天科技集团公司20周年庆典大会上讲话(2019年7月)

2003年11月,我又成立了第二家公司昆明海天科技开发有限公司,并于2015年改制成为以公司骨干员工共同拥有股份的股份制科技公司,以工业过程自动化产品研发和自动化系统集成为主。两家"海天公司"协同发展,至今一直是云南工业自动化行业较专业、规模较大的龙头企业。

2019年,海天科技集团公司与中科院先进制造技术研究所等单位联合成立云南中科智能装备联合研发中心,未来以"立足云南,走向东南亚"为战略目标,共同大力打造"海天技术"品牌。

六、昆明海天技术集团公司的发展前景

随着国内外5G新市场的发展需要,公司又迎来了一个新的机遇。2016年以西安电子科技大学郝跃院士的研发团队和技术为依托,我以个人的名义与几位志同道合的朋友一起创立云南凝慧电子科技有限公司,设计和生产第三代半导体材料和器件:氮化镓(GaN)外延片、氮化镓(GaN)微波功率器件和砷化镓(GaAs)单片集成电路。为解决凝慧公司的融资问题,2017年我对凝慧公司进行增资扩股,将公司51%的股份出让给国有昆明钢铁集团新材料公司,成功完成国企与民企混合所有制企业的混改工作。该项目作为云南省重点引进的高科技芯片项目,一期投资12亿元人民币,占地150亩(约10万平方米);公司以"科技兴邦,产业报国"为己任,逐步用国产产品替代进口产品,目前已启动凝慧公司上市的前期工作。

2019年,根据我国环保市场发展的需要,海天公司成立了第三家公司昆明碧海环境技术有限公司,并与电子科技大学环境学院等单位共同成立电子科技大学环境技术联合研究中心。公司秉承"让市民喝上健康水"的使命,在水环境监测和治理方面目前已拥有自己特有的技术和设备,包括工业去离子水设备、市政污泥处理系统、次氯酸钠添加和制备设备、智能水务系统等。

现在昆明海天技术集团已拥有昆明海天信息技术有限公司、昆明海天科技开发有限公司及昆明碧海环境技术有限公司三家独资的高科技公司和一家合资的云南凝慧电子科技有限公司,基本完成了"海天技术联盟"共同打造海天生态产业链的产业布局,我个人也完成了由科学家梦想向企业家梦想的转换。

七、对"海天文化"的思考

一个公司的发展和强大,除了一流的科技产品、一流的设备、一流的人才、充足的资金和强大的社会资源外,也必须有一流的文化与之匹配。我的文化之旅应该是从创立海天信息技术有限公司后才真正开始的。记得当时我取公司名称时考虑了3个月:首先我想公司今后要走国际化的道路,因此公司名字最先定格的是英文 High Technology(高技术),与我的科学家梦想、读书和工作的经历以及公司今后以科技为核心的发展战略一致,简写HT也与我在等离子体所HT-6M装置名称相同,算是一种缘分吧!但翻译成中文的选择很多,这让我难以决定,我至今仍清楚地记得有一天凌晨在梦里,毛泽东的诗词"海阔凭鱼跃,天高任鸟飞"启示了我,我醒后最终决定公司中文名就用"海天"了!因此海天公司的两颗初心也就有了:一是推广世界先进的科技成果;二是传承中国优秀的传统文化。

一个公司要得到社会的认可,一定要有"家国情怀",所以海天公司一直很注重建设"一家人"的企业文化,在发展海天公司的同时,不断建设好"海天家园",弘扬爱国主义精神。做人做事一定要用心才能成功,因此海天人都是有心人。"海天心"包含感恩心、责任心和事业心,这"三心"是海天公司20多年能从小到大持续发展的内在核心动力,"海天心法"是海天公司的制胜法宝。科技是第一生产力,企业的营销战略也与之相应,为此,海天公司提出了"技术先行、共赢天下"的营销理念。人才无疑是企业发展的关键,因此海天公司逐步成立了公司自己的内部培训学校,大力进行各类人才的培训工作,同时在公司设立了"海天梦想奖学金",在电子科技大学基金会也设立了"海天奖学金"。

企业文化的建设是一个系统工程,企业品牌和文化要统一才会产生合力,为此,海天公司下属的几家公司的英文名称统一使用"High Technology",统一使用和推广"海天技术"品牌和"海天文化"。公司的创始人也是企业的文化创始人,所以,企业创始人文化的高度决定企业发展的高度和长度。中国传统文化博大精深,源远流长,随着我学习中华文化

的不断深入,吸收的营养也越来越多了,我深感这也是海天公司能持续发展的另一个重要原因。

八、给师弟们的几点建议

我当初下海创业没有做好前期准备,仅凭自己的一腔热血就辞职下海并另起炉灶,公司经历可谓九死一生,5年后才站稳脚跟。这条创业之路属于特例,风险很大,成功率也很低,不值得大家效仿。

我在等离子体所读研究生期间,对我毕业后工作帮助最大的是拓宽了思想的维度,提高了建模的能力。大道相通,我除了将这种智慧和能力用于现在公司的产品开发外,同时用于公司的经营和管理,比如:建立海天公司自己特有的商业模式、管理模式和海天文化,我经常"把生意当成学问来做",认为只是研究的对象不同而已。这也许是海天能在云南自动化行业比其他企业干得好的重要原因之一吧。

从小就想当科学家的我,现在却成了一名企业家,这在我读书的时候是不可能料想到的。但现在回首往事,一切都有了答案:每一次的选择都是最好的选择,最终会把你的每一次选择、努力和结果串成一条自己独特的生命轨迹。因此,你们要珍惜当下的每一个机遇和每一位身边的人,不负韶华,努力前行,现在所有的发光点在你们的未来终将连接起来,一定会谱写出你们幸福美满的人生新篇章。

2020年10月12日

择一业，终一生
——我在等离子体所难忘的岁月

胡纯栋

胡纯栋简介

胡纯栋，中国科学院等离子体物理研究所中性束注入研究室主任、研究员、博导。1984年本科毕业于山东大学物理系磁学专业；1984—1987年任安徽工学院助教；1987—1988年在等离子体所工作；1988—1992年在等离子体所攻读硕士研究生，获硕士学位；1994—1999年在等离子体所攻读博士研究生，获博士学位。硕士、博士导师均为余增亮研究员。2001—2002年赴德国马普等离子体所工作，2004—2005年赴美国通用原子能公司做访问学者。

2008年3月起，开始组建中性束注入研究室（13室），任研究室主任。主要从事离子源、离子光学、中性束物理与工程等相关研究。先后担任国家发改委重大科技基础设施建设项目"托卡马克核聚变实验装置辅助加热系统"（NBI系统）负责人，科技部"973"项目"EAST长脉冲高功率NBI的关键技术和实验研究"负责人，中科院创新方向性项目"强流离子稳态运行的关键技术与物理问题研究"负责人等。目前带领团队重点研究面向聚变堆的基于射频负离子源的中性束注入系统相关物理和工程问题。

 科学与人生

承蒙《科学与人生》主编相邀,我感到不胜荣幸。借此机会,得以在"知天命"之年回顾自己的一生,如能给年轻人一点启迪、些许激励,则倍感欣慰。

我出生在浙江义乌,于乡野田间度过了无忧无虑的童年。在父母的熏陶下,从小就把读书、考大学作为目标,立志于"学好数理化,走遍天下都不怕"。虽然我是家里最小的孩子,父母却从不溺爱。家里的农活多,放学之后还要砍柴、割草、放牛,留给自己学习的时间就寥寥无几了,为了挤出时间读书,我只有放弃农村难得的看电影机会。现在回想起来,小时候的生活的确辛苦,连吃一根油条都是奢望,但是细细琢磨,或许小时候吃的"苦"并不是真的苦,而是人生中一笔宝贵的财富——关于梦想、奋进的财富……

1980年,我以本地第一名的高考成绩如愿进入山东大学物理系。那时的大学生真可谓"天之骄子"。在那个"又红又专"的年代,同学们无一不是为实现四个现代化而读书,肩负着攀登科技高峰的使命,像海绵吸水一样,汲取科学文化知识。山东大学是一所综合性大学,其图书馆里各种各样的藏书应有尽有,对于一个刚刚从农村走出来的小伙子来说,简直为我打开了另一个世界的大门。无论是众人瞩目的文学名著、富有哲理的中外名篇,还是专业的课外辅导书,我都来者不拒,在满室的书香中享受心灵的陶冶,不知不觉中,世界观、人生观、价值观牢固地树立了,养成了独立思考的习惯。在山东大学另一项受益终身的活动就是冬泳,初入大学,北方与南方的饮食差异很大,再加上年龄较小,我的身体比较瘦弱。为了强身健体,在老师的鼓励下,我参加了学校冬泳队。冬泳被誉为"天下第一锻炼",又被称为"勇敢者的游戏"。北方的冬天寒风刺骨,穿戴着厚厚的棉衣棉帽尚且瑟瑟发抖,更不用说光着膀子扎入冰凉的水里。训练期间,任何学生没有任何理由和借口缺席规定时间的冬泳训练。在教练的"高压"模式下,我咬牙坚持完成了冬泳队的训练课目。参加冬泳,不仅使身体更为强壮,还为日后投身科研工作聚积了身体资本;更重要的是,体会到了"坚持"的魅力,养成了高度自律的品质,这种自律的品质对从事科研工作有很大的帮助,只要下定决心,就一定能达成目标。

回想我研制的第一台离子源调试过程,真是几经坎坷,在实验遇到瓶颈时,耳边总会有不同的声音在说"试试其他方案吧""调试了这么久都没成功,肯定有问题",但是我都不为所动,不轻易改变既定方针。在我的坚持下,离子源终于调试成功了,这种"没有任何借口"的性格始终贯穿我的职业生涯。为了高效利用时间,我还自创了一种"效率手册",在这里分享给大家:每周7天,每天24小时,以10分钟为标准单位如实记录生活诸事;每周每月总结分析,时间到哪儿去了,根据投入学习、工作时间的变化趋势,评估分析自己是更勤奋了还是懈怠了,并及时进行调整,以取得更好的效果。大学的四年,是人生最宝贵的青春岁月,我在书香里沉醉,在满是冰碴的泳池里起舞,伴着"坚持",练就"自律",为日后的人生之旅打下了坚实的基础。

1988年,我来到如世外桃源般的科学岛,在等离子体所开始了研究生学习,师从余增亮研究员。可是科研之路并非一帆风顺,就在与中性束结缘的时候,由于种种原因,中性束注入研究室遗憾地被解散了。纵观世界先进聚变装置,都配备了中性束注入系统,我坚定地认为,在不远的将来,我国的聚变装置也必然配备中性束注入系统。于是,在导师的指导下,我选择了中性束注入核心技术——离子束技术作为博士课题研究的方向。在当时的条件下,受制于经费、技术等因素,研制一套中性束注入系统简直是天方夜谭。但梦想的火苗从未熄灭,正所谓"星星之火可以燎原",怀揣着对中性束的梦想,我一直从事与中性束、离子束相关的研究工作。

为了更快地推进中性束注入技术的发展,在等离子体所的支持下,2001年我赴德国马普等离子体所工作和学习,开展了负离子源中性束相关的技术攻关工作。在一年半的时间里,我刻苦地学习,夜以继日地收集整理资料,撰写了大量总结报告,得到了课题组同事的一致认可。

2005年,以等离子体所与美国通用原子能公司合作为契机,我又继续到美国工作一年,从事与DIII-D装置相关的工作,适逢其中一套中性束注入装置进行性能优化,我积极参与工作,积累了大量与中性束系统相关的离子源物理与工程、中性束传输技术、束源诊断等相关知识。自强者天助,我得到了当时美国DIII-D装置中性束注入系统负责人、美籍

硕士研究生期间的胡纯栋

华裔洪瑞懋先生的赏识,并与他结下了深厚的友谊。学成归国后,我最大的愿望就是利用所学的中性束理论和技术报效国家,服务于等离子体所。中性束注入系统是一项复杂的系统工程,急需经费支持。为了使中性束注入项目能够早日开展,我参加了计划财务办公室的工作,在李建刚所长的领导下积极争取国家发改委大科学工程"EAST 辅助加热系统工程项目",加热项目立项之后,正式开启了等离子体所 4MW 中性束注入器的研制之路。

2008 年 3 月 12 日,中性束注入研究室正式成立,这在我职业生涯中是一个重要的里程碑。在中性束技术、经费都基本落实的情况下,当务之急便是建立一支中性束注入的专业团队。研究室招兵买马,开始了如火如荼的中性束注入器大建设。中性束注入研究团队得到了时任等离子体所党委书记王绍虎研究员的鼎力扶持。他在团队建设规划、岗位设置、人员选拔与定位、人才激励等诸多方面出谋划策,他的建议高屋建瓴,使团队的管理工作井然有序。我也一直把团队建设作为重要的工作来抓,大家有缘聚在同一个团队里,身上留有共同的中性束注入研究烙印,心朝一处聚、劲往一处使,共同担负起研制中性束系统的任务。在等离子体所发展的历程中,留下了属于中性束系统的足迹,是一件多么令人愉悦的事情!

有学生问我:"胡老师,你没日没夜地加班,甚至大年初二就开始工作,你不累吗?放假期间不就是应该快快乐乐地玩耍吗?"殊不知,快乐分为两种:消耗型快乐和积累型快乐。消耗型快乐,例如打游戏、刷肥皂剧,确实快乐,但只是乐在一时,对于才干的增长没有好处,也不会对将来的发展有所帮助,消耗的除了时间就是健康。积累型快乐,就是在从事一件事情的过程中,快乐是不断积累的,可能会有阶段性的挫折或者烦闷,但随着能力的不断提升,快乐也随之不断升级。工作,于我而言就是一种积累型快乐,每当我攻克一个技术难关,觉得自己离胜利又近了一点,曙光越来越亮,希望越来越大,整个身心都被快乐包裹着,这是一种更高级、更愉悦、更纯粹的享受,而我乐在其中。

一路走来,最让我引以为傲的是中性束注入研究团队不断发展壮大。当初仅十名职工,如今已发展成为国内中性束注入领域首屈一指的高素质专业团队;当初那些青涩的小伙子们,如今已成为各自领域的能手,我们已建立起与聚变领域国际知名研究所平等对话的平台。回忆往昔峥嵘岁月,我忘不了,在离子源研制过程中,他们在绝望中寻找希望的坚定;我佩服,在真空室组装检漏过程中,他们百折不挠、毫不气馁的勇气;我推崇,在束线内部部件装配过程中,他们团结一心、通力合作的大科学精神;我钦佩,在中性束整体调试过程中,他们通宵达旦、夜以继日的奉献与付出。能与这样的团队并肩作战,我感到无比的骄傲和自豪!正是凭着这种顽强拼搏、不畏困难的精神,我们先后承担并圆满完成了国家发改委、科技部的多项国家级科研任务,经费总额逾2亿元,以世人瞩目的速度完成了一个又一个"不可能"的任务……

2010年10月,完成了兆瓦级强流离子源总装;

2011年5月,主真空室研制成功;

2011年9月,强流离子源完成百秒长脉冲稳定放电;

2011年12月,百万升抽速低温冷凝泵机组研制成功;

2012年4月,中性束注入系统成功引出3兆瓦离子束;

2014年7月,中性束注入系统NBI-1实现对EAST的首次注入;

2015年6月,中性束注入系统NBI-2实现对EAST的首次注入;

科学与人生

……

在相继完成国家发改委、科技部的项目之后,其实我有机会可以从事其他岗位工作,但中性束注入是我事业的根基,是要为之奋斗一生的事业。当初,为了中性束注入研究相关设备的研制,我离开了计划财务办主任的位置,现在甚至以后,我更不会离开我们的团队。站在"十三五"项目新的起点之上,中性束注入研究团队要把数十年的积累,转化为面向聚变堆负离子源中性束系统研制攻关的战斗,为我国的聚变事业做出应有的贡献。

胡纯栋在 EAST 大厅中性束装置前(2021 年)

一路走来,收获很多,谈谈我的感悟:首先,国际交流非常重要,眼界一定要开阔,充分利用研究所国际合作项目的机会,到欧美等国家开展长期或者短期的学术交流,有利于建立国际视角,不仅学习其先进的科

学技术，更要学习管理理念，这对个人的成长非常有好处；其次，心胸要开阔，胸怀决定格局，大胸怀才能有大格局，大格局才能有大作为；再次，不要为一时一己的得失斤斤计较，眼光要放长远，跳出原有格局，站在更为广阔高远的视角审视自己的科研工作，会有不一样的收获；最后，传帮带是研究所的优良传统，老同志是宝，年轻人是希望，年轻人要多向老同志学习请教，尤其要学习老一辈科研工作者团结奉献、敬业忘我的工作精神。

在等离子体所庆30周年的舞台上，我带领十三室全体成员共同演出舞蹈《感恩的心》。回顾过往，要感谢的人很多：特别要感谢洪瑞懋先生和王绍虎书记在科研业务和团队管理方面对我的大力支持和无私帮助，正是由于两位老一辈科学家的保驾护航，才成就了中性束注入研究团队的今天；还要感谢我的妻子几十年如一日的默默付出，使我脱身于繁杂的家庭琐事，把全部精力奉献给了我钟爱的中性束注入研究事业；再次感谢所领导的赏识，感谢兄弟部门和合作单位的支持与帮助，感谢中性束注入研究团队所有成员的无私奉献，使我们共同的事业蒸蒸日上！

人生的路上，每一个路口都是一个选择，无所谓对错，但求无悔。我的人生既然选择了中性束注入研究事业，就用毕生精力把它做好，路在脚下，贵在坚持！有时，我畅想在我退休的时候，漫步在等离子体所的树荫下，望着我们用汗水浇筑起来的中性束注入装置，那时在心头涌起的不仅是一种自豪，更多的是欣慰和畅然。择一业终一生，等离子体所，我来过，努力过，奋斗过，流过泪，淌过汗，无怨亦无悔！

2020年11月25日

少年辛苦终身事,莫向光阴惰寸功

李传起

李传起简介

李传起,1988年9月至1991年7月在中国科学院等离子体物理研究所攻读硕士研究生,获硕士学位,导师为王正民。现任南宁师范大学校长、二级教授、博导。

1983年起,先后在合肥教育学院、中国科学技术大学、中国科学院等离子体物理研究所、东南大学、上海外国语大学、韩国汉阳大学学习、进修和访问研究。1991年起,先后在南京信息工程大学、广西师范大学、南宁师范大学工作。主要研究领域为光纤通信OCDMA系统,建立了系列性的OCDMA系统地址码设计方案,出版专著和教材7部,发表论文150多篇,获国家专利20多项,获教学科研奖励20多项。

长期从事高等教育管理,坚守"学生是学校一切工作的逻辑起点和价值依托"的办学理念,在《光明日报》《中国教育报》《教育学报》《国家教育行政学院学报》发表多篇理论文章。

一、跳龙门

这辈子最大的一次跳龙门,莫过于1988年,我从一名山区初中教师,一跃成为"中国科学院等离子体物理研究所"的研究生!入学后,我来到著名高校"中国科学技术大学"近代物理系学习硕士课程。走进校园里,感觉如梦如幻,戴上科大校徽,感到一阵阵空灵,整个半年都没有回过神来……

李传起

此前几年,我中师毕业回到曾就读的山区初中当教师。初中教导主任跟我说:"小李,你好好干,过两年送你去六安师专进修。"这句话让我激动了好一阵子!机会很快就来了,两年后我考入了合肥教育学院。到合肥不久,我去了一趟中国科学技术大学,进去以后感觉那里是神圣的世界,似乎不属于我。以后两年我再也没有去过。从合肥教育学院毕业后,我带着专科学历又回到那个山区初中,就想着能不能再次去合肥进修本科。可是乡里缺教师,教育局不同意连续进修。

1987年春天,原合肥教育学院的几个同学通过本科进修后考取了研究生。我就想,既然县上不让进修本科了,我能不能也试试考研呢?可

科学与人生

我当时是专科水平,而考研的主要科目——电动力学之类的都没有学过,还有英语几乎是零基础。从决定考研到参加考试也就十个多月的时间,张亨明同学给我寄来了电动力学教材和参考资料;我买来了许国璋英语一套 4 本、新概念英语一套 4 本,加上一本厚厚的英语语法书,一份《英语世界》期刊。好在那时候考研英语不考听力,否则肯定没戏了。我坚持每天新增 30 个单词,记在小本子上,路上随时背,不记住不睡觉。学英语不就是学认字吗?单词认得了,一切都好办。现在看来,死记硬背、笨功夫学英语,是最有效的方法!当时还要考一门专业课——电动力学。这是理论性很强的科目,而我又没学过,身边也没有一个可以交流的人。只有靠自己,一个个字母、一个个角标、一个个符号,一遍又一遍地去咬去啃,去消化、去吸收。

那备考的十个月,我的作息时间是这样安排的:每天学政治,学英语和电动力学,复习普通物理、高等数学并做题等,每天净学习时间达 10 个小时。如果哪一天因为特殊情况时间用少了,第二天一定要补上。

除此之外,我还有做好教书讲课的本职工作所占用的时间,以及吃饭睡觉的日常必需的时间,但都不能影响这每天 10 小时雷打不动的学习时间。有时候加班到深夜,家父来催促睡觉,一次不行,再来一次,怕我累坏了身体,常常眼里含着泪花。有时候困了累了,我就拿起笔,在白纸上一遍一遍地交替写着"中国科学院等离子体所"十个大字、"中国科学技术大学"八个大字。那十个月里,这两行字就像一支支活力剂注入我的身体,给我输送着源源不断的动力和能量。

那十个月、那三百天、那三千小时的汗水,浇出了研考的好成绩,浇开了我人生的希望之花,成就了我的中科院梦、中科大梦,从此,改变了我人生的轨迹。

二、童年少年

1964 年是人口出生的高峰期。我也凑着热闹于 11 月来到了这个世界。父母都在庄稼地里谋营生,也搞点竹篾编织补贴家用。家父博学多才,满腹经纶,被老家的人称作"孔明"。每逢过年,他铺开一张大白纸,提起毛笔，一气呵成，一首长诗跃然纸上。这可不是一般的打油诗，而是对仗工整、应情应景的律诗！

家父非常重视孩子读书。1970年春，我五岁多就上学了，小学里的老师多数是下放知青，其中许明清老师对我一生的影响很大。我当时年龄太小，学习成绩又好。她经常关心我、照顾我，并常到我家里走访。在我读四年级的时候，她对我父母说：唉，现在升学也不考试，如果考的话，这孩子是上大学的好苗子！那一年我九岁，第一次听到把自己和大学联系在一起！许老师那句话也深深地印在我的心里。

读初中的时候，是家里经济最困难的时段。我家里有十口人，生活的压力很大，我也常常吃不饱肚子，身体发育受到严重影响。直到1978年我考入中师，体检时，近14岁的我体重才32千克，身高1.39米。这两个数字我只看了一遍就一辈子也忘不了。初中时，学校常常搞半工半读，老师们有时候就坐在山坡上，将小黑板挂在树枝上上课。不少学生基本不学习，因为学不学都一样，毕业后升学也不必通过考试。但我想，既然是学生就要学习，就要完成作业，否则就不是学生了。上学对我来说是一件很愉快的事情。如今上班族、上学族都盼着周末，我当时最喜欢的是周一，因为接下来有好几天的上学时间。在学校里，回答出老师的提问很有面子，帮同学辅导作业还能换来各种吃的。我们学校有一块山地，每人分得一小块，包干锄地。我当时太矮小，拿不了锄头，班上有一位年龄稍大的女生帮我全包了锄地任务，说只要我帮助她学习就可以了。

初中毕业，正好赶上恢复招生考试制度，我于1978年夏季参加了首次中考。被中师录取后，乡里给我送来录取通知书，说我是乡里的一朵小红花。

那年秋天，我还不满14岁，便背上行囊，到离家几百里以外的邻县县城开始求学生涯。三年的中师学习时光，是我一生中最愉快、最惬意、最无忧无虑的时光。那时候学校不收学费，还发生活费。有生活费补贴，我不用再愁吃不饱肚子，每周还能吃上一两次肉。中师阶段也是我智力发展的高峰期，我学的是数学专业班，学校开设了高等数学、高等代数等大学课程。虽然这些课对于初中的孩子们来说还是有点难度的，但我还能偶尔考出满分。

科学与人生

三、科学岛上

1978年中考一小跳,让我从农村人变成了吃商品粮的人。1988年考研一大跳,让我从农村走进了城市。中国科学院等离子体物理研究所是一座科学的殿堂,名人荟萃,大师云集!

我的学术生涯是在中国科大和科学岛开始的;我的人生境界是在中国科大和科学岛提升的;我的生活视野是在美丽的董铺岛打开的。到岛上后,我师从王正民老师,做锂离子源制备方面的研究。所里设备齐全,还有工厂,在那里我学会了分子泵、真空计等系列专业设备的使用方法,还学会了用砂轮切割金属等技术活。那几年,根据老师的安排和学习的需要,我有了去大城市出差的机会。去北京、南京等地,我接触的人和事的层次和范围迅速地提升和扩大。我还清晰地记得,当年去北京出差,到中国计量研究院校准真空计。那是寒冷的冬季,我独自一人一路抱着仪器,在北京第一次乘坐地铁,在地铁里一身汗,回到地面浑身凉!

我还清晰地记得,1989年夏季我们结束了在中国科学技术大学的课程学习,随即去我的老家六安开展暑期实习调研。那个夏天真热,气温高达40℃!旅馆内没有空调,电扇呼出的是一阵阵热气,椅子烫得不能坐,床铺烫得不能躺。到了晚上大家没有办法,只能纷纷拿着竹席,到楼顶在水泥地上浇水降温,铺上竹席睡觉,所有人身上都只"挂了一丝,没有第二丝"。结束实习后回合肥之前大家都喝了不少啤酒,回程途中,我们在车里很兴奋,一路放声歌唱:日落西山红霞飞、战士打靶把营归、把营归……如虹的气势,几乎掀开车顶。燃烧的青春,奔放的热情,至今历历在目。

刚到岛上的时候,看着那些前沿的科研成果、先进的设备,我觉得老师们的学问、成就和境界是可望而不可即的,感觉心灵上难以相融相通。一段时间以后,老师们的随和、同学们的亲切,环境的包容打消了我的顾虑。还记得那一年所里集体到苏州考察的路上,老师们途中的精彩对白是那么幽默风趣:谢纪康老师的睿智和优雅,王正民老师的沉稳与豁达,张英老师的文静与内秀,都随时浮现在眼前,指引着我在任何地方、任何岗位都要做一个诚信的人、一个纯洁的人。

研究生部组织部分同学在苏州调研（1990年春）

（左起：王容川、梁晓雯、胡文英、杨国华、凌瑞、胡立群、苏建龙、李传起、沈朝辉、李毅）

四、离岛三十年

研究生毕业以后，我去了南京一所高校教书。当时很多同类人都忙着出国，我也参加了 GRE 等考试，成绩还可以。但因为有了孩子，出国一事就搁置下来；加之父母年老体弱，自己经济基础又薄弱，我就去公司兼职。直到 20 世纪快结束的时候我才醒悟过来：人生只有一世，光阴不可虚度。于是在 21 世纪之初，我到了东南大学攻读通信博士学位，开启了新的学术之路。

在东南大学孙小菡老师的指导下，我选择了光纤通信码分多址复用技术（OCDMA）作为自己的研究方向。当时，该领域的研究在国际上也就十几年的历史，在国内刚刚起步不久。我从近世代数的源头，设计出系列性光码分多址系统地址码码集，初步建立了一个较为完整的 OCDMA

系统地址码设计体系。毕业后,我以博士学位论文为主要内容的专著《OCDMA 系统地址码理论》由中国科学技术大学出版社出版。这本书是当时该领域的唯一一本专著。2008 年我又增加了同行系统编解码部分内容,由科学出版社出版了《光纤通信 OCDMA 系统》。同期,我还获得了一些省部级教学科研奖励。

我当时的工作单位南京信息工程大学(现为全国"双一流"高校),在 2005 年迎来一位理念非常先进、思路非常开阔、措施十分得力的校长。学校进入快速发展的阶段。2006 年我提前结束国外的访学回到学校,成为当年南京信息工程大学的几名中青年学术带头人之一,担任了当时学校规模最大的学院——数理学院院长。在当院长的两三年间,我抓住学科专业建设的牛鼻子,新增了博士点、硕士点和部控专业,获得了一系列教学科研成果。同时,我狠抓学生考研深造,毕业生升学率成倍增长。

李传起在南宁师范大学 2022 级新生开学典礼上做题为《感悟中国、感悟广西、感悟南师、感悟年轻》的讲话

2009 年初,一个偶然的机会,我在网上看到一则消息:广西面向全球招聘高等院校及企业高层管理人员。我报名参加了考试,也是想检验一下自己的高教管理水平。初试和面试成绩都领先,于是我在 2009 年国庆期间来到了旅游胜地桂林,担任广西师范大学的副校长。广西师大是

一所老牌高校,出过一批名人,传承着红色基因。但我刚去的时候,学校的科研氛围不浓,竞争意识不强。每年新增国家"两基"项目(自然科学基金和社会科学基金)总数还不到 20 项。于是我强力推出科研集体考核制度,政策出台并严格执行后,国家"两基"项目数连年大幅度增长,三年后就达到了每年五六十项,现在一直稳定在七八十项。

2017 年初,我调到南宁工作。南宁是中国绿城,四季如春。"草经冬而不枯,花非春而常放。"当时我在广西师范学院(现在的南宁师范大学)当校长,直接面对三大历史性任务:升格大学,获得博士授权,提升办学效益。升格大学的目标,经过激烈的竞争已经实现;建成博士授权单位的目标还要继续努力。明年是新一轮申报年,数据统计截至今年年底。目前学校各项数据指标都已经达标,学科点也有较强的竞争力,让我们一起祝福南宁师大,明年申博圆满成功!

五、一点感悟

41 年前,我走上中学的讲台,开始了独立的人生之路;31 年前,我从古城合肥出发,来到古都南京;13 年前,我又在忐忑之中,从南京禄口机场乘上了入桂的航班……大半辈子的生活轨迹,主要在大别山脚、古城合肥、古都南京和八桂大地。最让我留恋的还是在大别山脚下、淠河岸边的那所初中和在那里度过的八年时光。忘不了那里的春天,满山的红杜鹃;那里的夏季,满谷的稻花香;那里的秋日,流连的丹顶鹤;那里的冬天,漫舞的白雪花。当然,那里也有雨天泥泞不堪的小道,寒日漏风漏雨的土房。每到汛期,我常一个人坐在汹涌的淠河岸边,看着一泻千里的滚滚洪流,就想着要走出去、走出去,走出山谷,走出泥泞……

如今,在钢筋水泥的世界里,一晃三十多年。而大别山脚的八年,承载着我的少年梦幻、青春梦想,记录着我的人生追求、生命跨越。那是我生命中最珍贵的八年……

说到人生的定位和规划,我的想法是:一个人做好本职工作是最好的规划和定位。比方说小时候读初中,就想着考试能考一个好成绩,将来能有出息,这就是好的规划。当老师的时候,想着把学生教好,自己在学历上、职称上不断提高,也是好的规划。当校长的时候,就想着把更好的老师请进来,把更多的资源找进来,把更多的学生招进来,并把他们培养好,这也是好的规划。我觉得校园人生的定位就是:学生要有学生的样子,老师要有老师的样子,教授要有教授的样子,校长要有校长的样子。

李传起作为专家组组长在安阳师范学院开展本科教学工作审核评估(2018年)

说到人生的乐趣和爱好:我除了打乒乓、下象棋、写点书法、作点诗文、玩点乐器之外,最喜欢的是看雪。小的时候就喜欢雪,每当下雪的时候,别人往家里赶,我总是往外跑,张开嘴巴,让雪花飘入口中。小时候冬季特别寒冷,有时夜里为看护麻秆,我和父亲睡在旷野中用麻秆围成的窝棚里,透风透寒,常常冻得缩成一团。有次夜里下起大雪,大雪很快封住了麻秆做成的窝棚壁,厚厚的、严严实实的,一丝寒风也透不进来,窝棚里马上暖和了起来!都说雪是寒冷的,可正是白雪保护着我不受寒风的侵袭,给了我整夜的温暖。

桂林和南宁几乎不下雪。于是,我选择在最冷的寒冬腊月,前往东北看雪。在哈尔滨的夜晚,零下 24 ℃,我在广袤的松花江江面上来回踏雪,感受着纯净,感受着清凉,回想着儿时她带给我的温暖……"乍来柳絮未有寒,绵白无物满江山,酒暖还怨冬上涩,蒙蒙烟雨梦江南。"家乡的雪,是报春的吉祥物;飘洒的雪花,是这世上最纯的景,是这世上最美的花。

2022 年 6 月 19 日

梅花香自苦寒来
——漫谈我的成长之路
杨 宇

> **杨宇简介**
>
> 杨宇,云南大学二级教授,博士生导师,先后担任云南大学材料科学与工程系主任、工程技术研究院副院长、科学技术处处长及能源研究院院长,现任云南大学光电子国际联合研究中心主任。先后获云岭学者、云南省中青年学术和技术带头人、东陆学者等称号。1988年9月至1991年3月在中国科学院等离子体物理研究所攻读硕士研究生,获硕士学位,师从王玉贵研究员。1992年8月至1995年7月在复旦大学攻读博士研究生,获博士学位,师从王迅院士。曾在中国科学院上海微系统与信息研究所从事博士后研究,留学于哈佛大学。担任全国人工晶体标准技术委员会委员、中国兵工学会夜视技术专业委员会委员、中国功能材料常务理事。在国内外学术刊物发表论文200多篇,获国家发明专利20余项。作为第一负责人带领学术团队先后获全国"十一五"科研管理优秀奖,云南省青年科技奖,云南省自然科学奖三等奖、自然科学奖二等奖、自然科学奖一等奖和第七届中国青年科技奖。

一、科研之路起步于等离子体物理研究所

1988年,我考上中国科学院等离子体物理研究所的硕士研究生,在中国科学技术大学学习一年专业基础理论课程后,进入等离子体所开展高温超导材料的论文撰写工作,导师是王玉贵研究员。

刚进实验室的时候,除了实验工作外,我经常看《高等统计物理》《高等量子力学》《二次量子化》等书籍,王老师发现了,立即把我正在看的这几本书全部没收。他对我说:"作为研究生,要以学术研究为生命,发现和探索新知识。要能够针对自己的研究课题,驾驭所学的知识来解决问题。"王老师指导我学以致用:思考实验研究中的难题,阅读国内外同行发表的相关论文;有针对性地探索和凝练出提高氧化物超导体的临界温度、临界电流密度等关键的科学问题,寻找合适的理论模型,用于指导自己的实验。

学生时期的杨宇(1989年)

王老师要求我在两周内,自行设计并加工出氧化物超导体临界温度

的测量设备。王老师对时间抓得很紧,走起路来好像在跑步。在他的影响下,我也不分昼夜,一头扎进实验工作中去。他要求我从液氮温区的提拉法直流磁化率的测量装置开始,自己设计和绕制线圈,到工厂请工人师傅帮忙加工。我花了十天的工夫,终于做出了磁化率测量装置,后来经常用这个自制的设备来测量表征高温氧化物超导材料,心情十分愉悦。

通过多次实验,我研制出液氮温区的铋系氧化物超导体,总结了制备高临界电流密度铋系氧化物超导体的重要工艺路线和参数。我还从实验中分析出影响磁化率测量结果的关键因数,建立起了模型,设定出具体边界条件和初始条件。在应用电动力学理论的同时,我通过自制的测量装置计算出绝对直流磁化率,并将这些成果发表在《物理学报》上。

随后,我又接二连三地发表了多篇文章。如1990年秋,我们课题组率先在国内通过硝酸盐化学共分解反应和高温烧结工艺,研制出高临界电流密度Bi系高温氧化物超导体,实验结果成文后,在《低温物理学报》、*Solid State Communication* 等国内外核心期刊上发表,在同行中产生了一定的学术影响力。

而今,我继承了王老师培养学生的这些理念,又将它们传承下去,要求进我实验室的研究生均以实验为主。特别是博士生初到实验室,要求他们首先设计或改善与实验研究相关的设备,在搭建完成这些自制的设备后,再从事与论文相关的研究工作。

1991年初,我的硕士论文提前完成,顺利通过答辩。那天,我走到等离子体所大门,回望我曾经学习、研究的304实验室,驻足门外,久久没有离开。我在"三九天"的寒风中冻得发抖,一步三回头地告别等离子体所,告别科学岛,告别了合肥。

昆明四季如春,气候宜人,我直接到昆明物理研究所工作。我成了研究所的科研骨干,担任高温氧化物超导红外探测器研究课题组组长。

刚一起步我就感到了工作上的压力。我虽能独立开展研究,但要带领课题组5—6名同志共同进行科研工作,能力还是不足,不像在等离子体所那样,有王老师指导。这时,继续攻读博士的念头油然而生。当然,完成手头的任务是必须的,备考博士只有利用业余时间,此后,我便没有了星期天,没有了节假日。

昆明圆通山动物园,距物理所仅一步之遥,我从小就对大象很好奇,但就是没有去动物园看过大象。我白天把自己关在实验室,晚上关在图书馆,天天日程安排得满满的,并将所要实现的目标分成近期和中期目标。日定的目标必须当天完成,不待明日;日日夜夜,扬鞭催马不下鞍。由于坚持不懈地工作和学习,半年之后,工作上有收获,备考博士的课程也学完了,两者都没耽误。

二、在复旦大学攻读博士研究生

1992年8月,我考入复旦大学凝聚态物理专业读博士研究生,进入了复旦大学应用表面物理国家重点实验室。研究内容由氧化物超导体转变为半导体超晶格量子阱物理,这对我来讲,又是一个新的学科领域,一切要从头学起。

表面物理实验室的主要设备"分子束外延装置",是从法国进口的大型设备,设备上有200多个控制旋钮开关,仅英文说明书就有30多本,要花许多时间来熟悉。导师王迅院士(北京大学王选院士的哥哥)要求更严格,他要求我以实验室为家,进实验室3天内目测分子束设备的所有控制开关及内部主要部件,要画出草图向他报告。认识了设备之后,他才让我从化学法清洗硅片的基本工艺技术开始,再进行到大型复杂设备的操控。经过3个多月的努力,我初步掌握了超高真空分子束外延Ge/Si半导体量子阱薄膜材料的生长技术。

如何利用分子束外延设备生长Ge/Si量子阱发光材料,已经困扰了表面实验室的研究人员多年。两个青年老师和几个博士师兄做了若干实验都未成功,样品总是不发光。一天,导师王迅院士对我说:"杨宇,我想让你最后再尝试一下!"

让我再试一下,这是导师对我的信任,信任就是力量。我聚精会神查阅了上千篇文献,将以前的所有实验数据再作系统的整理分析。改变方案后,又和具体的实验工艺参数对比,再重新设计新的技术路线。理论与实践结合,反反复复,分析总结,几经研究,心中才有了数。

设备还是原来的设备,条件还是原来的条件,通过转变思路,设计出新方案。我吃住在实验室,地板当床,方便面当主食,每天、每时、每刻都在思考,甚至做梦也在想着发光样品研制。实验、分析、总结,再实验、再分析、再总结,经历了上百次的失败之后,老天不负用功人。终于,1993年11月3日,我率先采用固源分子束外延装置在国际上生长出第一个Ge/Si量子阱发光样品。

我独创了固源分子束外延发光材料生长的区融提炼硅源、锗源和提高生长温度等关键技术,率先采用该设备生长出不同结构系列的Ge/Si量子阱发光材料;研制出了Ge/Si量子阱红外探测器;解决了硅基量子阱发光材料的关键生长工艺。随后,我又接连不断地获得了一系列不同结构的硅锗发光材料等成果。

这时我才感到筋疲力尽,只想休息,好好睡上一觉。复旦大学应用表面物理国家重点实验室的全体研究人员为这一成果欢呼雀跃。大家很高兴,我的导师王迅院士更是心情激动,马上向科技部、中国科学院的相关部门报告这一重大成果。一年以后,美国、日本的实验室才先后报道出类似的研究成果。

完成博士学业,我正准备回昆明物理研究所继续我前期已经开展的工作,导师王迅院士要我接着做博士后,他说,这些成果正是国家急需的,不能让科研成果"睡觉",要把它转化为生产力。我必须做博士后,将研究向应用转换继续做下去。

1995年,经王迅院士推荐,我到上海冶金研究所做博士后。在做博士后期间,我没有辜负恩师的期望:完成了中国博士后科研基金"正入射量子阱红外探测器研究"和"光信息薄膜功能材料"的研究课题。在国内较早设计并研制出 64×2 的 GaAsAl/GaAs 正入射量子阱探测器;为中德联合实验室解决了 Si 集成电路上黏附力强、低电阻的不同金属电极制备的特殊工艺难题,成功地在 5 英寸见方的硅片上生长出高质量、黏附性强的电极材料。

三、云南大学工作及赴哈佛大学留学

1997年8月,我博士后的工作还未结束,云南大学就以引进人才的标准,让我享受"五个一"的优惠条件,将我引进到云南大学物理系工作。"五个一"的条件是:给我一套房子,恋爱对象调入云南大学,一万元钱的安家费,一万元钱的科研启动费,安装一部电话。

进入云南大学物理系后,学校直接让我指导凝聚态物理专业硕士研究生的论文工作;接着我又为本科生和研究生新开设了"群论""凝聚态物理专业前沿""材料结构与性能""半导体物理""新材料及应用"等课程。我还同吴兴惠教授创办了云南大学材料科学与工程系,成功申办了"材料物理"本科专业,申报了"材料与化学"硕士学位授权点,设计和规划了材料系本科生和研究生课程,紧接着又成功申报了"材料科学与工程"一级学科硕士授权点。这些工作特别是学位点的申报成功,得到校领导的高度认可。云南大学在技术职称上,破格让我直接晋升为正教授,时年28岁。

于是,我担任了固体物理教研室主任;接着是材料科学与工程系的主任、化学材料学院副院长;又任工程技术研究院副院长,以及科学技术处处长兼光电信息材料研究所所长;随后担任能源研究院院长。同时,我还兼任一些社会职务,如"九三学社"云南省第六届、七届委员会委员,云南省中青年学术技术带头人,云南省高等学校学术委员会委员,云南省发明学会副会长,云南省高校科研管理学会理事长。

2006年底,我以访问学者的身份,公派留学美国哈佛大学应用科学与工程学院,专业是应用物理,时间为一年半。

我出国前的准备工作,就是补习英语,如口语、听力。工作和学习英语时间占据了我生活的全部。我不下棋、不玩牌,没有出门旅游过,但坚持锻炼身体,长年累月、持之以恒,所以精力很充沛。每天,我坚持听半小时VOA并背一篇英语小短文,终于通过了PETS-5,获得了公派留学资格。

到了波士顿哈佛大学的校园,第一个障碍还是语言。合作教授M. Aziz是美国材料学会副主席,最初同他的交流是面对面地发E-mail,与课题组的"老外"一起做实验也较困难。于是我分别在床头、厨房和实验室都放上播放机,不断播放英文以提升听力。每个礼拜,我都去教堂同"兄弟姊妹"们一起练习口语,经过三四个月才渐渐融入了实验室的研

究工作。我每天早上 6 点起床,吃两片面包后带上午餐就沿着查尔斯河去哈佛大学皮尔斯大楼第 6 层的实验室,晚上 10 点过后才离开,回到住处已是十一二点了。在哈佛大学,我完成了 800 多个发光材料样品的制备、改性到物性测量;获得了实验图谱 2000 多幅;对该领域许多创新研究成果进行了探索。

四、科研管理与学术研究并重

科学技术处是大学管理工作中的重要机构,在我担任云南大学科技处处长的 8 年期间,提出了"导演与服务"这一独特的科技管理工作理念。借鉴复旦大学和哈佛大学等国内外一流高校的管理理念和学术风气,我提出"以产出高水平科研成果为方向,以培育和孵化重大科研项目为目的"的一套管理工作思路。

刚走上科技处处长的岗位,我就从整合云南大学的现有科研资源入手,修改完善管理制度,优化处室岗位,创新科研管理模式,建立了"导演型、创新型、学习型、服务型"的云南大学科技处工作职责。

首先,摸清科研人员的状况,掌握他们的研究能力,分析当前的研究形势,拟出研究方向,制定研究项目。科技处每个工作人员都要定岗、定位、定责任。工作人员"一对一"地与各个学院定点联系,及时沟通,将科研指标落实到各学院的每一个研究人员。

其次,科技处成为与科技厅、科技部、国家自然科学基金委各部门的联系桥梁。搭建科研平台,为研究人员建立一个良好的研究环境,上情下达,下情上报,上下沟通,保证畅通无阻。其目标是:引导教师和科研人员朝着国家重大科技需求,向学科前沿方向开展研究,节约资金,减少时间,少走弯路。

经过组织策划、引导协调、跟踪服务,云南大学获得了一系列重大科技项目和高水平的科研成果:全校国家自然科学基金项目由原来的 30 多项上升到 100 多项;全校的理工科经费由原来的 4000 多万元提高到 1 亿多元;其他的项目与成果也相应全面提高,有的工作指标比过去翻了几番,展现出"211"重点大学就是以"研究为主"的特点,提高了云南大学的知名度。

在科技处处长的岗位上，我获得了"十一五"期间全国高校科技管理先进个人称号。2015年底，科技处处长任期两届已满，我服从学校安排，去组建新能源研究院，这是云南大学的新建学院，少了许多的行政事务，我又重新步入教学、科研的正轨。

在云南大学25年间，我在教学、科研、行政管理"一肩担"的同时，仍然坚持为本科生和研究生讲课，坚持到实验室做实验、写论文，至今已带出硕士生、博士生及博士后100多名。先后主持完成了中国博士后基金、云南省科技厅攻关项目和重点项目、国家自然科学基金等项目20多项，研究经费达2000多万元。在各类学术刊物上发表论文200多篇，其中被SCI、EI收录的有160多篇，获得国家发明专利近20项。这些工作得到国内外同行的广泛认可，我被聘任为中国仪表功能材料学会常务理事、中国物理学会半导体物理专业委员会委员、科技部"863"计划专家委员会委员。另外，我还担任《材料导报》《红外技术》《功能材料》《人工晶体学报》《功能材料信息》等多家杂志的编委。

1998年，我获得首届云南省青年科技奖，2002年获第七届中国青年科技奖；带领课题组以第一获奖人身份，于2003年获云南省自然科学奖三等奖；2010年获云南省自然科学奖二等奖；2017年获云南省自然科学奖一等奖。

2010年，我晋升为国家二级教授；2016年获云南大学最高研究荣誉称号"东陆学者"；2017年获云南省"云岭学者"称号。

这些奖励和称号是对我的教学成绩和科研成果的肯定，也是我对等离子体物理所、复旦大学及哈佛大学的真情回报。

五、童年的时光

我的家在贵州省黔西南布依族苗族自治州兴仁县波阳镇的一个小山村，农民世家，靠种山地生活。这里是喀斯特地貌，缺水，没有田，只能靠天喝水，靠山吃饭。

我爷爷奶奶养育了八个子女，我的父母养育了九个子女。我上面有

科学与人生

2018 年重返等离子体所

（左起：杨文勇、杨宇、符仲恩）

三个姐姐，下面有三个弟弟、两个妹妹。我爷爷奶奶和我母亲都不识字，父亲初识字。他们都是凭着双手整天从早到晚在山里劳作来支撑这个家，把我们九兄弟姊妹全都抚养长大。

我的父亲和爷爷，都是小山村水淹坪寨子里公认的劳动模范。爷爷常说：钱在白崖，不苦不来；父亲教我：少年不累，老了受罪。

1967 年元月，我出生了，是父亲的大儿子，是爷爷的大孙子，是爷爷传宗接代的苗子，是父亲养儿防老的希望！

我稍有伤风感冒，不论刮风下雨，不论夜有多深，父亲提灯打火，翻山越岭，寻找医生。虽然生活上倾家里所有，鸡窝里几天才有的一个鸡蛋全让我享用了，但是管束我的方式是今天的教育理念不认可的。父亲把管束他的两个弟弟（我的两个叔叔）成才的经验"变本加厉"地用在我的身上。父亲一不如意就让我跪，跪在地上是轻的惩罚，要是发起脾气，就要我跪到五公分宽的大门坎上，我的两膝钻心地疼！我至今还记得，奶奶回家见我跪在大门坎上，鼻孔还有血在流，非常心疼，把我抱下来，看父亲还不依不饶，我自己又上去跪着，爷爷咧开嘴"嘿嘿"地笑，十分得意地说："油盐出好菜，棍棒出好人。"

父亲教我识字,他把能够认得的字搜肠刮肚地教完后,就有了送我上学的念头。但我不到入学年龄,学校不收,几番交涉后,经过校长亲自面试,1972年8月我破格进入公社小学。每天八九点钟晚饭一结束,父亲习惯地陪伴在我身边,要求我读书给他听。父亲打瞌睡了,我停下来,他一听没有声音了,抬起头来,两眼一瞪,盯着我说:"哑啦?"我小心翼翼地反击说:"你都睡了,我也要睡!"父亲马上挺胸抬头,一直到实在坚持不住才罢休。第二天我又要赶路上学,天不见亮就得起床,父亲总是起得比我早。每到星期天,我真想睡个懒觉,父亲一边用脚蹬我,一边说:"读书人哪有睡懒觉的?"我就这样一年一年坚持不懈,学习成绩较为突出,小学期间有过几次跳级。

12岁时,我以大山区(含六个公社)第一名的成绩考上县一中的高中。第一次离家到县城,过不了几天我实在想家,正巧遇到村里人来县城,坚决跟着跑回了家。一到家,父亲不由分说,手指在我头上不住地戳点。我抬头望去,才注意到父亲的手是开裂的,满手老茧,我再也不敢做任何申辩。父亲指出两条路:第一条是回学校继续读高中,第二条是参加生产队干农活,两条路由我自己定。我才12岁,个头又不高,干不动农活,当然选择读书。于是,父亲放弃了当大队支书,到县城一边打工,一边陪伴我读书。

高二时,我直接参加了高考,因山村中学缺英语老师,没有开过英语这门课,所以高考之前,我的英语基础几乎是零,但我还是以高出一百多分的成绩被兴义师范专科学校录取,这年我14岁,是整个师专考分最高、年龄最小的学生。

1982年,我16岁大学专科毕业,国家包工作分配,我的同学都想方设法寻觅留在城市的分配名额。我门门功课都在90分以上,有优先留在县一中当老师的条件,但这一欲望刚一露头,就想起了离开师专的前一天,教我"光学"和"原子物理"的石平老师再三嘱咐我的话"今后一定要考研究生!"城里的生活条件好些,但此时不是我享受的时候。如果我回到家乡教书,可以经常见到父母,环境安静,也便于学习。就这样,我回到家乡在区中学教高二、高三的物理。我的大部分学生年龄都要比我大,有的学生还大我四五岁。工作期间我不停地自学,除补学了"数学物理方程""电动力学"等本科课程外,还自学了英语。解题练习的稿纸,堆起来有两米多高,房间的四周墙面与天花板上,贴满了公式和英语单词。经过五年的不懈努力,1988年8月,时年我21岁,从任职五年的乡村中学教师的岗位上,以本科同等学力的身份,考上了中国科学院等离子体物理研究所的硕士研究生。

如今我已过"天命之年",应等离子体所张英老师之约,特此撰文汇报。此文将要完成时,已是凌晨一点。昆明的街头,车已停、人已静,我的窗下,早已没有了白天的喧闹。父亲披上衣服,悄悄地推开我的书房,细声细语地叫着我的小名骂道:"你给老子睡觉!明天你又要起早呢!"父亲靠在我书房的门栏边,久久不退出去,看得出,87岁的父亲是在心疼他52岁的儿子。我笑嘻嘻地回答:"小时候你不让睡,现在喊睡!"

最后,再一次衷心感谢王玉贵研究员、王迅院士等老师对我的培养!感谢复旦大学!感谢中国科学院等离子体物理研究所!

2019年8月15日

不是亲人　胜似亲人
——我在等离子体所读研的美好回忆

徐业彬

> **徐业彬简介**
>
> 徐业彬，华中科技大学教授。1988年7月毕业于华中理工大学（现华中科技大学），获学士学位。1988年9月至1991年8月在中国科学院等离子体物理研究所攻读硕士研究生，获硕士学位，师从季幼章研究员。1995年4月毕业于华中理工大学，获博士学位，师从王士良、曾繁涤教授。先后在中国科学院等离子体物理研究所和浙江大学从事博士后研究工作。2000年2月到华中科技大学工作。主要从事功能陶瓷，包括微波调谐材料、ZnO压敏电阻、ZnO线性电阻、微波介质陶瓷等及光热折变（PTR）玻璃等方面的研究工作，主持完成国家自然科学基金项目3项及博士点基金项目1项。以第一作者或通讯作者身份在 *J. Am. Ceram. Soc.*，*Appl. Phys. Lett.* 等SCI收录的国际刊物发表论文60余篇。

科学与人生

　　我是1988年7月到中国科学院等离子体物理研究所读硕士研究生的。我毕业于华中理工大学电子材料与元器件专业,很荣幸地以第一名的成绩被免试推荐到等离子体所,师从季幼章研究员攻读硕士学位。我最美好的年华能在所里度过,是人生的一大幸事。

　　记得报到的时候,研究生部有三位老师:季幼章老师、董俊国老师和张英老师,季老师是研究生部主任。老师们的热情接待,给我留下了很深的印象。

1988年秋游逍遥津

［前排左起:中国科大代培生、胡纯栋、杨晓康、凌瑞、徐业彬、张文革、王秋良、符仲恩;后排左起:徐伟华、陈琛、罗志平、汪建华、李红(中国科大老师)、鹿明(中国科大老师)、濮荣强、胡文英、杨松琪、杨国华、杨文勇、黄双安、杨宇］

　　9月份,我们就到了中国科学技术大学进行基础课程的学习,我被分在近代物理系,辅导员是鹿明老师。学习期间,中国科大的选修课程很多,选课也非常自由,不管是本科生的课程还是研究生的课程,只要感兴趣的都可以选,而且不限人数都能开课。记得有一门研究生课程,当时只有4个学生:我和王容川,还有中国科大本校的两名学生,老师认认真真地给我们4个人上了一学期课,这种情况就是放到现在,好多学校都难以做到,所以,"自由选课"给我的感觉特别的好。

在等离子体所读硕士期间,领导没有把我们学生当外人看待,有时候,对我们的照顾可能比职工还多一些。平时所里分水果,我们研究生也都有份,我们在中国科大学习期间,研究生部的老师就专门派车送水果到学校。水果分得很多,根本吃不完,我们很高兴地与同学们分享,一起感受所里的人文关怀。研究生部的老师还定期到学校看望我们,了解我们的学习和生活情况,解决我们遇到的困难。还有,我们的助学金远比中国科大本校的学生高,这些令其他学生羡慕不已。我刚从大学毕业便过来上学,一下子受到这么多的关注、关心与照顾,感觉能到等离子体所读研究生真好,有满满的幸福感!

我们在中国科大学习一年基础课后,一行20多人又到六安县(现六安市)开展社会实践活动。我们的主要任务是了解皖西大白鹅的相关情况。我们走访的地方虽然是平原,但经常发洪水,因此经济状况不理想,县里希望利用皖西大白鹅的优势,大力发展相关产业,提升当地的经济水平。社会实践让我们认识到了我们国家还很贫穷,我们肩负的任务还很重,也鞭策我们要好好学习报效祖国。

回到所里以后,我师从季幼章研究员,开启了我人生的研究生涯。季老师手把手教会我如何查阅文献、定课题方案、遇到问题如何解决、不轻言放弃等,这些让我受益终身。我的办公室当时在4号楼,实验室在"8-4实验大厅",属于技术中心,乐秀夫研究员任主任。在季幼章老师的指导下,我通过阅读大量文献,确定了研究课题,决定开展ZnO线性电阻方面的研究,这个课题在当时而言还是很新的,也很有意义。以前的ZnO主要用作压敏电阻,其伏安特性是非线性的,我们组的师兄们主要做ZnO作压敏电阻方面的工作。顾名思义,ZnO线性电阻的伏安特性是线性的,主要用于断路器的合闸电阻、中心点接地电阻,以代替碳-黏土电阻和不锈钢电阻,以减小占地体积,提高可靠性。课题确定以后,由于课题组没有这方面的经验,所以需要从头开始摸索。我们是碰到问题解决问题,设备不满足要求就添置设备。根据文献,ZnO线性电阻的烧结温度超过1300 ℃,已有的硅碳棒炉不能满足要求,我们就购买了新的硅钼棒炉。新炉是单相的,我们还是用硅碳棒炉所使用的电线,出现了电线不能承受大电流而发热的问题。ZnO 压敏电阻用的银电极,由于其绝缘电阻高,银和电阻的非欧姆接触对性能不会产生影响;而 ZnO 线性电阻的电阻值较小,使用银电极时,会形成非欧姆接触,导致电阻值偏大,且正反方向电阻值不同,因而必须使用欧姆接触的电极,我们就通过在电阻表面先镀银锌电极,再镀银电极来解决。针对资料缺乏的问题,我向季老师申请后,请在上海硅酸盐研究所读博士的师兄董显林帮忙,到上海科技情报所复印相关资料。根据查阅的新文献资料,我们对原有方案进行了重新设计,加工了实验所需的模具。

在季老师的指导下,我学会了如何开展新的科研工作,如何克服科研中遇到的困难。科研的过程是辛苦的,但是苦中有乐,记得当时的电炉都是手工控制的,烧结时间较长,要 10 多个小时。为了确保实验成功,我搬了一张床到实验室,放到控制器旁边,以便夜晚控制降温速度。在寒冷的夜晚,我一个人躺在床上不时调整控制器电流大小的情景,虽然已经过去近 30 年,但仍然历历在目。同时,还要面对摸索过程中不可避免的失败,以及如何从失败走向成功,等等。这些科研过程磨炼了我的耐力,坚定了我的意志。努力了就有收获:在季老师的指导下,经过不断的努力,ZnO 线性电阻的研究也从无到有,性能不断改进,我个人也因此获得了中国科学院院长奖学金优秀奖,这对我来说是莫大的鼓励和肯定,这与季老师的指导和所里的关怀是分不开的。毕业之后近 20 年,还有公司找我进行 ZnO 线性电阻的合作,这一切都归功于硕士阶段打下的坚实基础。

科研以外的生活则是丰富多彩的,也是很惬意的。我们的住宿条件即使现在看来也算是好的。每个宿舍住两人,免费提供煤气和煤气灶供大家使用,对于喜欢烹调的同学来说,随时可以自己动手,满足自己的口味要求。所里的福利待遇很好,经常分水果及其他食物、日用品等,对学生也不例外。所里的西面有一片黄桃林,桃子成熟后也会分给我们。所里还有一个养鸡场,春节期间每位同学还可以分到一只鸡,我们就可以大快朵颐了。这里绿树成荫,环境优美,所外就是农田,晚饭后我们到外面散步,一边欣赏田园风光,一边畅谈我们的理想,还有我们的科研工作以及我们的未来。春天的季节,我们甚至可以在田里抓到小龙虾;夏天的时候,晚上我们会结伴到董铺水库游泳,回来时顺便带一个西瓜。董铺岛的景色美不胜收,惬意的生活,令很多人羡慕。研究生部为了调剂我们的生活,假期组织我们去黄山旅游,欣赏祖国的大好河山,开阔我们的视野。研究所不仅仅把我们当学生对待,还把我们当职工看待,我们有一种主人翁的感觉,为自己是等离子体所的研究生感到自豪。所里的老师,特别是研究生部的老师,对我们关怀备至,从科研到生活,我们有问题可以随时找老师倾诉,都会得到满意的答复,可以说,老师们不是亲人,胜似亲人。因此,三年的硕士生活,让我收获满满,永远不会忘怀。

徐业彬在学习中(1991 年)

硕士毕业后,我被免试推荐回到华中理工大学读博士,也因此体会到学校和研究所待遇的差别,这让我更加怀念在等离子体所读硕士的日子。我在学校跟随王士良教授和曾繁涤教授从事有机外套 ZnO 避雷器的研究,主要目标是采用有机复合材料如硅橡胶或乙丙橡胶代替常用的瓷套,以减轻重量,改善吸潮性能和防爆性能,有较强的实用性。我在 1995 年 4 月通过了博士学位论文答辩,初步决定留校当教师,并开始走留校流程。这期间我接到了乐秀夫老师的来信,询问我毕业后的打算,有无兴趣回所里工作;有一次任兆杏副所长到华中理工大学出差,找我谈了回研究所开展博士后工作的问题。经过再三考虑,我很乐意回等离子体所开展博士后工作。

 科学与人生

1995年8月,我带着爱人回到了阔别4年的等离子体所。博士后期间合作的导师是冯士芬研究员,她希望我博士后的工作和所里的电器设备厂结合,继续研发有机外套避雷器。这是所里第一次招收博士后,我们这批共有三人进站,我又一次深切地感受到所里的温馨与关怀。所里给我在住宅楼分了一套两室一厅的新房子,配了相应的新家具,条件完全和岛上的职工一样。我住一楼,南面围了一个院子,可以种蔬菜,当时我们种了小白菜和豆角,绿油油的煞是可爱。我爱人调到了电器设备厂工作,我的女儿也出生在美丽的科学岛。

我的研究工作主要是博士论文工作的继续,对乙丙橡胶用硅橡胶共混改性,确定了10 kV避雷器的结构,设计并加工了缠绕ZnO阀片的工具和模压有机外套ZnO避雷器的模具;另外,我还和季老师一起对ZnO线性电阻的配方和工艺继续改进,并将研制的ZnO线性电阻用于电焊机启动时吸能,也取得了不错的效果。我还担任了生产有机外套ZnO避雷器的英国Bowthorpe公司的顾问,和他们的技术主管Rodney M Doone交流有机避雷器的相关技术问题及在中国的发展情况,获得了领导的好评。我在1998年2月完成博士后出站答辩,并评上了副高职称。可以毫不夸张地说,在所里的博士后工作期间,我的收获很大。尽管冯老师很希望我留下来工作,但由于我还是更希望从事基础性研究工作,决定到浙江大学做第二站博士后。

到浙江大学后,我再一次体会到研究所为我们提供的条件是多么的优厚,浙江大学为博士后提供的是单间住房。我跟随陈湘明教授从事微波介质陶瓷及陶瓷的湿化学合成方面的研究工作,2000年2月出站后到华中科技大学工作。

回到华中科技大学以后,我在光学与电子信息学院工作,于2003年6月评上教授。我一直从事功能陶瓷方面的研究工作,主持和参与国家自然科学基金5项,在国际刊物以第一作者或通讯作者身份发表学术论文50多篇,在微波调谐陶瓷材料的研究方面取得了较好的成果。作为教师,我培养了20多名博士和硕士生。由于有在等离子体所读研的经历,我对待学生尽量做到像当年所里的老师对待我们一样,不是仅仅把他们当作学生,而是尽可能多地关心和帮助他们。

我前后在等离子体所学习和工作了5年多，所里成功的教育理念、提供的优厚生活条件以及老师对我们无微不至的关怀，我至今心存感激，不能忘怀。尽管成功有很多种不同的定义，我还是认为等离子体所对我们的培养是成功的。以我的硕士同学为例，20多人中，有多人担任高校或研究所的领导职务，多人在学术岗位上取得了骄人的成绩，多人在国内外的实业界做得风生水起，这都与等离子体所的培养分不开。

徐业彬在瑞士（2019年）

我祝愿等离子体所越来越好，越来越辉煌！

2019年7月31日

创新之路　永无止境

吴宜灿

吴宜灿简介

吴宜灿，中子物理学家、核能与核安全专家，中国科学院院士、国际核能院院士，国际小型铅基反应堆联盟主席、国际能源署聚变核技术执委会主席。1981—1985年在西安交通大学读本科；1985—1988年在西安交通大学攻读硕士研究生，获硕士学位，师从谢仲生教授；1990—1993年在中国科学院等离子体物理研究所攻读博士研究生，获博士学位，师从邱励俭研究员。历任中科院等离子体物理研究所副所长、中国科学技术大学核科学技术学院副院长、中国科学院核能安全技术研究所所长、中国科学院合肥物质科学研究院学术委员会副主任、中子科学国际研究院院长。长期从事核科学技术及其交叉领域研究，主持国际和国内重大科研项目30余项，出版中英文专著4部，在 *Nature Energy*、*PNAS*、《中国科学》等国际知名学术期刊上发表论文500余篇，获授权发明专利60余项，科研成果已在国内外获得广泛应用。获国家自然科学奖二等奖、国家科技进步奖一等奖、安徽省重大科技成就奖，以及美国核学会杰出成就奖、欧洲聚变核能创新奖等重要科技奖励10余项。

一、严格的家教——创新的高起点

我出生在安徽省西南部的一个名叫九龙湾的小村庄,由于地处大别山余脉,以前交通不便,家乡很穷。人们既向往念书成材,远走高飞,又因经济原因等,对是否让小孩上学要权衡再三。当时人们对读书想得最多的一个问题是:念下去会有什么好处?尽管我祖父、祖母、母亲都不识字,父亲也只念过一年半私塾,但他们都坚信,多念书总是会有用的。怀着这样的信念,他们从一开始就对我的学业严格要求,并寄予强烈的希望。记得小学三年级时,我因上课不认真听讲,做小动作,被老师狠狠地打了一顿,据说当时我被老师扔到"空中三尺高"!当我回家委屈地把这事告诉父母时,他们不但不维护我,还到学校去感谢老师的严格管教,从此我的学习态度大有好转,这件事至今被我家乡的人们津津乐道!当我考上大学以后,那位打罚我的老先生逢人提起我时总不忘说,他的"一顿打"对我后来考上大学起着非同小可的作用。尽管这件事有些夸张,但反映了父母和老师的严格管教起到的重要作用,尤其是家庭中父母的管教。通常小学生做错了事,还是怕老师的,但总想在家这个"安全港"寻求"庇护",严格的家教可打消其寻求"庇护"的心理,从而认真学习、好好做人。我的父母没有文化,从未给我辅导过文化课,这反而让我的头脑不受有限经验知识的约束,但父母一次次不厌其烦地给我讲读书做人的道理,给了我人生追求进步的高起点。记得他们经常讲"你读书不光为你自己,还要想着许多的人","只要你好好学习,我们外出做乞丐也要供你上学"……这些话成为我奋发向上的动力,而且受用终身。严格的家教,为我成功地走过以后学习和工作的各阶段奠定了良好的基础,并成为我走向科学研究创新之路的高起点。

二、优良的师教——创新的助推剂

在我20余年的学习生涯中,有四位老师在我的成长中起着关键作用。

第一位是贺遵义老师,他是我初中二年级班主任兼数学老师,他的鼓励和引导使我对科学产生了强烈的兴趣,对学习和生活树立了自信心,他是我印象最深的启蒙老师。

我从小学升入初中是1976年春季,在那个年代升学不用考试,而是靠所谓的"推荐"。像我这个穷家庭出身的孩子,自然不在"推荐"之列,可怜父母望子成龙心切,再三"求情",才让我有机会进入中学。在初中二年级,我有幸遇到了班主任贺遵义老师。他在教学工作中一丝不苟,更重要的是他有一套独特的教学方法,不仅体现在教书方面,更体现在育人方面。除了在课堂上深入浅出地讲课以外,他还开展了课外学习活动,如"课外攻关小组",组织不同形式的学习比赛等。他在课堂上"铁面无私",在课外却和蔼可亲、平易近人。在他诸多"无微不至"的教学实践中,最让我受益终身的是他能非常细心地发现每个学生身上的"闪光点",并且加以鼓励和培养。当他观察到我的一些缺点时,不是简单地批评指正,而是告诉我在这缺点和错误背后潜藏着某种优势,让我将缺点变为优点。总之,他优先使用的是表扬、鼓励,而不是批评,这种方法使我获得了对学习的兴趣和自信心,使我受益终身。

第二位对我的成长起关键作用的老师,是我的硕士导师西安交通大学谢仲生教授。

我于1981年以优异的成绩考入西安交通大学,本科毕业后师从谢仲生教授攻读硕士研究生。谢老师是我国核反应堆物理领域的泰斗,如今各大涉及核能领域的高校、科研院所和企业的反应堆物理专业带头人,大多是他的学生或徒孙。正是这位老师教会了我怎样踏踏实实地做科研工作,包括一丝不苟、严谨认真的工作作风,刻苦努力、脚踏实地的工作态度。

我的硕士论文工作是发展一种新型数值计算方法,在经过一年多大量的调研、数学理论推导、计算机编程过程后,初步的数值测试结果展示了这种计算方法成功的端倪,令我激动不已;然而经过进一步的测算,我却发现它在某些情况下与理论精确值相比有难以觉察的千分之几的误差。一开始,从未做过科研工作的我认为千分之几的误差又有何妨,可导师谢仲生教授却要求我一定要找出产生误差的原因。在经过一番认真的推导、分析和请教专家之后,我还是不得不放弃这种花费了近一年时间所取得的方案,去寻求新的途径。这时,我的导师给了我无微不至的指导,谆谆如父语,殷殷似友亲,细到公式推导和计算机编程他都要过问。记得那年的大年三十和第二年的正月初一,我们俩还在办公室讨论我的数学推导过程。谢老师还要求我每隔三天就得汇报一次工作,哪怕没有新进展,也得告诉他三个字"没进展"。既如此,我怎敢"没进展"?这也就达到了督促我加快工作的目的,可见老师用心良苦!除了对我工作过程给予关心指导外,对我写出的论文也是改了又改,细到每一个标点符号,我最后的硕士论文就是六易其稿(每次都是几十页手抄稿)才完成的。

正是通过如此细致认真、刻苦努力的工作,后来我在硕士论文基础上又完成的科学研究论文,在国内和国际学术刊物上发表时,也得到了审稿人的高度评价:如美国 *Nuclear Science & Engineering* 杂志的两位审稿人都认为这项研究"具有创造性和启发作用""确实显示了创新思想""无其他工作挑战这篇论文的原创性"。正是这近三年谢老师悉心的指导、严格的要求,让我懂得了什么是做科学研究应有的认真态度和严谨作风,应如何去做好一项科研工作。这三年的经历,也为我后来的科研工作奠定了坚实的专业知识基础和方法学基础。

吴宜灿博士论文答辩

科学与人生

　　第三位对我的成长起到关键作用的老师，是我的博士导师、中国科学院等离子体物理研究所邱励俭研究员。带着在西安交大 9 年积累的学习和工作基础，特别是在硕士研究生阶段形成的工作态度和工作能力，我于 1990 年考取中国科学院等离子体物理研究所博士研究生，师从邱励俭研究员。邱老师知识面广，思维活跃，有着敏锐的科学头脑，对待工作总是站得高、看得远，是他教会了我如何去发现一件看似普通的研究结果背后所蕴藏的科学意义，如何把握课题的发展方向及取得的重要成果。如果说我的硕士导师的指导方法是细腻的，那博士导师邱励俭研究员的指导方法则是粗放的，这也正是我当时特别需要的。硕士期间学会的是基本工作方法，博士期间则应学会如何真正独立地做工作。进入等离子体所以后，在邱老师的指导下，我选定的科研课题是"长寿命放射性废物永久性处置方法研究"这一国际前沿热点课题，这是人们一直关心而又悬而未决的棘手问题，既充满挑战，又存在大量机遇，"大丈夫应时而动，舍我其谁？"在经过一年多的不受传统习惯方法约束的分析、计算后，我发现了一种方案似乎很有效，尽管当时对方案可行性考虑并不周全。当邱老师从外地出差回来看到我的小结报告后，凭借他敏锐的科学头脑，马上意识到这是一个很重要的发现！经过进一步细致的工作后，形成的论文 1992 年被国际原子能机构（IAEA）聚变能大会（被称为聚变领域"奥林匹克"大会）评审委员会选为大会口头报告论文，并为参加会议者提供旅费等经济资助，这也是此届大会中国所提交的几十篇论文中唯一一篇大会口头报告的论文。由于选定了一个能出成果的研究领域，而且又有创新的思想，在随后连续三届的大会上，我和导师合作完成的论文再三被选为大会口头报告。显然，这些成果与导师合适的指导方法是分不开的！通过在工作中的锻炼，我懂得了如何寻找有意义的课题，把握它的发展方向，抓住机遇，取得重要成果，这样我在今后便更有信心、更有能力去承担并负责多项重要的研究任务。

　　第四位对我的科研生涯产生关键影响的老师，是中国科学院等离子体物理研究所前所长霍裕平院士。其实，我与霍老师并没有严格意义上的"师承"关系，但霍老师开阔的科学视野、深邃而敏锐的科学思维、果敢的工作作风以及对后辈无私的提携与帮助，都给我留下了难以磨灭的印

象,并深深地影响着我的科研生涯。印象最深的一件事是,当时我打算申请中国科学院院长奖学金优秀奖,需要三位专家的推荐,我找到了霍老师,并将申报材料请他过目。我的申报材料中主要的科学研究亮点工作是"对利用聚变中子处理核废料的概念与方法研究",霍老师看完后,在材料的最后补充批注道:"为聚变能的发展提供了一条新途径。"这短短的一句批注,令我受益至今。因为霍老师不仅仅为我的申报材料增色,更是深刻地指出我工作的价值和意义,更坚定了我沿着这一方向继续前进的信心和决心。此后,针对核废料处理问题,我又从聚变、裂变的不同角度,开展了更加深入的研究,这些成为我科研生涯中最重要的成果之一。

2006年,中国正式加入了国际热核实验堆(ITER)计划。得益于中方首席科学家霍老师的推荐和提携,在科技部发布的首批4名赴ITER国际组织工作的专家中,我名列其中。这能为我提供参与到全球最大能源科技国际合作计划中的宝贵机会,除此之外,在ITER国际组织工作期间每年近20万欧元的薪酬,也令我心动不已。但当时一方面考虑反应堆技术研究室刚成立不久,我作为负责人对研究室的发展承担着重要的责任;另一方面研究室内年轻人众多,帮助他们快速成长也是我应尽的义务。为此,我放弃了那次赴ITER国际组织工作的机会,而留在国内带领研究室成员承担了几项重大的科研任务,但我心中始终非常感激霍老师对我的器重和鼓励。

总之,在我成长和创新的道路上,老师起着关键的"助推剂"作用。他们有的教我知识,有的教我做人,有的教我学习和工作方法,有的教我做事的作风,有的为我指明发展的方向,上述四位老师则是为人师表的典型代表。

三、兴趣和自信心——创新的催化剂

兴趣,是我能够在创新道路上一直走下去的重要条件,而培养对学习和工作的兴趣,则是一个很长的自觉与不自觉的过程。我对学习的兴趣,最早来自于乡亲们茶余饭后的"逗乐"。那是在上小学时,邻居的叔

叔爷爷总爱用些"鸡兔同笼""贼人偷布"的趣味数学题来考我,要是答对了,自然是夸奖,感觉很光彩;答不对就回家一人独自琢磨,第二天再去回答。初中二年级时,学校安排的各种课外学习活动和老师多方的鼓励,强烈地激发了我的学习兴趣,那是一个学习兴趣增长的飞跃时期。也正是有了强烈的学习兴趣,自那时起到大学毕业,我在班级中的学习成绩总是数一数二的。对工作有兴趣,自然对自己的事业有热情,并愿为之付出努力和汗水,"亦余心之所善兮,虽九死其犹未悔",这也是能够持续创新的必要条件。

由于从小自己的主要兴趣在学习上,特别是在学习科学知识上,对陈规俗套的东西注意得就少些,我养成了单纯和自由的思维方式。在学习和工作中,总不愿受条条框框的限制,也正是基于这种特点,我在大学毕业后选择了从事科研创新这条路。只有在科研工作中,思想才可不受限制地发挥,而这种不受太多条条框框限制的思维方式,也正是从事创新性科研工作所必需的。由于对自己所从事的科研工作感兴趣和热爱,当初我在市场经济大潮中仍坚持走这条科研创新之路。在许多人看来,这条路似乎很难快速获得个人收益。记得曾经有的同事看到我不分白天黑夜在办公室工作,好心地劝我说:"得到多的人不一定是干得多的人。"也许他们说得对,但我也有我的看法,我坚信:尽管干得多未必能够获得多,但是干得多至少不会失得多,不干更不会有收获!这也是支撑我不管遇到什么干扰仍始终刻苦努力学习和工作的信念之一。记得我在大学和研究生毕业时,由于家里还有三个弟弟上学,家庭经济很困难(一个贫困县的最贫困家庭),也曾有过到当时工资很高的广东大亚湾核电站去工作的念头;但在经过一番思想斗争后,还是选择了走科研这条路:"虽清贫但有趣""三军可夺帅也,匹夫不可夺志也",尽管常常要安于寂寞,常常有困惑和烦恼,但也有令人激动不已的兴奋时刻! 有追求、有失败、有成功,这才是真正的生活!

自信心,是在形成创新思维和习惯中起决定性作用的又一重要优势条件。"古之立大事者,不惟有超世之才,亦必有坚忍不拔之志。"通常来说,人们实际所取得的成功,只占他们所拥有的成功潜力的很小一部分,因而人与人之间的差距不在于他们"天分"的不同,而在于去挖掘和发挥

吴宜灿院士指导研究人员开展先进核能仿真研究

他们潜力的程度不同,自信则有利于这种潜力的发挥,也正是因为自信,才会有更"异想天开"的想法,这也是创新所必需的特质。

也许是由于我学习工作历程基本一帆风顺,我对待学习和工作的自信心随时间的推移逐渐增强,而自信心增长的飞跃时期正是在我1990年来到等离子体物理研究所之后。西安交通大学和等离子体所提供了两种各有特点的工作环境,科研工作方法也是各具风格。基于在西安交通大学建立的包含着扎实专业知识和较强的科研能力的坚实基础,充分利用西安交通大学和等离子体所两种风格的优势,取长补短,我的科研工作很快就取得了显著成绩:如在等离子体所的首次研究生论文交流比赛中,我的论文获此届比赛唯一的优秀论文一等奖,随后论文在国际大会上得到肯定,进一步又获中国科学院院长奖学金优秀奖等,这些荣誉和鼓励对增强我的自信心起着非常重要的作用。好风凭借力,助我上青云,在经历了德国卡尔斯鲁厄核研究中心(KfK)一年半客座研究工作后,我的自信心又得到了进一步的加强。在德期间,时间虽短,我却完成并发表了多篇重要研究报告和学术论文,得到了国际同行的好评。

基于上述工作建立起来的学术科研基础和自信心,我和我的团队在核能中子物理领域继续开展了一系列的创新性研究工作。2000年,我们开发完成了国际上第一个复杂核能系统的中子学建模软件。这一创新性工作,使得国际热核实验反应堆(ITER)装置的中子学计算分析工作的效率提升了近千倍,自那之后,这款重要工具就常驻ITER中子学分析研究人员的电脑。基于对我及团队科研能力的认可,2003年(那时中国还不是ITER国际组织正式成员),我们代表等离子体所、代表我国争取承担了中国第一个ITER国际组织科研合作合同任务。合同的研究内容是"开展ITER的上窗口中子学分析研究",由于此前国内没有类似事例,我们对ITER的合同模板、合同全周期流程等进行了全面的消化,这也为国内其他机构后续承担相关工作任务提供了参考。此后,我和团队继续在中子学及先进核能领域深耕,取得了大型一体化的核设计与安全评价软件开发、大型氘氚聚变中子源建设、小型铅基反应堆工程技术研发等一系列创新突破。

这些创新经历让我体会到,只要努力工作,不管是国内还是国外,在哪里都能取得成绩,外国人能做到的中国人同样有能力做到。创新的成绩来自于刻苦努力加自信心,而自信心又来自于创新取得的成绩,这是一个良性循环过程。在这个过程中,个人对所从事的事业的热情则起着"催化剂"的作用。

四、创新之路 永无止境

在等离子体所的学习和工作经历,为我的创新之路插上了新的翅膀。感谢霍裕平、邱励俭等老一辈科学家,不仅为等离子体所的建立做出了重要贡献,也为研究所的长期发展铺平了道路,对我个人来说,更重要的是这些老先生深深地影响和培养我形成了创新的思维和创新的视野;也感谢等离子体所这个创新集体,研究所里团结协作、无私奉献的大科学工程团队作风,深深地启发和影响了我的科研团队建设和发展理念。

每个人对创新都有着自己不同的理解和体验。在我看来,创新是自己的每一个新想法得到实现、被人们认可,进而再产生新的想法、得到新

吴宜灿院士与学生讨论中子学问题

的实现,创造出新的价值,这个过程循环往复,永无止境。终极的创新是不存在的,在科学研究的历程中,一次次对想法中的关键性阶段的跨越,也就是一次次成功的创新。从这种意义来说,创新不仅是一种过程,也是一种结果,更是一种价值。创新绝不否认有失败,走过失败就是成功。然而,影响创新的因素也有很多,有内在的,有外在的,有自己可以控制的,也有自己不能控制的。但是,只要是热爱生活、热爱事业的人,容易取得创新的成功;不怕失败、相信自己有能力的人,取得创新成功的机会也会更多。

创新之路,永无止境。创新使人激动,而在创新的道路上永无止境地追求过程的本身,则让人终生快乐!

2022 年 9 月 19 日

"学科交叉"才能"融合创新"

邵春林

邵春林简介

邵春林,复旦大学放射医学研究所党总支书记,二级研究员、博导,国家重点研发计划项目首席科学家。1989年被推荐免试到中国科学院等离子体物理研究所攻读硕士研究生,获硕士学位,师从余增亮研究员;1992—1995年在等离子体所继续攻读博士研究生,获博士学位,师从余增亮研究员和霍裕平院士。先后工作于日本京都大学、日本国立放射线综合研究所、牛津大学Gray肿瘤研究所。发表论文200余篇,获上海市科技进步奖一等奖、二等奖,中科院自然科学奖二等奖。现兼任中国生物物理学会环境与辐射生物物理分会副会长、中国核学会辐射研究与应用分会副会长、上海市核学会副理事长、甘肃省"重离子束辐射医学应用基础重点实验室"与中国科学院"重离子束辐射生物医学重点实验室"学术委员会主任,以及多个学会的常委、多种国际SCI期刊的编辑。

1989年我毕业于四川大学物理系,所学专业是核物理,因品学兼优,毕业后被免试推荐到中国科学院等离子体物理研究所攻读硕士研究生。由于在大学毕业论文设计中编写了一个电力应用控制方面的小程序,我对计算机专业产生了浓厚的兴趣,期望进一步学习这方面的知识。后来因"离子束育种"这一新研究方向的需要,我有幸加入了余增亮老师的团队。都说21世纪是生物学世纪,而且大学时我也学过核技术在工农业中的应用,我欣然接受了这一安排,迎接全新的挑战。

对我而言,大学期间我学习的是核物理专业,面对生物学这个陌生领域,我在中国科学技术大学一年的学位课程学习期间,不仅学习了细胞生物学方面的研究生专业课程,还补修了该专业本科生的大部分课程,自学了辐射生物学的知识,开启了一个全新的征程。

离子束育种是余增亮老师提出的一个新兴学科研究方向,离子束与生物体相互作用机理是离子束育种重要的生物学基础。为此,我在余老师指导下,从离子束对生物小分子的作用入手,探索低能离子束诱变的生物学机制。一个偶然的机会,我

邵春林参加博士研究生论坛

阅读了《量子生物学基础》这本专著,感受到物理学和生物学的完美结合,认识到大学所学的数学与物理知识可以合理利用到辐射生物学研究上。通过计算荷能氮离子与酪氨酸分子的反应方式,预测到氮离子在该氨基酸分子的取代位置,并通过对反应产物的质谱分析得到验证,为离子束与物质相互作用的质量沉积理论提供了直接实验证据,相关研究结果在本专业代表性期刊上发表,被认为是对离子束与生物分子反应机理

提出了新的挑战。这一小小的进步，对我产生了莫大的鼓舞，为我博士研究生阶段进一步深入探索离子束与物质相互作用机理建立了信心。

低能离子束诱变因具有广谱性、高效性而受到育种学家的高度重视，科技部设立了"九五攻关"专项（离子束应用技术研究）加以大力支持与推广。但低能离子束通过何种方式诱发作物突变，一直是一个饱受争议又非常重要的话题，国家自然科学基金委员会先后设立了主任基金、面上基金、重点基金、重大基金项目，通过这些基金项目支持，余老师带领团队在这方面开展研究。在余老师的指导下，我实验验证了离子束的刻蚀效应、电荷转移效应，为低能离子与生物体相互作用产生能量沉积、质量沉积和电荷转移的"三因子"假说，奠定了直接的实验基础。然后，又建立了包含离子束"质量、能量、电荷"三方面因素的 EMC 数学理论模型，解释了离子束生物效应的"马鞍形"存活曲线，为低能离子束定量生物学研究打下了基础。

邵春林（右）与导师余增亮研究员（1995 年）

成长的道路上离不开对新知识的吸收。1999 年，英国 Gray 实验室的 Barry Michael 教授访问了等离子体所，他所作的有关"辐射旁效应"的报告为我带来了新的视角，我敏锐地感觉到：这可能是低能离子束发挥辐射诱变的一个重要生物机制。在此后的几十年里,我在日本京都大学、日本国立放射医学综合研究所、英国牛津大学 Gray 肿瘤研究所和复旦大学放射医学研究所等科研院所,一直都沿着这条思路开展科研与研究生教学工作,并将此研究扩展到重离子肿瘤生物学等领域。

2005 年回国后,在复旦大学的支持下,我逐步建立了自己的实验室,研究方向也从较为单一的辐射旁效应扩展到辐射远端效应、放射生物剂量学、肿瘤放射敏感性、肿瘤放射免疫学等方面,主持国家自然科学面上项目与重点项目、国家重点研发计划项目等 20 多项,获得教育部新世纪优秀人才、上海市浦江人才、上海公共卫生优秀学科带头人等项目的支持,并围绕卫生事业需求,积极开展科技服务工作,有力地推进了科研和研究生培养工作的开展,取得了一些先进性成果,得到了国际同行的认可。同时,我先后承担了行政和党务方面的管理工作,成为一名"双肩挑"研究人员,已培养博士和硕士研究生 40 多名,其中多人获得上海市优秀毕业生称号,这些品学兼优、充满朝气和活力、勇于探索求新的研究生,为本领域科研工作的深入开展做出了重要贡献。

千里之行,始于足下。在等离子体所 10 多年的学习与科研工作经历,对我后来的人生之路产生了重要影响,主要有几个方面的体会:

1. 宽松而自律的学习环境是培养人才的有效保障

余老师对于其指导的研究生,往往是给一个研究方向,在关键之处予以点拨,充分发挥学生的主观能动性,鼓励自由探索,这就要求学生有较强的自律性,主动学习、主动思考;既要发现问题,又要解决问题。实践表明,能够在这种氛围下锻炼出来的学生,其独立从事科研工作的能力都比较强,日后均能独当一面,成为学科/学术带头人。

2. 思想创新比跟踪研究更有价值

科研必须有创新,但什么是真正的创新? 跟踪国际热点,做些锦上添花的工作,即使有所新发现,也不能说是创新;把 A 文献提出的 A 观点与 B 文献提出的 B 观点结合起来,应用到自己的 C 工作中,更不是创新。离子束生物工程是一个具有真正原创性的工作,它起源于社会的创新思维需求,成长于百家争鸣的学术氛围,优势在于多学科的交叉融合,得益于国家基金管理层对学术争鸣的鼓励支持,在对机理的原创性探索中发展壮大。

邵春林与复旦大学课题组部分师生在一起(2020年)

3. 服务国家战略需求是科研工作的根本目的

学术自由固然重要,但"所求为何"更值得我们思考。作为独立PI(Principe Investigator,学术领头人)主持科研工作这么多年,总感觉自己的研究内容缺少了些创新的灵魂。在中国科学院等离子体物理研究所离子束生物工程重点实验室的科研经历,使我深深体会到:"围绕国家战略,服务国家需求"不仅仅是产生原创性科研成果的源泉,更是科研工作的目的。特别是当前，在所谓的超级大国又开始对我国进行技术封锁、进行极限施压的国际环境下，我们的科研工作更应立足国家、地方和社会的需求，放眼国际先进水平，致力于原创，这才是一个值得我辈长期为之努力、为之拼搏的奋斗目标。

2020 年 9 月 8 日

交叉创新，方得枝繁叶茂

——见证离子束生物工程学的发展

吴跃进

吴跃进简介

吴跃进，中国科学院合肥物质科学研究院研究员、博士生导师。1982年毕业于安徽农学院农学专业。1992—1996年在中国科学院等离子体物理研究所攻读博士研究生，获工学博士学位，师从余增亮研究员。主要从事生物物理学研究，开展物理技术在植物领域的应用基础研究。1998年入选国家"百千万人才"一、二层次人选；离子束辐照生物学研究获得中国科学院自然科学奖二等奖(1994年)、安徽省自然科学奖一等奖(2000年)、国家科技发明奖二等奖(2006年)、安徽省科技进步奖一等奖(2012年)。

主要研究方向为作物辐射生物学机理及其应用，涉及离子束辐照突变体创建、基因的克隆、分子生物学机制以及生物光谱突变体高通量检测筛选装置研发。发现水稻长寿基因，克隆显性半矮秆Sdt、脆秆CEF1、Sdbc1和抗除草剂GLR1等新基因。研发基于光谱技术作物品质智能感知技术，发展作物种子表型分析技术和装置。主持国家自然科学基金、中科院先导专项A项目，获得授权专利36项，在 *Nature*、*Nature Communications*、*Cell Research*、*Journal of Stored Products Research* 等发表论文40余篇。

一、前言

在中国科学院合肥物质科学研究院等离子体物理研究所栉风沐雨40余载,迈向新征程再起航之年,回想起30多年前,我作为一个农学人有幸被余增亮老师引领进入等离子体与生物学交叉学科创新研究团队,见证和参与了离子束生物工程学从无到有、相关合作从国内到国外的发展历程。

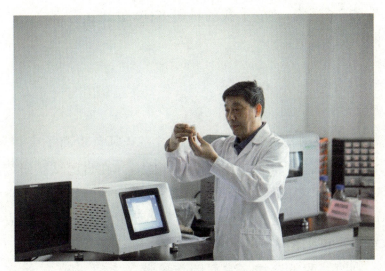

吴跃进研究员做实验研究

我出生在"大跃进"的1958年,在最该读书的年龄遇上"文革",那时老师不敢教,学生不能学。为了挽回失去的时间,同学们晚上都自发到学校上自习。可是好景不长,"白卷英雄"张铁生事件以后,在"教育要革命"的口号下,大部分时间就在"学工、学农、学军"中度过。高中毕业后我成为一名上山下乡的知识青年,在农村锻炼3年。汗滴禾下土,方知"粒粒皆辛苦",我感受到农民的质朴善良,也从内心喜欢上了农村、农民和农业技术。

二、恢复高考填报志愿选择了农学院农学系

1977年恢复高考填报志愿时，我的第一志愿就选择了农学院农学系，想着学成归来在广阔天地大有作为。我是恢复高考后的第一届大学生，于1978年2月开始了紧张的大学生活，当时百废待兴，学校条件差，但老师和学生都有一种顽强拼搏、只争朝夕的精神。毕业后我在安徽省农科院从事水稻育种研究，直到1985年一次"意外"的合作，让我从此和等离子体所有了交集，改变了我的科研方向，也让我有幸成为离子束生物工程学团队的成员。

三、离子束注入技术

1985年，从德国马普学习归来的余增亮老师负责离子束注入技术，他提出利用离子束注入开展生物诱变的想法，并在自己试验研究的同时邀请省农科院专家参加到合作研究中来。随后，他开始找小麦育种课题开展合作，由于小麦课题组科研任务重，我所在的水稻课题组成为合作伙伴，这样离子束水稻辐射生物学效应的试验任务就理所当然地落在了我的身上。此后，我就穿梭在农科院与科学岛之间，开始了解离子束注入技术，开展辐射诱变试验，从余老师那里听到加速器、布拉格峰、质量沉积、能量沉积、溅射、刻蚀等生涩的物理名词。

当时没有研究经费，我们"不务正业"地经营红麻种子"生意"解决资金问题。1988—1990年，经过两年三季的田间试验，我们发现离子束辐照与γ射线相比具有辐射损伤轻、突变率高、突变谱广的特点，经过反复验证，我们联合发表了第一篇研究论文。余增亮老师不断发散思维，提出低能离子束辐照机理"三因子假说"，获得国家自然科学基金委1万元"非共识"项目的资助。同时，离子束水稻育种又得到原国家科委重点项目支持，我们再接再厉，离子束水稻育种机理研究被列为自然科学基金重点项目。等离子体所成立了离子束生物工程研究室，有更多的科技人员、研究生加入到了离子束与生物学科交叉的研究队伍。此后，离子束水稻育种和机理研究获得相关基金重点、重大项目资助，国家"八五"至"十五"重点科技攻关项目等系列项目的支持。

1994年，首个利用离子束辐照的水稻品种育成并通过省级审定。一个又一个的"第一"，填补了一个又一个的空白。离子束生物工程学研究的国际合作也开始在美国、日本、泰国、西班牙等国家开展，2005年和2006年，余增亮老师的英文专著《离子束生物技术引论》在美国出版发行，"离子束细胞修饰与装置研究"获得了国家技术发明奖二等奖。

我也一边学习，一边工作，发现了低能离子束辐照水稻生物学效应、离子束辐照剂量-损伤反常和辐照当代突变现象，获得离子束介导转移玉米全DNA的水稻等，取得了"核能科学及应用"博士学位。我还获得了国家"百千万"人才第一、二层次人选和全国"五一"劳动奖章等。在2008年FAO/IAEA第二次国际植物诱变大会上，离子注入诱变成为会议六大主题之一。IAEA立项支持推广离子束诱变技术，我有幸作为IAEA的评估专家，参与了对IAEA资助泰国的离子束生物技术项目的指导和评估。

四、离子束生物工程学的发展

经过30多年离子束生物人的努力拼搏，离子束生物工程学在理论、技术、装置和应用方面都获得了长足的发展。这个由中国科学家创造的新兴学科枝繁叶茂、茁壮成长，为等离子体物理学的发展增添了浓墨重彩的一笔，离子束生物工程学也按照自身的发展规律愈发地系统、完善。

1. 在理论上的成果

（1）低能离子与生物体相互作用产生能量沉积、质量沉积和电荷转移的"三因子"假说，解释了低能离子与生物体相互作用的过程。

（2）ROS间接损伤信号的远距离传输作用，解释了低能离子注入深度与生物学效应不一致的问题。

（3）提出辐射自由基"淬灭"导致辐照剂量-损伤反常现象和DNA双链断裂引发辐照当代突变的假设。

科学与人生

吴跃进在英国考察学习

2. 在学科发展方向上

（1）低能离子与复杂生物体直接和间接作用：生物基因突变和新基因的发掘、生物遗传育种。

（2）荷能离子对细胞或者培养基表面的溅射刻蚀作用，发展为离子束介导转基因和神经细胞定向生长技术。

（3）离子注入有机分子生成氨基或氨基酸作为研究生命化学起源和星际分子形成的手段。

（4）单粒子精确辐照系统成为精准研究辐照与生物细胞、组织效应的平台，极大地提升了我国辐射生物学的研究水平。

3. 在装置研发上

（1）自主研发了适合辐照生物材料的 30 keV、50 keV 和 200 keV 的低能离子束细胞修饰装置,获得了国家知识产权局和世界知识产权组织的发明专利金奖。

(2) 研发的单离子束细胞精确定位照射系统,被专家认为是国内核技术及辐射生物学界的一件大事,是离子束辐照技术的重大突破,对辐射生物学和辐射环境生物物理中的热点问题进行了深入研究,具有重要意义。

4. 在应用领域的前景上

(1) 离子束生物工程在工业微生物领域:

离子束诱变 Vc 菌取得显著成就,其糖-酸克分子转化率达 95％以上,被认为是"自 Vc 二步法发酵发明以来的重大突破",后续的耐高温 Vc 菌种育成,为我国 Vc 行业长期主导国际市场发挥重要的技术支撑。

人体必需的长链不饱和脂肪酸花生四烯酸(AA)菌种改良,助推及填补了我国在国内国际健康食品添加剂市场的空白。离子束修饰花生四烯酸催化剂发酵水平达到 5.1 g/L,居国际领先水平,我国已经成为世界上花生四烯酸最大的生产和销售国。

(2) 离子束生物工程在作物育种领域:

利用低能离子束装置辐照育成并且通过国家和省级审定的水稻、小麦、玉米、大豆、棉花、烟草等作物新品种 30 多个,累计种植面积上亿亩,社会经济效益显著。

发掘创建了一批新的作物基因,如水稻耐储藏、显性半矮秆、脆秆、抗除草剂基因和对生玉米基因等,为作物遗传育种提供了丰富的基础材料。

5. 在人才培养方面

浓厚的学术环境、活跃的创新氛围孕育了一个又一个创新成果,也涌现出了一大批优秀拔尖人才,其中有国家杰出青年基金获得者、中科院"百人计划"人才、国家"百千万人才"等。毕业的研究生中已经有一批人成为学术领军人才、政府和企事业单位的领导。

五、结语

30多年来,我们的团队一直坚守着离子束生物工程学在植物领域的研究。我们建立了离子束辐照植物突变体库,创建了植物种子寿命(Loxs)、显性半矮秆(Sdd)、细胞壁组分(CEF1)等新的基因,在 *Nature Genetics*、*Plant Mol. Biol.*、*Rice*、*Nature* 等刊物发表研究论文40余篇。在耐储藏基因发掘和利用方面,得到了国家领导人的关注,水稻耐储藏种质发掘关键技术及应用获得了2012年安徽省科技进步奖一等奖。

同时,我们从交叉学科研究实践中学会了创新,利用微纳材料改性传统化肥,发明了化肥控失技术,并转化为显著的经济效益。为了解决辐照突变体表型筛选智能化的瓶颈问题,我们研发出基于光谱的高通量无损作物种子品质性状智能检测分选装置,为作物品质育种提供了技术支撑。

回顾离子束生物工程学的发展历程,我深深地感到:做科研难,做交叉学科更难,发展一个新的交叉学科难上加难。如果没有学科创始人余增亮老师对事业发展的坚守,没有对青年人才的精心培养,没有等离子体所和合肥物质科学研究院领导对新学科发展的包容和扶持,就不会有这个新兴交叉学科的成长和壮大。我个人也在新学科的发展过程中得到锻炼,感谢导师余增亮研究员对我的培养,感谢等离子体所给予我一个美好的科研人生。

2019 年 7 月 29 日

科技报国谱华章

汤广福

汤广福简介

汤广福,中国工程院院士,我国电力系统电力电子技术专家、教授级高级工程师、博士生导师。1990—1996年在中国科学院等离子体物理研究所攻读硕士、博士研究生,获硕士、博士学位,硕士期间师从刘正之研究员,博士期间师从霍裕平院士等。现任国网智能电网研究院院长、党委书记。享受国务院政府特殊津贴。为新世纪"百千万人才工程"国家级人选,兼任先进输电技术国家重点实验室主任。长期从事电力系统电力电子技术研究,在灵活交流输电和高压直流输电装备的系统设计、设备研发、试验技术和工程应用等方面,做出了突出贡献。获国家科技进步奖一等奖、二等奖各1项,国家技术发明奖二等奖1项,省部级一等奖5项;获中国工程科技光华青年奖;发表EI、SCI论文百余篇,获授权发明专利百余项。曾任国际大电网会议组织(CIGRE)高压直流与电力电子技术委员会委员。

一、圆梦求学路

中国科学院等离子体物理研究所,是我向往的地方。1990年7月,我毕业于西安交通大学电气工程系。1989年,教育部取消了当年研究生招生考试,更改为免试推荐,推荐名额大幅减少。早在1990年春节之前,当时班主任王汝文老师找我谈话:西安交大校友季幼章老师在等离子体所主管研究生工作,专门来校请母校推荐成绩优异的学生。所以,计划推荐我到等离子体所攻读硕士。当时学校还举行了全校选拔考试,我们班有不少人报名参加。第一名是要留校的,我排第二名,至今仍非常庆幸,当时的选择是正确的。

等离子体所1993级博士研究生合影
(左起:朱玉宝、汤广福、肖炳甲、时家明、李多传)

从1990年至1996年,我在等离子体所攻读硕士和博士研究生,和其他同学一样,我们深深地融入到研究所求实创新的科研工作和严肃活泼的学习氛围中。这6年,是我人生中最美好的青春岁月。我师从刘正之研究员,1993年7月获得硕士学位;同年,继续攻读博士,1996年9月获得博士学位。

1990年研究生入学,第一年的学位课程安排在中国科学技术大学学习,我就直接到中国科大报到了,这也在一定程度上圆了我的"科大梦"。记得高中时的1985年,我在全国数学竞赛中获奖,曾经被中国科大考虑作为保送生接收,后因种种原因未能如愿。我们被安排在科大西区宿舍,4人一间,比在大学8人一间强多了,而且西区刚刚启用不久,生活学习条件相当不错。另外,至今我还记得第一个月发的助学补贴有100多元,我们非常兴奋,当时直接参加工作的同学也就是这个数。应该说,等离子体所对我们这些研究生是很照顾的。

进入选课环节,我发现中国科大专业设置中没有"电气工程"这类课程,只好选择"自动控制"类研究生课程。进入学习环节后我才发现困难重重:这类课程基本上都以理论性为主,需要一定的本科阶段业已学习的自动控制专业基础;而我是电器专业出身,不具备条件,所以这一年基本上等于读了一个自动控制理论专业课程,只能说算作素质教育吧。这件事给了我很好的启发,后来我在担任中国电力科学研究院的研究生导师时,遇到类似情况,我均让学生单独到清华大学或华北电力大学选择符合自身需要的课程,包括那些虽不算学分但也必须要补上的本科生课程。

记得有一门课叫作"强电基础",对我影响很大:我们到上海南桥换流站进行了参观,这里有葛洲坝至上海南桥±500 kV高压直流输电系统,这是中国第一个真正意义上的高压直流输电工程,它承担着三峡电力送出的重要使命,也是当时电力部的重大决策,全套技术与装备均从跨国公司BBC(ABB前身)引进。在参观上海南桥换流站时,我们看到换流阀厅现场有那么高端的电力装备,真是震撼人心!我们在与换流站人员讨论过程中得知,正因为我们没有掌握这样的核心技术与装备,南桥换流站围墙内的草坪、房间的抽水马桶等全部由跨国公司打包提供。我当时就想,中国何时能够自主制造出这样的高端电力装备啊?没想到20多年后,由我主导并带领团队完成了这一光荣而艰巨的任务——研究出±800 kV特高压直流换流装备,打破了国外跨国公司的垄断,并走出国门,达到了国际领先水平!这门课程的学习,在一定程度上奠定了我的发展方向和努力奋斗的目标。

 科学与人生

二、科研工作初试身手

在中国科大一年学位课程的学习结束后,我回到等离子体所,入住硕士研究生公寓,两人一间,条件不错。我进入二室电源研究室,师从刘正之老师。当时,霍裕平老师是所长,潘垣老师是二室主任,等离子体所要把一个从苏联运回的托卡马克装置,改造成 HT-7 超导托卡马克聚变实验系统。我跟随刘正之老师开展极向场电源系统设计,与傅鹏组长在一个课题组。当时,主要的工程设计工作是刘老师、傅鹏完成的,我结合课题做一些辅助设计的前期科研工作,重点负责两件事:一是负责对苏联快速开关工作原理的消化吸收工作,二是负责开展倒向三绕组变压器可行性研究与初步设计工作。

1. 关于快速开关消化吸收工作

在极向场电源系统中,当整流器直流侧发生短路而造成过电流情况下,在终止晶闸管触发脉冲的同时,交流侧设置快速开关进行快速短路,是对换流器进行保护的一种切实可行的方法。记得共有 6 台快速开关,主要参数为动作时间小于 150 微秒、额定短路能力可达 150 kA。此前国内从来没有此类设备,苏联提供的图纸又不全,它采用的引燃管触发技术已在国内被淘汰了,正因为如此,我有了与苏联老大哥一起共事的机会。我与他们一起,了解原理,完善图纸,制定快速开关功能规范,启动修复调试工作,最后还开展了一次人工短路试验,短路电流达 80 kA,完全满足了 HT-7 极向场电源故障保护需要。还别说,这种开关产品的质量过硬,我非常钦佩苏联老大哥的工匠精神。当时,正值苏联解体,他们在经济方面非常困难,工作之余,我陪同他们到合肥自由市场买一些羽绒服、牛仔裤等衣物,再送他们一瓶二锅头他们就感激涕零了。现在看来,祖国强大真的比什么都重要,科学家没有强大的祖国作为后盾,就什么都不是!

2. 关于倒向三绕组变压器研究

在 HT-7 极向场电源系统中,需要采用六相双 Y 移相 30°交流脉冲

飞轮发电机作为电源，而原有换流器系统则是采用三相整流/逆变，这就需要研究如何将六相转换为三相，刘正之老师创造性地提出了采用倒向三绕组变压器来承接六相双 Y 移相 30°脉冲发电机和换流器之间的电能变换工作。该变压器的原边两个绕组分别采用 Y、D 接法，并使电压相位相差 30°，对接六相双 Y 移相 30°脉冲发电机，而且工作频率大约从 95 Hz 衰减到 75 Hz，这是国际上从未有过的创新设计。显然，这种变压器的特殊应用带来了许多问题，特别是激磁电源由双路叠加，以及保持阻抗电压和原边双绕组间的平衡性，为此，我提出了六相等值阻抗的概念，由此总结出独特的求解等值阻抗方法，为特种变压器的研制奠定了理论基础。在工作过程中，我感受到等离子体所非常好的科研条件，当时研制中心协助研制了原型物理样机，辅助开展了一系列试验研究。这些工作对我来说挑战性更大，为此我还购买了一批有关变压器设计的指导手册，与研制中心专家一起，完成了特种变压器的概念设计。

另外，硕士期间还有一项工作，就是寻找极向场电源系统的仿真方法。在刘正之老师的指导下，确定采用电磁暂态分析程序（EMTP），还是工作站版本，当时最好的老师就是电力部武汉高压研究所的教授级高工马伟明，他曾经在加拿大与 EMTP 鼻祖 Dommel 教授一起工作过。1992 年夏天，我与苏建龙、戴松元三人一同前往武汉拜师，当时合肥赴武汉出差可以坐飞机，这是我们第一次坐飞机，由运 7 执飞，大约有乘客 20 多人。飞机飞得不高，噪音非常大，我的耳朵都塞上了餐巾纸。到武汉我们出了机场，好几趟公共汽车都没挤上去。当时，武汉高压研究所没有计算条件，第二天一早起床，我们跟随马伟明老师坐公共汽车和轮船到汉口的一个设计院，下午才到工作站。现在回想起来，那时的条件真没法与现在相比。后来，我们又邀请马伟明老师到等离子体所面授，总算学会了如何应用 EMTP 程序。

两年的科研工作，得到了导师和课题组各位老师的高度认可，我的硕士论文还获得了 1993 年中国科学院院长奖学金优秀奖。我硕士毕业后面临两个选择：继续攻读博士或找工作。当时，我参加了电力部南京自动化研究院的面试，被意向接收，后因报考博士研究生而放弃。

三、继续攻读博士学位

我攻读博士学位,导师是霍裕平院士。课题研究的方向是:在硕士论文基础上继续开展 HT-7 极向场电源系统研究,参与指导的老师还有许家治和刘正之研究员,后来因 EMTP 程序应用开发需要,又增加了李有宜研究员。博士论文的方向是"HT-7 极向场电源系统动态特性的分析研究",主要包括由 100 MW 六相双 Y 移相 30°脉冲发电机、倒向三绕组变压器、双桥 12 脉动换流器和等离子体非线性负载构成的完整电源系统的准稳态电气特性研究。因为本科不是电机专业,课题对我来说难度巨大,不得不自学了"电机瞬变过程",可以说,我绝对比电机专业同学学得扎实,按照现在时髦的话来说,就是论文压力下的"需求导向"。

1. 关于六相双 Y 移相发电机的动态特性

六相双 Y 电机就其本质而言,其转子与三相电机保持一致,只是在定子上以错开 30°电角度的双 Y 绕组,构成一个不对称的六相系统,而这双 Y 之间又相当于三相双绕组变压器,使得六相双 Y 同步电机的分析更为复杂。由于双 Y 绕组所产生的空间磁势同相位,三相电机取代六相电机在理论上是可行的。为此,将六相双 Y 同步电机转变为等值三相同步电机,分别通过一条外接阻抗和另一条外接阻抗经理想移相变压器共同向负载供电的复合等值电路系统。从而,通过等值三相同步电机的 Park 方程、理想移相变压器数学模型和特定支路模型推导,得出六相双 Y 电机的 Park 方程。在对六相双 Y 移相发电机模型参数确定的过程中,根据 d 轴绕组间互感系数的不同情况,无需任何简化假设,仅通过等值三相同步机等效电路间的等效转换,就可精确地分析和计算出模型的所有参量。在这样特种电源系统中,根据双桥内部换相机理,采用叠加原理,反推出电枢电流波形,并结合电机基本方程,导出端电压波形;基于电枢电流分析基础,进一步得出双 Y 电机的电枢磁势。这些科研工作可以说对同步电机瞬变过程分析做出了积极的贡献。

2. 关于特种电源系统的动态特性

在六相电机和双 12 脉动整流桥之间引入两台倒向三绕组变压器，其中变压器一次侧绕组分别连接成 Y、Δ形，并保持线电压和线电流大小相等；同时为了满足双 Y 电机带平衡负载的要求，两组变压器采用了补偿式接法。这种连接方式与常规换流器连接方式，使得变流和换相之间的关系变得更加复杂。根据双桥换相过程，采用叠加原理获得双 Y 电机的相电流表达式，再根据电机的基本方程，导出相电压表达式，从而进一步获得双桥在换相重叠角小于、等于和大于 30°的三种工作模式下双桥换流器的外特性。当然，等离子体负载可以等效一台高漏磁的多绕组的电力变压器，以此建立相应的数学模型。借助上述解析表达式，成功地将 EMTP 程序应用于由六相双 Y 同步机、逆向三绕组变压器、双桥换流器和多变量耦合负载组成的百兆瓦级电源系统中，就可以开展系统电磁暂态分析研究，对极向场电源系统的设计和运行具有重要的指导意义。

开展博士论文研究期间，恰逢 HT-7 装置系统调试，我跟随傅鹏组长全程参与电源系统调试，后期又参加了系统试运行试验。我亲眼见到排除液氮系统故障等惊心动魄的场面，也见证了傅鹏老师提出的负反馈方法得到了实践的检验并发挥了重要的作用，进一步积累了我做工程的经验，拓展了知识面，收获非常大。还记得做论文研究工作的最后一年，恰逢刘正之老师出国，他的办公室归我使用，有沙发、空调、计算机，为论文冲刺阶段和准时毕业创造了良好的条件。我的博士论文答辩被安排在 1996 年 8 月份，此时霍裕平院士刚刚调离等离子体所，专程从郑州赶回所里参加我的答辩。当时霍老师家中的家具已经搬完，钥匙未交，第二天才知道他还睡在家里，当天晚上气温较高，没有空调简直无法入睡，想起这一幕至今令人感动。答辩由许家治老师牵头组织，答辩过程非常顺利，答辩委员认为我的论文在电源理论上有创新和发展，在电机瞬变和变流技术上有重要革新，对核聚变电源学科的研究具有普遍意义，创新性较高。因此，我的论文获得了中国科学院院长奖学金优秀奖。毕业之后，我前往电力部电力科学研究院，师从郑健超院士从事博士后研究，进入了电力系统的主业发展单位。

汤广福参加可持续电力与能源国际会议(2019年)

四、难忘的"第一课堂"

等离子体所是我们走向科研工作的"第一课堂",我们从这里起步,奔向了建功立业、报效祖国的主战场。

那时,董铺岛的交通极其不便,一天就几趟公共汽车,晚上回岛的最后一班车于市府广场 19:30 发车。周末进一趟城,我们有时是从车窗被"塞"进公共汽车的,得意之余还会"嘲笑"没有挤上车的同学。

临近冬季澡堂还未开张时,我们经常会去冲个凉水澡,立刻会传出类似"我是一只小小鸟"的跑调歌声。打扑克绝对是高级娱乐活动,记得我与苏建龙、黄卫东、袁方利四人经常在周末通宵地进行扑克赛,虽打得筋疲力尽,却也兴奋不已。团结紧张、严肃活泼的气氛,让我们身心得到了健康的发展。

我还有幸被大家推选担任了一届研究生会主席,除了协助研究生部承担一些上传下达的工作外,主要任务就两点:一是每月搬音响组织一次食堂舞会,我发现没几个同学真的会跳舞,那也像过年似的高兴;二是春节前组织一次联欢晚会,算得上是等离子体所一年一度重要的民间活动。研究生们大都是"夜猫子",晚上十一二点不睡觉大声吵吵是常态,因而频繁地引起家属区住户的抱怨,这也是研究生部老师最头疼的事情了。研究生部季幼章老师、董俊国老师、张英老师等给予我们许多工作和生活上的指导和帮助,这些丰富多彩的课余生活给我们留下了最美好的回忆。

等离子体所拥有一大批奋战在科研一线、学术造诣深厚、科研作风严谨的世界级物理学家和工程技术专家,他们营造了浓厚的学术氛围,在各位导师的指引下,我们明白了求学和做人的方向。研究所科研工作涉及等离子体、超导、低温、电源、等离子体诊断等众多学科,并通过可控热核聚变这一终极能源的目标,将这些系统有机联系起来,极大地拓宽了我们的专业知识面。大科学工程建设,为我后续到电力系统从事科研工作奠定了良好的专业技术基础。

当然,我和那些曾在研究所求学的研究生们一样,不仅在这里学到了专业技术知识,还传承了研究所"诚实做人、踏实做事"的优良传统,坚定了我们要为国家科技进步事业努力奋斗的理想信念和拼搏奉献的牺牲精神。

正是在等离子体所这个团结奋进、温暖和谐的大家庭,一大批来自全国各个高校的同学们,从对大科学工程、高新技术一无所知的初学者,相继成长为国内外各个领域的知名专家、学者以及企业家,并为我们国家的科学事业和社会发展做出了卓越的贡献。

我博士毕业后,进入国家电网公司下属的科研院所,从事电力系统电力电子技术研究工作,目标就是在能源转型的大背景下,实现电网灵活可控、远距离大容量输电以及高效接纳可再生能源。依托在等离子体所打下的良好基础,以及在高端装备研制和

汤广福在国网智能电网研究院

 科学与人生

工程应用方面取得的一些成绩,2017年我荣幸地当选了中国工程院院士。在这里,我要真诚感谢潘垣院士、万元熙院士、李建刚院士的鼎力提携和无私帮助!我和其他同学们一样,为曾经是等离子体所的一员而感到无比的骄傲和自豪!

未来,我们仍然会以等离子体所老一辈科学家求实创新、锐意进取的优良传统为旗帜,以饱满的热情投入到科学研究事业中去,不断激励自己,瞄准科学前沿,为我国能源领域的技术发展做出应有的贡献。

近年来,中科院等离子体所在 EAST 上取得的成果屡创纪录,也为 ITER 计划做出了创造性贡献,目前在建的 CFETR 工程将引领世界,等离子体所已经成为国际上有重要影响力的热核聚变研究基地。我们衷心地祝愿:等离子体所的明天,更加美好,更加灿烂辉煌!

2019 年 12 月 31 日

科技强军的实践者

时家明

时家明简介

时家明，国防科技大学教授、博士生导师。1989年本科毕业于中国科学技术大学，获学士学位；1990—1993年在解放军电子工程学院攻读硕士研究生，获硕士学位，师从凌永顺教授；1993—1996年在中国科学院等离子体物理研究所攻读博士研究生，获博士学位，师从邱励俭研究员。

长期从事光电对抗领域的教学与科研工作，取得了一系列开创性的科研成果，是新世纪"百千万人才工程"国家级人选，军队高层次科技创新人才、工程学科拔尖人才，入选教育部新世纪优秀人才支持计划，被评为全军院校教书育人优秀教员、全军学习成才先进个人，获中国科协求是实用工程奖，享受国务院政府特殊津贴，先后获国家科技进步奖二等奖4项，荣立二等功1次、三等功3次。

科学与人生

一、儿时的从军梦

我出生在安徽农村,从记事起,我就对部队和军人怀着崇敬和向往。在离我家几里地的地方,驻扎着一支雷达兵部队。改革开放之前,农村生活条件很差,连电都没有,我读初中时,晚上在家学习都是用煤油灯照明的。因为没有电,自然就谈不上看电视,所以农村的文化生活非常贫乏。幸运的是,我家附近的雷达兵部队是有电的,他们每隔一两个月就会放一次露天电影,并允许驻地群众一起观看。每到这个时候,我和一帮小伙伴就兴冲冲地扛着自家的木凳,沿着杂草丛生的乡间小路,深一脚浅一脚地赶往放映场地。附近去看电影的人很多,有时没有合适的位置了,只能在"屏幕"的背面观看。电影大多数是战争片,人民军队军人英勇顽强的作风和英俊帅气的形象给我留下了非常深刻的印象。在看电影的同时,我们还有机会近距离观察部队的装备。其中有一个外形像扇子且不停转动的庞然大物特别吸引我的注意力,有人告诉我,那叫雷达,是用来看天上的飞机的。从那时起,"雷达"这个名词就深深地印在我的脑海里。在我幼小的心里常常闪过一丝念头,长大后如果能当一名解放军战士,用雷达探索天空的奥秘,那该多好呀!若干年后,在高考填报志愿的时候,我很想报考军校,可惜我的视力达不到军校要求,于是我就进入了中国科学技术大学,但对军队的热爱丝毫未减。在那个年代,出国热盛行,中国科大的本科生绝大部分把出国读研究生作为学习的首要目标,但我对出国始终提不起兴趣。有一次我在学校的宣传橱窗里看到一张照片,是参加军训的科大新生与军校教官的合影,照片的注解说那两个教官是中国科大校友,而且其中一个竟然还戴着眼镜。我当时就感到非常好奇,中国科大的毕业生是怎样变成军校教官的?军人也可以戴眼镜吗?这是不是说明我还有机会从军?我感到我从军的梦想又被激活了。一次偶然的机会,一位学长告诉我,考上军校的研究生就可以参军,而且对视力要求不高。这个信息令我喜出望外,此后我就特别关注军校的研究生招生信息。我首先关注的军校是与中国科大位于同一个城市的解放军电子工程学院。有一次我从其院墙外看到,里面竟然也

有雷达！但当看到该校的研究生招生简章时，我感到有点失望，因为该校考核的专业课都是电子和信号类的，而我大学期间学的是半导体物理，那些专业课有的我们专业不开设，有的作为非主干课只学一点皮毛。但是，从军是我多年的梦想，只要有一线希望从军，我就要争取。

二、军旅学术生涯的开始

目标已定，我就开始利用业余时间自学那些考研专业课。功夫不负有心人，我在大学毕业去工厂锻炼一年后，以专业排名第一的成绩考取了解放军电子工程学院的硕士研究生，穿上了梦寐以求的军装，也终于能近距离接触和研究雷达了。刚进入军校时，有的研究生同学调侃我："你这样绕个大弯子参军，损失可太大了。与我们这些上大学就入伍的同学比，你少吃了好几年军粮，还花费了很多读大学的费用。你当时还是应该一门心思考国外的研究生。"我觉得他们说的也是实话，如果换作其他人，基本不可能选择这样的人生路，但当大家了解我的心路历程后，或许就不感到奇怪了。

三年硕士研究生阶段的学习生涯很快就度过了，在毕业前夕，回首三年的经历，我感到收获满满，同时也感到自己的不足，觉得自己很有必要进一步学习深造。于是我准备报考博士研究生，但是我发现这条路并不顺畅，因为当时解放军电子工程学院有规定，应届硕士生不可以报考博士生。经我的导师凌永顺教授（他当时尚未当选院士）强力推荐，学院领导果断决策，破例批准我以应届硕士生的身份报考博士生。由于当时解放军电子工程学院还没有博士学位授予权，我只能报考学院以外的单位。考虑到我在攻读硕士学位期间所做的课题，我决定报考中国科学院等离子体物理研究所的博士生。

经过考试，我于1993年9月成为等离子体所的博士研究生。等离子体所位于一个风景秀丽的半岛上，半岛三面被水库包围。但是等离子体所给我印象最深的并非自然景色，而是特殊的人文环境。在这里，研究生是享受和职工差不多的待遇的，例如，研究生和职工在同一个办公室，结了婚的研究生可以分到一个单间宿舍，宿舍楼的走廊上还有单位配置

时家明博士毕业与家人在一起

的供免费使用的液化气和灶台，供大家自己烹饪。所里研究生的工资待遇普遍比院校里的高。我因为是带军籍学习的，工资由部队发放。让我特别感动的是，研究生处的董俊国老师和张英老师考虑到我脱产学习收入上有一定的损失，特地为我补齐了收入的差额。导师邱励俭老师对我的学习非常支持，我在做课题时，需要用到一个关于火箭发动机的计算软件，所里没有这个软件，邱励俭老师就从其他课题经费里出钱给我买了这个软件，使我的课题得以顺利进行。三年的博士生求学生涯一晃而过，回顾三年的历程，我感到受益匪浅，不仅在毕业时获得中国科学院院长奖学金，而且在攻读博士学位期间完成的项目后来还获得了军队科技进步奖二等奖。

三、挑战创新制高点

博士毕业后，我回到了解放军电子工程学院任教。作为大学教师，除了授课，必须确定科学研究的方向。军事院校是为打仗服务的，选择的项目必须有明确的军事需求。当时，海湾战争刚刚结束不久，美国的隐身飞机、精确制导弹药、电子战等先进的武器和作战手段给全世界都带来极大的震撼，尤其是美国的飞机在 100 千米外向伊拉克的一个发电站发射了两枚"斯拉姆"红外成像末制导空对地导弹，先后从同一个洞中穿入，一举摧毁目标，其精度之高、效率之高令人咂舌。这场战争使人们认识到，现代战争已经不再靠普通弹药的狂轰滥炸，更不能依靠人海战术，而是靠点穴式的精确打击，靠的是高科技的武器装备。我在惊叹美军强大的作战能力的同时，也在思索一个问题：如果我们面临这样的导弹攻击，怎样才能有效防御？我国地域辽阔，重要军事和经济设施众多，如果不能研究出有效的装备对抗敌方精确制导武器，一旦和强敌发生战争，后果将不堪设想。于是我没有选择较为熟悉的等离子体应用领域作为主要研究方向，而是把重心转向了军事需求十分迫切、但自己相对陌生的宽波段干扰材料研究领域。一般说来，要保护我方的目标，使其免遭敌方的精确制导武器的打击，可以采取两种方法：一种是不让敌方发现我方目标，从而无法发射导弹；另一种是敌方已经发现目标并发射了导弹，我们让敌方导弹不能命中目标。在第二种情况下，可以在空中撒布超细颗粒来形成一道屏障，衰减导弹制导信号，使得导弹不能命中目标。实际中，导弹的制导信号都是电磁波，但是，不同型号的导弹采用的电磁波频段是不同的，因此，用来干扰导弹的材料必须在宽波段里才有效，也就是所谓的宽波段干扰材料。

  刚开始研究宽波段干扰材料时，我们没有任何先验知识，只能根据文献的报道，选取一些典型的干扰材料进行试验，但试验研究的效率并不高，其主要原因是我们单位在材料研究领域的实验条件极其简陋，没有专业性的仪器设备，很多测试只能求助于中国科学技术大学，但中国科大需要优先保障本单位内部的测试，我们送去的试验样品只能排在后面，一个简单的测试项目，往往要排队等待一两个星期，而且收费也比内部价高很多。这些还不是最主要的，最令人沮丧的是，我们早期的试验结果与文献报道大相径庭。进一步的研究还发现，不同的文献资料所报道的结果也五花八门，让我们无所适从。随着研究的不断深入，我们才慢慢弄清，一种材料的干扰性能不仅取决于其成分，还取决于其形状和大小等参数。那段时间国内外正兴起纳米材料热，从理论上分析，纳米材料比大颗粒材料具有更优良的宽波段吸收性能，于是我们又投入很多精力研究纳米材料的宽波段干扰效果。但是经过大量的实验，我们并没有发现纳米材料在这方面有优势，又通过进一步的分析研究才明白，材

料的干扰性能并不完全取决于吸收,于是我们不得不放弃曾经寄予厚望的纳米材料。

心智方面的煎熬还只是一方面,实验研究的过程还对身体产生一定的影响。宽波段干扰材料大多是超细粉尘,实验中需要在测试箱内使用气流鼓吹,使其形成漂浮状态,才能测出准确的结果。由于测试箱不可能完全密闭,所以实验人员会吸入较多粉尘,实验结束后我们的鼻孔都是黑的,甚至到第二天还会排出黑色的鼻涕,咳出黑色的痰液。在材料的批量制备过程中,有一道工序要用到大量的丙酮和酒精等有机溶剂,这些溶剂挥发性很强,且用量大,实验室的排气系统只能排出一部分,导致它们在室内空气中形成很高的浓度,只要在实验室内待上十几分钟,就会头昏脑涨、恶心欲吐,所以我们只能干一会,出来透透气,再进去干一会。就这样,我带领团队历尽艰难,最终成功研制出宽波段干扰材料,并应用于装备中,产生了重要的军事和经济效益。这个项目后来还获得了国家科技进步奖二等奖。

四、隐身攻关结硕果

前面说过,对付精确打击的另一个方法是让对方难以发现目标,这里的核心技术是红外隐身材料。于是,继攻克了宽波段干扰材料难题后,我又把目光投向了新型红外隐身材料这一新的领域。

红外隐身材料通常以涂层的形态涂覆在目标表面,它通过抑制目标的红外辐射来降低目标被发现的概率。传统的红外隐身涂料由黏结剂和填料组成,前者是液体,起到黏接作用;后者是一些超细固体颗粒,起到反射进而抑制红外辐射的作用。但是,这种传统的红外隐身涂料具有两个难以克服的缺点:一是用来起黏接作用的黏合剂通常会对红外线具有吸收作用,这将会降低涂层对红外辐射的抑制能力;二是用来反射红外线的填料也会反射微波,导致这种红外隐身涂层与雷达隐身不兼容。例如,当把这种涂层涂覆在雷达隐身涂层表面时,雷达隐身涂层的功能就会受到很大影响(因为位于表层的红外隐身涂层会反射雷达波),而在实际中使用的隐身材料应该是多波段兼容的,不能顾此失彼。因此,要

时家明近照

解决红外隐身涂层与其他波段的隐身兼容性差的问题,就必须抛弃传统的涂层技术方案。通过研究,我注意到一种叫做光子晶体的新型材料,由于其具有周期性结构,从而表现出了类似于固体能带的特点。理论上,在光子晶体的其禁带内,电磁波将被全反射。由此我联想到,如果通过合理的设计,将其禁带设置在需要隐身的红外波段,则它就可以成为理想的红外隐身材料。说它"理想",是因为其反射率特别高,抑制红外辐射的能力特别强。除此之外,它还具有其他几个令人兴奋的优点:一是在实现红外隐身的同时不影响目标散热(在非隐身波段),二是可以通过引入"缺陷态"来解决红外隐身与激光隐身的兼容问题,三是不影响微波传输,因此可以用到雷达隐身涂层的上层,既增强了红外隐身功能,又不影响雷达隐身涂层的效能。于是我就认准了这个方向,下决心要啃下这块硬骨头。理论研究和设计进行得比较顺利,但是制备过程却是一波三折,先是制备的样品与设计大相径庭,无论是结构还是光谱都完全对不上,后来又遇到基底的柔韧性问题、光泽度问题、牢固度问题以及大面积制备等问题,每一个问题的解决往往都伴随着数个月的煎熬。有些属于工程应用方面的问题,理论上并不深奥,但解决起来难度又很大。面对这一情况,课题组的部分成员提出了不同看法,他们认为解决工程应用问题既费时间,又不容易发表高水平论文,不值得花那么多的精力,不如早一点通过合法手续把技术转让给企业,由企业去做工程应用的事。

但是，这个建议我始终没有采纳，我觉得，首先，搞科研必须要瞄准应用，最终必须要拿出能用的东西。其次，科研成果的转化，最难的一个环节就在工程化这一块，也就是通常所说的"最后一公里"，如果这最后一公里没有打通，就匆匆忙忙交给企业，往往可能造成"烂尾工程"。光子晶体红外隐身材料这个成果虽然已经比较成熟，但必须确保万无一失，才能转让给企业。就这样，我们前后用了16年时间，把从设计到生产和应用的绝大部分问题都逐一攻克，才向单位提出了转化申请。这个成果一经推出，因为技术成熟、效果显著，受到用户的广泛好评。尤其是一款用于雷达的产品，填补了国内空白。我虽然没有当一个雷达兵，但是我的科研成果能够为雷达的战场生存提供安全保障，也算是圆了我幼年的梦想。

在从事红外隐身研究的同时，我一直没有丢掉我在攻读博士学位期间在等离子体所学到的东西。等离子体的军事应用也一直是我课题组的研究方向之一。我们在这方面也做了较多开创性的工作，取得了有价值的成果。

得益于等离子体所和解放军电子工程学院的培养，我的成长进步很快。博士毕业四年就完成了从讲师到教授的晋升，并先后两次受国家公派出国进修。这在军队系统是不多见的。随着年龄的增长，我越来越感恩国家和单位的培养，感恩我成长过程中遇见过的老师和领导的指导和教诲。军人的职业本身就意味着奉献，得益于老师和领导们的教导，我逐渐学会了淡泊名利，珍惜当下。我只有以时不我待的紧迫感，踏实奋进，为国家多做贡献，才能对得起祖国和人民的培养和信任。

2022年9月16日

耕耘在祖国的大地上

杨剑波

杨剑波简介

杨剑波,1957年10月出生,安徽太和县人。1975年高中毕业后到太和县双浮公社大凡村插队落户。1977年恢复高考后考入安徽农业大学农学专业学习,1982年大学毕业后被分配到安徽农业科学院作物研究所从事作物遗传育种研究,1986年受国家公派赴美国明尼苏达大学农学及植物遗传系留学,研修植物生物技术。1988年回国后转调安徽省农业科学院水稻研究所工作,1993—1997年在中国科学院等离子体物理研究所攻读博士研究生,获博士学位,师从余增亮研究员。2003—2017年担任安徽省农业科学院院长。2017—2020年担任安徽省政府参事。

从1992年起,先后主持或承担安徽省、国家科技部、国家农业部、国家自然基金委等各类研究项目40余项,主持制定国家和行业技术标准6项,出版学术专著5部,发表研究论文150多篇,其中50多篇被SCI收录,取得80多项国家发明专利授权,获安徽省自然科学奖一等奖1项、科技进步奖一等奖2项,获中华农业科技奖一等奖2项。现任安徽农业大学和中国科学院合肥物质科学研究院博士生导师,安徽大学客座教授,中国原子能农学会荣誉理事长。

1991年被农业部授予"全国农业科研系统优秀归国留学人员"称号,1997年被人事部和国家教委授予"全国优秀归国留学人员"称号,2002年获国务院政府特殊津贴,2003年被国家六部委(中组部、中宣部、人事部、教育部、科学技术部、统战部)授予"优秀留学回国人员成就奖"。被安徽省政府授予"有突出贡献的中青年专家"和"跨世纪学术带头人"称号;为国家"百千万人才工程"国家级人选;系第十一届、第十二届全国人大代表。

科学与人生

杨剑波

我能与农业结缘，与我的成长经历有关。我出生在皖北平原一个小镇上，那里有淳朴的民风、肥沃的土地和一望无际的麦子，在这样的环境中我逐渐长大。小镇的南边有一所小学，我在这里接受了最初的教育。到了中学，印象最深刻的是我的代数老师和几何老师，他们严谨的逻辑推理和一丝不苟的板书，把我引进了知识的海洋。

1975年底我读完了高中，响应当时"上山下乡"的号召，自愿到附近农村插队落户，这期间我学会了农事操作，晴天一身汗，雨天一身水，冬耕夏锄，亲身经历了劳作之苦，亲眼看到了农村的贫穷和落后。农村虽然贫苦，但也比较单纯，晚上夜深人静，是读书学习的好时间，我东找西借，读完了《三国演义》《红楼梦》和《水浒传》等古典名著。特别值得一提的是，公社发给我们"知青点"一套青年自学丛书，我领到的是一本由上海人民出版社出版的《生物基础知识》，里面系统介绍了作物的生长发育和遗传变异。因为和农业生产密切相关，我就多读了几回，第一次知道了遗传变异和新品种培育，明白了优良品种对农业生产的重要性。读到兴起时，还在田里做起了试验，这为我日后从事农业科学研究工作奠定了"感情基础"。三年的农村生活，除了学习、劳动，我还抽空写点诗歌和散文，抒发对生活的感叹和人生的思考。当然对我最重要的，就是在劳动中与农民结谊、与农业结缘。

1976年粉碎了"四人帮"，恢复了大学招生制度，积压十年的全国500万考生参加了这次史无前例的高考。考生中既有拖儿带女的"老三届"，也有上山下乡的插队知青，还有应届高中毕业生，那阵势就像千军万马过小桥，通过率还不到5%。我有幸被安徽农业大学录取，成为改革开放后第一届大学生。四年的大学生活是火热的，全社会尊重知识、尊重人才的氛围已初步形成，老师们竭尽全力地教，学生们如饥似渴地学，那种奋发拼命、废寝忘食的场景，真的令人难忘。图书馆的期刊上，留下了我们密密麻麻的指印；实验田的土地上，浸透着我们辛勤的汗水。我把对新知识的渴求、对农业的深情都化作了勤奋的力量。

1982年大学毕业后,我被分配到安徽省农业科学院从事作物遗传育种的研究工作。那时改革开放如火如荼,农村普遍实行了"大包干",农民种田的积极性空前高涨,对新品种、新技术的需求非常迫切。因为我国经历了"文化大革命",与发达国家相比,农业科学技术落后得较多,差距较大,亟待学习先进奋起直追。1986年我有幸被国家公派赴美国明尼苏达大学农学及植物遗传系研修学习。该系以农业生物技术见长,我国著名的植物生理学家汤佩松院士、遗传学家徐冠仁院士等都出自这所学校。我师从大卫·萨姆斯教授学习植物细胞杂交和细胞突变体技术,这项工作既先进、又新颖,也很具挑战性。我们必须长时间在倒置的显微镜下进行细致的手工操作,实验难度大,成功概率低,但对细胞的遗传改良意义重大,有可能培育出兼具两种植物特性的超级杂种。我的实验是:以两个不同特性的豆科牧草为材料,一个生长慢而结荚多,一个生长快而结荚少,要通过细胞杂交培育出"既生长快又结荚多的新种质"。实验进行得异常艰苦,我既要克服语言的困难,又要克服技术的障碍,经过近两年的不懈探索,终于得到了细胞杂种,取得了初步的成功,应邀在全美农学会上作了专题报告。但限于当时的技术条件,还难以做到实用化的程度。在美国的研学经历,使我开阔了思路,增长了见识,丰富了人生阅历。

1988年春,我谢绝了导师的挽留,回到了日思夜想的祖国。安徽农科院在省直有关部门的支持下,为我专门建立了细胞遗传改良实验室,条件虽然很简陋,但毕竟是自己的"家",我继续从事着细胞遗传的研究。实践使我深深地感到:没有技术的创新就不可能有实践上的突破。细胞遗传操作的理念虽然很先进,但技术不够稳定,可控性差,成功率低,特别是细胞的遗传修饰和诱变,方向性很难把握,更多的情况是在碰运气,很难选出有实用价值的新品种新材料。

一个偶然的机会,我了解到中国科学院等离子体物理研究所余增亮研究员在研究低能重离子注入植物细胞时,发现了细胞刻蚀现象和细胞诱变的生物学效应,这很有可能发展成为一个有用的细胞遗传修饰技术,成长为物理学与生物学交叉的新兴学科。为了实现这个诱人的目标,1993年,我报考了中国科学院等离子体物理研究所的博士研究生,有

杨剑波参加国际水稻研究所种植资源研讨会及参观时留影

幸成为余增亮研究员的学生。老师为我设计了两个研究方向：一是把离子束细胞刻蚀技术发展为一个植物细胞转基因的新方法；二是弄清低能离子注入细胞后引发遗传变异的分子机理。对我来说，这既是一种鼓舞人心的尝试，也是一种前所未有的挑战。好在我的老师余增亮先生知识渊博、思想活跃、勇于开拓创新。他的启迪和鼓励，指引我克服了一个又一个困难，最终成功地利用离子束细胞刻蚀技术，把一个抗生素报道基因（hpt）引入水稻细胞内，实现了外源基因的稳定表达，建立了离子束介导的植物细胞转基因的新技术体系。接着，又乘胜前进，深入研究了低能离子注入细胞引发遗传变异的分子基础，成功运用标记基因和序列分析技术，从 DNA 损伤修复特点和碱基变异类型的分析入手，揭示了离子束细胞诱变的分子特点，探明了离子束引发细胞诱变的内在原因。研究结果分别在《中国科学》和《科学通报》上发表，并荣获了安徽省自然科学奖一等奖。技术上的创新必然伴随着应用上的突破，全国兴起了离子束诱变育种的热潮，不少育种单位都利用离子束诱变技术选育出性状优良的农作物新品种或微生物新菌种，在生产上发挥了很大的作用。

1997 年我从等离子体所毕业后，在安徽省人民政府的支持下，创办了安徽省农科院原子能农业应用研究所，我作为首任所长（1997—2003 年）和后来的农科院院长（2003—2017 年），继续为细胞诱变技术的农业应用做出不懈的努力，推进了细胞遗传基因操作的精细化和实用化，开发了水稻的基因型识别技术和基因编辑技术，实现了基因水平上的细胞定向改良，取得了一批有应用价值的科研成果。

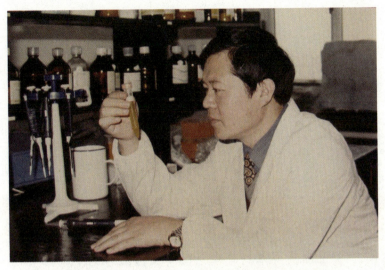

杨剑波攻读博士研究生期间在实验室工作照

我先后发表学术论文150多篇,其中50多篇被SCI收录;获得了80多项国家发明专利授权,主持编制了4项国家技术标准;荣获安徽省科学技术奖一等奖3项,被安徽省人民政府授予"有突出贡献的中青年专家"称号,被国家六部委授予"优秀留学回国人员成就奖",入选国家百千万人才工程"第一、第二层次人选",享受国务院政府特殊津贴。我还担任了中国科学院合肥物质科学研究院、安徽农业大学博士生导师和安徽大学客座教授,培养了30多名博士和硕士研究生;历任安徽省作物学会理事长,中国原子能农学会荣誉理事长;为第十一届、第十二届全国人大代表。

在经历了奋斗的艰辛和成功的喜悦之后,我愈加感念在等离子体研究所工作学习的难忘岁月,这是我人生最充实愉快的时光。虽然过去了20多年,那热烈讨论的场景、思想碰撞的火花,至今都时常浮现在我眼前。我永远忘不了科学岛上美丽的自然景色,还有自由的学术氛围和创新的人文环境,以及指导帮助过我的老师和同学们,你们给我的温暖和力量,一直激励着我耕耘在祖国的大地上,为中国的农科事业创新出更多的成果,做出更大的贡献。

2019年7月5日

创业：一种生活方式的选择

汪 民

> **汪民简介**
>
> 汪民，1987—1991年本科就读于西安交通大学电子工程系，获学士学位；1991—1994年在中国科学院等离子体物理研究所攻读硕士研究生，获硕士学位，导师为方瑜德研究员；2002—2008年在中山大学信息科学与技术学院电子系攻读博士研究生，获博士学位。
>
> 1994年起，先后在南方电网广州供电局科技公司、科腾公司、电器公司，任研发经理、技术总监、副总经理；2014年起自主创业，现任广州德珑磁电科技股份有限公司董事长、总裁。
>
> 先后主持及参与多项省部级、市级科技项目并成功结题；获得30多项发明专利和实用新型专利；在国内外相关行业技术刊物上发表学术论文多篇；被华南理工大学、广东工业大学聘为研究生校外指导教师；为中国电源学会磁技术专业委员会第八届委员会委员。德珑磁电科技股份有限公司先后通过了"高新技术企业""科技创新小巨人""广州市科技创新企业""广州市企业研究开发机构"的认证。在电子元器件产业方向上不断探索创新，在磁元件、传感器、智能测控芯片、电子材料等领域积累了较强的技术实力。

1991级硕士研究生在中国科大学习基础课程时合影
(前排左起：邓立新、殷飞、万晖、桂启富、施昌勇、乐大桥、何基保、徐伟；后排左起：王智河、石志东、眭聿文、沈哲、汪民、吴智勇、马志斌、程绍玉、周安奇、陈峰、张英)

1991年，我从西安交通大学本科毕业后考入中国科学院等离子体物理研究所攻读硕士研究生，师从十室方瑜德研究员。方老师主要负责所里托卡马克装置的微波注入研究工作，我的论文方向是研究大功率长脉冲微波源。我于1994年毕业并获硕士学位，现在已经离开所里工作28年了。前一段时间见到读书时的班主任张英老师，大家都有很多感慨，张老师让大家抽空写写自己的经历，我这28年中的前20年在央企工作，平平稳稳，没啥内容好写。这几年辞职出来创业，大家都知道创业艰难，而且是45岁辞职创业，有些感悟想说出来，与大家分享。

一、南下就业

1994年7月从等离子体所硕士毕业的我，权衡再三，放弃去上海读博士的机会，登上了前往广州的列车，来到南方电网广州供电局下属的企业从事产品研发工作。回头来看，无论是在当时的历史情况下还是在现今的社会条件下，到收入较高且工作稳定的央企就业，对应届毕业生来说都是一个合理的选择。

一个农村娃考上大学,毕业到央企就业,又从事了自己喜欢的产品研发工作,我对工作非常投入,几年之后渐渐地成长为企业的技术带头人。不过工作之余,我心里还是为当初毕业时没能去读博士感到遗憾,于是在2002年又考入中山大学信科院攻读在职博士学位,师从电子系沈伟教授,研究红外图像传感器和图像处理,于2008年获得中山大学信科院无线电物理理学博士学位。在职6年攻读学位的煎熬,有苦辣,也有酸甜,博士学位的取得给自己对技术的喜好和追求做了一个标记性的总结。

二、选择后半生的活法

生活中会有很多人跟我一样在不停地追问自己:"要到哪里去?"自己已经工作多年,收入不错,生活无忧,取得了博士学位,对技术的追求也有了一个结果,但面对"下半生应该选择怎样的活法",40多岁了,内心却十分困惑。后来,我又专门到中山大学哲学系主办的哲学博士研修班学习,寻找人生的答案。思考多年之后,选择了在后半生"创业"这样一种活法。

我这样的人,少年时期物质生活条件差,人文教育比较缺乏;上大学时又是学的理工科,习惯了逻辑思维,"凡事都有对错,凡事都有逻辑",缺少对人文社会的深刻认知,做出"创业"这样的人生选择还是比较艰难的。

后来我学了些哲学课程,补充了中国文化和西方文化的一些社会人文知识,才知道原来人生的选择和企业管理一样,没有固定答案,不存在对与错之分,可以根据自己的条件和自己的内心愿望,选择适合自己的人生路径。我45岁选择了从央企辞职创业,在做出选择之后,自己的内心有一种如释重负、豁然开朗的感觉。

与在国企任职时相比,创业有两点好处:一是可以自主决策做自己喜欢做的事,做自己能够做的事;二是可以创造经济效益,在为国家为社会服务的同时,也实现了自身的价值。

三、向自己喜欢和擅长的方向发展

2014年我们等离子体所1994届毕业生相约回所里聚会,当时国内的同学基本都到了,在国外工作的同学几乎都没能赶回来,有点遗憾。

1991级硕士研究生部分同学回所参观(2014年7月)

(左起:石志东、吴智勇、马志斌、程绍玉、乐大桥、张英、施昌勇、汪民、邓立新、朱玉宝。摄于4号楼前)

照片里乐大桥、邓立新、吴智勇和我在企业工作,其他人大多在科研院所工作。也是在这一年我下决心从央企辞职全身心地投入到创业中,我们这一届到目前为止,全身心投入创业的就我一个。

2014年5月,我任自己创办的企业——广州市德珑电子器件有限公司董事长和总经理,当时首先确定了要做一家科技创新企业,向自己擅长的"电子元器件"专业方向发展。创业是一次艰苦的修行,只有选择了做自己擅长的事,才能发挥出自身的价值;只有选择了做自己喜欢的事,才能长期坚持走下去。

公司先后通过了"高新技术企业""科技创新小巨人""广州市科技创

新企业""广州市企业研究开发机构"的认证。公司大力进行科技开发投入,推动自身和高校开展产学研合作,参与政府科技项目的研发,承担了多项省部级、市级的科技项目,参与和主持了多个广东省产学研项目、广州市创新基金项目、广东省科技型中小企业技术创新专项资金项目等,取得了一定的经济效益和社会效益。

公司也积极参与行业标准的制定,努力提高企业的技术实力和影响力。我也更多地参与产品设计工作,用技术为客户做好服务工作,逐步成为了美的、格兰仕、TCL等大型电子电器企业磁元件的主要供应商。

作为企业的带头人,很多繁杂的事务需要自己去面对和处理,需要身兼多职、八面玲珑,要做董事长、总经理、销售员、财务人员、人力资源管理人员,还要做公司的形象代表、管理者代表等等,要不断地学习和完善各种技能,这种感觉就有点像参加高考,强项科目要发挥好,也不能存在明显的弱项,需要全科平衡才行。

四、带着大家一起去创业

大多数人都有创业梦,但创业艰难也是大家的共识,民营企业经常面临九死一生的局面。在市场波动、人员进出、技术难题、产品质量等问题不断出现的时候,如何抵御风险?我的解决办法是带着大家一起去创业。

首先,带着股东一起创业。公司股东的组成很关键,也叫作组建合适的创始人团队。有钱出钱、有力出力,通过组建股东队伍,为企业发展奠定基础。当然,不只是起步阶段,公司发展的各个阶段都要重视股东团队的建设,根据不同阶段的不同情况,不断优化股东队伍。

其次,带领管理团队一起创业。创业必须选择合适的经营管理团队,在薪酬机制、奖金机制、股权激励等方面,都要有配套措施,跟大家分享创业收获,带领大家一起创业。创业企业快速成长,企业会有很多成长的烦恼,经营规模翻倍之后就必须对企业的组织架构、团队成员和激励机制做大的调整,几乎是每年一小考、三年一大考,这也是对创业者智慧的重要考验。

最后,要制定公司的短期目标和长期目标。创业初期,缺客户、缺资金、缺技术、缺管理,可以说啥都缺,但创业就是这样,天上不会掉馅饼,只有通过发展来解决各种问题。我们一边紧盯着眼前的短期目标,一边瞄着远期的战略目标,一个一个台阶地去攀登。

带领大家一起创业,不能只是停留在概念上和口头上,利益必须与大家一起分享,而且风险主要由自己担。坚持公开、公平、公正原则,坚持让利分利思想,让我化解了很多难题。

五、举起奖杯的时刻

2015年初,在国家推动发展"新三板"的热潮中,公司进行了股改,成立了广州德珑磁电科技股份有限公司。2015年12月,公司成为广州市番禺区当年为数不多的新三板挂牌公司。公司挂牌两年多来,在新三板进行了两轮股票增发融资,直接融资为公司快速发展提供了金融助力。公司还进行了投资收购,收购了2家小的创业公司,实现了公司的快速发展。

我参加了2016年广东省创新创业大赛,把自己的创业思路和发展设想展示给社会公众和政府部门。跟很多年轻人一起参赛,我感觉自己又年轻了一回,经过努力获得了广东省创新创业大赛新材料领域二等奖。当举起奖杯时,我的眼里泛起了泪花,48岁的这一刻,是自己选择创业的结果,是自己拼搏的结果,也是带领团队努力奋斗的成果。

企业现在有400多人的职工队伍,8年时间,企业从德珑电子进化到德珑磁电,再到现在的德珑集团,企业经营规模也从几年前的5千万元发展到现在的5亿元。在电子元器件这个产业方向上,我们还在不断探索前进,在磁元件领域从电感器扩展到变压器、互感器、电磁阀等;在半导体领域逐步从MCU扩展到传感器、信号调理芯片等。为了深入开展产品技术创新,我们逐步进行了电子材料研发生产工作,包括磁粉芯、非晶磁材、绝缘材料、敏感材料、半导体封装材料等,产业规模逐步发展壮大,希望在不久的将来能实现在主板上市。

汪民（右二）参加创新创业大赛获奖照片（2016年）

六、永远在路上

创业是自己选择的人生旅程，到目前为止仍然是跌跌撞撞、步履蹒跚。选择创业，是选择了一种生活方式；选择创业，是对人生价值实现方式的一种追求，我无怨无悔。创业的人"永远在路上"，创业就像爬山，这山登顶还有那山高，总是需要努力攀登，不断超越，没有止境。

2022年9月20日

科研工作显身手　科技副职谋发展

程绍玉

程绍玉简介

程绍玉，中国科学院合肥物质科学研究院正高工程师（三级），已退休。1991—1994年在中国科学院等离子体物理研究所攻读硕士研究生，获硕士学位，导师为任兆杏研究员、宁兆元教授（现在苏州大学）。毕业后，在等离子体所分别从事开发、科研与行政管理等工作。曾以第一作者身份发表学术文章多篇，获得专利多项，获得县、所与省级科技成果奖多项，争取上级建设经费3000多万元。其间，在地方市县两级政府挂职担任分管科技与信息工作的副市长、副主任8年，发表与相关工作内容有关的论文多篇，两次被评为中国科学院优秀科技副职。

另外，作为致公党安徽省科技委员会委员，踊跃参加省政协及致公党科技委组织的有关调研活动，关心社情民意，积极建言献策，部分建言受到安徽省及有关部门重视，多次获得致公党省委颁发的"优秀"证书。

一、生活的历练

20世纪60年代,农村的生活很艰苦,在冬季只能吃上两顿饭。我的父亲大字不识一捆,曾当过村贫协主任。母亲心灵手巧,能看懂日历,很会操持家务。我上小学读书时,板凳要自带,课桌是泥巴砌的;初中时住校,在地上用土坯拦一下,铺上稻草就当床;读高中时在县城,上学时要背着粮食步行20多千米,从家里带来的菜吃完后,就从市场买点萝卜青菜腌腌吃,直到下次回家。毕业前我被评为"优秀共青团员",觉得很光荣。艰苦的生活磨炼了我不怕困难的坚强意志。

恢复高考以后,我考上了安徽省肥西师范学校。肥西师范奉行的是陶行知先生"捧着一颗心来,不带半根草走"的治学理念。毕业以后,我曾任校办企业的车间主任和质技科长。

在肥西师范学校学习与工作期间,我认识了恩师、教育家吴永安校长。吴校长勤奋严谨的教学作风、灵活务实的管理方法,还有简朴亲民的诙谐语言、豁达宽容的博大胸怀,让我终身受益。吴校长勤奋好学,虽然只有初师学历,但他却做过中学和中专校长,他以自己的远见卓识,把一所几乎从零开始的农村师范学校,培育成全省重点、全国知名的特色学校。若不是他英年早逝,我的母校应该又是另一番繁荣景象。受恩师的影响,我在做好本职工作之余,不断学习,增加自己的学识,在别人向"钱"看的时候,我已经拿到了合肥教育学院的毕业证和优秀学员证书,并踏上了去科学岛的求学之路。

二、走进科学岛

第一次走进科学岛,立马感觉到什么叫环境优美、风景独好;刚认识等离子体所研究生部的几位老师,就知道了什么叫举止优雅、人品极好;熟悉了班里的同学,慢慢体会到什么叫年轻活泼、学霸大佬。

我是1991级硕士研究生,第一年在中国科学技术大学完成基础课程学习后,我与同班同学施昌勇、陈峰在十一室做课题研究,导师分别是十一室三位主任：任兆杏、沈克明和邬钦崇。在导师的指导下，除了做实验外，我们经常在一起讨论课题进展及遇到的问题。导师经常为我们答疑解惑，引导我们在学术上不断进步，在实践中学会解决问题的方法。

我是工作多年后才去继续读研，基础理论课程相较于名校应届毕业同学们来说有些差距。但优势在于做起实验有经验，腿勤手快不怯场。向老师们请教，向同学们学习，请有技能的师傅现场指导，我的实验装置从加工、安装到调试、操作一路顺风，不到一年就完成了薄膜沉积实验与测试，并为中国华晶公司的两款军品器件做了钝化试验，取得了很好的效果，后来发表了多篇相关论文。

我的导师是十一室主任、后担任副所长的任兆杏研究员，另一位导师是原十一室副主任、后调到苏州大学工作的宁兆元研究员，两位导师在全国低温等离子体学术界都是屈指可数的权威。任老师不但在科研工作中颇有建树，他的实际动手能力也是一流的。一次，技师阮师傅在帮我修理机械泵时，任老师正巧从旁边经过，他听到机械泵运转的声音后，立即告诉我们，该泵存在哪些问题，正常运转应该是什么声音。任老师给我们传授的维修技巧，让我对真空技术产生了浓厚的兴趣，留所工作后，在没有检漏设备的情况下，凭经验和感觉也能顺利地解决普通设备的真空问题。宁老师因有着严谨的科研态度，被称为典型的学究型专家。他调到苏州大学工作后，还请所里给苏州大学加工一套ECR镀膜设备，由我负责该设备的加工并带同事到现场安装调试。为了节约成本，零星加工的备件都是发火车托运的。一次，宁老师回所，亲自带我坐公交车到老火车站托运较为笨重的备件，差点被一帮地痞敲诈。当年，大课题组还有丁振峰、张束清、郭射宇、史义才以及王瑜、戴松元、刘卫、匡静安等同事。

我所在的实验室与同班汪民同学实验室相邻。那时，大家业余时间喜欢玩"拖拉机"，为了增加记牌的难度，一般都用三副牌玩。李建刚老师当年刚从国外回来，他说年轻人精力旺盛，业余时间娱乐一下活跃思维有助于创新研究。在入所开展安全教育时，技安科科长干方明说，什么事情只有干过才会明白，就像他的名字一样，这句话让我们在茶余饭后说了很久。

三年的学习生活转眼即过,毕业后大家有的留所读博,有的工作或者出国。我因有企业管理经验,留研究所在镀膜公司做开发部主任、副总,后来又回到十一室分别担任 HT-7U 子课题第一壁螺栓抗咬死氮化钛薄膜负责人、第一壁材料综合测试平台建造负责人,并获得过所里的科技成果奖一等奖。另外,我参与的拉莫斯望远镜等离子体表面处理研究,还获得了广东省级科技成果奖。

三、在科技副职的岗位上

跨入 21 世纪后,中组部要求中科院相关院所派员为地方经济建设服务,我正好符合"有科研与开发经历、又有管理经验"的条件,2001 年被选派到江苏省张家港市担任市长助理,协助分管科技、科协,主抓政务信息化建设。因调研与准备充分,又得到院地双方的支持,政务信息化建设在江苏各市(区)一路领先,并成为推广的典型。另外,在软件正版化时,我还引进了中科院 RedOffice 等国产软件,既节约了经费,又率先完成了任务,受到了上级的表彰。在挂职的两年,我参与地方考核,每年都是优秀,期满时还被评为中科院优秀科技副职。

2003 年,在张家港市挂职期满后,我又被中科院科技副职办公室推荐到安徽省滁州市,经市人大常委会选举通过,被任命为副市长,分管科技、知识产权、地震、信息等部门,联系科协及有关央企,因为我有在发达地区县级市挂职经验,工作起来较为得心应手。我的工作重点:一是继续推进全市的政务信息化建设,二是根据上级要求强制性推进软件正版化。软件正版化参照张家港模式进行,省钱又省事。政务信息化恰逢其时,只是缺钱。但深入调研后我发现,地级市移动、联通与电信等央企光纤铺设及设备配置冗余度很高,竞争激烈。于是与几大运营商反复商谈,经市长办公会讨论通过,我最终选定由滁州电信调整既有网线并出资,建成联通全市(区)党政机关及县(县级市)党政办、一个端口对外(平战结合)的专线政务网及政务信息化系统,包括政府网站的全面改版,均未花财政一分钱。电信因此获得了大量优质用户,党政机关自行入网,使用费大幅下降,实现了互利多赢的局面,受到了省里的表彰。省经济

程绍玉参加滁州市"百名博士引进工程"
（左起：时任滁州市委组织部长朱殿学、市长缪学刚、副书记毕美家、程绍玉）

信息中心还锦上添花无偿支持了两套设备，滁州电信被全国多家同行追捧，前来参观学习的政府单位与企业络绎不绝。就此机会，我提议并成功地把市信息中心从发改委纳入政府办，并升格为副县级。同时，还根据地方产业需求，推动成立了滁州市信息产业局（同时指导天长市成立了县级信息产业局），因此获得省信息产业厅的大力支持。在城市快速发展的黄金时期，我与中央部委几名挂职干部一道，积极倡导滁州要主动接受省城合肥及南京市的辐射，大力开展招商引资与招才引智工作，并在滁州与南京的路网连接、科技管理对接及"百名博士引进工程"中发挥了自己独特的作用，为大滁州建设和滁州经济腾飞起步做出了自己的一份贡献。

在滁州挂职期满后，为促进（中科院）淮南新能源中心建设，我在淮南市高新区管委会挂职副主任；后又到河南省许昌市城乡一体化示范区管委会（副厅级）挂职副主任，并促成中科院与许昌市（县、区）两级政府暨企业签订了近30项合作协议。另外，还牵线研究所与地方企业共同成立了三家公司，总注册资本超过6000万元。

我还利用挂职的资源与经验,为处于饮用水源保护范围的科学岛被完全"禁建"松绑做出了积极贡献。同时,我还成功为所里解决了承接ITER计划外项目税收减免等问题。在分管行政工作时,我争取到了上级的维修以及减免税费等3000多万元。

时任中科院合肥物质科学研究院党委书记匡光力看望在滁州、合肥挂职的程绍玉(右一)、江明(左一)同志

四、结语

　　如果说我走进科学岛近30年,为研究所的科研工作、科普工作、院地合作等做出了一定的贡献,这归功于等离子体所对我的教育和培养,尤其是给我提供了一个施展才华的广阔平台。

2019年7月1日

点"石墨"成"金刚石"记
——中科院等离子体所研究生学习生活回顾
陈 峰

陈峰简介

陈峰,1991年毕业于大连理工大学物理系,指导教师是邓新绿副教授、王谦副研究员,获应用物理学学士学位。1991年9月至1994年7月在中国科学院等离子体物理研究所攻读硕士研究生,获硕士学位,师从邬钦崇副研究员。

1994—1997年在中国科学院物理研究所表面物理国家重点实验室任实习研究员,先后在林彰达研究组(1994—1995年)和王恩哥研究组(1995—1997年)从事金刚石和超硬薄膜材料的沉积研究工作。

1997年获得英国牛津大学全额奖学金资助,在工程科学系(Department of Engineering Science)Prof. P. J. Dobson和Dr. P. W. Smith(Reader,牛津大学职称,相当于副教授)的联合指导下攻读博士研究生。在牛津期间先入St. Cross学院,后因学习成绩优异荣获Elizabeth Harris Scholarship,于1999年秋季学期转入St. Hugh's学院继续学习至毕业,2004年7月获得电气工程学(Electrical Engineering)博士学位。

曾在苏格兰的格拉斯哥大学、英格兰的拉夫堡大学从事微波和等离子体相关课题的博士后科研工作。

20世纪90年代,初出大学校门的我,有幸来到了位于蜀山湖畔美丽的中国科学院等离子体物理研究所,在邬钦崇老师的严格要求和悉心指导下,开始了三年紧张充实的研究生学习。那时的我,就像一块普普通通的石墨,在对我寄予了无限厚爱和期望的老师们勤勤恳恳、不厌其烦的无数次精雕细琢、锻造、激励之后,竟然也神奇地焕发出了金刚石的炫目光华。每当我回忆起那段美好的青春时光,都留恋不已。

陈峰英国牛津大学博士毕业照

一、立志长大后研习物理学

我真的十分幸运。在我成长时期,举国上下重视知识和人才蔚然成风。中国科学技术大学少年班的神童们是当时全体青少年崇拜和学习的偶像。我虽不才,也在养父母(伯父母)的教育下从三岁开始识字,五岁读报纸,大量广泛阅读的结果就是后来在学校里作文写得比同龄人流畅得多,因此我的脑门儿上也曾一度罩上了"神童"的光环。其实我心里明白这一切只不过是我的养父母对我施加的早期智力开发的点滴成果罢了。

小学毕业后我顺利地考入了家乡最好的中学——青岛二中。暑假里,我有缘在书籍的海洋里随性遨游,囫囵吞枣地阅读了许多当时在新华书店里买不到的外国科普读物的中文译本,一心崇拜居里夫人,立志长大后研习物理学。

中学毕业前夕,我以全年级第六名的成绩被免试保送到当时的大连工学院(我在校期间更名为大连理工大学)物理系读书。在主修应用物理专业之余,我还辅修了计算机软件专业,并且从大学三年级开始,志愿参加由物理系和计算机系联合开展的计算机辅助中学物理教学软件的开发工作。当年,我在大学里的基本日程是周一至周六白天学物理,晚上读计算机专业课,周日则带上一块巧克力当午饭,坐在机房里在苹果Ⅱ型机上制图、编程兼调试整整12个小时。

尽管我所在系的一位德高望重的老教授在课堂上对全体同学庄严地宣称——一名女生在物理系长期保持第一名的现象极不正常,但是,我的多数老师都非常欣赏我的勤奋学习精神,并时常鼓励我。大学四年级,我获得了免试保送到中国科学院等离子体物理研究所读研深造的资格。因为担心我一个女生独自从大连长途跋涉到合肥参加面试途中不安全,所里特意委托邱励俭副所长利用在大连开学术会议的机会进行了面试,并决定录取我。我的本科毕业论文《等离子体源离子注入及计算机模拟》,获得了当年大连理工大学物理系应届毕业生的最高分数;我的"计算物理学"教授宫野老师,更是极力推荐我投到等离子体所李有宜老师的门下学习。

二、研究生入学,基础课学习

1991年9月初,我首次来到山明水秀、民风淳朴的合肥,对一草一木都觉得十分新奇。记得那天研究生部的张英老师亲自到合肥火车站迎接我们新生。那年夏天合肥市区遭受过洪灾,我7月从大连发往合肥的行李都被洪水浸泡过了。晚上在合肥分院招待所住宿,作为班里唯一的女生,我和从浙江大学物理系考入固体物理所的女生丁方平被分配在同一个房间。对于物理学共同的兴趣和热爱让我们一见如故,有着说不完的话。可有谁知道,如此美好的友谊只是昙花一现。未满一年的暑假里,她因溺水事故意外去世,我每次路经那片湖面都禁不住泪流满面,心痛不已。我一向坚信,如果丁方平同学今天还在世,以她的才华和干劲,一定会比我所取得的成绩更好。

新生入所教育课中,最使我受益的是谢纪康老师对我们进行的安全教育:从工作场所的高压高能辐射安全一直讲到日常的人身安全。1990级的一位学长,在科大代培时在黄山路上骑自行车时不幸遭遇车祸身受重伤,肇事司机在现场被检测出是酒后驾车。谢老师叮嘱我们在科大学习期间,一定要随时随地注意交通安全和人身安全——我有生以来从没有接受过这么全面和深刻的"生命第一、安全第一"的教育。后来,我一名单身女性能独自行走半个地球,平安学习工作生活到"知天命"之年,应该真心地感谢研究所和谢老师当年的谆谆教诲。

初到所里,我急切地求见过李有宜老师一次,没料到他告诉我,他即将启程到法国做访问学者两年,无暇指导我的学业了。我很失望。研究生部的老师们得知情况后,立即把我推荐给了邬钦崇老师。邬老师毕业于北京大学物理系,还是王竹溪先生亲自指导培养的热力学与统计物理

陈峰(左)和张英老师在中国科大图书馆前合影

学的研究生。邬老师当时刚刚接下了国家级的"863"项目,意气风发地筹备开展微波等离子体气相沉积金刚石薄膜实验装置的研制工作。他对于我的学业十分关心,要求我在科大的选课单必须事先经过他的审核。他还亲自为我向研究生部请求,免除了我的必修课"磁流体力学",以吴杭生教授主讲的"高等固体物理"代替。我却是不肯领邬老师的情,原因是固体所的学长们曾经绘声绘色地向我描述,吴杭生老师主持的期末考试过后,科大校园里"哀鸿遍野,惨不忍睹"的情景。我由此产生了畏难情绪,坚决抗拒邬老师苦心孤诣的选课安排。邬老师寸步不让,和蔼地告诉我说:"当年我在北大的固体物理课还是吴杭生讲授的呢。"看来我只有乖乖地从命了。那一年是吴杭生老师最后一次主讲"高等固体物理"。他的授课真的是深入浅出,引人入胜。惭愧的是苦学一学期之后,我的"高等固体物理"期末考试成绩仍然只有 68 分,还好不必补考,这是我在科大考出的最低分数。不过,可以些许告慰吴杭生先生和邬钦崇老师的是,多年以后在剑桥大学的一个场合,我曾经满怀信心地引用吴老师当年悉心传授的固体物理学知识,震惊了那里的大教授们,尽管当时我只是一名在牛津学习电气工程的博士生。

基础课学习期间,给我印象最深的,就是有一段时间张英老师也在科大进修英语。在宿舍、课堂、食堂和图书馆里,我们时常遇到张英老师背着沉重的大书包匆匆来去,头上还戴着耳机在争分夺秒地练习听力。我悄悄地对室友们介绍说:"这就是我们所研究生部主管,我们班的管理老师。"我的室友们都齐声称羡张老师美丽大方,富有知识女性的气质和风采。我听了心里好生得意,同时觉得自己的老师都已经事业、家庭有成了,还在努力学习,不断地提高自己;我们正当大好年华,无牵无挂,还有什么理由不充分利用这么优越的学习条件刻苦钻研呢?!

三、刻苦学习钻研,埋头在实验室

在中国科大为期一年的基础课学习结束之后,我们回到研究所开始做论文。我们要研制的微波等离子体发生器的主体部件是一个真空石英钟罩。由磁控管产生的连续可调、最大输出功率为 1.5 kW、频率为 2.

45 GHz 的微波在标准的矩形波导中以基模 TE_{10} 模式传输,通过特别设计研制的微波模式转换器之后,被转换为在圆柱形波导中传输的一个轴对称的高阶模——TM_{01} 模,与按比例输入到真空石英钟罩里的工作气体——氢气和甲烷相耦合,从而激发出轴对称椭球状的微波等离子体,悬浮在这个钟罩之内,恰恰位于等待沉积的硅衬底之上。如此形成的悬浮的椭球形微波等离子体,可以最大限度地避免由于真空腔体材料的溅射效用对所沉积的薄膜造成污染。因为经费有限,我们只能拥有一个石英钟罩。而我调谐出的微波耦合的模式如果稍有不对称,钟罩就会因受热不均而炸裂。每次事故发生后,我都是手捧石英钟罩慌里慌张地赶到工厂区恳请张勇师傅修补。张师傅是当年我们研究所的高级技工,早年练就一项在高温下吹制加工各种造型的石英玻璃材料科学实验容器的绝技,不知道现在还有没有人掌握此项技术。他一贯兢兢业业,精益求精,同时又和蔼可亲,平易尽人,每次都是尽快帮我修补好石英钟罩,真称得上完好如初、天衣无缝,传说中女娲炼石补天的技艺也不过如此吧。可惜的是他后来英年早逝。记得 2004 年 7 月我从英国回到所里参加学术会议,在研究生部见到了张勇师傅的女儿张彦秋老师,我俩一起缅怀当年张师傅的为人处世、职业修养,物是人非,不胜唏嘘感慨。

  为了按期毕业,我经常夜里很晚还独自一人埋头在实验室里加班调试设备。有一次我不小心把微波功率探测器内部的一个感应陶瓷晶片又一次弄炸裂了,那个陶瓷晶片上面镀有导电薄膜,是微波功率探测器的关键部件,稍有接触不良,在强大的微波功率下很容易打火炸裂。该部件当时国内只有上海的一家单位能生产,每次订货要费时几周的时间。我知道自己闯下了大祸,不得不硬着头皮往邬老师家里打电话报告。邬老师忙了一天可能就要休息了,一听说我们的实验设备又出了问题,而且不是第一次了,当即怒吼一声:"怎么你老是出错!"我委屈至极,号啕大哭,以为黑黢黢的实验大楼里没有人听得见。没想到一会儿的工夫我的师弟胡海天匆匆忙忙赶来安慰我,说是邬老师听见了我的哭声。现在回想起来可能是我没等挂好电话就忍不住大哭起来了——我应该没有孟姜女哭倒长城的本领,不过也很难说啊。邬老师当时住在科学岛东区,急忙打电话给在西区研究生宿舍的胡海天,后悔自己批评我太重了,怕我出事,让师弟赶紧跑来劝我。我看着师弟面红耳赤、手足无措的样子,想到他一个独生子,被导师指派来哄师姐也真是难为他了,忍不住破涕为笑。反正我的实验也做不成了,回宿舍睡大觉去,"After all… tomorrow is another day"(毕竟……明天又是崭新的一天)。第二天早晨,我们万能的隋毅峰工程师从我们十一室的兄弟研究组暂借了一个同样的元件让我继续做实验,承诺待我们订购的新元件到了之后再归还,解了燃眉之急,我总算是松了一口气,感激不已。

写到这里我禁不住汗颜——怎么尽是些当年败走麦城的回忆呢?失败乃成功之母,科学研究就是在无数次的失败中总结经验教训、寻求真理的过程。经过两年的无数次设计、加工、安装、调试;失败、改进、返工、再次安装调试……我们终于在那个已经记不清究竟被张勇师傅修补了多少遍的石英钟罩内,成功地激发出了期待已久的椭圆形微波等离子体。

四、首次以微波等离子体气相沉积法制得金刚石薄膜

下一步自然就是用双悬浮朗缪尔探针进行微波等离子体诊断实验,分析其中的等离子体的密度和电子温度的分布。等离子体密度的大小直接决定了薄膜的形核密度和生长速率的高低;电子温度则不然——我们的实验只需要有足够的电子能量将氢气分子解离为氢原子即可,过高的电子温度反而会对薄膜的生长有害无益。初期的诊断实验结果令人极为失望——我用双探针测得的微波等离子体密度只有 10^9 cm^3,与辉光放电等离子体密度相仿。问题究竟出在哪里呢?邬老师着急,我更着急。我夜以继日地冥思苦想,把实验仪器和数据认真仔细地检查了一遍又一遍,总是不得要领。某天深夜在宿舍里,我突然间灵机一动——我的微波等离子体是在高气压(40~100 Torr)下产生的等离子体,在国内是首家,在国际上当时也未查到与之相关的微波等离子体诊断的文献。高气压下产生的低温等离子体中,在数量上占绝对多数的依然是中性的气体分子和原子。在我们进行双探针诊断实验时,加了直流电压的探针,周围所形成等离子体鞘层内最后能够到达探针的离子是极少数

的——绝大多数的离子虽然被探针电场所吸引,却在途中和稠密的中性分子频繁地发生碰撞,从而偏离了原来的方向,没能到达探针而被检测到。想到这一点,我赶紧回头翻阅俞昌旋老师所授的"等离子体诊断"的课程笔记,终于找到了进行高气压修正计算所用的方程式,那一刻的兴奋无以言表。经过详细的计算和修正,我们的微波等离子体密度在每立方厘米 10^{12} 至 10^{13} 量级,随着输入微波功率的变化而变化;电子能量则基本稳定在约 2 eV。实验同时证明等离子体球的内部是实心的,其中等离子体密度的分布是均匀的,和我们事先理论上预计的一致。

万事俱备只欠东风,终于到了金刚石薄膜沉积试验阶段。这是我的硕士学位论文课题成功与否的关键时刻。在常温常压条件下,碳元素的结晶形态以石墨相(碳原子的 sp^3 杂化态)为稳态,金刚石相(碳原子的 sp^4 杂化态)为亚稳态。依赖于微波等离子体中大量的中性氢原子对所形成的薄膜中石墨相的刻蚀效用,最后生长出的是金刚石相,故此,金刚石薄膜的生长速率是极其缓慢的。邬老师要求我在漫长的沉积实验过程中,必须时刻守护在装置旁边严防意外事故的发生。可是我真心害怕独自一人在实验室过夜,恳求之下我们研究组的工友瞿师傅好心同意放下自己一双幼小的儿女陪我在实验室守夜。万一设备真的夜里出现了故障我又能做些什么呢?大概也只能是关掉氢气、甲烷等易燃易爆气体,拉下电闸痛哭一场然后卷铺盖回老家。真是那样的话,估计我的师弟也没法子劝我了。还好,那一夜设备工作正常平安无事。第二天早晨,彻夜未眠的我和老师们在停机之后欣喜地在硅衬底上发现了淡灰色致密、坚硬、黏附性好的薄膜。经过拉曼光谱、X 射线衍射分析和扫描电镜成像证明,它确确实实是金刚石晶体薄膜,生长速率约为每小时 0.6 μm、薄膜直径为 40～70 mm、薄膜厚度在直径 40 mm 的中心范围内是非常均匀的。这是国内首次成功地采用直接耦合式微波等离子体气相沉积法(MW-PECVD)制备的金刚石薄膜。随后,我提交的题为《微波等离子体化学气相沉积金刚石薄膜实验研究》的硕士学位论文也获得了全优的成绩。

五、结语

从等离子体所毕业后,我进入北京的中科院物理所表面物理国家重点实验室从事科研工作,三年之后获得全额奖学金资助到英国牛津大学攻读博士学位,开始了我的国外科学研究生涯。

陈峰硕士期间游黄山留影

马克思说过,真理如燧石,受到的敲打越猛烈,迸发的火花就越灿烂。回首当年求学路上等离子体所的师长和学友们给予我的关心、爱护、教育、帮助和启迪,纵有千言万语也难以表达我发自肺腑的感激之情。在此,我衷心感谢所有当年给予我真诚无私帮助的亲爱的老师、工友和同学们,真诚祝愿我们的等离子体物理研究事业蒸蒸日上,硕果累累。

2019 年 6 月 30 日

奋战在国家一流高科技园区的领军人物
——访合肥市高新区党工委书记、管委会主任宋道军

张建平

宋道军简介

宋道军,现任合肥市人大常委会副主任、党组成员,兼任合肥国家高新技术产业开发区管委会主任、党工委书记。

1996—1999年在中国科学院等离子体物理研究所攻读博士研究生,获博士学位,师从余增亮研究员。毕业后,留所开展博士后研究。先后担任等离子体所生物工程中心主任助理、研究生导师,中国科学院合肥物质科学研究院研究生党支部书记,合肥丰乐种业股份有限公司副总经理,挂任合肥市发展计划委员会副主任、党组成员,担任合肥市发展改革委员会主任、党组书记。

做科研工作期间,先后在国内外各类核心期刊发表研究论文60余篇,先后荣获中国科协颁发的中国博士后研究论文一等奖、中国科学技术大学合肥高等研究院论文评比特等奖、安徽省自然科学研究奖一等奖、合肥市专业技术拔尖人才称号,并多次荣获中国科学院院长奖学金、中国科学院所长奖学金等。

在主持合肥市发改委工作期间,主抓合肥集成电路产业发展,经过几年的不懈努力,使今天合肥的集成电路产业一跃成为全国五大集成电路战略性新兴产业基地之一。在主持合肥高新区工作期间,将合肥高新区成功带入全国第一方阵,并已连续八年稳居全国169家国家级开发区前10位,使合肥高新区成为科技创新和高质量发展的国家队。

2016年4月26日，习近平总书记视察了位于合肥高新区的中国科学技术大学先进技术研究院，盛赞："合肥这个地方是'养人'的，培养出了这么多优秀人才，是创新的天地。"

金秋时节，丹桂飘香，我们采访了合肥国家高新技术产业开发区党工委书记、管委会主任宋道军。

2022年，是合肥高新区成立31周年华诞，高新区已成功进入全国第一方阵，并连续八年稳居全国169家国家级开发区前10位，成为科技创新和高质量发展的国家队，正在向着世界领先科技园区的目标努力奋进。

一、财富高新：建设人才创业的一方热土

巢湖岸边、蜀山脚下，改革创新的画卷正在徐徐展开。宋道军带领合肥高新区领导班子，认真贯彻习近平总书记视察安徽的重要讲话精神，把"创新、协调、绿色、开放、共享"的五大发展理念贯穿于工作实际，于2016年提出了在合肥高新区建设"财富高新、和谐高新、美丽高新"的三大愿景，全面开启了建设世界领先科技园区的新征程。如今，合肥已跃升为全国创业投资的一方热土。

"欢迎你们到合肥高新区来发展，坚信会做得更好。合肥就需要你们这样的创业者，既能创业，同时又能创新……"采访中，我们看到宋道军热情鼓励零重力飞机工业（合肥）有限公司到高新区来投资创业，一番话让企业家们顿时感到非常暖心。

为什么这么多的公司和投资人舍近求远、落户合肥高新区呢？国家非常看好合肥在创新发展中的优势，合肥高新区拥有丰富的创新资源，聚集了完善的创业平台，有高效的管理机制，还有人性化的配套服务……

"开拓进取谋发展，创业平台显魅力。"目前，合肥高新区建有一批优质的科研平台和高端产业，在实现"财富高新"的目标中迸发出了无比的活力：其中包括量子信息与科学创新研究院、深空探测实验室等一批大科学装置，还有天地一体化网络中心、合肥离子医学中心、人工智能创新

科学与人生

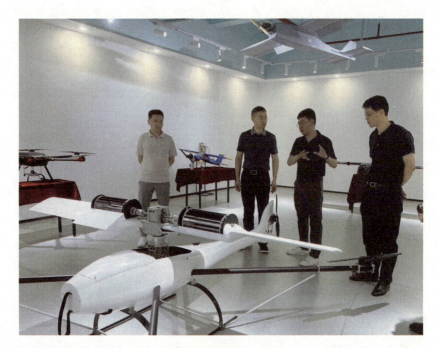

宋道军(左二)参观合肥高新区零重力飞机工业(合肥)有限公司

平台等交叉前沿的研究平台以及中国科大先研院、中科院创新院、安大绿研院等30多个科研成果转化平台。尤其以国家实验室、企业技术研究中心为代表的200多个产业,具有强大的应用创新能力。2021年,合肥高新区全口径GDP达到了约1500亿元,用占全市1.1%的土地贡献了全市15%的GDP和20%的税收。

"梧桐自有凤凰栖,大海能纳百川聚。"优质的创新平台,吸引了国内外一大批高端的优秀人才。人才,是最大的资源和财富,为落实习总书记的指示,高新区持续优化"养人"的环境,出台了一系列"养人"的政策,建设了一支规模宏大、结构合理、素质优良的创新人才队伍;现已拥有包括中国科学技术大学量子科学团队、科大讯飞团队、中科院科学岛"哈佛八剑客"等海内外留学人员和外国专家3000余人。

为了加速对基础性人才的培养,高新区依托高等院校及科研院所的力量,与清华大学、复旦大学等合作,实施企业家培育工程,开展了高级研修班、创客学院、创业训练营等活动;还积极推进"江淮硅谷"名校名企引才计划,众多的科技高端人才来到了合肥高新区,扎根在这里创业发展。宋道军满怀深情地介绍说，在高新区我们还开办了一所"企业家大学"，"办企业非常不容易，企业不赚钱就不能生存，我们要帮助企业家定好目标，开拓思路，少走弯路，让企业家尽快地成长起来"。

目前，高新区每年新增办的企业突破了2万家。据不完全统计，合肥市有一半的大学毕业生都集聚高新区创业发展，绽放青春与智慧才华。

在后续的采访中，零重力飞机工业（合肥）有限公司联合创始人兼COO石红说，合肥高新区对我们很有吸引力，宋道军主任亲自考察了我们的项目，给予了许多可操作又管用的建议，还协调了相关资源企业与我们对接，助力项目的快速发展。我们对落户安徽、落户合肥高新区的决定倍感自豪，将以"构建地球上的第三种交通生态"为愿景，以eVTOL飞行器为载体，为我国早日建成综合立体交通体系贡献力量。

二、和谐高新：打造催人奋进的优质环境

产业兴盛，万象更新。打造"和谐高新"，是高新区领导谋划建设世界领先科技园区的第二大目标，内容包括高效的营商环境、良好的法制环境、舒心美好的生活环境三个方面。

首先，高新区创造了一种"优越的营商环境"：在全国高新区首创了"74证合一"；启动了第一个长三角地区G60"一网通办"窗口；开展24小时预约服务，提高了办理效率；还成立了"合肥高新区政务服务中心"，从多窗口办事变成了"一门通达"。其次，在"良好的法制环境"建设中，高新区成为安徽省第一批"法治政府建设示范点"；贴心做好信访工作，连续5年进入了合肥市信访工作的先进行列。

"舒心美好的生活环境"建设，可以激发人的创新活力，催生奋发向上的动力。教育、医疗和住房是民众最关心的三大问题，也是高新区领导重点解决的民生问题。在教育方面：大力实施了"名校战略"，引进了合肥七中、合肥六中、中国科大附中、中加国际学校等优质教育资源，成立了小学教育集团和"五大片区"的教育板块，满足了群众对优质教育资源的需求。在医疗方面：随着安医大一附院高新分院、安徽省国际妇女

宋道军(左一)陪同时任安徽省省长李国英(左二)调研中国声谷

儿童医学中心等一批高端医院的入驻,15分钟医疗保健的服务网络已具雏形。在文体设施方面:高新区打造了"6大科技研学游主题路线",举办了高新区文化体育艺术节、书香高新摄影展、中外音乐派对、环湖跑、登山赛等,优化了高新区的人文环境,展现了高新人奋发向上的精神风貌。

千秋基业,人才为先。要想留住人才,住房是安居乐业的"刚需"。宋道军介绍说:"我们可以给他们解决住房问题!合肥高新区也是全市职住平衡的第一个试点区,目前职住平衡供房比例已达80%。"

风景优美的"合肥国际人才城",建有配套用房8000套;还有在建中的高端人才公寓600套,对于高层次、高学历、高技能的青年才俊,只要落户高新区,就可为他们发放安居补贴。作为"一带一路"和"长三角"城市群的副中心城市,合肥在高新区还建设了面向长三角的首个"海归留学人员双创中心",为海外人员在高新区创业和产业孵化提供专业化的一站式服务。

三、美丽高新:描绘宜居宜业的新天地

宋道军认为,我们所有人辛勤地创业、努力地打拼,为的是让区内居

民过上安定舒适的好日子;高新区通过"美丽高新"目标的实施,建设了"天蓝水清草绿、快乐健康幸福"的生态环境和人文环境——这就是我们终身追求的美好生活。

仅"十三五"期间,合肥高新区就交上了"亮眼的新答卷":

——在生态环境质量改善方面,水源、大气监测、垃圾分类、景观改造等工作成绩突出,获2018年"全国环境保护先进集体"荣誉称号。

——2017年,合肥高新区上线了安徽省第一个区级的"智慧城管平台":有智慧停车、智慧城管、智慧环保、智慧巡河等民生服务信息化平台,推动了园区管理逐步向智慧化转型。

——投资超过350亿元,推进了新基建重点项目50余个,改造了上万户的老旧小区,建设了2000多套保障房,绿化覆盖率达到了50%。

当物质条件基本满足以后,精神层面的提升工作也是高新区谋划的一项重要任务。宋道军说,目前全区从业人员已近50万,大专以上人员占70%以上。近年来,我们对从业人员的素质要求也越来越高,特别是高科技服务部门的员工,基本上是"985高校""211高校"毕业的大学生。他们在与企业家、投资方的洽谈中,有共同语言,"懂得对方",对于高端产业、集成电路、人工智能等科技项目,可以做到"无缝对接",能想企业之所想,更好地为企业服务,他们的辛勤付出也成了高新区长远发展的凝聚力和向心力。

"为年轻人创造更好的宜居宜业条件,是我们的责任。"宋道军一席深情的话语,描绘了高新区未来的美好前景——

"年轻人在高新区购房居住,这里有完善、系统的优质中小学教育,有医院,有10分钟的生活圈;年轻人在高新区工作,不用开车去上班,既免去了路上堵车之烦恼,又绿色低碳环保,这才是我们未来幸福生活的模样!"宋道军意犹未尽,接着讲了心底的一个愿望,"建设好合肥市第一个'职住平衡区',这是我在这两年中要干好的一件大事!"

在"十四五"期间,国家将"创新驱动发展示范区"和"高质量发展先行区"定为高新区发展的新使命。合肥高新区在实践中,已取得了"企业生态、产业生态、自然生态"和谐发展的经验和成就。目前,宋道军和他的同事们凝心聚力、砥砺前行,正在进行高新区绿色发展的顶层设计,相

 科学与人生

信不久的将来,一个"发展模式绿色高效、生态环境优美宜居、生活方式低碳节约、国土空间布局合理、生态制度完善健全"的绿色高新园区,一定会跻身世界领先科技园区的第一方阵!

2022 年 9 月 27 日

不忘初心探奥秘

杨 愚

杨愚简介

杨愚,1993年毕业于合肥工业大学精密仪器系,获学士学位;1993—1999年在中国科学院等离子体物理研究所硕博连读,获博士学位,师从何也熙研究员。毕业后留所工作。长期从事真空工程、等离子体加料、装置壁处理运行以及等离子体与壁相互作用物理研究。

2007年赴法国参与国际热核聚变实验堆(ITER)建设,担任ITER组织燃料循环部加料工程师,全面负责充气加料系统和辉光处理系统两个采购包的项目管理,推动各个分系统的设计、制造。作为技术负责人,工作内容涵盖项目全周期,延伸到安装、运行、维护、退运行阶段。目前,部分采购包已按期交付、处于安装阶段;系统大部分进入最终设计阶段,准备进入制造阶段;同时系统的验收、运行与维护计划已初步拟定,为ITER各阶段的等离子体实验运行做好了准备。

我本科就读于合肥工业大学精密仪器系真空技术与设备专业,于1993年到中国科学院等离子体物理研究所读硕士,1999年博士毕业后留所工作。接到约稿,许多难忘的美好回忆让我心潮起伏。

本科毕业到现在已有29年了,前14年幸运地赶上中国第一个超导托卡马克聚变研究装置的探索;后10来年又赶上世界上第一个聚变实验堆装置——ITER的建设,能在这些国内外瞩目的大项目中承担责任并不负期望,我有一种事业上的幸福感。

一、加入协作与奉献的团队

1. HT-7 装置的工程联调

1994年,我在中国科学技术大学完成硕士基础课学习,回到研究所里,正赶上HT-7装置的工程联调。我的导师何也熙先生是装置的总负责人。作为"中国第一个圆截面超导托卡马克",HT-7的调试是前所未有的挑战。我印象中人员配备有限,何也熙、张晓东、孟月东、辜学茂、李成富这些室领导和骨干,昼夜排班巡视。如果夜班遇到难解决的问题,在紧急处理后也要在晨会上汇报讨论,还要留下来参加后续的方案制定。如果赶上自己负责的物理实验,在"8-1大厅"待上一天一夜甚至更长的时间也不是稀罕的事。辜老师有一个从德国带回来的睡袋,常年放在办公室;何老师更简单,常常军大衣一裹找个角落往地板上一躺休息个把小时就接着工作。老一辈科研工作者的责任心,实实在在看得见,我也学着干。

还有一点让我印象深刻的,就是讨论问题时开放民主的气氛。面对"第一个"大装置的挑战,大家都把自己放到谦虚学习的位置上。无论是工程问题还是物理问题,在晨会上讨论的氛围是平等的。比如,在装置硼化壁处理的探索阶段,我看到辜学茂老师用他超人的记忆力给出硼化的日期和具体数据,何也熙老师对照实验记录,王小明老师和王义云师傅提供详细的补充材料,大家各抒己见,对下一步的工作建言献策。张晓东老师、胡建生多次爬进HT-7的真空室内,和操作工人实地讨论内部实施方案。有一次，HT-7装置的外杜瓦因为工作年限长发生了泄露，当时张晓东、罗南昌、李生发、王义云等老师和师傅，钻到装置下一个窄小的空间内了解实情，讨论解决方法。夜以继日的努力，终于在几天内制定并完成了应急维修方案，避免了耗时几个月的大修，保证了实验的进度。

杨愚在实验室学习

浓厚的科研氛围为我这样的研究生新兵提供了丰富的学习机会，帮助我加强了对真空工程的基本训练，初探了托卡马克物理实验的门径。

我作为真空专业的学生，跟着老师从操作检漏仪、喷氦气这样的实践开始，在检漏台和装置上拧螺钉、检漏，积累了实际工作经验。到1996年我接手弹丸注入项目时，已基本了解了设计、加工、安装和调试环节的初步操作程序。我的博士论文工作就是"在HT-7装置上开展弹丸注入实验"。在装置运行工作繁忙的情况下，我动手画图纸，去知青厂排队开展急件加工，骑三轮车去低温部门拉液氦杜瓦等，这些就是有等离子体所特色的"理实交融"吧！

2. HT-7 装置的真空工程与运行

2002年,我在英国完成了一年的交流回到研究所,把自己的工作重心转回到装置的真空工程与运行。在 HT-7 运行的初期,常常因为种种原因,放电的参数很低,有时整个夜班也没有几次稳定的放电。早上换班时就像是探望一位"病人",接班的低声地问,交班的低声地答。只有当放电比较稳定、参数有所提升时,我们这些做辅助运行的科研人员才能放松下来,伸伸腰腿。我们一方面盼着做物理运行的同事可以找到好的等离子体控制手段,另一方面自己做好随时进行壁处理的准备。经历了多年的摸索,到1999年,HT-7 终于获得了"稳定可重复的准稳态等离子体"。HT-7 的成功给等离子体所带来了荣誉,带来了知名度,也带来了更有力的经费支持,这样就可以在各方面加大投入,满足更高的工程物理目标对真空运行以及壁处理的要求。HT-7 的良好发展,也为过渡到更先进的东方超环(EAST)装置打下了坚实的基础。

3. EAST 装置运行

在 EAST 装置开始运行前,真空组吸引了一批新生力量,他们都是在为 HT-7 工作中迅速积累经验成为精兵强将的。王小明老师更新了检漏设备,严格把关 EAST 的部件检漏;辜学茂、杨道文老师建立了真空自动控制系统,提高了监控水平。这种从人工巡视到自动化监控、从靠师傅带徒弟式的传授经验到程序的规范化,反映了研究所大科学工程水平的极大提高。这是几代科研工作者的传承与努力,是研究所的发展带来的充足经费及良性循环,为 EAST 大科学工程的真空运行打下了良好的基础。

大科学工程项目的组成复杂,分系统多、接口多,系统既要各负其责,也要相互配合。在 EAST 运行的初期,有一个常常困扰着真空运行的问题:一个分系统的真空室常常奇怪地真空度变差,影响了装置的运行。经历了无数次的检漏和讨论,一直找不到解决的方法。后来才知道,是因为这个分系统测试了一段实验性的材料,一旦进入一定的低温条件就可能发生密封性能变差,导致真空恶化。这让我认识到:大科学工程相比一般的实验系统,需要更为严格的项目管理与控制,"全面系统的管理"才能保证装置的可靠度,这是实现科学目标的必要条件。大科学工程的挑战性,让我得到了很多至今依然受用的科研经验。

二、加入国际热核聚变实验堆(ITER)的建设

2007年,我加入了梦寐以求的世界上第一个聚变实验堆装置ITER的建设,直到如今。1998年和2000年我都参加了国际原子能机构(IAEA)组织的聚变大会,因为初步工程设计刚完成,会上的一个热点问题就是未来如何继续ITER项目;我也才知道中国已经多次努力加入,但都被挡在了门外。

2003年初,中国开始进行加入ITER的谈判,当年夏天,理论室的吴斌和我就幸运地以观察员的身份,成为面向ITER物理问题的(ITPA)专题会议中的第一批中国代表。此后我就成为了ITPA的常客,对ITER的参数、物理问题逐渐了解得多起来,但是依旧没有想象过有可能成为这个项目的一员。所以,当得知这个项目招人时,经所里同意,我就报了名。我想,这是聚变走向实用终极目标的必由之路,是全世界聚变科学工作者几十年的共同梦想,是真正的前沿领域。

从2007年到现在,梦想一步步接近实现了。场地内各种建筑已经拔地而起,仓库里堆满了待装的系统,拿我负责的充气系统来说,到明年就要开始进场安装了。ITER不只是一个大科学工程,还是个要求很高的核设施。这是聚变商用之路,如果没有这么严格的考察,哪怕一次核事故,都将给这条梦幻之路造成毁灭性的打击。

现在,我的收获很多,特别是在核安全方面,ITER提供的实践机会是无与伦比的。ITER是第一个作为核设施建设的托卡马克装置,如何符合法国严格的核安全法规要求,这是一项开创性的工作实践。法国核安全部门有着丰富的经验和良好的记录。ITER需要在保障项目进度的同时,探索如何向核安全部门证明可以有效地保证对环境以及人员的安全。

杨愚(左四)在法国参与 ITER 建设专题讨论会

杨愚(左四)在 ITER 与来自各国的访问学者交流

目前,各方都在"摸着石头过河",每一个挫折和每一个收获,都对将来有着引导意义。有人问我对 ITER 前景的看法,我还是乐观的。起码在我工作的领域,虽然看到过一些问题,但是我也看到了大量的困难被及时克服。每一步进展都不容易,但仍然在向前发展。向前看,我们没有解决不了的科学技术难题。

三、体会与感悟

1. 要善于"接受教训"

读硕士期间,我还是一个毛头小伙,常常需要到当时的知青厂加工一些急件。有一次要加工一个小铁盒子,因为时间紧急,我就匆匆勾了一张简图交给吴厂长。当她告诉我,加工好以后应该再刷一层防锈漆才行,我不耐烦地说"耽误时间,不用啦!"就跑开了。盒子加工得很快,装好后也赶上了装置的运行。但是,因为没有刷漆,不久就开始生锈,因为装置正在运行中,也没有办法拆下来。等到那轮实验结束时,盒子已是锈迹斑斑、惨不忍睹了。打那以后,我理解了"欲速则不达"的道理。

2. 如何释放工作的压力

最好的方法就是锻炼身体。等离子体所一直倡导体育健身,文体活动丰富多彩。我记得读博士时,研究生部请来了哲学老师栾玉广教授,他年近花甲,常年坚持长跑,讲话声若洪钟,他敦促我们要强身健体。这么多年过去了,我还记得他分享给我们的"锻炼释放工作压力"的体会。我喜爱篮球、足球、乒乓球、羽毛球,养成的运动习惯保持至今。现在我还常常骑车、爬山,这些户外活动帮助我排遣了工作的压力,保持了身心的健康。

2019 年 6 月 23 日

我的科学岛求学与成长之路

吴李君

吴李君简介

吴李君，教授，博士生导师，国家杰出青年基金(2003年)和中科院"百人计划"(2007年)获得者，享受国务院特殊政府津贴，现任安徽大学物质科学与信息技术研究院环境物理与技术研究所所长、信息材料与智能感知安徽省实验室常务副主任和中国科学院合肥物质科学研究院特聘研究员。1994—1999年在中国科学院等离子体物理研究所攻读硕士、博士研究生。其间，1995—1998年在美国哥伦比亚大学辐射研究中心学习、研究(联合培养)，导师为余增亮研究员和黑国庆教授，1999年获核能科学与工程博士学位和中国科学院研究生院长奖学金特等奖。1999年毕业留所工作，先后担任中国科学院等离子体物理研究所第四研究室室务委员，中国科学院和安徽省重点实验室主任，合肥物质科学研究院技术生物与农业工程研究所副所长(2010—2014年)、所长(2014—2018年)，其间于2002—2003年和2007—2008年在英国Gray癌症研究所和日本国立医药品食品卫生研究所作为高级访问学者从事合作研究。

长期从事辐射生物及放射医学应用基础、环境生物检测及毒理学评估和生物高通量人工进化与合成生物学等研究，主持和承担了多项国家重大研究计划(课题)、国家自然科学基金(杰青、重点)和中国科学院B类先导专项(子课题)等项目的研究，在 PNAS、Cancer Research、Environ. Health Persp. 和 Environ. Sci. Technol. 等国际核心期刊发表论文多篇，作为主要完成人获国家科学技术进步奖二等奖(2017年)、国家发明奖二等奖(2006年)、中国人民解放军总后勤部一等奖(2015年)和安徽省自然科学奖一等奖等奖项(2000、2006年)。

1994年,能考上中国科学院等离子体物理研究所研究生对我来说是不容易的,因为当时我的工作单位——安徽省农业科学院有一个规定,工作3年才允许考研究生,而且只能考一次。对一个已经工作了9年,结婚、成家、生子和习惯了日常生活的人来说,挑战是非常大的,这也是我一直犹豫到第9年才下决心考研究生的原因。当然,我是很幸运的,经过努力,成功地考上等离子体所的研究生,师从第四研究室余增亮研究员。

吴李君(右)与导师黑国庆教授在美国参加辐射研究学术会议

当时,每一个学生都需要在中国科学技术大学完成一年的基础理论课学习,就在第二学期开始没多久,余增亮老师和杨剑波研究员找我谈话:"我们最近听说美国哥伦比亚大学建成了单粒子微束,打算派你过去学习3个月,了解一下单粒子束的情况,同时学习一些辐射生物学的技术,那边的老师是哥伦比亚大学辐射研究中心的黑国庆教授。"为什么会选择我过去学习?毕竟余老师有很多学生。现在想想可能是在此之前我已经跟随杨剑波研究员开展了两年的离子束转基因和离子束诱变机制研究,对离子束有了一定的了解和积累,也发表过相关研究论文。不管如何,对一个学生来说,能出国学习新的技术,特别是去美国哥伦比亚大学,更是梦寐以求的事。这个机会能给我,除了激动和感谢以外,更多的是担心,毕竟要去一个陌生的地方,学习从没有见识过的技术,时间只有3个月。但既然老师和领导信任,我也就给自己鼓劲加油,力争学有所成,胜利归来。

1995年5月,我经历了办理护照、签证的漫长过程后终于成行。当我第一次看到单粒子微束时,对它的先进性佩服得五体投地,它突破了传统辐射生物学的概念,可以精确地实现单个细胞可控粒子数照射,最

科学与人生

低可到 1 个粒子,进而可以精确模拟环境低剂量辐射对人体的影响。我把我的感受写信告诉了余增亮老师,他也非常震撼,我想这可能也是余老师后来决定在中国建第一台单粒子微束装置的起因之一。

吴李君(左)与导师余增亮研究员

美国求学之路是艰辛的,什么都需要从头学起,包括如何培养细胞、如何检测细胞内的突变,我也第一次知道了 AL 细胞系——一个对环境因子和辐射非常敏感的细胞系。由于没有经验,什么都不懂,开始的试验总是失败,起伏也非常大,好在黑国庆教授是位非常有耐心和有教学能力的老师,他亲手教我,指导我每一个试验的步骤和过程,使我慢慢熟悉了美国的科研生活。直到今天,我都非常庆幸遇见黑国庆这么一位好老师,我们不仅是师生,更是朋友。除了试验技能的培训外,开展单粒子试验也不是一件容易的事。单粒子微束装置并不在纽约,去做实验需要坐地铁转火车,而且必须提前一天去做好准备工作。为了能取得有价值的结果,每周开展 3 次试验,不分春夏秋冬。记得多少次在冬天的晚上走出实验室,看着满天的星星,想着没有着落的晚餐,真是体验到了什么是痛并快乐着。随着试验取得好的结果,黑教授也将我在美国的时间不断延长,从 3 个月到最后的 3 年 3 个月。在这一过程中,辛苦和付出也是有回报的。记得完成了单个粒子照射细胞核的试验时,黑教授非常兴奋,他亲自指导我总结数据,我写出了来美国后的第一篇论文,很快发表在美国科学院院报上,获得国际辐射生物学界很大的关注,这也是国际上第一次精确展示了单个粒子的生物效应。在这一基础上,黑教授又给了我新的课题,让我结合单粒子束的精确性,不照射细胞核,而是将粒子照射到细胞质里,看是否存在核外的损伤目标。这更是一个挑战性的研究,要建立照射方法。功夫不负有心人,经过近2年的努力,我终于完成了粒子与细胞质相互作用研究,在世界上第一次展示了核外损伤目标的直接证据,应邀在全美辐射研究大会上报告了这一结果,引起了国际辐射生物学界的广泛关注。这些研究也成为我博士学位论文的重要部分,因此获得了中国科学院院长奖学金特别奖和安徽省"五四"青年奖章。现在回想在美国的求学之路,尽管过去了20多年,却好似近在眼前。我感谢国家和等离子体所的培养,也感激家人的支持,3年多的时间,我不仅学到了科学的知识,也学习了如何做人做事。

吴李君(前排左二)离开美国回国前,与哥伦比亚大学导师黑国庆教授及实验室工作人员合影(1998年)

美国的学习和科研经历为我的科研道路奠定了非常好的基础。回国之后,结合我的专长,余增亮老师将我留在所里工作,并安排我协助开展单粒子微束的工作。于是,我以美国的科研积累为基础,结合国内的需求,先后开展了低能离子束作用机制研究、环境因子的遗传毒理及其高通量突变子实验方法的建立工作,也先后前往英国和日本开展合作研究。在这一过程中,余增亮等老师指导我学会了如何做管理工作,如何带研究生和如何申报国家项目。我至今仍然记得我获得的第一个项目——安徽省自然科学基金4万元的资助;也始终忘不了2000年获得第一个国家自然科学基金面上项目和2002年获得国家杰出青年基金资助的情景。正是在这一过程中,我建立了自己的团队,先后担任了中国科学院重点实验室和安徽省重点实验室主任,以及中国科学院合肥物质科学研究院技术生物与农业工程研究所所长,也培养了博士和硕士研究生20多人,他们中多人获得了中国科学院人才计划资助。

现在回想起来,科学岛等离子体所、所研究生部和第四研究室是一个温暖的集体,它的宽松科研环境和对交叉科学的支持,是我们能快速成长的沃土,也为我成为相关领域的学术带头人奠定了坚实的基础。至今我依然记得研究生部张英老师到美国纽约哥伦比亚大学看望和关心我的情景,我陪同张老师看我实验室的环境、工作条件和生活,历历在目。

吴李君(右)在安徽大学指导学生实验(2020年)

尽管我现在已经离开学习和工作了25年的科学岛,但我始终牢记我是科学岛的人，是等离子体所的人，科学岛、等离子体所和第四研究室培养了我，我也将为科学岛的发展做出我力所能及的贡献。我也始终记得在我科研发展道路上指导我成长的每一位老师，包括我参加工作后遇到的第一位老师——安徽省农业科学院李泽宫研究员，同意我进入生物技术研究室的安徽省农业科学院水稻所吴家道所长，亲自教会我生物技术知识的安徽省农业科学院院长杨剑波老师，我的博士导师等离子体所余增亮研究员和哥伦比亚大学黑国庆教授等。

2020 年 8 月 22 日

记忆深处是故园

——在科学岛的岁月

刘克富

刘克富简介

刘克富,复旦大学信息科学与工程学院教授、博士生导师。1987年华中科技大学电气工程系本科毕业,1987—1998年在中国科学院等离子体物理研究所工作、学习,其间在所攻读博士学位,师从潘垣院士。1999—2006年任华中科技大学副教授、教授,2002—2003年赴英国Strathclyde大学访学,2006年7月进入复旦大学工作至今。现担任中国核学会脉冲功率分委会常务理事、中国电工学会高电压与等离子体专委会委员、中国电源学会特种电源专委会理事,《强激光与粒子束》《现代应用物理》编委。主要研究方向为物理电子学、脉冲功率及其应用。

作为项目负责人先后承担国家自然科学基金项目及重点基金、国防重点专项、上海市科委和中国工程物理研究院科研合作课题40余项,研究成果在国防及工业领域获得应用。在国内外权威刊物发表论文80余篇,获授权和受理专利20余项。培养博士、硕士研究生40余名。

光阴似箭,日月如梭,一晃三十多年过去了。今天当我在一个不算遥远的地方,回想当年在科学岛的岁月,感慨万千。那过去的岁月经过时间的沉淀,剩下的就只有温暖的记忆了。此时我透过电子地图,定位到曾经工作过的合肥科学岛,它就像一只搁浅的小船,被湖水静静地拥抱在长长的臂弯里。研制"人造太阳"的中国科学院等离子体物理研究所就坐落在绿树成荫的湖边,远离城市的喧嚣,一个静谧的世外桃源,如同金庸笔下的桃花岛,凡在此居住过的人,都自豪地成为"岛上人",很多年轻人在这里练就一身真功夫。一代又一代科技工作者,在这里默默地进行科学探索,创造了一个又一个科学奇迹。就是在这里,我曾经生活工作了十二个春秋,拜师习艺,成家立业,今天想来也算是三生有幸了。

回想1987年7月14日我第一次到董铺岛,来所里报到的情景至今仍然记忆犹新。从武汉坐火车经郑州转车,经过一个昼夜,我到达合肥,那时的合肥火车站在东门。下了火车我打听到前往董铺岛的公交车,坐上车才知道那车的终点站是七里塘。在七里塘站我又转车到三十岗下车,沿着董铺岛后面的一条小路,拖着行李箱步行走到所里。在那个炎热的下午,我大汗淋漓,筋疲力尽。可想而知,科学岛给我的第一印象是一个远离市区偏僻的合肥乡下孤岛,我不免有些失望。后来我在那里生活时间长了,越来越喜欢岛

刘克富开展实验

上清新优雅的环境。特别是清澈的湖是我们天然的游泳场,为此我还在《合肥晚报》发表了一篇小散文《还你一个清新的自我》。多年以后跟朋友谈起曾经的董铺岛经历,常开玩笑地说,我是"走后门"误入到桃花岛的。

当天下午,我拿着华中工学院毕业生派遣证找到所里人事处,吴仁英、白明霞两位老师热情接待了我,很快办好了入职手续。随后我见到姚秀鸾老师,那时她在开发部担任支部书记,她介绍我认识了张延彪、邹建华、余元旗等几位华工校友,他们热情地招待我一起共进晚餐,让我找

刘克富在刘家峡水电站

到了家的感觉。

20世纪80年代后期，中国科学院提出：科学院的科技成果要为国民经济做贡献，倡导高技术应用成果转化。等离子体所成立了开发部，我被分配到开发部工作，在胡世寿、邓伯芳老师的指导下，从事发电机灭磁保护技术的开发研究工作。这项技术是老一辈科学家乐秀夫、季幼章两位老师最先为托卡马克储能电机保护而研发的。那个时候，具体指导我工作的是王川、夏维东两位师兄，我们经常在一起探讨存在的问题以及采取哪种办法去解决。发电机灭磁保护技术原理说起来很简单：就是当发现发电机出现故障时，为了防止发电机遭受励磁电感大电流过电压破坏，尽可能快地将其能量释放转移到耗能元件上。采用熔断器灭弧装置，可进一步将能量转移到高能氧化锌非线性电阻消耗掉。那时，熔断器灭弧装置只能单次工作，今天如果让我回头再做这项工作，我可能会研发更新的可重复使用的保护技术。为了推广应用发电机灭磁保护技术，我跑了全国很多的水力火力发电厂：在长江三峡、葛洲坝水电站，黄河龙羊峡、刘家峡水电站，丹江口水电站，万安水电站等，都留下了足迹；在贵溪火力发电厂、上海闵行火电厂等，也洒下过汗水，为电力工业的安全生产做出了自己的一份贡献。

在等离子体所"2-1实验大厅"，有个号称亚洲第一号空芯大电感，是中国科学院电工所留下的作品，当时是为了20世纪60年代激光打靶试验而研制的。我们就利用这套大电感装置模拟发电机励磁故障状态释放能量,实验过程中熔断器爆炸是常有的事,不免胆战心惊,也就是在这样的试验环境下,我练就了自己的胆量、耐心以及认真的科研作风。科学研究要求我们必须小心谨慎,胆大心细,否则将造成不可挽回的损失和后果。这一阶段的科研经历,为我后来承担中国工程物理研究院激光聚变神光Ⅲ项目——大规模能源系统装置的研制积累了丰富的工程技术经验和科研能力。

为了进一步提升自己的科研能力,1995年我进入第二研究室,1997年初考取等离子体所博士研究生,师从潘垣老师(1997年当选中国工程院院士),从事国防科研项目"补偿脉冲发动机"研究。我凭着多年的理论和工程积累,很快适应了新的研究方向,解决了补偿脉冲发电机电感计算难题,发表了第一篇学术论文。潘老师非常高兴,给予了我很大的鼓励,将我引入脉冲功率前沿研究领域,我从此确立了自己的研究方向。潘老师科研经历丰富,思维开阔,创新意识强,带领我在科研道路上不断攀登。

刘克富参加国际会议并在海边留影

潘老师经常给我们讲他当年在中国原子能研究院(时称二机部401所)工作时的往事,有一次钱三强院士给所里新进青年人做报告说,他当年到法国留学就是要找一个好导师指明一个好方向,余下的就是自己的

努力了。这也印证了中国一句古训:师傅领进门,修行在个人。印象很深的是,潘老师那时办公室在二室四楼西边第一间,我们办公室就在潘老师隔壁,刘保华和姜书方老师烟瘾很大,每次休息时间,潘老师就到我们办公室找香烟抽,有时候讨论科研难题,有时候海阔天空地聊天,我最喜欢听他讲丰富精彩的科研经历,以及现代版"三国演义"的故事。我们师生一起在云雾缭绕中度过三年多难忘的美好时光。

1998年底,我跟随潘垣院士到华中科技大学工作,继续从事脉冲功率的技术研究,作为主要骨干参与了神光Ⅲ能源模块研制,还参与了脉冲强磁场前期研制工作。2006年7月,我调入复旦大学信息学院继续从事脉冲功率研究和教学工作,为中国工程物理研究院研制了多套大功率固态脉冲电源,至今还在国防科研中发挥作用。

经历30个春秋,我行走在科教兴国的道路上,由合肥到武汉,由武汉再到上海,围绕长江画了一个三角形。科学岛作为我人生事业的起点,永远定格在我美好记忆的深处,我常常想起,不曾忘记。

2019年7月28日

感恩前辈，努力奔跑
——记中国科学院合肥物质科学研究院等离子体物理研究所所长宋云涛研究员

叶华龙

宋云涛简介

宋云涛，中国科学院等离子体物理研究所研究员，博士生导师。现任中国科学院合肥物质科学研究院副院长、等离子体所所长。1996年从安徽理工大学（原淮南矿业学院）毕业；1996—2001年在中国科学院等离子体物理研究所攻读硕士、博士研究生，获硕士、博士学位，师从武松涛、姚达毛、翁佩德研究员。长期从事磁约束核聚变工程技术及相关高技术研究和开发。先后在美国聚变国家实验室、日本学术振兴会、法国原子能委员会等著名机构从事超导工程和磁约束聚变等方面的研究。主持和参与国际大科学计划、国家重大科技基础设施、国家重点研发计划、国家自然科学基金等30余项国家重点项目。为国际原子能机构长脉冲稳态运行协调工作组成员、中法聚变联合研究中心执委会成员、美国聚变技术委员会常委，担任多个国际聚变工程学术大会主席。是国家杰出青年基金获得者、科技部中青年科技创新领军人才、"百千万人才工程"国家级人选、国家"万人计划"领军人才。在国际学术期刊上发表论文百余篇，出版专著2部，制定标准10项，获授权专利50项。荣获安徽省科技进步奖一等奖、国家科技进步奖一等奖、中国光华工程科技奖、中国青年科技奖、中国青年"五四"奖章、中国专利奖金奖、国际聚变核技术杰出贡献奖等奖励。

科学与人生

2020年9月11日,习近平总书记在科学家座谈会上的重要讲话引起了热烈反响,为科技工作者提供了强大的精神动力。"我们团队听了总书记的讲话,非常振奋,"中国科学院等离子体物理研究所所长宋云涛研究员接受了中央广播电视总台和新华社的采访,他接着说,"我们几代科技工作者就是靠着爱国精神、创新精神,才取得了现在的成就。"

一、努力奔跑的"追梦人"

核聚变能因其无限、清洁、安全的特点和优势,成为人类社会未来的理想能源。太阳由于源源不断地发生核聚变而产生能量,我们如果能够在地球上建造一个像太阳一样不断发生核聚变的装置,或许就能永久解决能源的问题。因此,全世界的科学家数十年如一日地坚守能源梦想,并为之奋斗不息。中国聚变研究科学家的梦想是要率先在中国实现聚变能的商用,宋云涛研究员就是我国聚变研究领域的青年科学家代表之一。

宋云涛研究员在 EAST 装置大厅

宋云涛出生在"两弹一星"元勋邓稼先的故乡——安徽怀宁,皖西南一个贫穷的小山村。农家出身的他,有着一股质朴勤奋的韧性。他说:"我到等离子体所读研究生时,HT-7 装置才正式投入运行,后来,我有幸跟着老一辈科学家全程参与了 EAST 装置的建设、运行和维护。"宋云涛是我国本土培养的青年人才，1996 年攻读"核能科学与工程"的研究生，毕业之后留所工作。他作为高级访问学者，先后到日本原子力研究所、日本学术振兴会、美国核聚变国家重点实验室和法国原子能总署从事合作研究，积累了丰富的知识和实践经验。如今，宋云涛已成为"百千万人才工程"国家级人选、创新人才推进计划入选者，荣获了"五四"青年奖章、中国青年科技奖、光华工程科技奖等。他始终不忘初心，孜孜以求，奋战在"聚变梦"的漫漫征途上。

二、坚持"中国制造"和"中国创造"

宋云涛率领研究所年轻的工程技术团队，在承担国家大科学工程项目和参加 ITER 计划的过程中，坚持"中国制造"和"中国创造"。在参与 ITER 计划中，带领团队推翻了原 ITER 馈线设计方案，提出了被国际专家组认为合理可行的新设计方案，承接了 ITER 磁体馈线系统全部共计 31 套不同功能超导馈线研制任务。通过国际竞标，依靠强大的研发实力，圆满完成了 ITER PF6 线圈磁体项目，这也是等离子体所首次承接中方采购包以外的采购包任务，为探索 ITER 采购包的国际合作模式开创了先河。总重量超过 400 吨、外径超过 11 米的 PF6 线圈，是国际上研制成功的重量最大、难度最大的超导磁体，通过国际竞标赢得了 ITER 主机 TAC1 安装工程，该工程就是 ITER 主机中最重要的核心设备安装工程。

与此同时，宋云涛还率领团队自主发展了若干关键聚变工程技术，实现了向欧美发达国家的技术输出，比如：近年来为德国 ASDEX 装置设计加工的离子回旋天线，向俄罗斯国家联合核子研究所 NICA 大装置提供的 36 套高温超导电流引线，还有为法国原子能委员会 WEST 装置研制的三套离子回旋加热天线和偏滤器 456 件钨铜串部件，为美国普林斯顿大学设计制造的磁重联空间物理装置核心部件，以及为美国能源部设计制造的整套超导馈线系统等，大大提升了我国聚变工程技术的国际竞争力。

三、推动国际合作迈上新台阶

2020年7月28日,习近平总书记向国际热核聚变实验堆计划重大工程安装启动仪式致贺信指出,科学无国界,创新无止境。国际科技合作对于应对人类面临的全球性挑战具有重要意义。以霍裕平院士、万元熙院士、李建刚院士、万宝年院士为代表的几任所领导班子,始终注重与国际的交流合作,等离子体所多次获得了中国国际科技合作大奖。其中,美国德克萨斯大学的 K. Gentle 教授、美国通用原子能公司的 V. Chan 博士、俄罗斯的 E. Velikhov 院士、法国的 A. Becoulet 博士都分别获得了"中国国际科学技术合作奖"。

宋云涛(中)与国际科技合作专家在 EAST 装置真空室内

核聚变研究已成为当今国际科技合作最广泛的研究领域之一,由于 EAST 装置独特的性能和取得的实验成果,赢得了国际聚变界的高度认可,"开放共享"成为了主旋律。宋云涛带领团队,为进一步推动国际合作迈上新台阶不断努力前行。在第14次全球研究基础设施高官会议上,等离子体所 EAST 团队所作的开放共享的典型案例报告,已被科技部作为我国全球开放共享重大设施的典范,同时被列入金砖国家开放的重大科技基础设施名单。目前,中法双方成立了聚变联合实验室,在 EAST 和 WEST 上开展了合作研究;中俄合作定期进行研讨会晤,EAST 与 NICA 合作纳入了中俄政府的科技合作内容;同时与欧盟也开展了全方位合作,已建立超过了 10 个联合研究的工作组。

EAST 已是国际上有能力在高参数条件下开展长脉冲聚变等离子体物理和工程技术研究的实验平台和面向国内外开放的核聚变研究中心。目前,以获取聚变能源为目标的中国聚变工程实验堆(CFETR)设计与建设,也成为我国聚变能研发必不可少的一环,中国科学家们在参与 ITER 建设的同时,已经开始规划建设 CFETR。等离子体所开展"以我为主"的国际合作,在科技部的支持下初步完成了 CFETR 总体设计。

四、助力"健康中国"大事业

为紧跟国家"健康中国"的战略部署,宋云涛率领团队将大科学工程关键技术应用于质子治疗,其中的超导技术、低温技术在我国大健康产业和高端医疗装备产业中得到应用。现已推动成立了中俄超导质子联合研究中心,促进建成了合肥离子医学中心。超导质子团队研制的先进国产超导回旋质子治疗系统,实现了该系统的产业化;合肥离子医学中心,已围绕离子治疗展开研究,提供了医疗健康服务。目前,质子治疗项目已完成超导磁体系统的验收,主加速器系统正在进行联调测试,已完成治疗系统核心部件的研制,以及束流传输系统的安装。园区建设基本完成,与系统的整体安装集成工作同步开展。

五、让"大科学文化"薪火相传发扬光大

宋云涛对老一辈科学家深怀敬仰和感激,在研究所大力传承与弘扬老科学家的奋斗精神。在建所初期以及重大项目的建设中,等离子体所经历过长时间的困难时期,老一辈科学家淡泊名利、潜心科研、至诚报国、忘我奉献,为聚变事业做出了重要贡献。这种"甘于奉献、团结协作、

锐意进取、争创一流"的大科学文化精神,深深影响了等离子体所一代代的科技人员。

习近平总书记对中国青年的寄语,宋云涛牢记在心,更加坚定了投身科学研究的信心和决心。他激励广大青年坚持理想,抒写青春的篇章,创造无愧于时代的人生,他带领的团队荣获了中国青年的最高荣誉——"五四"奖章集体,让等离子体所的"大科学文化精神"一代代薪火相传,发扬光大。

宋云涛认为,研究所的持续创新发展需要充分激发广大职工的激情,让中青年人发挥主力军的作用。在科研活动和管理工作中,他给青年人压担子,促进青年人员的快速成长;他要求广大青年坚定理想信念,珍惜人生中最美好的黄金时段,立足本职岗位,艰苦奋斗、勇于担当、不做过客、不当看客,让青春年华在为国家、为人民的奉献中,焕发出绚丽的光彩。

作为一名科技工作者,宋云涛表示,要以总书记的重要讲话精神为指引,牢记总书记的嘱托,带领全所科技人员坚定不移跟党走,把实现"聚变梦"与国家的发展紧密结合起来,为实现"两个一百年"的伟大目标而努力奋斗。

2020 年 10 月 1 日

荏苒岁月

黄懿赟

黄懿赟简介

黄懿赟，1996年7月毕业于安徽大学自动化系；1996年9月，被推荐免试攻读中国科学院等离子体物理研究所硕士研究生，导师为徐伟华；1998—2001年转硕、博连读研究生，获博士学位，导师为匡光力；2001年博士毕业留所工作，2004年任第十研究室副主任、党支部书记。2005—2007年赴德国马普学会等离子体所深造，学成归国。2007—2008年任计财办副主任兼ASIPP-ITER办主任；2009—2020年任第二研究室主任、党支部书记。专业方向为核聚变装置功率电源技术学科，覆盖电力电网及多种特种电源技术。承担ITER、CRAFT、CFETR、EAST等国际、国家、省部、市级等重大项目约20项。曾获中科院关键技术人才、合肥市领军人才、ITER国际合作领军人才等称号，作为参与者获安徽省科学技术奖一等奖、安徽省科学技术研究成果奖。

曾任等离子体所研究生会主席、团委副书记、工会副主席，创办了等离子体所第一届科普小组、第一届计算机服务小组。

科学与人生

1996年6月2日，初夏的清晨，我满怀着憧憬，骑上自行车，从大学宿舍出发沿着长江路向西行，半小时后抵达大铺头，再向北行进约7千米，中国科学院合肥分院的大门呈现在了我的眼前。进入园区，一条大道直抵中国科学院等离子体物理研究所，那一刻凝望着所牌，我心想这里将是我人生的新起点，后来才发现，我一直就没有离开过这里。

20世纪90年代初期，大学生就业正处在国家包分配及自主择业的过渡期，很多学生一心想就业以减轻家庭的压力，考研在那个年代并不被过度关注。我是幸运的，大学三年级末，我所有科目的总分已经遥遥领先，最终获得了本专业唯一免试攻读硕士学位的资格，大四时我就被等离子体所免试录取为硕士研究生。

根据中科院研究生院的学籍管理规定，所有入学的硕士生都要在中国科学技术大学进行一年基础课程学习，而后再回所做科研课题。1997

1998级博士研究生与中国科大老师及研究生部工作人员合影
[前排右起：卢新培、黄懿赟、张彦秋、高成云、陈克衡教授（中国科大）、周炳南教授（中国科大）、张英、张先梅、淮晓勇、吴仲城、宋云涛；后排左起：王旭明、马志斌、尹若春、姚建铭、陈若雷、鲍抑、吴斌、丁伯江、陶骏、陈一平、姜勇、阮怀林]

年,根据所学专业,我被分配到电源及控制研究室开展课题研究,师从徐伟华老师(可惜后来徐老师英年早逝)。1998年我申请硕博连读,师从匡光力老师,进入微波加热工程研究室。恰逢1998年国家"九五"大科学工程HT-7U(EAST)立项,在这个划时代的项目中,我非常幸运地承担了一个重要子系统的研制工作,同时由于课题组人员稀缺,我成为极少数可以直接负责课题工作的博士研究生。这的确是我职业生涯中非常重要的机会,能拥有一个独立发展的平台是每个科研工作者的期望,我后期逐渐养成的独立开展科研和管理的能力,应该都是从那个时候起步和积累的。

在硕博连读期间,经人事教育处老师的鼓励和推荐,我先后担任了班长、学生会主席和所团委副书记。在那个网络文化极其落后的年代,丰富的文体活动成为青年人释放活力、挥洒青春的最好方式。社团的各成员都非常认真,与教育处董俊国主任、张英老师以及所团委邹士平书记在一起策划、实施了各类活动,筹办了一次次欢乐的文体盛典。每当聊起当年开心的往事,大家绘声绘色,充满了欢声笑语,这些都成为我们无法忘却的珍贵记忆。

2001年,随着研究所电源系统的建成及成功运行,我博士毕业了,在所长和人教处老师的激励下,在事业和待遇政策的感召下,我们多位同学留所工作,成家立业,踌躇满志地加入到"聚变梦"的科研大军中。

2003年,研究所在职称评定上突破积弊,一批年轻人才取得了副高职称乃至硕导资格,极大地增强了大家的信心和斗志。我被选拔到科研第一线,开始逐渐掌握专业领域的核心技术和科研方法。

2005年,我被公派到德国马普学会等离子体所深造,成就了我另一段科研人生和生活经历。两年的时间,我从歌德学院的德语学习再到参与德国西门子工程师团队工作;穿梭于巴伐利亚州的黑森林和阿尔卑斯山脉中,痴醉于慕尼黑的十月啤酒节;更为惊喜的是在此期间女儿在德国出生,一家团聚,可谓事业有成、家庭幸福。回国后经常半夜醒来却还以为身在德国的伊萨河畔。

2007年回国,恰逢中国正式加入国际热核聚变实验堆(ITER)计划,科技部中国国际核聚变能源计划执行中心(CNDA)成立,作为国内的领

黄懿赟在德国马普学会等离子体所工作场址留影

头单位，等离子体所承接了70%的中方采购包项目，这是等离子体所发展的重大机会，但必须经受国际管理理念和方式方法的考验。我被推荐到科研管理岗位，旨在创建所内的ITER项目管理体系和具体方案。凭借在德国西门子学习掌握的知识，我夜以继日地分析了几个著名企业的管理理念和ITER的管理章程，梳理出一整套ITER项目管理、人员管理的方法，并创建了等离子体所第一版ISO9001管理体系标准，由此向全所项目推广实施。真正的挑战，来自于如何按照ITER的国际管理体系制订各采购包的第三层次过程文件，由于那时中国制造业的国产化及结构分散性非常显著，只靠简单的文件上传下效是远远不够的。在科技部CNDA、科学院以及各制造企业的倾力合作下，我们各项工作逐渐跟上步伐甚至超前，为后来的ITER十年项目进度和质量能够始终位于七方之首，打下了坚实的基础。

2008年，在完成ITER管理体系之后，我又回到了电源室的研究岗位。第一个任务就是恢复托卡马克HT-7装置中诊断中性束（DNB）的电源系统，虽然我习惯于接受困境和挑战，但这的确算得上是一项非常艰难的任务。需要恢复的系统是美方淘汰近20年的设备，多数分立器件处于故障边界状态，极难取舍；图纸资料非常不全，部分单元元器件根本无法在国内直接获得；更为窘迫的是无专门的经费支持此项工作，只能从其他项目挤一点出来找企业重新加工,更换那些实在无法恢复的部分;绝大部分设备,要靠实验摸索其特性再进行功能性修复。经过几个月的驻厂和反反复复的试探性实验,整个电源系统终于起死回生,并与DNB主系统一起投入了HT-7的实验运行,完成了HT-7的一项重要温度诊断,对我来说,这段经历完全算得上是一个攻克工程难题的实例。

2010年上海世博会期间,最大的挑战来了,得益于时任副所长傅鹏老师的信任,我承担了一个极其重要的ITER采购包项目,设备多是通用设备但部分指标极高,且设计全起源于欧盟标准及理念。最大的难题是:如何让中国企业及合资企业生产出符合欧洲标准的几十种近700多个型号的电力电气设备。任务的起点就是大数据,必须将电子表格使用到炉火纯青的地步,还需要和几十家著名企业的几百名管理人员、一流的全能型工程师一起工作,中间还要解决中美不平等分包、国内企业产品国际化提升、应对欧盟巨头企业觊觎中国市场等各项风险和挑战,完全是一个拼智慧、拼勇气、拼细节的过程。我必须全方位迅速提高自己的专业知识、谈判水平、组织工作等综合能力,没有丝毫退路可言,直至2019年全部合格的产品运往法国ITER总部。

前后历经的这十年,可谓喜怒哀乐、五味杂陈、无法详尽。那时只知道每天工作超12小时,经常半夜视频开会几个小时,永远有写不完的文件、看不完的图纸和通不完的电话……值得自豪的是,经过通读大量ITER计划中欧、美、日等的设计文件,我创建出四套设计、制造、试验以及过程控制文件,它不是标准,不是文章,也不是专利,起初只是为了有效整理出大数据,便于管理好所负责的采购包。但后期部分文件被许多采购包参考并逐渐采用,还受到ITER国际组织和科技部ITER中心的认可及推广。理解该文件作用的人如获至宝,对该文件倍加推崇,其中的成就感只有共经风雨的人方能心领神会。

2009—2019年,在承担ITER采购包任务的同时,按照研究所的发展战略和国家任务,我同时又承担了大大小小的国际、国内各级项目20多项,大多数都是具有现实应用需求的。2013年为俄罗斯著名的GYCOM公司研制的一台厂用设备使用至今,并决定着该公司所有重要产品的出厂质量。因此,我们的团队每年赴俄罗斯对设备开展维护工作

时,都会受到极其友好的接待,这就是知识的力量和科研的价值所在。

从 2003 年担任硕士生导师至博士生导师以来,17 年中直接或协助培养出 30 多位硕士和博士研究生。我们一起做课题、一起加班,已经超越了师生关系,更像是战友。多数学生已分赴祖国各地,出差相见时,我们总有说不完的话。

回首 45 年人生经历,纵观 20 年职业生涯,我深深领悟到精神的满足大于物质的满足;感慨自己未负韶华、无愧于青春,谨以此文纪念我荏苒的时光、如歌的岁月。

2020 年 8 月 15 日

让科技成果在祖国的大地上开花结果

姚建铭

姚建铭简介

姚建铭,1990年进入中国科学院等离子体物理研究所工作,1998—2002年在等离子体物理研究所攻读博士研究生,获博士学位,师从余增亮研究员。目前为等离子体所研究员、中国科学技术大学博士生导师、等离子体所应用产业部部长、生物技术工程化团队创始人、嘉必优生物技术(武汉)股份有限公司首席科学家。曾赴德国马普学会分子植物生理所做高级访问学者。

曾挂职合肥市副市长;曾任等离子体物理研究所所长助理;曾在中国科学院技术转移转化工作中取得突出的成绩,2020年荣获中国科学院科技发展促进奖。

将离子注入诱变选育的维生素C高产菌种成功转让东北制药和江苏江山制药,为我国发酵法生产技术战胜国外化学法技术做出巨大贡献,也为企业带来了巨大的经济效益。花生四烯酸发酵法生产技术在武汉产业化,该技术历经20多年的产业化、商业化实践,实现了该产品从0到1的突破,产业化公司嘉必优生物技术(武汉)股份有限公司2019年在科创板上市,并成为世界上第二大花生四烯酸的生产基地和供应商。发酵法生产N-乙酰神经氨酸(燕窝酸)技术也实现了产业化、商业化,未来在食品、药物中间体以及化妆品领域有着巨大的应用前景。

 科学与人生

一、岁月沉淀

我的祖籍为上海市,1958年,作为上海知识分子的父母亲响应国家号召,支援内地建设来到安徽。我于1963年出生在上海,1970年到淮北矿务局子弟学校读书,1978年考入淮北一中。在那个艰苦的年代,煤矿工人不畏艰险、团结一心,源源不断地为国家的经济建设输送能源,工人们为建设者的身份而感自豪。我受父母的影响,对外面的世界充满了好奇。

姚建铭

1980年,我被录取到安徽师范大学生物系学习,毕业之后,按照国家分配政策,我又被派遣回了淮北市,在淮北教育学院任教,三年的生活平静得几乎看不到一点波澜。1987年,我考取了西南农业大学食品学专业硕士研究生,师从著名的茶学专家刘勤晋教授,主攻茶的发酵和深加工。茶学的研究,直接以技术转化和应用为目的,在这里我对科学研究的应用价值有了初步的体会。

二、进入离子束生物工程学领域

20世纪80年代的中国科学院等离子体物理研究所,科学家们以百倍的热情投身于我国核聚变能源研究,不断有新的技术突破。他们以其独特的敏感性,也尝试着将新的技术应用于国民经济各个领域。当国内外开展离子束在金属、半导体、绝缘体等材料改性研究时,以余增亮研究员为代表的科学家,开始关注离子束注入生物体内的现象,发现了离子注入的生物学效应,逐步发展成一门"离子束生物工程学"交叉学科。

1990年，在离子束生物工程学发展的起步阶段，我从西南农业大学硕士研究生毕业，同年进入等离子体所，成为所里第一个拥有生物背景的工作人员，跟从余增亮研究员，开始进行离子束注入微生物的研究。

从1990年开始的十年内，在国家"八五""九五"等重点攻关项目的支持下，我作为核心人员筹建了国内第一个离子束生物学实验室，开辟了离子束在微生物改良应用上新的研究方向。我们团队开展了大量的微生物育种改良工作，一大批微生物发酵产品的产量大幅度提高，包括林可霉素、利福霉素、之江菌素、单宁酶、木聚糖酶、L-乳酸等。其中最具有代表性的，是借助维生素C(V_c)二步发酵法在生产规模上将糖-酸克分子转化率从80%提高到95%，最高达到97%，几乎达到了菌种转化率的极限，处于国内外最好的水平。当时，国际V_c巨头以价格战的方式打压国内企业，我国V_c产业几乎全军覆没。该项技术转化之后，其优异的菌种性能和成本优势，迫使国际巨头退出了国内市场，同时，我国的V_c产业在国际竞争中逐渐占据了主导地位。

三、博士研究课题——花生四烯酸菌种选育和产业化

在离子束生物工程学的研究过程中，为了提高自己的理论水平，并实现新的技术突破，我于1998年开始攻读博士学位，研究的课题就是：以离子束生物技术改造高山被孢霉菌种，以提高花生四烯酸（简称ARA或AA）的产量水平。早在读博士之前，这个课题就在国家科技攻关项目的支持下开始了研究。离子束生物技术对高山被孢霉菌种的改造再次获得了巨大的成功，大幅度提高了菌种的合成效率，摇瓶发酵可以达到5 g/L以上。专家在验收的鉴定书中写道："利用离子束生物工程技术选育的高产AA菌，比国外类似菌株（日本专利菌）发酵水平高3.5倍，达到国际领先水平。这不仅为我国AA油脂开发提供了宝贵的资源，也为工业化生产打下了良好的基础。"我的博士论文获得了当年中科院优秀博士论文奖。

1999年，武汉的企业家易德伟找到我们，将该技术引入武汉，创办了武汉烯王生物工程有限公司，通过几年的努力，在国内首家实现了ARA

科学与人生

产业化。为此,美国出版的 Single Cell Oils 认为,"人们一直在寻找替代的富含 AA 的微生物源油脂,而中国武汉烯王生物公司已用高山被孢霉的新菌株在 50—100 吨反应器规模实现了工业化生产",该技术就是我国 ARA 发酵生产技术的源头菌种。2004 年,烯王生物公司又引入战略投资者,设立了嘉吉烯王生物工程(武汉)有限公司,2012 年更名为嘉必优生物技术(武汉)股份有限公司。2019 年,嘉必优公司实现了全年营业收入超过 3 亿元,净利润超过 1 亿元,纳税 4000 余万元。

ARA 菌种技术的产业化之路,充满了坎坷和艰辛。一是实验室的技术,距离工业化还有漫长的道路,需要反复地实验,解决大量的工程化问题。二是当年在成果的推介中,非常不容易,直到武汉的易总听说了这个项目,并对该成果非常感兴趣。但是易总是学历史专业的,他在了解了成果之后,将有关的材料带回武汉,向武汉轻工大学的油脂专家何东平教授咨询。何教授在查阅了国内外文献和产业的情况之后,告诉易总,这个技术国内确实没有,技术水平比国外的还要高。易总下定了决心,从原来的印刷出版行业跨界到生物工程这个全新的领域,面临很多的挑战。通过 5 年的艰苦努力,经历了工艺建立、工程放大、法规准入、市场化、国际化等重重关卡,一直在持续投入,直到 2004 年才建立了自己的工厂,看到了曙光。

花生四烯酸成果的产业化,让我深刻地认识到,科研院所大量成果不能及时转移转化的症结所在:需要资本和技术的对接,需要企业家和科学家的对接,还要经历一个工程化的"死亡谷",这就是我在后来近 20 年的科研工作中,持续不断坚持要解决的问题。

四、探索科技成果转移转化机制

2002 年,我从德国马普学会访学归来。同年 7 月,合肥市政府、合肥市人大认为我"市场经济意识较强,积极地推进实验室成果产业化",提名我为合肥市科技副市长(挂职),当年我正值 39 岁。在副市长的就职发言中,我提出"要为群众多办事、办好事",争取成为中科院和地方之间的桥梁和纽带。在副市长的岗位上,我仍然没有放弃科研,带领着一个课题组及博士生、硕士生一起努力工作。

　　副市长的职位，让我从政府和政策的层面进一步审视了科研院所科技成果的转移转化问题。2003年11月24日至26日，"中国科学院第六届科技副职工作会议"在浙江省金华市召开。我通过对合肥市科技资源状况的调研，在严密论证的基础上，提出了在合肥市建立"科学城"的构想，得到了合肥市政府、安徽省政府的高度重视。与此同时，合肥市政府紧锣密鼓筹备，在合肥市西郊规划出一大片土地，后来发展成为"合肥市科技创新示范区"，合肥市向着我国第一个科技创新型试点市迈出了坚实的一步。

　　2004年10月，我在合肥市挂职期满回到等离子体所，立即开始筹建安徽循环经济技术工程院，该院是"合肥市科技创新型试点市示范区"建设的首家进行体制机制探索的创新单元。2011年6月，中科院合肥研究院与淮南市政府签订了战略合作协议；2012年1月，等离子体所与淮南市政府签订了"淮南新能源研究中心"协议。我从安徽循环经济技术工程院任职期满回到等离子体所，又作为主要负责人筹建了淮南新能源研究中心。在这些机制体制探索的过程中，建起了科研院所与地方政府及企业的桥梁和纽带，促使科技企业与资本对接，促进了一批科技成果的转移转化。

　　在科技成果转化过程中，要经历一个工程化过程，被称为"死亡谷"，是大多数科技成果转化迈不过去的"坎"，特别是生物技术成果转移转化领域。因为一方面实验室没有条件中试放大，成果仅限于实验室水平；另一方面，实验室成果一般只涉及某项产品生产技术的源头，中游、下游技术配套性差。从投入上来看，试验室的投入如果为1，中试工程化的投入要达到10，后续产业化的投入要达到100。中试工程化投入大，技术集成难，风险最高，所以这个阶段最容易失去资金的支持，也是成果转化过程中极易产生放弃念头的阶段。

　　我和我的团队从2007年开始，利用微生物技术进行餐厨废弃物能源化处置项目的开发，形成了成套的工艺技术，并成立了科技型的转化公司。科研团队进一步协助合肥市成为我国第一批餐厨垃圾无害化试点市。但是，中试工程化过程中缺乏足够的资金支持，缺乏示范工程建设,导致该项目落地较难。花生四烯酸技术的转化整整花了5年时间,租借设备进行中试,开展技术配套性研究,才得以建设新厂,实现了产业化。可以看到,仅仅依靠原有的科研机构进行成果的转化是远远不够的。

五、搭建工程化平台,迈过成果转化"死亡谷"

2010年,中科院在湖北省建立了产业技术创新和育成中心,第一任育成中心主任刘新对科技成果转化的理解与我有深刻的共鸣,极力邀请我和团队到武汉建立研发平台,致力于生物技术的工程化工作。在ARA技术转化过程中历经艰难的企业家易德伟,也与我们不谋而合,愿意投入资金,共同建设工程化平台。在中科院和地方政府的大力支持下,等离子体所在湖北育成中心建立了生物技术工程化中心,成立了武汉中科光谷绿色生物技术有限公司,作为实体运行的单位,大力推进应用研究和生物技术成果的工程化。在后续的研究中,我们成功研发了二十二碳六烯酸(DHA)、β-胡萝卜素(BC)、N-乙酰神经氨酸(SA,唾液酸,俗称燕窝酸)等高附加值的产品,并进行工程化中试和验证,最终都成功地在嘉必优和中科光谷公司实现了产业化。其中,SA发酵生产技术在国内首家实现工业化生产,并于2018年实现盈利,是继ARA之后,中科院与嘉必优公司合作的第二个国内首家实现产业化的产品。2019年10月31日,嘉必优公司首发通过了上海证券交易所科创板上市委员会的会审,12月19日,嘉必优公司在上交所科创板上市,成为我国科创板上市的首家食品配料生产企业,也是湖北省第一家科创板上市的公司。目前,该中心仍与等离子体所密切合作,开展人乳低聚糖系列产品的研究开发和工程化,并取得了重要突破。

对我来说,"以生物技术应用研究、工程化和产业化为主线"的科研思路不会变,我们以"价值观趋同"来筛选人才,以"利益共享"来聚集队伍,目前已凝练形成了30余人的核心团队。我们不仅在应用基础研究、工程化研究方面取得了较为全面的经验,也深刻领会到了市场对应用研究的导向作用。与行业龙头合作,充分利用行业龙头的资金、资源、市场优势,加快科技成果的工程化及快速转化,是一个非常有效的途径。我们的团队与洽洽食品公司合作成立了益生菌研究所,主推益生菌技术研究和产业化;与杭州妈妈去哪儿网络科技公司合作,成立了杭州中科宸新科技有限公司,还成立了功能性食品资源应用技术研究中心,致力于功能性食品资源应用技术的研究及终端产品的研制和市场开拓。嘉必优公司成功上市以后,我们还将建立中央研究院,进一步整合资源,不断深化合作的形式,强化科技成果转化的工程化,推进生物技术成果向产业化转化。

这些机制的成功,将会进一步反哺科技成果的工程化研究,提高科技成果转化的成功率。目前,我们还在谋划生物产业技术研究中心进一步的建设,将从菌种的诱变选育和应用基础研究中获得高产菌种及基本的技术方案;进行中试工程化和工业化生产试验,集成菌种、发酵、分离提取工艺技术,实现功能营养素的工厂化生产;最终制定产品工艺标准和质量标准,实现商品化和市场化,完成产业化和市场化的全过程。

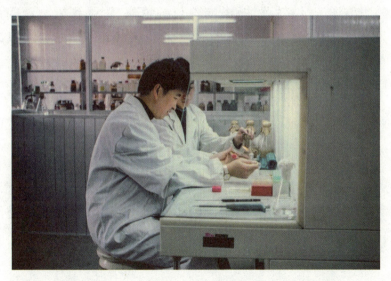

姚建铭攻读博士研究生期间在实验室开展实验

六、对培养后续科研人才的建议

作为一名科研人员,我一直坚持科研应面向国民经济主战场,以应

用研究和成果转化为核心任务,现对应用研究和产业化方面的人才培养提几点想法。

1. 科技成果转化是有难度的

科技成果转化过程非常艰辛,需要持续地关注和支持。基础研究是探索机理上的可行性的,往往获得一次性的成功,就能够获得非常重要的结果。而科技成果工程化,要把这些基础研究的成果变成产品、技术和工艺,试验结果需要反复重现,并需要集成多方面的技术来实现,在理论上可能没有更多的突破,但是需要的关注和支持却不能缺少,否则往往半路夭折,相关的科研人才随之流失,人才队伍就失去了持续性。

2. 需要加大对应用研究人才的投入

应用技术研究更关注实际的应用,同时对技术的保密性要求比较高,一般很难及时将研究结果发表。在目前的科研评价体系下,科研人员个人的职称评选、绩效评估、纵向项目的争取,均受到限制。因此从机制和投入上,应建立针对应用研究和产业化人才的评价体系,以政策引导部分有兴趣的人才从事这些工作,而不受体制机制的束缚。对于科技成果转移转化的收益,更多地应回报于应用研究和产业化队伍的学科方向,形成良性的循环。

3. 培养具有强烈市场意识的应用技术研究和工程化人才队伍

基础研究面对的是未来,应用研究和成果转化是直接面向市场的,科研人员既要认识到技术成果的价值,更要认识到市场和产业资源的价值。而且,科技成果也是有保质期的,自己稍一迟疑,别人可能就超前了,所以人才培养要能跟上节奏,成果转化要趁早。

2020 年 9 月 20 日

在路上，看风景

吴仲城

吴仲城简介

吴仲城，1998—2001年在中国科学院等离子体物理研究所攻读博士研究生，获博士学位，师从方廷健、虞承端、戈瑜研究员。现任中国科学院合肥物质科学研究院研究员，中科合肥技术创新工程院院长，中国科学技术大学兼职教授、博士生导师。为国家"万人计划"领军人才、科技部创新创业领军人才、安徽省学术和技术带头人、安徽省技术领军人才、安徽省"特支计划"创新创业领军人才。

长期从事智能终端标准化、人机自然交互、身份认证技术、数据智能技术、车联网应用研究及产业化等领域的研究，曾承担国家"十一五"大科学工程项目一级课题，获国家技术发明奖、中国科学院杰出科技成就奖、安徽省科学技术奖；享受国务院政府特殊津贴；先后承担国家自然科学基金、国家"863"计划、中国科学院知识创新工程、安徽省自然科学基金、安徽省科技攻关重大项目等课题24项；取得数据智能相关知识产权240多项；在国内外期刊、国际会议发表论文80多篇，40多篇论文被SCI、EI收录；已获授权发明专利34项、软件著作权100余项，申请和公开国家发明专利10项，申请PCT国际发明专利1项；牵头制定了传感器信号接口、数据接口、测试规范3项物联网国家标准，参与制定传感节点标识符编码和解析国家标准1项。

微风徐来,淡淡的桂花香飘了很远。来到窗边,洁白的月色洒在桌子边,斑驳的树影和虫鸣,格外熟悉,这样的夜色最容易让人想起从前。

人生的轨迹很奇妙,人们总是会做五年规划,可谁也不知道五年之中会经历什么事、遇见什么人,也许这就是最有意思的事。就像六年前,我不会想到有一天我会创业。

吴仲城与学生一起交流技术

一、从科研到创业的风景

2014年,中科院合肥技术创新工程院成立。在此之前,我一直做科研、带学生,每天的生活和工作很规律,这条科研路已经走了很多年,早就驾轻就熟了。也就是这样一个突然的时间点,仿佛按下了某个启动键,我被调去创新院工作。

也许人总是喜欢看看不同的风景,见见不一样的世面,体验不一般的经历,于是怀揣试一试的心态,我带着团队走进了一个不同的世界。当时我很自信这件事比科研简单,走着走着才发现从科研到创业的不同,看到了曾经看不到的风景——一言难尽。

记得,在公司成立之初,大家投入的银子一点一点地耗尽,余粮在一粒一粒地减少,耳畔还有嗷嗷待哺声,可是,仍没拿到第一桶金,压力油然而生,这样的时光真是难熬。

陆路不通走水路,船到桥头自然直。在最困难的时候,团队仍然坚持成事在人、努力向前看。在一秒一秒的煎熬里,合肥市天使投资给了一笔资金,帮助我们渡过了难关。

2015年,全国公车改革的大门徐徐打开,在一个恰巧的时间我们恰巧认识了第一个贵人,她们需要我们的技术和团队。那时候,我们还不太明白这个体系应该如何高效运转,只知道我们要尽快着手研究这件事如何做成,如何服务好客户,如何将技术转化为产品。在多方的援助和团队的努力之下,我们一举打造出了安徽省的第一个车联网"爆品",得到了国家有关单位的多次表彰。

我不禁感慨:路上的风景有很多,只有走在路上,才能发现它的美。无论笔直与曲折,无论上山与下坡,一路都有美的伴随。人生亦是如此,美丽的人生是"走"出来的,哪有坐等的辉煌。只要清晨看到美好,就赶快忘掉烦恼,怀着美好的心情,走好未来的路。

二、百般滋味,皆是人生

2016年,我们基本完成了整个安徽省的业务布局,并成为全国的标杆。这一年,大家斗志昂扬,兴奋不已。这年的春节,我却陷入最难耐的纠结之中。因为我要拍板决定:是固守安徽,还是迈向全国。我感觉,我们还不具备迈向全国的能力,"退一步,安徽省的任务,保障团队存活没问题;进一步,全国市场布满了荆棘",这样的想法在脑海里盘旋很久,难以落地。

身前是自己一人,身后可是团队一群。经过了一场对未知旅程中能否承受住风险的挣扎之后,我觉得内心轻松了许多:本来就是看风景,走出去方可得世界。打开心扉,走向全国,去看看更壮阔的山水,管他春秋,管他冬夏,都尽收眼底。也许人生就应该有时候笑得像个傻子,有时候又落泪伤感不已。

三、因人成事、因事成人、成人成事

和预想的一样,全国市场的赛道和省内完全不同,有各项标准、各类伙伴、各种风景。有同事说,总是半夜才收到我的信息,我也是身不由己。终于还算走得顺利,一路上,因人成事、因事成人、成人成事,团队壮大至近300人。突然有一天我发现,我们已经从安徽走向北方的塞上江南,来到南边的彩云之巅,见过最东边的日出,看过最西边的日暮。

吴仲城近照

我们开始思考公司的下一个未来,思考公司能为国家的经济建设再做多大的贡献。

我们希望,用"成全他人,成就自己"的文化理念,以"科技推动社会进步"的企业愿景,成为一家不负客户、不负韶光、服务于国家重大战略、服务于社会民生的创新型高技术企业。

而今路漫漫其修远兮,我们在路上,继续看风景。

2020年9月26日

为大装置奉献的科研工作者
——记我最尊敬的潘引年老师
陈文革

> **潘引年简介**
>
> 潘引年（1943—2022年），教授级高级工程师。1959年由芜湖萃文中学保送至北京航空航天大学飞机发动机专业，1964年毕业分配至成都兴都机械厂（420厂），主要开展火箭发动机的研发工作。1976年调至中国科学院合肥受控热核反应研究实验站（1978年更名为中国科学院等离子体物理研究所），工作至退休。退休后返聘至中国科学院强磁场中心工作。工作期间先后参与了HT-6、HT-7、EAST、稳态强磁场等大科学装置的建设。在EAST装置中负责核心部件D型纵场线圈设计及研制，在稳态强磁场中参与外超导磁体的研制，为上述两个大科学装置的建成做出了突出贡献。

> **陈文革简介**
>
> 陈文革，中国科学院合肥物质科学研究院研究员、强磁场中心磁体技术部主任、博士生导师，主要从事高场超导磁体设计及其相关技术的研究。
>
> 1995年毕业于合肥工业大学机械工程专业，获硕士学位；1999—2002年在中国科学院等离子体物理研究所攻读博士研究生，获工学博士学位；2002—2008年在等离子体所工作；2008年起在强磁场科学中心工作。其间，先后在中国科学技术大学应用超导系进行博士后研究工作以及作为访问学者在德国等离子体物理研究所（GREIFSWALD分所）工作。曾先后参加了国家大科学工程"EAST超导托卡马克核聚变实验装置"项目中的重要部件设计、理论分析及其制造，国际热核聚变实验装置（ITER）的校正场超导线圈的工程设计、理论分析，国家大科学工程"稳态强磁场装置"中40T级混合磁体中大口径高场超导磁体的研制等工作。
>
> 2008年作为团队成员获国家科技进步奖一等奖"全超导非圆截面托卡马克核聚变实验装置（EAST）的研制"（集体奖），2012年获"安徽青年科技奖"，2017年获中国科学院杰出科技成就奖，2019年获安徽省科学技术奖特等奖。

时光如流水,也许你并没有察觉,它却在悄悄地流逝。恍如昨日,清晨我背着挎包,意气风发,推推架在鼻梁上的大眼镜,带着微笑进入总体设计室,开始了一天的 EAST 装置的研制工作;还是西装笔挺的我,手持笔记本电脑,满脸自信地坐在同事们面前,汇报稳态强磁场装置设计的最新进展。从到科学岛的那天起,至今已有 20 多个春秋。"年年岁岁花相似,岁岁年年人不同",在内心深处,自己对科学岛与大装置是那么的留念,因为它们是我梦想的源头,是我奋斗的基地,是我人生美好记忆的驻留地。

工作早期的陈文革

作为国之重器,大科学装置的建设不是一蹴而就的。合肥科学岛上的两大装置——托卡马克核聚变实验装置(EAST)和稳态强磁场装置的成功建设,离不开所有工程建设者的群策群力。我有幸参加了这两大装置的建设,并从一名博士生成长为大装置设计的主要负责人;我感谢身边众多的科学家与科研工作者对我的指导和培养,并致以无比崇高的敬意,他们是:我的导师翁佩德研究员、潘引年研究员、万元熙院士、高大明研究员、高秉钧研究员、陈灼民研究员等,他们忘我工作、无私奉献,刻苦钻研、勇攀高峰,很好地诠释了创新精神、科学精神和奉献精神的内涵,成为我学习的楷模。

与我共事时间最长的老师是潘引年研究员,一位和蔼可亲且知识渊博的长者。潘老师毕业于北京航空航天大学飞机发动机专业,在等离子体所先后承担了 HT-7、EAST 等大装置的改造和研制任务,尤其在 EAST 装置建设期间,他负责并完成了十六饼 D 型纵场线圈的设计和研制任务。纵场线圈是 EAST 装置的核心部件之一,它为等离子的约束提供了重要的稳态磁场条件。由于极向场线圈的脉冲工作模式,以及等离子体破裂带来的巨大电磁扰动,纵场线圈需要提供很高的能量裕度以确保在任何极端情况下都不出现失超的风险。此外,由于纵场线圈体积庞大,形状复杂,电磁力带来的应变和支撑等问题,也是研制纵场线圈面临的重大难题。我在潘老师带领的纵场线圈研制小组内,与导师一起夜以继日地刻苦攻关,探讨、质疑、推翻、实验、再实验,成功地解决了其中的关键技术问题;从分析计算、图纸设计、部件加工到最后线圈的准确安装,整个研制过程虽曲折艰辛但最终完美收官。纵场磁体是迄今为止国内自主建设的规模最大、建设最早的大型超导磁体系统,经过像潘老师等的老一辈科技人员的奋力开拓,等离子体所在大型超导磁体系统的设计和研制方面积累了丰富的经验,同时也为国内相关行业培养和输送了大批的专业人才,我也是受益的学生之一。

陈文革近照

EAST 装置于 2007 年 3 月通过国家验收,已成为国际上首台建成的全超导托卡马克装置。

之后,潘老师接受了匡光力研究员的邀请,并在同期加入了强磁场中心的创建工作,此时潘老师已64岁高龄。当时潘老师的想法很简单:强磁场中心刚成立,一穷二白,参与两三年扶上马送一程,就可以真正地做到光荣退休了。但谁会想到,这两三年,最终变成了11年,潘老师全程参与了稳态强磁场装置的设计和建设任务,直到强磁场装置顺利运行和验收之后,他才"解甲归田"。

潘老师在强磁场中心工作的11年期间,在我负责的研制项目中,主要指导和参加了稳态强磁场标志性装置——40 T混合磁体中外超导磁体的导体和磁体的结构设计、研制和测试。很幸运的是,有潘老师指导,我承担的项目即使遇到再大的困难,也能够获得老师的答疑解惑,老师亲自带领我们解决一个个技术难题。业内人都知道,大型超导磁体系统基本上都采用管内电缆导体CICC的模式,CICC特殊超导电缆导体是由数百根多级扭绞的超导线穿插进不锈钢后再加工成型,为了满足不同类型超导磁体的应用,CICC导体也必须采用不同的结构和类型。混合磁体中外超导磁体首次在国内采用铌三锡超导材料CICC导体,这种材料具有超导特性后其机械强度变弱。由于工作在强磁场环境中,如何克服巨大的电磁力并防止其性能退化是在该类磁体研制过程中必须解决的核心问题。理论上可以做到精确地计算出超导导体和磁体的电磁和机械性能,但实际上诸如磁体功能材料的合理选择、加工的精度以及各种细节工作等等方面,才是真正决定该超导磁体是否能成功研制的关键。我与潘老师一起多次前往相关企业进行调研,根据超导磁体的技术要求,选择合适的绝缘材料和铠甲材料。为了完成铌三锡CICC导体中超导电缆的加工,70岁高龄的潘老师,和我们年轻人一起蹲守一线,一待就是几个月。难能可贵的是,为了能够确保降低超导线表面杂质含量以便进行后续热处理工艺,在嘈杂的车间里,潘老师和工人们一起对每根超导线进行仔细的现场清洁。整个磁体研制过程中,潘老师总是一丝不苟,无论是绞缆还是导体成型及磁体的加工与安装,都严格按规范对每一个步骤、每一道工序提出具体的要求,这才确保了十几吨超导磁体的高质量研制完成。前辈的敬业精神,深深感染着我,这种润物细无声的言传身教,让我终生难忘。

潘老师的爱人常年卧病在床,家庭的重担只能靠他自己一个人扛,但潘老师从来没有因为这些原因影响科研工作。潘老师在家是一位和蔼可亲且充满智慧的父亲,在他的熏陶下,三个子女都很优秀,尤其是儿子潘旭,也是中科院合肥物质科学研究院的一名研究员,从事新型太阳能电池材料的研究工作。生活中的潘老师一直乐观积极,与人为善,从不摆架子,每每听到他爽朗的笑声,那一定是潘老师在和年轻人聊天。潘老师在生活上很容易满足,他的胃口很好,实验室加班时的盒饭,潘老师总是"光盘行动"。他对当今社会的发展和幸福的生活,无不时时表达着称赞和知足。

一代人有一代人的特点,潘老师是"四零后"老一辈科学家的典型代表,在工作中一丝不苟,在生活上乐观积极,做人谦逊平和,特别是对年轻人总是积极鼓励并培养提携。有人说,教会徒弟,饿死师傅,这曾是一个铁律;即便在今天,也有人选择了猫教老虎的模式。在工程技术领域,书本上的理论知识是远远不够的,很多设计和工艺必须依靠丰富的经验。因而,得到一个知识渊博且具有实践能力的老师的指导,能够让年轻人在研究工作中少走很多弯路。潘老师是值得尊敬的,在科研方面,他对年轻人是毫无保留的,知无不言,言无不尽。他最希望看到的是年轻人的快速成长,能够勇挑重担,把科研工作继续深入地做下去。我们课题组的年轻人谭运飞在加入强磁场中心时还是一名刚毕业的博士生,短短几年里就快速成长为副研究员、研究员,这和潘老师以及其他几位老师无私的培养是分不开的。

也许是性格使然,也许是因为退休的身份,潘老师在强磁场中心工作的11年期间,一直是高调做事、低调做人。我曾经看到为了导体的加工,潘老师和某位老师发生了争执,第一次看到潘老师发这么大的脾气。后来想想,为了工作,该坚持的原则确实不能放弃。但同时,潘老师随和的性格,又给课题组每一位同事留下了深刻的印象。有时候我在想,什么是"无私的奉献"?爷爷奶奶照看孙子孙女应该是,退休返聘更应该"是",尤其对于潘老师这样的科研人员,宝贵的工作经验是金钱难以衡量的。除了工作,潘老师在单位充当了"透明人"的角色,总结汇报、领导

混合磁体成功励磁合影（二排右三为潘引年老师）

来访、开会检查、嘉奖表彰，甚至照相都难以看到潘老师的身影。我很想为本文找几张潘老师个人的工作照片，很遗憾没有找到一张。但偶然发现了混合磁体成功励磁时，实验室主要参与人员的一张合影，潘老师虽然躲在后排，但笑容依然是如此的灿烂，仿佛看到自己的孩子正在茁壮地成长一样。

写这篇文章的时候，我得知潘老师已病入膏肓，心情十分沉重。在医院的潘老师给儿女提出了唯一的愿望：希望能够再回到等离子体所和强磁场中心看一看。那里，有潘老师的牵挂——"人造太阳""稳态强磁场"大科学装置的成功运行，凝聚着像潘老师这样一批科技工作者的默默付出与奉献……

注：在修改完这篇文章的时候，尊敬的潘老师已离我们而去，谨以此文纪念。

2022年5月3日

一次邂逅　一生结缘

姚达毛

姚达毛简介

　　姚达毛,中国科学院等离子体物理研究所研究员、博士生导师,1987年毕业于合肥工业大学,获学士学位,同年到等离子体所工作,2006年在职获等离子体所工学博士学位,师从翁佩德、李建刚研究员。1994—1996年在意大利国家核物理研究院弗拉斯卡蒂国家实验室做访问学者,2000—2004年担任研究室副主任,2005—2007年担任研究室主任,2008—2011年在国际热核实验堆(ITER)国际组织任职,2012年回合肥物质科学研究院担任研究员,为中国科学技术大学兼职教授。2012年入选安徽省"百人计划"。负责完成的主要研究工作有:聚变堆遥操作(RH)系统研究、聚变堆偏滤器工程研究、ITER窗口屏蔽包层设计、ITER中性束穿透区域第一壁设计、EAST第一代偏滤器及水冷第一壁设计、EAST第二代偏滤器设计、EAST多功能内部线圈设计、EAST真空室设计、EAST壁加热系统设计、HT-7超导磁体系统设计、HT-7水冷限制器设计、HT-7相关诊断仪器设计、DIII-D偏滤器靶板研制、电磁发射炮前级炮设计等。获得国家科技进步创新团队奖2项、国家科技进步奖一等奖1项(集体奖)、安徽省科技进步奖一等奖1项、中国科学院科技成就奖1项;获得授权专利14项,其中作为第一发明人的有7项,待授权专利2项;发表文章40多篇,其中作为第一作者的有9篇。

科学与人生

一、邂逅结缘董铺岛

第一次与董铺岛"擦肩",是20世纪80年代读大学期间来"董铺岛"的一次参观学习。当时因为我知识面窄,还不懂科学家从事科研工作的崇高与伟大。岛上宁静的环境给我留下了深刻的印象,因而我产生了想在这里生活和工作的想法。

大学毕业分配时,指标中还真有一个是到中国科学院等离子体物理研究所的。虽然当时并不知道等离子体所是做什么的,但有了之前的第一印象,我就在指导员那里软磨硬泡争取到了这个指标。

我记得很清楚:拿到报到证后的心情很激动,那个夏日的夜晚久久没能入睡,终于有了人生的第一份工作,能够到向往已久的地方,我能在那里做点什么呢……第二天一大早,我便赶早班的21路公交车前往中国科学院合肥分院。

报到的第一天我就拿到了宿舍的钥匙,虽然是三个人一间房,但比学校七八个人挤在一起要好很多。食堂里的饭菜品种并没有学校食堂丰富,但价格并不比学校贵。研究室里的老师们都很和蔼,对我们新人很关心:关心住的地方是否安排妥当,关心食堂饭菜是否能吃习惯,关心家人近况,关心有没有女朋友……

岛上离市中心差不多有20千米,交通不方便,除了早晚上下班的班车外,每天21路公交车只有6个班次,坐公交车到市里单程要一个多小时。每到周末单位会额外安排班车去市内,于是大家像赶集一样去挤班车,回来时大包小包地拿着购物所获。不过,当时董铺岛本身就是一个"五脏俱全"的独立世界:商店、粮站、菜场、邮政所、储蓄所、冷饮店、医院、澡堂……应有尽有。作为一个单身汉,平时也不用经常到市里购物。等离子体所还有一个岛上其他单位都没有的福利:我们有一个养鸡场,每月每人可以分得5斤鸡蛋,过节还可以分到一两只鸡,当时幸福感超强。

随着社会的发展、国家的进步,董铺岛也和中国整个社会一样发生了全面的变化。因为岛上的科研成果不断涌现在不同的媒体上,党和国

家领导人每到合肥，便把此处作为重要考察之地，董铺岛也因国家领导人的题字而被命名为"科学岛"。

一晃 30 多年过去了，我常思考：自己都有过什么贡献？能不能对得起逝去的年华？能不能对得起国家多年的培养？

二、强流离子源实验

记得我参与的第一项科研工作是强流离子源实验。因为离子源所使用的主真空泵是油扩散泵，返油很厉害，做不了几天实验就要把离子源大卸八块，要全面对放电室里的部件进行清洗。我们用汽油、丙酮、无水乙醇依次清洗拆下来的部件，实验室里不分老少，大家一起动手，没有人偷懒，完成相应工作后，再将离子源恢复，开展试验。

我毕业于合肥工业大学精密仪器系真空专业，自然就承担了真空泵运行任务。大型油扩散泵启动之前需要通过前级泵预抽真空，这需要花费一两个小时，为了每天能够有更多时间用于离子源实验，六点多钟晨跑时，我便到实验室启动前级真空泵，等到八点钟上班就可启动扩散泵了，老师们也就可以很快进入实验状态。扩散泵通过对油加热来实现抽气，下午实验结束后，要等到扩散泵油完全冷却下来才能停前级泵，每天晚饭后我再到实验室去关闭前级泵。一早一晚虽只增加了这一点点工作量，但为团队争取到了更多有效工作时间。

20 世纪 80 年代末，我们接受了中国海军的电磁炮研究任务。霍裕平所长亲自挂帅，全所上下几十人参与了这项技术研发工作，我们取得了在国内首创的记录。作为一个年轻的工程师，我有幸参加其中的一部分设计工作，虽然并未出现在相关名单里，但感到很自豪，直到今天在讨论国内电磁发射技术的发展时，至少我不是一个完全的外行。

三、超导托卡马克 T-7 的纵场超导磁体系统改造工作

真正接触到托卡马克装置是 20 世纪 90 年代初，我参加了从俄罗斯引进的超导托卡马克 T-7 的全面改造工作。T-7 超导托卡马克在苏联时

期建成,苏联解体后俄罗斯聚变方面的科研经费大大缩减,无力继续调试运行 T-7。等离子体所霍裕平所长把发展超导托卡马克作为研究所的长远发展方向,力排众议下马了在建的 HT-U 常规托卡马克,以较小的代价引进了 T-7,经改造后定名为 HT-7,即合肥托卡马克 7 号。

姚达毛(左)与翁佩德老师在芬兰参加国际聚变工程会议(2005 年)

我们的工作,是将原来 48 饼超导纵场线圈合并成 24 饼,以获得线圈之间更大的开档,从而可以在真空室上开更大的窗口,以满足等离子体诊断与加热的需要。我参加的是纵场超导磁体系统改造工作,一切对我来说都是全新的。之前从来没有接触过"超导"这个概念,更不要说超导磁体了。这时,我感觉自己就像一块海绵,贪婪地从书本上、托卡马克文献里、俄罗斯专家和所里的前辈们那里吸取不同方面的知识。因为年轻,不怕吃苦,我整天扑在俄国人的图纸上,进行消化和思考,设计出适合 HT-7 的新结构。经过一段时间的努力,我渐渐进入了可以自己迈步向前走的角色。在设计过程中,俄罗斯专家给出了不少建议,我们也有自己的想法。记得关于磁体支撑的结构设计,俄罗斯专家和我的意见相左,他建议的结构比较复杂,而我的结构比较简单。我坚持采用自己的结构,最终结果证明,这种简单的结构一直运行到 HT-7 退役都很可靠。

由此我认识到：自己要有自信，真下苦功夫之后会获得自主创新的成果，一味地模仿别人的东西，就不会有突破，更不可能站到一个新的平台上。

HT-7改造项目，当时并未获得经费支持，大家勒紧裤腰带，尽可能压缩行政开支，甚至每月发放工资常常到兄弟所去借款。正是因为当年的坚持，全体参与项目改造的人员以不计个人得失的奉献和支持，为等离子体所在超导托卡马克研究方面奠定了坚实的基础。HT-7自1994年投入运行后，取得了一系列科研成果，为中国聚变研究真正走向国际舞台做出了重要贡献。

四、全超导托卡马克HT-7U(EAST)真空室设计

HT-7的成功，为我们自主发展超导托卡马克技术树立了信心，在HT-7投入运行后的几年里，我们所又向国家申请建设更先进的全超导托卡马克，能够运行偏滤器位形的等离子体。经过充分论证，1998年国家正式批准全超导托卡马克HT-7U(EAST)立项。这时，我在意大利国家核物理研究院弗拉斯卡蒂国家实验室参加为期两年的DAΦNE正负电子对撞机设计，回国正好赶上EAST项目开始。因为有之前工程项目历练，我已经锻炼成为有一定经验的工程师，在新的项目中承担了更重要的任务。

一个有真空专业背景的工程师，研制超导托卡马克任何一个部件都是合适的。EAST从内到外共有5层结构，最内层是一个环形超高真空容器，用于盛装等离子体；16饼超导环向场磁体套在这个环上，垂直场磁体固定在环向场磁体的支撑结构之上；因为超导磁体要运行在接近绝对零度（约4.5 K）的低温环境中，为了减少真空室对磁体的热辐射，在磁体和真空室之间是一层运行温度在80 K左右的冷屏，同样在超导磁体的外部也有一个冷屏；最后在最外层有一个真空杜瓦将里面4层都包起来，形成一个真空环境，使得热对流在这个环境中不存在，从而保证冷质部件维持极低的温度状态。

虽然在HT-7的改造过程中我参与了超导磁体的相关工作，但在研制EAST时我选择了与真空关系最密切的部件——托卡马克真空室，一

个具有"D"形截面、双层壁结构、体积 30 立方米的环形真空容器。在真空室上环向 16 个均匀的位置,在水平方向和上、下垂直方向各开设 3 个尽可能大的窗口,而且每个窗口有一个颈管要穿过真空室外面的四层结构,最长的颈管长度达到 3 米多。

托卡马克真空室因为运行环境特殊,设计不能简单参照真空容器设计标准,具有 EAST 超导托卡马克真空室特点的真空容器,在国内外并无设计和建造的先例,只能自己摸索。经查阅资料与系统思考,我大胆提出方案,认真核算分析,进行多轮优化,最终形成了能够满足各方面要求的 EAST 真空室设计。

姚达毛(左)在美国普林斯顿大学参加第 22 届 TOFE 国际会议并作报告

真空室的研制要依托国内工厂,因为没有先例,过程非常曲折,只能依靠工厂技术人员与我们设计人员共同根据已有的条件与能力,开展工艺设计、工艺试验,反复修改工艺方案,最终确定各扇段制造方案,整个真空室环体共有 16 个扇段。当第一个扇段制造完成、通过检测达到设计要求时,作为设计负责人,我非常欣慰自己的一切付出是值得的。在接下来的日子里,设计人员常驻厂家,把关每一道工艺过程,用了大约一年时间,完成了全部 16 个扇段制造。

五、EAST 偏滤器和内部部件设计

在真空室制造阶段,我又承接了 EAST 偏滤器和内部部件的设计工作。"偏滤器"这个概念我之前根本没有接触过,要完成偏滤器的设计和建造,有点摸不着头脑,顿时觉得非常无助和有非常大的压力。当然,越是新鲜事物越能激发好奇心,越是挑战性的任务越能激发斗志。我从零开始,向做偏滤器物理研究的老师请教基本物理概念、了解偏滤器基本功能和物理要求、找国际上具有偏滤器位形的托卡马克相关资料……感谢我的博士导师翁佩德先生和李建刚院士在科研方面的指导和在团队建设方面的支持!感谢团队成员的共同努力!感谢周围同事和国际同行的帮助!也感谢自己的执着和不服输的韧劲!"偏滤器"终于由一个陌生的词汇变成由一个台阶上升到另一个台阶的科研成果。

EAST 超导托卡马克瞄准高参数、长脉冲稳态运行,要求偏滤器和第一壁必须水冷。真空室内表面是三维曲面,所有水冷第一壁和偏滤器靶板均需要支撑在这个三维曲面上。当时可用的面对等离子体的第一壁材料,是我国自己开发的掺杂石墨,这种材料不可以直接水冷,需要将其附着在能够建立水冷回路的热沉材料上,热沉要固定在连接于真空室内表面的支撑上。我带领团队边学习边设计,经过两年多的努力,终于完成了经得起审核的内部部件设计方案。

作为热沉的铜合金板,共有 290 多块,有不同曲面形状,大小不同,冷却通道通过钻孔开在热沉板内部,再用管道将这些孔连接起来形成冷却回路。用石墨材料做成较小的瓦块,全部石墨瓦数量约 9000 余块,像贴马赛克一样,通过螺栓固定在热沉的表面。因为要适合等离子体的磁位形,不能形成热流集中,偏滤器面对等离子体的面,相对磁位形的误差要求小于 0.5 mm。热沉冷却连接管道数量很大,全部焊缝约 2000 多条,总体真空漏率要求控制在 10^{-10} Pa·m³/s 量级。零部件的数量大,形状复杂,加工难度大,组装、安装精度高,真空密封要求更高……这项

工作的完成,将一个团队的工程水平推向了一个新高度。这套偏滤器和第一壁完全是自主设计与研发的,为 EAST 装置研究成果走向国际聚变舞台的前列,做出了重要贡献。

如果说石墨偏滤器是 EAST 装置的第一代偏滤器,钨偏滤器作为第二代偏滤器在 EAST 上的应用,将 EAST 物理实验研究的宽度与深度大大扩展。采用 ITER 类似技术开展 EAST 钨偏滤器设计,这是一个重要决定,也是这项技术在世界上首次运用到与 ITER 有相似运行模式的装置上。作为钨偏滤器设计负责人,我在完成这项工作的过程中,能真正感觉到自己的团队已与国际前沿的团队肩并肩,那些代表聚变工程研究最高水平的 ITER 团队主动与我们交流,希望我们的经验能对 ITER 今后偏滤器的研发工作有所促进,希望我们走过的弯路不在 ITER 上重现。

2015 年,世界上首个具有模块式结构、应用 ITER 技术的钨偏滤器在 EAST 上投入实验运行。虽然这套偏滤器不完美,甚至还有些毛病,但作为第一个"吃螃蟹"的,这个偏滤器给 EAST 实验带来的收获是非常大的,它将继续为 EAST 装置物理实验取得更好成果做出贡献。

六、培养研究生勇于创新的精神

除了完成所承担的科研任务和继续摸索、创新,走向更高平台,培养年轻一代更重要。作为研究生导师,应该把学生培养得比自己更强,从而更好地面对未来的全新挑战。培养研究生不是去传授给他们特定的知识,重要的是教会他们分析问题、解决问题的方法。凡事不可生搬硬套,要勇于创新、勇于挑战前人的成果、勇于挑战权威,也要勇于否定自己。前前后后有 20 多位我培养的研究生走上了不同的工作岗位,相信他们都能比我做得更出色。

聚变能研究的路漫长,偏滤器技术作为实现聚变能和平利用的关键技术之一,仍然是摆在我们面前的"拦路虎"。虽然我们继续奋斗、努力前行,学习他人、追赶他人,甚至目前谁在我们前面有时也不一定能说清楚。其实这些都已经不重要,与地球上的其他"勇士"一起,前仆后继,战

姚达毛与制造工厂技术人员讨论 EAST 钨偏滤器模块制造变形控制问题

胜这个"拦路虎",才是我们最终的目的。

发扬"诚实、敬业、创新、一步一个脚印"的精神,带好团队、做出成就、甘于奉献,这是我们最感欣慰的。真诚地祝愿:在自己从一线退下之时,能看到曾经一起战斗过的团队取得丰硕的科研成果,行走在国际聚变队伍的第一方阵中!

2019 年 6 月 26 日

以大科学精神为引领　用匠心品格创造辉煌

吴杰峰

吴杰峰简介

吴杰峰，中国科学院等离子体物理研究所研究员、博士生导师，中国科学院"关键技术人才"、安徽省首批"省特支计划"创新领军人才，享受安徽省人民政府特殊津贴、合肥市人民政府特殊津贴。1988年本科毕业于华中科技大学；2007年博士毕业于等离子体所，获博士学位，师从翁佩德、高大明研究员。

长期从事电物理装置研制焊接技术及其相关领域研究工作，曾带领团队承担国际热核聚变实验堆（ITER）计划校正场线圈、FEEDER馈线系统等采购包研制任务以及国际重大专项"大型重载复杂轮廓双层真空室成型焊接及装配关键技术研究"项目、"十三五"国家重大科技基础设施"聚变堆主机关键系统综合研究设施"1/8真空室及总体安装实验平台等研发项目，带领团队参建上海光源、北京正负电子对撞机、中国散裂中子源、中国首台高能同步辐射光源等大科学工程项目。

担任等离子体所研制中心主任、特种焊接技术安徽重点实验室副主任、安徽省焊接学会副理事长、安徽省超导回旋加速器标准化技术委员会委员、安徽省聚变工程技术及应用标准化技术委员会委员等职，入选国际焊接学会"国际焊接工程师"。

曾荣获安徽省科学技术进步奖一等奖，获评安徽省先进工作者等；作为主要完成者荣获安徽省科学技术奖特等奖；作为参建单位负责人荣获国家科学技术进步奖一等奖、中国科学院杰出科技成就奖、安徽省科学技术奖一等奖等奖项。

近五年发表论文30余篇，申请、获得专利30余项，发布安徽省地方标准5项。

我是参加工作以后读的研究生,师从翁佩德和高大明两位老师。回首30年的经历,我很庆幸等离子体所给了我非常好的学习成长平台,也感谢导师对我的培养。我把对科研的热爱化作努力工作的动力,投入到了等离子体所的大科学工程建设中去。

1988年7月,我大学毕业后从湖北武汉来到了合肥科学岛,它三面环水,不仅风景美丽,还是一块科研圣地。初到岛上,我就被浓浓的学习氛围及科研环境深深地吸引,一直致力于国家大科学工程的建设,一干就是30余年。我参与了8个国家大科学工程的建设:EAST全超导非圆截面托卡马克核聚变实验装置、40万高斯稳态强磁场、北京正负电子对撞机、上海光源以及中国科学技术大学国家同步辐射加速器等项目,都留下了我工作的印记。

我作为科学岛两个国家大科学装置的建设者和见证者,有许多的体会和感想要与大家一起分享。实事求是地说,大科学工程建设涉及面广、定位目标高、参建人员多和建设周期长,可不是一件轻松的活,很多时候往往是在荆棘地里硬闯出一条别人从未走过的路。

一、研制东方超环(EAST)"CICC"超导导体

就拿"人造太阳"东方超环(EAST)来说,从1998年国家批准立项,到2006年高温等离子体放电调试成功,在8年的时间里,工程建设者就有近200人,装置涉及机械、真空、低温、超导、控制、微波、电源、水冷等各个系统。我当时参与装置主机最核心的部件"超导磁体"的研制,首先就是要研制出超导导体,根据物理及工程设计要求,总共要研制近35千米的超导导体。导体的结构也非常特殊,是采用超导丝通过多级绞制形成的超导电缆,然后采用"焊接、无损检测、穿管、成型、收缆"等多道工序制成"CICC"超导导体。

我们经过广泛的国内外调研,国际上仅俄罗斯做过几百米,而且还没有实际应用。为了完成任务,只能自主研发,自主创新。我们用了一年多时间完成了600米穿管导体生产线方案设计、选址测量及准直、单个系统调试、现场装配、总体调试和样件试制等任务;用了不到3年的时

间,在国际上率先制成了 58 根总长 35 千米的超导导体,震惊了国际同行,他们对我们的建设速度都感到不可思议。这也很正常,因为他们根本不知道我们的工作状态和工作模式。

吴杰峰在 EAST 装置工作区

我们团队秉承了"星期六保证不休息,星期天休息不保证"这样一个不成文的作息制度,一切都是围绕工程的建设目标来安排自己的工作时间,对于"五加二""白加黑"的工作模式已经形成了习惯。在后续的两年时间里,我们又陆续完成了超导线圈的绕制、绝缘处理、超导磁体的精密加工以及现场总装等工作;2005 年底,整个装置主机及其外围系统的现场安装及低温超导工程也成功地进行了联调;2006 年 9 月完成了 EAST 首次高温等离子体放电,它标志着世界上首台全超导磁约束核聚变实验装置在中国率先建成,在国际聚变史上具有里程碑式的意义。

正因为如此,2006年10月在成都举行的第21届国际聚变能大会上,EAST工程总经理万元熙院士作了开幕式上的第一个报告。按过去的惯例,一般都是由世界上最先进的聚变研究所先作报告。报告结束后大家热烈提问,第二个提问的是美国聚变研究所前所长Goldstone教授,他过去参加国际大会都会坐在第一排,并提出非常尖锐的问题,但他这次却站了起来说:"我建议我们全体起立,为中国的EAST热烈鼓掌祝贺!"在国际聚变能的类似大会上,以前还没有发生过700多位与会代表一起为某项科研成就热烈鼓掌的情况,这次大家却为EAST的成就共同鼓掌,充分说明了我国科学家已成为该研究领域的"VIP"。因为他知道,韩国的装置比我们提前两年建设,预算耗资是EAST的7.5倍;由美国和俄罗斯专家协作完成的同等规模的装置在那时还没有建成。2007年3月1日在国家竣工验收会上,我们的总经理万元熙院士自豪地说:"与国外同类装置相比,我们已建成的装置使用的资金最少、建设的速度最快、自主创新也最多,完全可以乐观地预见,EAST的成功建造和运行,将为中国磁约束核聚变研究的下一步计划奠定物理、工程技术和人才队伍的坚实基础!"确实,他的话已经得到了印证,从2006年至今,我们又在EAST物理实验中创下了多项世界第一,获得过两次国家科学技术进步奖一等奖和两次安徽省科学技术进步奖一等奖,还获得了68项自主创新的成果。近两年,实现了百秒量级的高约束模和电子温度达到1亿℃的高温等离子体放电,又创造了两项新的世界纪录,这些都为后续聚变能的开发和应用迈出了坚实的一步。当然,这些成果的背后无不凝聚着我们团队全体人员坚持不懈的努力、持之以恒的坚守、敢为人先的创造和甘于奉献的情怀。

二、研制40 T(特斯拉)稳态强磁场装置

在科学岛另一个国家大科学工程——40 T稳态强磁场装置研制过程中,我作为工艺技术负责人,带领研发团队承担了包括超导磁体、水冷磁体、低温分配阀箱、低温超导传输线等几乎所有主体结构的研制,以及

科学与人生

整个装置的总装工作。从 2008 年开始预研到 2016 年建成调试,历时 8 年时间。这期间,我们攻克了 20 余项关键技术:超导磁体拉绕及无张力两种绕制平台的建设;绕制工艺技术研发、超导接头制作、液氦短管接头焊接;超导磁体出线头的精确定位、绝缘材料热处理工艺、超导磁体真空压力浸渍(VPI)、超导磁体的装配和水冷磁体容器的精密加工等,克服了大口径超导高场磁体成本高、难度大、风险高、研制周期长等不利因素。特别是为超导磁体提供液氦的低温分配阀箱项目,它是十分特殊的非标压力容器,拥有真空环境、低温液氮容器(液氮槽工作温度 77 K)、低温液氦容器(过冷槽工作温度 4.5 K)、一对 16 kA 高温超导电流引线和 13 个低温阀门,其内部管路密集而复杂,在仅有 1.5 m³ 的空间内除了安装以上内部容器及部件以外,还要按照规定的冷却介质输送流程布置总长度为 2460 米的各种规格的低温管路,以及现场焊接深低温密封焊缝 5811 条,这些密如蜘蛛网的管路就像人体大脑的毛细血管,如果出现一处细小的渗漏,都会带来灾难性的后果,导致整个混合磁体的研制失败。

为了解决分配阀箱结构复杂、装配要求高、装配难度大、风险极大等技术难题,我首先从设计源头上进行控制,亲自带领和指导平均年龄不到 28 周岁的 3 名技术人员,历时近 3 年时间,经过 5 轮图纸的设计优化,最终完成了共 1170 张主体图纸、340 余张工装图纸、近 900 页的工艺文件以及 200 多页质量控制文件的设计及编写任务。在 9 个月的现场总装过程中,无论严寒和酷暑,我们都与施工人员一起讨论或向其交代具体的工艺细节,在现场组织召开了 180 余次的工艺技术协调会,严格把控施工过程中每一个零件、每一节管路、每一条焊缝的施工质量,我们采用的是高灵敏度的氦质谱检漏仪器,来探测管路或容器的真空气密性。在那一段时间里,施工现场即是我的办公室,在保证质量的基础上为了加快总装进度,我们每周工作时间均超过 60 小时,经过我们团队的连续奋战,终于在 2016 年 9 月底完成了 40 T 混合磁体的所有总装任务。在后续历时 40 天的真空及降温测试中,于 11 月初使超导磁体进入了超导状态:超导磁体在 4.6 K 低温下真空度达到 5×10^{-6} Pa,低温分配阀箱真空度达到 2.5×10^{-6} Pa,真空总漏率小于 1×10^{-9} Pa·m³/s,低温传输线

吴杰峰在 EAST 内部改造现场

和超导磁体各个接头电阻均小于 10 nΩ，所有测试结果均达到或优于设计指标；特别是真空密封性能指标优于设计指标近 100 倍；超导磁体及水冷磁体磁场强度均一次励磁分别达到 10 T 和 30 T、总磁场强度达到 40 T 的设计及国家验收指标，成为国际上第二高磁场强度的混合磁体，超过了日本、法国和荷兰，仅次于美国。在所有参与人员为这一测试结果欢呼雀跃时，天有不测风云，在后续的励磁测试过程中，有一次通上电励磁时磁体系统发生了故障。混合磁体的验收在即，一层厚厚的阴霾顿时笼罩在所有参建人员的心头。就在这关键的时刻，我责无旁贷地亲自带领原班人员与时间赛跑，不分昼夜和节假日连续工作 25 天，确定了故障排除方案，又重新设计加工了故障件，完成了安装、测试等任务，通过了项目的总体验收和国家的最终验收。

这些大科学工程先后获得了国家科技进步奖一等奖 4 次、省部级科技进步奖特等奖和安徽省科学技术进步奖一等奖 2 次，不但锻造和激发

了我们勇于创新的品格和争创一流的精神,同时还磨炼出我们耐得住寂寞和默默无闻付出的品质。每当这些装置在实验运行过程中取得令世人瞩目的"世界一流"的科研成果时,我由衷地感到高兴和自豪,因为这是对我们建设者劳动价值最好的体现,也增强了我们建设国际一流大科学装置的信心。

三、做好本职工作的体会和感受

我作为参加大科学工程建设已有30多年的建设者,下面谈一谈自己做好本职工作的体会和感受:

第一,要有一个发挥自己才能和作用的平台。我从走出大学校门,就开始参加或负责一个又一个大科学工程装置的建设,在承受压力的同时也提升了自己的能力,可以说大科学工程给了我成长的机会,同时也得益于老前辈、领导和同事对我的信任、培养和支持。

第二,有一个明确的整体目标和具体的实施计划。这样就会有的放矢,少走弯路,提高工作效率。

第三,对所从事的工作有浓厚的兴趣。俗话说:兴趣是最好的老师。只有这样,我们才会主动工作,愿意投入更多的精力。特别是我们所从事的项目由于任务量大、持续的时间长,出成果的周期也很长,又比较单调,像跑马拉松,如果没有兴趣,很难耐得住这样的寂寞,很有可能中途退出。

第四,养成"在工作中学习和持续创新"的良好习惯。由于我们承担的任务涉及面广,再学习进行知识积累很有必要。我本人也是工作以后再读的研究生,除了学习知识外,更重要的是培养和提高解决实际问题的能力。

第五,有"持之以恒,一张蓝图绘到底"的毅力和决心。由于大科学工程建设创新性强,不确定因素多,会碰到各种意想不到的问题和挫折,要有足够的定力和坚忍不拔的毅力,才能坚持到项目完成的那一天。

第六,有"团结协作,甘于奉献,共同提高"的合作精神。目前大科学工程建设都是大兵团作战,团队协作和奉献精神尤为重要。分工明确、各司其职固然需要，但"甘于奉献、互相帮助、同心协力"的工作精神是不可或缺的，这是做好大科学工程的思想基础。

今后，我还会以更加饱满的热情投身到大科学工程的建设中去，为国家重大科学基础设施的"国之重器"建设添砖加瓦。

2019 年 6 月 10 日

我的成长之路

胡建生

> **胡建生简介**
>
> 　　胡建生，1994年西安交通大学本科毕业，1994年7月起在中国科学院等离子体物理研究所工作，主要从事聚变装置等离子体与壁相互作用研究工作。1995—1998年在等离子体所攻读硕士研究生，获工学硕士学位，师从李成富老师；2000—2002年在意大利高能物理研究院访学；2004—2008年在等离子体所攻读博士研究生，获理学博士学位，师从李建刚院士。现为中国科学院合肥物质科学研究院等离子体物理研究所副所长、研究员、博导、学术委员会委员。
>
> 　　为国家自然科学杰出青年基金获得者、中科院关键技术人才、国家"万人计划"科技创新领军人才，荣获安徽省创新争先奖，是国家科技进步创新团队奖、中国科学院杰出科学成就奖的重要成员。主持国家重点研发项目多项。

一、父母重视对我们的教育

我来自安徽怀宁县一个农民家庭,兄弟二人中排行老大。父母文化程度较低,但自学能力很强。父亲上到小学三年级就辍学了,18 岁就独立生活,学了手艺,成为一个出色的瓦工。记得那时周边很多人都乐于找他盖房子,他能很快在地上绘制草图,给出建筑材料的使用规格,计算出建筑面积以及各种材料的使用量,算得精准,很少有浪费。母亲没有正式上过学,自从分田到户,为了看懂化肥、农药等说明书,开始学习认字。记得我在上大学时,她练习给我写信,现在可以读些小说、传记之类的书。

小时候,家里粮食基本够吃,但油水很少,能在辣椒酱或者米饭里加点油膏就感到是一种享受。父母白手起家,再加上两个小孩上学,比村里其他人家要穷一点。家里盖房子,虽然只花费两千多元,但也为此背负了多年债务。1987 年我初中毕业时家里通了电,1990 年我高中毕业,家里买了黑白电视机,这些都比村里其他人家晚了三五年。我只要在家,都是和母亲共用煤油灯或者一盏电灯,我做作业时,母亲就在旁边缝缝补补。

父母对我们的教育非常重视,在我们上学期间,他们宁可自己辛劳些也尽量不让我们参加劳动,生怕耽误我们的学习。他们说,自己这辈子缺的就是知识,希望我们能学有所成,跳出农门,有更好的生活。我上的小学、初中、高中都离家不到两千米,初三、高中基本都住校,除了暑假农忙"双抢"时,其余时间由我们自己支配,因而我们能全身心地投入学习。

在初二以前,我比较贪玩,学习成绩差。最为关键的一年是初三,在各位老师的鞭策与教导下,我找到了适合自己的学习方法,成绩有了大幅度提高。初二结束时父亲希望我能留一级,重新把基础打好,但被学校拒绝了,认为没有必要占用留级名额,建议我把初中毕业证书拿到以后学一门手艺。开始时,初三班主任不允许我住学校宿舍,怕我影响其他同学学习。为此父母尤为伤心,但还是找到居住在学校对面的姑妈,让我在姑妈家的客厅里摆上一张凉床。看着年近60岁的姑妈每天晚上铺床、早上再来收拾,我心里憋着一股劲,发誓一定要学好功课。

通过不懈的努力,我的排名从班级最后几名逐渐上升到前几名,如愿地住进学校宿舍,后来成为我们班考上高中的三个人之一。高中三年,在教学能力更强的老师和富有竞争力的同学们的激励下,我全身心地投入学习,终于如愿考入了西安交通大学。

二、被等离子体所录用

我毕业时没有选择考研,只想早点工作,减轻家庭负担。好在当时国家鼓励毕业生进入政府部门、科研院所、国家大工程项目和边疆地区工作,我被中国科学院等离子体物理所录用了。

胡建生硕士研究生期间在实验室工作

1994年7月初我到所里报到,被分配在真空研究室(原老八室)。老八室负责托卡马克HT-7装置主机、真空系统、极向场控制、低温诊断与失超保护等,在1998年前后与当时的诊断实验室合并成为托卡马克实验室,延续至今。我在西安交大电子工程系主修物理电子学专业、真空物理与电子器件方向,同时学习了物理、真空、电磁场、气体放电、电子光学、电子电路、控制、微波、材料、机械等课程。在等离子体所通过一段时间的实习,最终我选择留在辜学茂老师的真空组。

当时的 HT-7 装置刚刚完成工程测试,正在迎接首次等离子体运行调试。在此期间我主要学习各种真空设备的使用方法。HT-7 外真空室用了大量橡胶圈交叉密封,盛暑之际,大家将所有密封面都重新用胶涂了一遍,我拎着胶桶跟随张晓东老师涂胶,并与孟月东老师爬进真空室仔细检查绝缘、更换陶瓷接线柱等。

HT-7 装置上的法兰、角阀等都用了很多焊锡丝,烘烤后经常会漏,学习检漏是工作中必不可少的内容。检漏仪购自成都科仪厂,主泵是油扩散泵,需要液氮冷阱,灯丝经常污染或者熔断,氦峰经常调不出来或者信号很弱,所以需要反反复复地拆卸、清洗、调试,检漏效率极低。唯一的质谱计是从俄罗斯带来的,操作复杂,数据直接用笔画在格子纸上。机械泵、罗茨泵、分子泵的开启顺序非常严格,一旦操作不当,这些泵容易损坏,或者造成真空室油污染。采集、控制技术水平当时还很低,所有设备都需要现场操作。这期间我主要学习这些设备的运行和维护,为能够更好地参与 HT-7 装置的真空运行做好准备。

三、HT-7 装置首次调试等离子体

HT-7 装置首次调试等离子体,是研究所里程碑式的重大事件,调集了所里的精兵强将。第一次等离子体击穿放电前,所有人都比较紧张,大家围在装置周边,等待亲眼看到 HT-7 首次调试等离子体。当首次等离子体放电获得成功的时候,大家欢欣鼓舞,很是兴奋。但是放电还是不太理想,每天的晨会上,大家展开激烈的讨论,并且提出了很多的解决办法。为此,每逢放电时,何也熙主任经常到装置周边观察。当时,HT-7 也是 24 小时不间断运行,尽管不是值班时间,很多人只要有空就到所里去,关注装置的运行进展,尽可能协助解决相关的问题。这让我第一次由衷地钦佩老一代科学家的执着奋斗精神,深切地感受到所里团结一心的科研氛围;我进一步领悟到了聚变研究的意义所在,认识到等离子体所是一个可以栖身的科研场所,聚变研究是一项值得让我为之奋斗一生

的事业。

四、报考研究生

很快几个月就过去了,到了报考研究生的时间。报考前,研究室同事极力建议我报考所里的在职研究生,可以在当年考,同时工资也不耽误。研究室领导对我考研非常支持,考前一个月没有安排什么工作,让我认真备考。很顺利,我通过了全国统一考试和所研究生部组织的面试。

真空组当年有三个硕士生,分别从事储槽低温泵设计、硼化壁处理研究以及我承担的水冷抽气限制器研究。我的导师是李成富老师,他是经验非常丰富的真空专家,快到退休年龄了,我是他最后一个学生。为了开展好课题研究,我调研了大量资料,了解了基本原理,学会了AutoCAD制图。定好设计目标后,我们讨论好基本方案,实地勘测了空间尺寸,然后绘制图纸,经过多次评审,最终完成了加工、调试和安装任务。尽管经费有限,无法配置与设计要求一致的真空机组,但也为后续限制器设计提供了参考。硕士阶段的学习,使我懂得了如何做科研,如何独立地开展工作,对以后的发展起到了至关重要的作用。

1998年硕士毕业后,我结婚成家了。当时我只有几千元储蓄,弟弟在上大学,父亲身体也出了点问题,没有办法再向父母寻求支持。我们没有举办婚礼,只是置办了些必要的生活用品,叫上几个朋友在家里聚了一下。所里分给我一间平房,我们在那里生活了三年左右,并有了小孩。

五、离子回旋清洗技术

随后两年,我主要参与了离子回旋清洗研究和HT-7装置的石墨测试工作。离子回旋清洗技术是当时由所里提出并发展起来的先进技术,我的主要工作是分析清洗过程中的粒子清除效率,为此拟参加2000年的等离子体与壁相互作用大会。虽然最终因为签证问题没有成行,但工作过程令我非常难忘。在数据的讨论、摘要撰写过程中,六室主任李建刚老师给予我大量耐心、细致的帮助,并且说为了锻炼年轻人,要求一位老师的摘要与我的摘要进行了合并。石墨材料研制是由太原煤炭化学研究所完成的,我主要的工作是:在HT-7装置上测试其在等离子体轰击下的腐蚀特性和对等离子体的影响。另外,在此期间,EAST(HT-7U)已经立项,我参与了真空物理设计工作。

六、访问学者

2000年10月以后,我到意大利高能物理研究院比萨分部做了两年访问学者,参与了欧洲重力波观测项目大型激光干涉仪建设工作,主要负责真空系统设计、安装及调试。在此期间,我学习了大型真空系统如何获得超高真空的技术,也了解了国外学者的研究方法,以及我们与国际上大装置建设及运行方面的差距。

出国的两年,真空组及HT-7都发生了很大变化,硼化壁处理技术逐渐成熟,HT-7装置内新安装了两个极向石墨限制器(不锈钢热沉),等离子体放电也可以达到几十秒。这段时间,我经常加班,尽可能地去优化离子回旋清洗及硼化壁处理的参数与程序,尽可能参加EAST真空系统相关设计的讨论。同时,我重新研读了等离子体物理方面的书籍,准备考博士。

七、真空钎焊技术

2003年5月,李成富老师向李建刚老师推荐我来设计环向石墨限制器,要求是实现实时水冷,采用铜合金作为热沉,尽可能提高热负荷的输出能力;同时要避开所有诊断窗口,与装置的单点电绝缘,满足超高真空要求等。为此,我采用水套方式提高水的流量,并且设计扰流结构,大大提高了冷却效率。特别是为了实现铜合金之间、铜与不锈钢管道之间的真空钎焊,我们选择到具备条件的位于上海奉贤的工厂焊接。为了节省时间,每次都派专车把焊接样品带过去,失败了就重新修改、再加工,如此反复七八次,最终取得了焊接成功。在此期间,我和吴杰峰研究员共同解决焊接难题。我们在焊料选择、加工公差等方面取得了丰富的经验,为所里后来发展真空钎焊技术提供了有力的支持。在李建刚老师的理论指导下,张晓东老师大部分时间在安装现场指挥,技术工人们在狭窄的真空室内连续工作,60多岁的李成富老师对限制器部件进行了严格检漏,罗南昌研究员保障了高压波纹管选择与测试,杨道文老师与技术中心同志们解决了水路及加热控制问题。该限制器安装后,HT-7装置等离子体参数明显提高,放电时间很快突破了100秒、400秒。该限制器经历了7年多的运行,直到HT-7装置退役,没有出现任何泄漏和热沉损坏。

八、博士期间开展氧化壁处理实验研究

2004年,我继续深造、充电,考取了等离子体所博士研究生。

入学后,原以为博士课题可以继续从事限制器的物理实验研究,而我的博士导师李建刚老师站在更高的层次上,要求开展氧化壁处理实验研究。当时国际聚变实验堆(ITER)第一期拟采用碳纤维增强石墨(CFC)材料,碳的腐蚀将会导致氢同位素,尤其是氚的滞留增强,会直接影响ITER维护期间环境安全,亟须发展碳氢共同沉积层清除技术。

我为此开展了六轮实验,通过比较分析,证明了离子回旋氧化壁处理可以高效清除碳氢共沉积层,也弄清了氧化壁处理过程中氧的滞留行为。我采用了有效方法清除掉大部分滞留的氧,再用硼化技术抑制氧杂质,可以快速恢复等离子体运行。

在读博士期间,李建刚老师对我发表的文章及参加国际会议提交的报告都给予了认真指导。记得我第一次参加国际会议提交的报告,是他亲自帮我修改的,并且还请杨愚博士在报告前对我的英语讲演进行把关,我在西班牙旅馆里练了三遍。我每年参加两次相关国际热核聚变实验堆(ITER)的主题物理活动(ITPA-D/Sol)以及等离子体与壁相互作用大会,我的报告受到大家的欢迎,也发现一些期望解决的问题,我就把这些问题作为下次实验的重点,这样做取得了很好的效果。

2008年,博士毕业之前,我已发表SCI论文十几篇,并且获得了中国科学院院长奖学金,毕业论文还被评为安徽省优秀博士论文。

胡建生参加国际会议开展学术交流

九、优化EAST真空系统

博士毕业后,我担任了东方超环(EAST)真空课题组组长、托卡马克物理研究室室务委员,成为研究员、博士生导师。近十年来,在李建刚老师的指导下,在所领导的重视支持下,EAST相关课题组大力协同,同事和学生们积极工作,我们围绕等离子体性能提高与稳态维持的关键科学技术问题,优化了EAST真空系统,大大提高了极限真空度;研发了超声分子束和弹丸注入先进加料技术,提升了等离子体密度控制能力;发展了锂化等先进壁处理方法,阶段性地解决了杂质、氢氘比、再循环控制等关键问题,促进了EAST多项创世界纪录研究成果的获得;演示了锂球注入、实时锂化等控制具有极高热负荷的边界局域模新方法,在国际范围内首次实现了长时间完全抑制边界局域模的准稳态高约束模;率先在托卡马克装置开展了流动液态锂第一壁在高性能等离子体中的实验,为探索未来聚变装置高热负荷第一壁提供了一个新的研究途径。这些成果得到了国内外专家的高度评价,部分被评为国家重大科技研究实施的重要成果,我也入选了中科院"关键技术人才",获得了国家自然科学杰

出青年基金,承担了国家重点研发项目,成为了国家"万人计划"科技创新领军人才。

  让聚变能早日和平应用到千家万户是我们这一代人的梦想。未来,我将不忘初心、脚踏实地、积极进取、勇攀高峰。由衷地感谢研究所,感谢导师,感谢所有的同事、合作者和学生们。我们要团结一心、共同努力,恪守科研道德,站在前人积累的基础上积极创新,取得有价值的研究成果,为实现清洁、可控聚变能源的科研目标与人生价值而奋力前行。

2019 年 6 月 24 日

当好聚变事业的"螺丝钉"

王 茂

王茂简介

王茂,高级工程师,中国科学院等离子体物理研究所微波技术研究室党支部书记、室务委员。1999年9月至2002年7月在等离子体所攻读核能科学与工程硕士研究生,获硕士学位,导师为刘岳修老师。2002年留所工作,针对HT-7和EAST装置从事低杂波系统研制、建设和运行工作。作为主要骨干参与建设EAST装置2 MW/2.45 GHz低杂波系统,并负责完成4 MW升级改造工作;作为微波源系统主要负责人,参与研制并建设了国家大科学工程"EAST辅助加热"项目中6 MW/4.6 GHz低杂波电流驱动系统。2007年开始负责EAST装置低杂波系统实验运行,通过保障低杂波系统稳定运行助力EAST装置实现一系列创世界纪录的成果。目前负责EAST装置4 MW/2.45 GHz及6 MW/4.6 GHz两套低杂波系统的运行及合肥综合性国家大科学中心EAST性能提升项目低杂波系统升级工作。

曾主持国家自然科学基金项目、中科院知识创新工程青年人才领域前沿项目等,发表论文60余篇,申请国家发明专利20余项。

我出生在安徽桐城一个偏僻的小村庄,父亲对我的影响很大。父亲差不多与新中国同龄,参军入伍的经历培养了他正直刚毅的性格。父亲退伍回家后,任村支部书记,村民提起父亲没有不竖大拇指的。父亲经常教育我们"不给别人添麻烦,尽量给有困难的人提供力所能及的帮助"。父亲感叹自己文化水平不高,鼓励我要好好读书,要求上进。小时候我常想,我长大了也要像父亲一样,当一名光荣的共产党员。

一、好好读书,要求上进

我能考上大学,忘不了教我物理的朱书富老师。他对我这个农村孩子没有偏见,反而倾注了更多的心血:朱老师经常给我们补课"吃小灶";他看我比较瘦小,就对我说"身体好才能学习好"。从那以后,我每天坚持跑步,身体素质逐渐提高。我的成绩一直在年级名列前茅,记得高中物理会考成绩出来后,朱老师笑嘻嘻地问我:"知不知道考了多少分?"我摇摇头,年近六旬的朱老师高兴得像个孩子似的,双手摇着我的脑袋说:"满分,就是安庆一中也没几个。"那时,我立志要做一个像朱老师那样的人。高考后,我的第一志愿填报了朱老师的母校,成了一名师范生。受

王茂硕士研究生毕业照(2002年)

父亲的影响，我在大学时就提交了入党申请书，并在大学成为预备党员。我牢记父亲的教导，踏实做事，真诚对人，乐观向上，笑对人生。大学毕业时，我获得推荐免试研究生资格，被推荐到中国科学院等离子体物理研究所读研究生。

二、研究生课题：低杂波天线微波特性测量

来到研究所之后，匡光力老师耐心地指导我选择课题和发展方向，并推荐刘岳修研究员作为我的导师。刘老师看上去很严肃，做事情特别认真严谨。我的课题是"HT-7 新低杂波天线微波特性测量"，这个天线是我们研究所第一个多结波导阵天线，需要设计、加工新的测试器件与之对接才能完成其性能测试。在刘岳修老师和刘甫坤老师的指导和帮助下，我设计了一个带翼型法兰的过渡匹配转换器，在测试天线阵任意位置的主波导时，匹配转换器的翼型法兰可以和天线大法兰对接，满足了整个非标天线阵测试的需要。新天线的测试工作顺利完成后，单家芳老师又指导我完成了 100 kW 连续波速调管测试台的建设。在我毕业前夕，刘岳修老师生病住院，我去探望他的时候，刘老师在病床上完成了对我的毕业论文的审阅和修改工作。老师们的悉心指导与帮助，培养了我对低杂波和聚变事业的兴趣。毕业时，我提出留所工作并获得批准。

三、低杂波系统：聚变装置的关键系统

留所工作后，我继续从事托卡马克大科学装置低杂波系统工作。低杂波系统是聚变装置的关键系统，在托卡马克装置中主要用于驱动等离子体电流并控制等离子体剖面分布，是维持长脉冲稳态等离子体运行的关键手段。低杂波系统也是一套复杂的高功率微波系统，集合微波、真空、磁场、高压、水冷及保护控制等知识，每一部分独立但又相辅相成，透彻研究整个低杂波系统需要长时间的学习。在建设和运行过程中解决问题并不断积累经验也是至关重要的。

研究生阶段我负责当时 100 kW 速调管测试台的改造，为我之后的

工作奠定了初步基础。正式工作后我在测试台开展了很多实验：一方面对天线在不同真空度情况下的通波能力开展研究，获得了大量第一手实验数据，为解释天线打火及优化天线通波能力提供了依据；另一方面完成了俄罗斯 2.45 GHz/100 kW 连续波速调管的测试。测试台的工作让我得到了锻炼，特别是跟单家芳老师及俄罗斯专家一起调试速调管并解决问题，我学到了很多书本上学不到的知识和方法，也体会到工作带来的乐趣。

经过多年实验的磨炼，我逐渐熟悉并掌握了系统的运行规律，2006年前后，我开始负责 HT-7 装置低杂波微波源系统运行工作。当时监测、保护系统没有现在完善，经常会遇到不同的问题。在解决问题的过程中，我增强了对系统的认识，提高了对系统的整体把握能力。负责系统运行期间，低杂波系统辅助 HT-7 装置不断取得新的实验成果，特别是 2008 年，通过新的磁通反馈模式来控制优化低杂波功率辅助 HT-7 装置，实现了 400 s 的长脉冲运行。

王茂调节 EAST 装置 4.6 GHz 低杂波系统速调管磁场电源参数

2006 年，东方超环（EAST）大科学工程装置建成准备放电，由于当时 EAST 装置还未建成低杂波系统，研究所希望临时搭建一套预电离系统来辅助 EAST 首次实验运行。2006 年初，低杂波组开始建设预电离系统,我负责其中的前级微波源、功率采集与保护控制等系统的建设。系统建成后,于 2006 年 8 月 22 日开始测试;9 月 9 日与装置控制系统联调成功;9 月 26 日,低杂波预电离系统辅助 EAST 装置获得了大于 150 kA 的首个等离子体。

2007 年初,EAST 装置 2.45 GHz/2 MW 低杂波系统又开始建设,我协助单家芳老师完成微波源系统的建设和系统总体调试。在系统安装过程中,大家通过讨论提出了优化系统的方法,经过集思广益,解决了很多问题。经过 5 个月的连续奋战,在 6 月 30 日完成了微波源系统安装;7 月 1 日开始调试,解决了调试过程中的关键难题;7 月 23 日开始正式投入 EAST 装置运行。2012 年,系统升级到 4 MW,并在当年助力 EAST 装置实现了 411 s 长脉冲等离子体运行。

2013 年 4 月,4.6 GHz/6 MW 低杂波系统也开始安装,我负责微波源系统建设,这是一个由 24 只高功率速调管组成的世界上最庞大的微波系统。记得 4 月下旬的一天,我接到刘甫坤老师的通知,要求 7 月完成系统建设。当时确实感到这是不可能完成的任务,但我要尽最大的努力去做好这项工作。从此,我开始了没有周末的紧张忙碌的系统建设工作,高温假也没有休息一天。整个建设过程漫长而辛苦,遇到问题时我立刻分析、测试、验证,系统的安装测试记录整整记了厚厚的两大本。其中有心血和汗水,更多的是开心和满足,特别是一个个难题解决之后,获得了无法用言语形容的那种快乐。11 月中旬,在国家重大科技基础设施鉴定委员会的现场验收测试中,专家组对整个 4.6 GHz 系统给予了高度评价:"低杂波电流驱动系统性能达到国际领先水平!"

在负责低杂波系统运行的过程中,我们又不断改进优化系统,解决运行中出现的一系列问题,保证了低杂波系统的稳定、可靠运行;通过对低杂波系统控制技术的研发,拓展了低杂波系统运行模式,助力大科学工程 EAST 装置取得了一系列创世界纪录的重大成果。

科学道路上不可能一帆风顺,我们虽然在低杂波系统微波源建设和保障运行方面取得了一些成绩,但也存在不足。不足方面主要在天线和等离子体相互作用方面,天线及保护限制器热斑问题是我们面临的难题,通过研究,有了一些阶段性进展,但还要继续努力才能最终解决它。

四、体会和感受

从选择成为低杂波组成员到负责整个系统,个人的成长经历了EAST装置低杂波系统从无到有再到强的过程,我的体会和感受是:首先,要培养学生对聚变事业特别是对自己专业的兴趣。有兴趣才能主动钻研,迅速成才。老师们的引导和帮助,对培养学生的兴趣、提高学生的技能,将起到非常重要的作用。其次,要培养学生勤于实践的态度和动手能力。我们的大科学装置是个极其复杂的系统,书本上没有也不可能告诉我们怎么去解决所有实际问题,只有在不断的实践中,才能提高认识并总结经验,不断完成一个又一个创新性科研成果。

很庆幸我能成为聚变事业中的一颗"螺丝钉",在大科学工程团队里,发挥着自己的光和热。

2019 年 7 月 2 日

就从这里起航

袁春燕

袁春燕简介

袁春燕,1999年毕业于重庆大学,获学士学位;2003年毕业于南京航空航天大学,获硕士学位。毕业后,在中国科学院合肥物质科学研究院等离子体物理研究所工作。2005—2011年在等离子体所攻读博士研究生,获博士学位,师从毕延芳研究员。

2003年4月至2012年4月,一直在等离子体所从事低温与技术研究工作,先后负责EAST装置内部低温管道建设、EAST低温系统优化、900 W/4.5 K氦低温测试系统建设等工作。此外,曾主持国家青年基金项目——低温液体泵用高温超导磁悬浮轴承的性能分析。

2012年5月起,主要从事管理工作。现任中科院合肥物质科学研究院固体物理研究所综合办副主任。

记忆中,最美妙的时光,就是夏天的晚上,在门前的空地上,架一张床,姨婆婆在身边轻轻摇着扇子,姨公公讲着天南海北的故事,而我,就看着遥远美丽的星空,渐渐入睡。

小人慢慢长大,大人慢慢老去。终于,我去了溧阳的市里读书,而后又到重庆,再到南京。扇子没了,故事没了,我也不知不觉中忘了遥望的星空。

还好,有那么一个地方,在我走出校门的瞬间,把我吸引。这地方有平静的水面,葱翠的香樟,以及远离繁华的岑寂。就从这里起航,我躁动的心啊,在这一刻格外沉静。

一、入职篇

2003年4月,我正式从学生变成了职工。先是参加一系列的新职工培训,而后要写心得。我记得我写的体会是:若干年后,我要向新职工说些什么?年轻真好,听到前辈们讲述他们的科研经历时,我不由自主地被感动和感悟着。

等离子体所的路灯,总是昏沉沉的,像是被从科研楼里透出的灯光彻底打败了。我此时的身份,就是菜鸟。白天,跟着同事们熟悉工作环境,特别是EAST低温运行流程(低温系统负责给EAST装置冷质部件供冷,其安全、稳定运行是EAST装置物理实验顺利进行的必要前提);晚上,把自己深埋在各种资料中,等待成长。

终于,有一天,我鼓起勇气,走进领导的办公室:"白主任,资料我都看完了,接下来我的具体工作是什么?"(白主任,即白宏宇研究员,他是当时等离子体所八室的主任)

好巧,副所长翁佩德老师正在和白主任讨论,由谁去负责EAST装置内部的低温管路设计工作。

"就她了。"

于是,应了那句"初生牛犊不怕虎",我匆匆背上行囊,第一次怀着无比激动的心情,走进了北京,到中科辅龙公司(北京中科辅龙计算机技术股份有限公司,是中国科学院计算技术研究所为转化科研成果、实施知识创新工程而设立的控股有限责任公司），去学习三维制图软件。

袁春燕回到母校南京航空航天大学（2006 年 5 月）

住地下室，乘公交车，虽说只有短短两周的学习时间，但一样可以有滋有味。我由衷地感激中科辅龙公司的老师们，他们尽可能把所有的知识传授给我，同时也把我变成他们的一分子，让我舒心地边学习边工作。离开北京时，我已顺利完成了 EAST 装置内部三维管路的三维模型设计，并且我的学习及设计经历（包括设计稿）成了中科辅龙公司的经典案例之一。

回到合肥后，很长一段时间，我的核心任务就是装置内部三维管路的设计，设计、修改、再设计、再修改，反反复复间，21 根主回路慢慢找到了属于它们自己的方位。

二、实战篇

时间悄悄到了 2005 年 4 月的一天，工程指挥部下令，可以准备安装 EAST 装置冷却回路了。于是，我第一次和我未来的几位合作伙伴见面，EAST 装置总工程师高大明老师告诉我，他们 4 位钳工师傅是工厂里最棒的，而这次见面的主要任务就是流程图介绍及相关工作安排。

科学与人生

时间停留在这天下午的两点一刻,师傅们陆续赶来。而我的年轻,却让我少了包容,多了任性。我就一句话:"今天的会不开了,下次请大家准时。"我黑着脸走了,也没有记大家的名字,更别说记大家的容颜。所以,我们的合作,就是在这样不和谐的氛围中开始的。

前期的准备工作,由张怀滨师傅打头阵,我后来给他的外号就是"冷血"。倒不是他真的冷血,他比较高大,却单纯、可爱。在装置外准备管子,不仅是为了抢施工时间,也确实因为有些弯管工作必须在装置下面完成。特别是冷屏系统直径 100 mm 及 60 mm 的管道,全部都得在曲率 3.5 m 左右的圆环上弯 3/4 的圆弧,难度很大。还有纵场系统直径 48 mm 及 42 mm 的管路,也需要在曲率 3 m 左右的圆环上弯 3/4 的圆弧。而极向场的部分主管路,因为在冷屏底板以上,需避开纵场支撑及径管,延伸到中心孔,在装置上没有施工空间,必须预先准备。另外就是需要在主管路上钻孔等,工作繁琐,但人手并不是很多,主要由他完成,还有一个老师傅当他的助手。而我负责尺寸及孔位。这些工作是怎么完成的,我有点记不清了,就记得不顺时,"冷血"同志会大声说:"我不干了。"而我会说:"好吧,明天继续。"

终于要上装置了,我们组的陈建林师傅开始登场,他的外号叫"铁手",准确地说应该是巧手,纵场系统 16 个磁体的支路统一的走向,就是明证。因为这涉及绝缘子的布置、磁体本身支路的引出等,很难提前设计。全靠他的手工工艺,16 个磁体的支管走向竟如此统一,不得不令人佩服。以后在布置冷屏回路时,他也同样力求完美。

说到冷屏回路设计,不能不提我们的刘胜师傅,他的外号叫"无情"。当然他不是真的无情,只是不善于开玩笑。但是,但凡交给他的工作,只要说清楚就可以,其他就是他的。外冷屏与外杜瓦之间的设计间距是 100 mm,但由于变形等因素,特别是外冷屏上盖与外杜瓦上盖之间的平均间距只有约 35 mm。上垂直窗口的冷却管路必须沿外冷屏上盖沿下,经过冷屏中筒,与相关件连接,而后连到总管(总管在冷屏底板与外杜瓦底板之间);支管直径是 24 mm,支管不能和外杜瓦接触,只能贴在外冷屏上盖走,让这 24 mm 的管道完全听话,也让工程指挥部完全放心,这就是"无情"的杰作。

到了会师时分了，指挥部要求 2006 年 1 月 10 日前，所有管路安装必须完成。四个钳工师傅（各带一或两个助手）、两个焊工，我们的战场就在冷屏底板与外杜瓦底板之间。116 根直径 24 mm 的支管必须分别与 7 根主管路相连。这时，我们的"追命"就成为绝对主角，他就是张红军师傅。确切地说他不是钳工，是车工。但不要怀疑他的能力，他能进我们管道组就是最好的证明。四组人互相合作，也互相竞争。而他是最快的，质量一样没问题。所以，我送他以"追命"之名。

该介绍我们的焊工师傅了。其中年轻的是吴翔明师傅，不想再以江湖人物命名，因为他有更加合适的名称，就是"阳光男孩"。微笑中的那份自信，让我们折服。中心孔处 200 多条焊缝一次性完工，几乎可以载入史册。因为中心孔直径只有 1050 mm，要布置 44 个绝缘子，还有主管路和支管以及支撑，还必须走相应的馈线。所以只能一次性完成，没有其他选择。否则需要全部割断，重新布置。他压力大，我不忍心再说什么，只是说："尽量吧。"而事实上，他完成得非常好。

还有一位师傅，就是任志斌师傅，人称"任大师"，是我们组年纪最大的。所以，我每次都会说："大师，辛苦了。"而他的回答诙谐幽默："不是辛苦，是命苦。"他的敬业精神让所有人感动。关于他的业务，我不多说。只一件事，在他是一件大事，让我至今为他心酸。工程到最紧要关头，他忽然变得沉默，拼命工作，我觉得奇怪。有一天，他说他要请假，要去上海两天。第一天去，他第二天就回来了。工作之余，喝酒时，他很感伤。我私下问他"怎么啦？"他才说，他的奶奶走了，而他原以为可以去见她最后一面的，可是没办法，只有去为她送终了。

记得是 1 月 6 日，我们真的完工了：2500 m 左右的管路、343 个绝缘子、4000 多条焊缝，这就是我们一起流汗的收获。

而这收获里，还有两个人不能不提。其一，就是凌峰师傅，他是四位师傅的领头，负责协调工厂方面的工作。他很倔，曾经因为观点不同，我们也有争吵。但他负责、认真，所有质量环节他都不放松，所以他是最佳监工。

其二，就是高总（EAST 装置总工程师高大明），我选择最后说他，因为从一开始，他就吓我："你们的管路就是人身体里的血管，血管堵了，人就不活了。"他说:"今天如果你不像疯子一样抓质量,明天质量就会把你逼成疯子。"他总是乐呵呵的,但他的奉献精神让我们感动,那时有70岁了吧,但是他比年轻人更敬业,每天都能在现场看到他的身影,而且是在装置上。闲聊时,他会给我讲"辣糊汤"的故事,想当年,建设HT-7时,加班到很晚,一碗辣糊汤一直让人回味。

袁春燕在美丽的科学岛(2006年11月)

三、恩师篇

认识毕延芳老师时,他刚好60岁。当时他已经不是我们室的领导了,但他的办公室,一直是同事们最不愿意去的地方,包括当时是菜鸟的我。

他以严格出名,稍有不慎,我们会被批得体无完肤。设计壁厚,不合理,要训;施工过程,不规范,要训;工作进度,出现滞后,也要训。不过这些"小训",比起工作态度不端正、论文写得不规范、课题组的经费不精打细算,都是小事。

"写论文,要实事求是,不能胡编乱造,模棱两可。"

"钱,是国家的钱,每一分,都要花在刀刃上。"

"工作就要认真做,对自己负责,对单位负责,对国家负责。"

……

之后的很长一段时间,"毕老师"三个字,只在我耳边刮过。他和几个同事,在全身心地自主研制高温超导电流引线,而我在全身心地投入EAST装置内部的低温管道建设。交集不多,但他的威严无处不在。

我不由自主地严格要求自己,时刻像盯着宝贝一样盯着低温管道。我受很多老师和同事的影响,心里对毕老师有一丝惧怕,因为那时我还有个身份,就是毕老师的学生。

终于,交集又多起来了。2006年初,EAST开始正式运行了。低温系统的透平老是"罢工",大伙都提心吊胆,毕老师这时候就成了大伙的镇静剂。实验没日没夜,状况无序频发,毕老师和大伙一起,时刻守候在第一线。

紧接着,就是EAST低温系统优化、优化、再优化,毕老师始终是优化组的核心成员。他抠每一个细节,从设计参数的确定,到流程的仿真计算,再到透平的组装,最后到实验环节的数据分析。和他一起做事,必须一丝不苟,来不得半点马虎。

"1855"这个电话号码,让我们又爱又恨。特别是后来,我们又开启900 W制冷机项目工作,只要是这个电话铃一响,我就特别想躲。但躲是躲不过去的,每周二的工作会议要照常进行,采购压机的工作进展如何了?900 W制冷机的外围系统流程设计怎样了?自动控制回路设计到哪一步了?低温大厅进展如何?不知道别的课题组如何运作,我只知道,在我们这组,不玩命地工作,就会有玩命的麻烦。而那时,毕老师也慢慢走近70岁了。

70岁那年,毕老师搬到了科学家园。我们也第一次走进了毕老师家。五斗橱还在,是他很多年前亲手打造的。阁楼的木地板,是我们和毕老师一起拼装的,用的是他原来老房子的木地板。煮饺子时,我们水放多了,他会生气,因为资源是社会的。

不过,你千万不要以为他是小气的老人家。还记得2017年3月,我爸生病了,比较严重。毕老师不知从哪里得到这个消息,打电话来,问我钱够不够,不够找他。"找我",只短短两个字,我们收获了满满的力量。和师兄弟们聚会,我也知道了许多毕老师帮助他们的故事。而且每次捐款,他都非常积极。

 科学与人生

可就是这样一位老人,我们都怕和他聚餐。因为必须光盘,而且把盘子分配到每个人,不能浪费。他出差前留下的食物,出差回来只要不变质,一定会继续出现在他的餐桌上,与出差天数无关。

就是这样一位老人,到现在,还没日没夜继续战斗在第一线。他给自己设定了目标,就是为祖国的科研事业工作到99岁。

四、收获篇

2011年1月,我拿到了博士学位,是我学习简历上的一个句号,也是我成长路上的一个深刻记录。我感恩我的导师,感恩我的同事,感恩师兄弟们,也感恩我家人对我的支持和鼓励。

而我在等离子体所工作和求学的近十年间,我的收获何止一个学位。我认识了一批人,他们很好地诠释了"甘于奉献、团结协助、锐意进取、争创一流"这16个字。在这里,年龄或有不同,但青春属于任何一位敢于冲在第一线的人。EAST低温实验时,我们轮流倒班,还可以稍作休息,但我们的白主任,却几天几夜守候在第一线,我问他:"累不累啊?"他回答:"不累啊,因为我是机器!"

等离子体所给我"家"的感觉。在成长的路上,前辈们可能不经意的举措,于我却是莫大的鼓励和肯定。特别是管道建设期间,我和负责EAST装置内部各相关部件设计的老师们有各种交集。他们和我一道,见证管路的安装,检查管路的正确与否。无论我什么时候打电话给他们,他们都会第一时间回应,而那时,我还只是个新人。

我收获了"成长"。记得刚入所时,有前辈说,你现在有棱有角,几年后就会成为鹅卵石。我是不相信这论调的,但同时也怕这论调在我身上实现。记得有一次,张晓东书记找我谈心,他很直白地说:"你敢说真话,敢说实话,这很好。"我当时就觉得,有一种委屈过后的被理解,真好。慢慢地,我也开始形成自己的坚持,本分做事,本分做人,活得舒心,过得自在。

人生每个阶段都有不同的风景,而且每段风景都不可重来。我很幸运,在最美好的青春时光,走进了科学岛,走进了等离子体所,走进了"小

太阳"。我在那里，肆意挥洒汗水，又不经意间收获满满的感动。而这段经历，是我扬帆起航的开始，也是我后面成长的基础。

我想，我会一直平凡下去，我也甘于平凡下去。虽然没有多大的成绩，作为等离子体所微不足道的一分子，能为等离子体所增辉，我就会把目光锁定在那遥远的星空。

2019 年 7 月 23 日

聚变梦　能源梦　海奥梦

陈滋健

陈滋健简介

陈滋健，2002年7月本科毕业于中国科学技术大学电子科学技术系；2005年9月至2008年6月在中国科学院等离子体物理研究所攻读硕士研究生，获硕士学位，师从刘小宁研究员。研究方向是核聚变装置高功率电力电子技术，专注于强磁场高稳定度电源软开关DC/DC变换研究。发表论文20余篇，带领团队致力科技成果转化，获得专利和软件著作权近百项，科创项目荣获"创响中国"一等奖。

2015年10月，发起设立安徽中科海奥电气股份有限公司，致力于智慧能源领域科技创新，推进高功率电力电子、物联网和人工智能联合创新技术产业化。中科海奥是国家级"专精特新小巨人"企业，已启动科创板上市规划。中科海奥持续保持科技创新核心竞争力，助力"双碳"战略，在新时代担当构建低碳能源体系新使命。现任安徽中科海奥电气股份有限公司董事长、中国科学技术大学研究生专业实践导师、徽商全球理事会科技创新委员会常务委员。

新中国成立 70 周年之际,接到等离子体所的约稿函,以"科学与人生"为主题谈谈自己成长与发展的心路历程。欣然落笔之时,我思绪万千。曾几何时,站在蜀山湖旁,凭栏远眺,秋水共长天一色,激情与梦想齐飞。转眼离开等离子体所十余载,蓦然回首,科学岛是我永远挥之不去的情结,岁月不减激情,记忆历久弥新。在这里,聚变之梦让青春绽放;在这里,智慧之花让心灵成长;在这里,进取之魂让事业启航。

思忆如潮。有一种强烈的情感要去找寻曾经留下的印记,截取每个值得留恋的片断,回顾点点滴滴,汇成一条轨迹。走过的路,些许尘土的记忆,当我执意要去追溯过往,片片飞絮竟是那样清晰可见。就像打开一坛陈酒闻到醇厚的香味,抑或听一首老歌感受遥远的旋律。它们并不遥远,仿佛就在昨日。

一、做人要正直、做事要踏实

我的故乡是风景秀丽的黄山。这里不仅自然风光旖旎,也拥有源远流长的徽州文化,还是红色革命圣地。爷爷是个老红军,从小我就被赋予一种如溪水般清澈的人生信条:做人要正直、做事要踏实。父母给我以信念教育和品行教育,让我懂得坚忍和诚信是多么重要!世外桃源般的朴素环境造就了我平和的心态,让我勤于劳动、乐于学习。小学毕业时,老师送我亲笔赠言:"攻城不怕坚,攻书莫畏难。科学有险阻,苦战能过关。"这首诗是叶剑英元帅所作,几句简单的话,很有力度,正如老帅苍劲的书法。

上中学时,我要翻过一座大山才能到学校。茂密的丛林里,青石径,斜斜的,陡陡的,傍着峭壁,临着深渊,蜿蜒着伸到山顶。我背着书包,一步一个脚印地翻过高高的山丘,淌过潺潺的溪水,只为山那边的学校。每次大汗淋漓地站在山巅,望着远处的田园,我总禁不住大声叫喊,等待更远处大山的回音。这种体验已经在我的脑海里埋下了进取的种子。我中学的时候就认真通读了毛主席著作《实践论》。高中毕业后,我在山区基层政府锻炼了两年,学会了在基层工作生活基础上的思考与实证。这些对于我后来的创新创业实践是很重要的。

作为徽州人，我从小就受到生于徽州的大教育家陶行知先生的影响。陶行知先生的艰辛求学与倾心教学，都让我深深地感动。当我走进中国科学技术大学的校园，看见铭刻于巨石上的"红专并进、理实交融"的校训，更加坚定了"知行合一"的理念，积极在为自己创造学习中的实践机会。大学期间，我就来到等离子体所参与科研项目。也正是在那个时候，我认识了时任电源与控制研究室主任刘小宁研究员，后来他成了我的研究生导师。

我最早参与的项目是晶闸管变流器双闭环控制系统，用于聚变装置的低杂波辅助加热高压电源，这也是黄懿赟老师当年攻读博士学位的课题。当时我们拿着苏联提供的星点调压和电感预充的示意图，认真解读并进行开发。由于采用晶闸管相控整流方式，我们请来了上海整流器总厂的专家们一起讨论，但由于国内没有成熟的案例，他们三个月迟迟未解决多变量闭环控制问题。我认真研究，反复测试，不到一个星期就完成了建模和闭环测试，那是我从未感觉到的充实感和成就感！后来，我又参与了EAST纵场电源、激光诊断电源、等离子体弧光电源、高频开关超导电源等的研制，积累了许多技术开发和技术管理的宝贵经验。

大学毕业后，我进入外企工作了一段时间。当时的研究工作涉及全球最为先进的微电子科学和半导体热电科学。我不仅学习了外资企业

陈滋健（左一）与时任副所长傅鹏毕业留影

的先进技术,也体验到了先进科学的管理。我比以往更加注重综合能力的提升,重视科学管理和精诚合作。因为它们和精湛的技术同样重要。毫无疑问,这些认识来自于我积极的人生态度和主动进取的精神。

二、攻读高功率电源学科专业研究生

我一如既往地向往科学岛。在外企工作两年后,我辞去待遇优厚的工作,决定报考等离子体所的研究生。我想年轻的自己还有很多的潜力可以挖掘,因而选择了争取更大的发展空间。拿起高数刷题,捧起英语诵读,积极备战,走向考场。功夫不负有心人,我终于顺利地通过了初试和复试,正式被等离子体所录取了！看着大红色的录取通知书,喜悦之情难以言表。

2005年,我来到等离子体所攻读研究生,师从刘小宁导师。刘老师治学严谨、注重实效,在生活中非常和蔼可亲,真是一位亦师亦友的好老师。我的主攻方向是强磁场电源高稳定度DC/DC变换器,这是强磁场直流电源系统的关键技术。要求在全功率范围内实现直流变换器的软开关运行,从而保障高稳定度稳态强磁场得到高质量的电流。

与此同时,我深入学习了托卡马克的物理原理与其配套的高功率系列电源。"特高压、强电流、快响应"三大类电源,分别为核聚变堆提供等离子体加热、等离子体磁约束和等离子体位移控制。我觉得"人造太阳"是巨大的系统工程,需要各个层面多维度的合作。大科学装置离不开工业支持,如果我能够发挥自己的理论知识和工程经验,承上启下地努力做好这种链接,将是非常有意义的。

我提出了构建一个具有梯度资源的协作体系的想法:基础研究层、应用开发层、产品实施层。第一层"基础研究层"是中科院的基础研究所,它提供基础性的研究成果。为了使第二层"应用开发层"得到真正的落实,我开始争取中科院合肥技术转移中心的支持,联合筹建应用研究开发技术中心以完成这样的工作。同时,我与企业联系构建"产品设计层"。以上三层构成一个"三位一体"的架构,既能为科学技术成果转移转化提供良好的接口,又可努力发挥社会资源的作用,为大科学工程服务。围绕核聚变堆三类电源的工程特点,我与各个方向的电源课题组进行交流,包括杨雷博士的 PSM 高压电源系统、黄连生博士的极向场变流器数字控制系统、黄海宏博士的快控电源 H 桥系统等。在此基础上,我积极对接中国电科的军工装备制造平台,成功完成了以上项目的工程实施。

攻读研究生期间,我不仅在核能科学工程方面大有收获,也在知行合一的过程中提升了人文情怀。科学研究内涵,艺术启发情感。面对缤纷的世界,只是按照工程的方法去分析问题显然是不够的,也要从历史、哲学的视角审视科学。在这里,我开始重点学习文理交融方面的知识,研究科学与艺术的微妙关系。傅鹏老师给我们推荐了《朱子家训》。一代大儒朱熹,正是我家乡徽州人。故乡古徽州府的江边,有一处纪念徽文化大师朱熹的亭台,旁有巨石,其上刻着"穷理之要,必在读书"八个大字。这是朱子的至理名言,"穷理"就是穷究万物之道,穷尽天下之理。朱先生的"格物穷理",是他一辈子的追求。

我认识到,对于理工科背景的学者而言,应该使自己更加善于融入社会实践。如果说自然科学研究的是人类征服自然的过程,是整个人类宏观上的发展;人文科学研究的则是人们征服自身的过程,是社会层面的发展。所以,要追求自然与社会的统一,"格物"方能"致知",和谐地把客观的知识和主观的能力相统一,所谓"格物朱子理,致知阳明心"。

陈滋健近照

格物而后致知,以诚意正心的追求开始自己的奋斗旅程。三十而立之时,我决意要做一些有意义的事情,追求自然与人文的统一、科学与文化的和谐。我出生时,共和国三十而立,进入了经济加速的新时期;共和国花甲之年,我三十而立,这将是立业发展的黄金时期——不仅在于"立业",我想更重要的是树立成熟的、值得一辈子信赖的行动依据和目标,立下自己做人做事的原则。迎接我的,将是一个崭新而又倍具挑战的未来。

三、创新创业团队,科技成果转化

爱因斯坦在68岁时曾说过:"我12岁开始就发现很多人为之努力一生的事情并不重要,人需要有一种值得努力一生的使命所在,宗教或许可以,但我很快了解圣经的故事与事实相去甚远;因此,我要追求一种宇宙的普适真理,这值得我去付出……"我30岁时才真正地领会这位伟大科学家的话。

我找到了自己值得为之付出的方向:融合科技人文,弘扬徽商精神,将科学技术转化为商业价值与社会价值。徽商"贾而好儒,修身为民",贾道儒行,这正是我所追求的。我要学习徽商精神,学习敏锐的创业眼光、进取的人生态度、诚信的处事风格、厚重的社会担当。

我创立了海奥创新创业团队。成立之初,"海奥"就赋予了自己来自于核聚变科学工程"海水发电奥秘"的涵义,我期许以"海纳百川、奥博无限"的开放合作精神做一些有意义的事情。我们完全没有把海奥看成是一个普通的公司,而是确立了把科技成果转化为商业价值的目标,这就是我们的初心;以中科院核聚变堆高功率电源技术为基础,以国家能源科技发展方向为指引,让团队在创造价值中得到成长,这就是我们的使命。

我们开创性地完成了高频多相交错并联的 20 kA 超导磁体电源等项目,并且申请了多项发明专利,同时进行了科技成果产业化的过程。我们开始了新的征程,公司进入跨越发展期。2015年,中科院合肥创新院正式入股海奥电气,我们成功地完成了股份制改造,安徽中科海奥电

 科学与人生

气股份有限公司正式设立。规范运营、统筹发展,我推行科技与金融有机结合的理念,将公司发展推向了一个新的高度。中科海奥创新创业项目,获得了"创响中国"一等奖,在海奥人的努力下,中科海奥这艘载着科技与梦想的船正驶向更加广阔的大海。

大海航行,绝非一帆风顺。"创业"对于大多数人来讲是有着十二分挑战的事,"创新创业"更是有别于普通的创业,我们所从事的"智慧能源创新创业",可以说前无古人。创业过程中,我们遇上了各种各样的困难和矛盾,创业的过程就是化解矛盾的过程。解放思想,实事求是,透过现象看本质,是我们需要深刻领悟的。拘泥于各种自我限制做不成事,毫无章法没有规则意识也无法成功,我们需要懂得抓住主要矛盾,化解次要矛盾。我们所有的努力都是在摸索中前进,所以善于从实际工作中吸取经验,反过来指导工作,是创新创业团队的必修课。实践是检验真理的唯一标准,我们需要在前进的道路上不断把学习和实践相结合,前途远大,使命必达!

生命充满感动,青春与绿色相拥。年轻的团队正勇往直前,渴望在面对更多挑战时并肩作战。年轻的海奥人不断攀登科技的制高点,努力实现每一个人的价值——为心中的能源梦和祖国的蔚蓝天空奉献青春。为了秉行心中的理念,实践自己的诺言,海奥人把这一理念深深地烙印在公司发展之中,把绿色科技与智能制造相结合,笃信"科技报国,实干兴邦"!

新时代,充满了机遇和挑战。海奥人以"科技奉献蔚蓝天"的情怀,以"创新、合作、贡献"的价值观,走在能源革新和民族复兴的征程上。面向未来,中科海奥持续保持技术创新核心竞争力,致力于核聚变高功率电源在智能微电网核心设备方向的产业化,推出"海奥芯/海奥脑/海奥云"系列产品及服务,一如既往地为国家大科学工程提供优质的服务。

四、深厚的前沿科学,一流的团队文化

40岁的我,深深地为40年薪火相传的聚变梦所感动。我已结缘等离子体所20年,以后还将服务于等离子体所。我曾服务于HT-7、

EAST、ITER、CRAFT，也将继续服务未来的聚变事业，同时更愿意在国家"双碳"战略的大背景下，助力绿色低碳智慧能源的可持续发展。路漫漫其修远兮，吾将上下而求索。中科海奥，必将立足于合肥综合性国家科学中心，能源梦连着聚变梦，也连着海奥梦！只要心中有梦，就能勇往直前！

现在，我要把衷心的感谢和真挚的祝福献给最亲爱的等离子体所。我在等离子体所的青春，会慢慢地远去；我与等离子体所的感情，会深深地留痕。感恩母所！感恩师友！感恩遇见！等离子体所有着深厚的前沿科学，也有着一流的团队文化，一代代德才兼备、富于使命的聚变人，将形成一种持续的潜在势能，为伟大的聚变梦的实现，奉献出毕生的智慧与才华！

2020 年 9 月 5 日

群星闪耀"聚变梦"

——回忆等离子体物理研究所研究生培养教育工作

张建平

研究生教育,是教育事业中的最高层次,堪称教育"皇冠"上的一颗"明珠";理工科的研究生是高层次的科技人才,被誉为我国科学事业可持续发展的"希望之星"。

中国科学院合肥物质科学研究院等离子体物理研究所有一个研究生群体,在所领导的关怀和原研究生部的培养下,在老一辈科学家言传身教的带领下,成长为一批崛起的"新星",在"聚变梦"的天空,闪耀着智慧的光华。

研究生部组织 1987 级研究生在安徽六安参加社会实践

(前排左五季幼章、右二董俊国、左一张英)

① 原载于 2021 年出版的《我心向党,科学报国》一书。

一、为"梦"而来

"夸父逐日"的神话故事,发生在远古的华夏大地上;现代版的"夸父逐日"就在合肥的科学岛上。科学岛位于碧波荡漾的蜀山湖畔,1978年9月20日,等离子体所在这里诞生。20世纪八九十年代,一批批来自高等院校的优秀大学毕业生,为了一个共同的梦想,报考了等离子体所的研究生,尽管他们当时还没有接触过"等离子体",也不知道什么是"托卡马克"装置。

"人造太阳",是等离子体所人追求的梦想。太阳发光散热,滋养着地球上的万物,其能量来源于核聚变反应。但是,太阳的核聚变反应是无法控制的,所以,科学家们一直在寻找一种能由人力控制的核聚变反应技术。如果能在地球上建造一个像太阳一样不断发生核聚变反应的"托卡马克"装置,其原料就可以从海水中提取。据计算,1升海水经过核聚变以后,可提供相当于300升汽油燃烧后释放的能量,这样,人类就可以摆脱能源危机,获得取之不尽、用之不竭、绿色环保的清洁能源。

"人造太阳",并不是再造一个"太阳",而是用人工创造出一个类似太阳的环境,因此,人们将"受控核聚变"研究项目,形象地称为"人造太阳"。"聚变梦"是人类的远大理想,从1958年开始,全世界的科学家已为此奋斗了60多年。

二、阳光雨露育新苗

等离子体所的研究生教育初创于1978年,董俊国老师最早开始从事研究生教育管理工作。她能力强,做事有激情,语言风趣幽默,让学生们倍感温暖。多年来,她为研究生事业做出了积极贡献。

1986年10月18日,等离子体所成立了研究生部,时任等离子体所学术委员会主任的季幼章老师出任研究生部主任,在所长的领导下,全面负责研究生教育和职工教育两项工作。季幼章老师有敏锐的战略眼光,带领团队人员董俊国老师、张英老师,在招生、培养、学位授予、毕业分配的全过程中建章立制,逐步实现了研究生工作的规范化、制度化管理。

他们像辛勤的园丁一样,耕耘在这片土地上。全国著名的高校里,有他们忙碌的身影,招生专场吸引了很多的优质生源。对于硕士生、博士生培养方案,他们制定得科学严谨,为学生施展才华提供了科研平台;在遴选导师方面,他们为研究生早日成才配备了最优秀的师资条件;他们还定期考查学位论文的质量,提高学生的创新能力和实验动手能力;建立健全了班主任制度,关心研究生的诉求和待遇,帮助他们建立正确的世界观、人生观和价值观,为将来走好人生路打下坚实的基础。

参加中国科学院教育工作会议
(左二董俊国、左三张英)

从1978年开始招生,1986年成立研究生部,再到2001年,等离子体所先后招收了665位研究生,其中脱产硕士生431人、博士生203人,在职研究生31人。

为了提升研究生的创新能力,研究生部引进了"创造学"课程,为学生系统讲授创造性思维、创造技法及其应用,增强研究生的创造意识,使其高质量地完成学位论文。在提高研究生"学位授予"质量工作中,季幼章老师带领大家完成了"学位授予质量评估办法"课题,获得了中科院科学技术进步奖三等奖。此外,他们还承担了国家自然科学基金项目"创造教育理论和实践体系"的研究工作。研究生部还开设了博士生系列课程,组建了博士生课程教研室,聘请中国科学技术大学栾玉广教授将"现代科学技术"与"马克思主义哲学"联系起来授课,以辩证唯物主义为指导,培养和开发博士生的创造性思维,使博士论文撰写工作取得了创新性的成果。1993年,在研究生学位授予质量评估中,等离子体物理专业硕士点获得全国第二名,等离子体物理专业博士点获得全国第一名。季幼章老师荣获中科院优秀研究生导师称号;董俊国老师、张英老师分别荣获中科院优秀教育管理干部称号。

研究生部工作人员

(左起:董俊国、张英、高成云、张彦秋)

为了更好地总结工作经验,张英老师先后合作撰写了论文48篇,其中18篇为第一作者。此外,她还参与了国家自然科学基金项目"创造教育理论和实践体系的研究",获安徽省科学技术奖成果奖,并将这些成果应用到研究生培养工作中。她参与撰写的博士研究生教材获得中国科学院科学出版基金资助,其中《科技创新的艺术》由科学出版社出版。由于工作努力、成绩优异,张英老师3次荣获中科院教育先进工作者和安徽省招生工作先进个人称号;多次获评研究所的先进工作者和优秀共产党员。

2001年12月,中国科学院合肥物质科学研究院成立,等离子体所研究生教育工作划归研究院统一管理。

三、硕果累累的成绩单

在等离子体所研究生部存在的15年内,在这里就学的硕士生、博士生也用骄人的成绩向老师们交上了一份满意的答卷。

他们之中有9人入选中国科学院"百人计划",5人获得国家杰出青年科学基金,2人获评国家级跨世纪学术带头人,1人两次获评安徽省突出贡献中青年专家,还有13人次荣获全国及省部级劳动模范奖章。在奖学金方面:21人获中科院院长奖学金,5人获中科院刘永龄奖学金,4人获中国科学院伟华科技奖学金,10人获中科院合肥分院院长奖学金。在10多年中,硕士和博士研究生在国内外重要刊物上共发表论文379篇;等离子体所与美国哥伦比亚大学联合培养的博士生吴李君,获全美辐射生物学年会"优秀青年研究员"称号。

2018年,在等离子体所成立40周年的庆祝大会上,近百名曾经就读的研究生欢聚在科学岛,当年的热血青年,现在都到了快退休的年龄。他们一起回忆那段读研的美好时光,一起去寻找当年的实验大楼、住过的学生公寓,还有,最想见的、最要感谢的就是——研究生部季幼章、董俊国、张英三位敬爱的老师。

他们说,当年的小岛远离市区,出行非常不便,很多人是沿着乡村的石子路进岛的。他们庆幸自己留下来了,坚持在这里学习深造,因为中科院的前沿学科多,科研条件好;研究所的领导和研究生部的老师像家人一样地爱护他们,尊重人、关心人的品格力量,时时感动着大家。

他们忘不了研究所领导的关怀:专门为研究生建了一栋公寓楼。他们的生活补贴也高过其他单位,可以享受与职工同等待遇:分发的水果吃不完;每月可领到2.5千克鸡蛋,逢年过节还发肉鸡改善生活,几年下来,有的学生体重增加了10千克。

他们忘不了导师们的严格要求:进入课题组之后,他们学会了自主搭建科研装置,动手能力提高得很快。在物理实验最紧张的时候,他们坚持"5+2""白+黑"的加班生活,磨砺出了吃苦耐劳的必备品格,并且还体会到失败的挫折、成功的喜悦,品尝了科研人生的酸甜苦辣。

所庆40周年,来自国内外的部分研究生合影
(第一排左起:何云、文凯、张英、董显林、闻海虎;第二排左起:郭后扬、焦新平、杨金城、林晓东、李亮、项农;第三排左起:刘斌、屈化民、张韶光、单树民、包定华)

他们忘不了研究生部老师培养大家在德、智、体、美等方面全面发展:所里建起了篮球、排球、羽毛球场馆等;研究生部每周举办舞会或体育比赛,节日期间还进行联欢演出,不少男女青年就在这温馨的时刻相识相恋,结成了终身伴侣。

他们更忘不了毕业之际离开研究所的那一刻,真是恋恋不舍,一步三回头,再看一眼科研大楼的窗口,再看一次研究所的所牌。在班车缓缓启动的时候,研究生部的三位老师还在向他们招手,那一刻的情景,永远定格在了心灵的最深处!

四、让梦想在我们手中实现

一批批研究生奔向了理想的远方——他们之中有的留在科研战线,

科学与人生

有的进入高等院校教书育人,或走上院校领导的岗位;还有的选择了自主创业服务社会,担任了科技公司的董事长。总之,他们共同为国家的科教事业添砖加瓦、增光添彩。

他们在各自的岗位上建功立业:匡光力博士荣获"全国优秀留学回国人员"称号,曾任中科院合肥物质科学研究院院长,现任安徽大学校长;李定博士入选国家人事部"百千万人才工程",曾任中国科学技术大学副校长、中国科学院基础科学局局长;吴跃进博士获得全国"五一"劳动奖章,曾任合肥物质科学研究院技术生物与农业工程研究所所长;杨建波博士获国家"跨世纪学术带头人"称号,曾任安徽省农科院院长;陈备久博士荣获了全国教育战线"孺子牛"奖,曾任安徽农业大学校长。

研究生中有5位佼佼者当选了院士,他们是李建刚院士、汤广福院士、吴宜灿院士、王秋良院士、万宝年院士;还有3位德才兼备的博士被任命为等离子体所所长。李建刚博士(中国工程院院士),2001年从霍裕平院士、万元熙院士等老一辈科学家手中接过了所长的重任;万宝年博士(中国科学院院士),于2014年任合肥物质科学研究院副院长、等离子体所所长;宋云涛博士,于2020年任合肥物质科学研究院副院长、等离子体所所长。他们带领全体科研人员,向着"聚变梦"的伟大目标接续奋斗。

2003年3月,HT-7超导托卡马克实验取得重大突破——获得了超过1分钟的等离子体放电。这是继法国之后,第二个能产生分钟量级高温等离子体放电的托卡马克装置,为我国的核聚变事业全面走向国际舞台开拓了一条创新之路。2017年7月,"人造太阳"东方超环(EAST)实现了稳定的101.2 s长脉冲高约束等离子体运行,成为世界上第一个实现"稳态高约束模式运行时间达到百秒量级"的托卡马克核聚变实验装置。EAST国际顾问委员会专家称:这一杰出成就是"全世界核聚变能开发的重要里程碑"。在喜迎建党百年华诞的时刻,2021年5月28日凌晨,"人造太阳"东方超环(EAST)实验实现了可重复的1.2亿℃、101 s等离子体运行和1.6亿℃、20 s等离子体运行,再次创造了新的世界纪录。

为了心中永远的"太阳",为了在中国点亮"聚变第一盏灯",等离子体所人都在努力去追梦、去飞翔。

五、科学、文化、人生

在庆祝中国共产党诞辰百年之际,等离子体所决定组织出版一本书,并向1978—2001年在所学习的研究生发出了邀稿函。研究生们欣然落笔,思绪万千,科学岛是他们心中永远挥之不去的情结。

稿件纷纷飞向科学岛,季幼章、董俊国、张英三位老师感慨不已,倾听了学生来自心底的诉说——是"聚变之梦"让我们的青春绽放;是"科学文化之花"滋润心灵的成长;是"师长的期望"让我们的事业乘风远航!

科学、文化、人生,是一个永恒的主题。

中国科学院是国家战略科技力量的主力军,作为"国家队""国家人",心系"国家事",肩扛"国家责",70年中形成了深厚的科学文化底蕴——爱国主义、报国情怀;诚实做人、踏实做事;百折不挠、不怕牺牲;尊重人才、团结协作;探索创新、勇攀高峰,等等。先进的科学文化氛围,对促进科技事业的发展和人才的脱颖而出,有着不可估量的巨大作用。

等离子体所风雨历程40余载,追寻中国聚变梦,肩负着"探索人类未来新能源"的重大使命,取得了世界瞩目的科研成就,已成为国内外著名的核聚变研究基地。党和国家领导人先后来科学岛视察,参观了托卡马克大型装置,并作了重要讲话。辉煌成就的背后,无不凝聚着等离子体所科研团队全体人员坚持不懈的努力、持之以恒的坚守、敢为人先的创新和甘于奉献的情怀。这些大科学工程,其难度之大、周期之长,犹如行走在蛮荒的荆棘之地,生生开辟出了一条别人从未走过的路,600多位研究生就是在这样的环境下历练成长起来的,无论是在国内还是在国外工作,他们的学术造诣、工匠精神、文化品位,都受到同行的信任和钦佩。一位博士在文章中写道:"我非常荣幸成为这个伟大团队的一员,从当初进研究所时青涩的学生,如今成为研究员、博士生导师,这一切都离不开老师们的精心培养和帮助。因此,如何将等离子体所形成的科研文化和科研经验传承下去,是我们'60后'这一代人的责任和担当。"

科学与人生

  季幼章、董俊国、张英三位老师，就像辛勤的酿酒师一样，用20多年的时间精心酿造了一窖好酒，醇厚的香味已扑鼻而来；再唱上一首老歌，感受那流淌的悠悠岁月——这一切并不遥远，仿佛就在昨天……

2021年11月30日

后 记

在当前科技创新和制度创新双轮驱动社会发展的重要时期,这本《科学与人生——中国科学院等离子体物理研究所研究生教育(1978—2001)》一书的出版记录了1978—2001年在中国科学院等离子体物理研究所攻读硕士、博士研究生的部分学生的学习、生活花絮及毕业后的成长经历。解析优秀毕业生的成才之路,弘扬栋梁之才的科学信仰、创新精神和家国情怀,以此启迪、激励年轻一代莘莘学子锐意进取、勇攀科技高峰,为实现中华民族的复兴之梦做出贡献。

1978年5月15—17日,是恢复首届研究生招生考试的日子,经初试、复试,中国科学院数学物理学部(等离子体物理研究所)共录取3名研究生。1978年,等离子体所研究生教育工作纳入所科技处管理,董俊国老师最早从事研究生教育工作,她是一位敬业、负责任的教育专家。1986年10月18日,等离子体所成立研究生部,在所长领导下具体负责研究生教育工作,季幼章任研究生部主任(时任等离子体所学术委员会主任,后任中国科学院合肥分院副院长)。2001年12月,等离子体所研究生教育管理工作划归中国科学院合肥物质科学研究院统一管理。

1986—2001年,我在研究所做了近15年研究生教育管理工作。那时的我,与有些博士研究生的年龄也相差不了几岁,能够与硕士、博士研究生们在同一个频道上交流沟通。为大家服务我感到很荣幸,他们也常常夸我:张老师永远年轻。

随着时间的车轮不停地旋转,我也到"奔七"的年龄段了。总想着记录点什么,当然最使我难忘的还是在所研究生部工作的那段时期。那是我逐步成长、成熟的阶段,看着一批批研究生毕业走出等离子体所,又看

到他们在各自的岗位上继续不断地努力,取得骄人的成绩,我的内心由衷地感到欣慰和自豪。尽管我们当时从事研究生教育管理工作,可能不显山不露水,只是一个小小的螺丝钉,默默无闻地付出,但如果没有对从招生、学位学籍管理、论文选题、学位课程组织、导师遴选、思想道德培养、品行引导、中期检查、论文答辩、学位授予一直到毕业分配(那个时段还是通过中国科学院教育局分配派遣)等全过程穿针引线的链接,产出的"作品"或许会有点瑕疵;当一件件"作品"有了精雕细琢的制作过程,成为合格品、精品之后,所有的付出都是有意义的,令人非常有成就感。

本书是我对最尊敬的老师——季幼章先生发自内心的感恩的记录。我也非常感谢引导我去所研究生部工作的几位领导:钟小华(原等离子体所人事处副处长,在中国科学院合肥分院副院长岗位退休)、程济昌(曾任等离子体所文献情报室主任,留苏学者)、万元熙(等离子体所原副所长、所长,现为中国工程院院士)。非常感谢在研究生部工作时期的分管领导邱励俭研究员(时任等离子体所副所长,后任中国科学院合肥分院院长)、王绍虎研究员(时任等离子体所党委书记,后任中国科学院合肥分院院长)。

衷心感谢等离子体所杰出的研究生导师霍裕平院士、潘垣院士、万元熙院士及邱励俭、谢纪康、翁佩德、任兆杏、高大明、王绍华、季幼章、许家治、刘正之、高秉钧、曹效文、邬钦崇、余增亮、陈苗苏、俞国扬、郭文康、李有宜、何也熙、舒炎泰、毕延芳、于书永、王兆申等研究员,是你们的辛勤培育、言传身教,提升了研究生的科学素养,引导他们开展科学探索、科学攻关,帮助他们茁壮成长。

2018年底,我已为等离子体所服务了40年,我卸下了在等离子体所的所有工作,开始了全新的退休生活。但我有个心结,就是想记录在研究生部工作时期的美好回忆。如何记录?如何做好这件事情?2019年2月,我与时任等离子体所综合办主任何友珍进行了沟通与交流,立即得到她的赞同和支持。

为真实、全面地反映等离子体所研究生教育成就,激励更多年轻人立志成才、奋发进取,我们策划了《科学与人生》这本书,荟萃卓越之士人生轨迹的闪光点,弘扬敢于探索、勇于创新的科学精神,努力发扬传承等离子体所的大科学文化。

在征求季幼章先生意见后,我们又得到了时任等离子体所党委书记张晓东研究员的同意和支持,并用电子邮件将我们的想法发给了当时那一届的所有领导班子成员。于是,征集文稿等一系列工作由我们三人(张英、何友珍、蒋缇)启动,我们先后发出 220 份邀稿函,选取了其中 50 篇文稿(其中有多篇采访稿),并按照文章作者入所攻读硕士、博士研究生的先后排序。也有几位毕业生因所从事工作涉及军工项目(或其他原因)不宜撰写。

在邀稿的过程中,有许多让我记忆深刻的片段。李定记录了首届等离子体研究生班的学习状况。李定研究员既是理论物理专家,还被他的同学称为"大笔杆子",于是我邀请李定老师又撰写了第二篇文稿;李建刚院士亲自撰写了文稿;汤广福院士待人谦和并积极配合撰写文稿,让人感觉特别温暖;远在法国参与"国际热核聚变工程"建设的武松涛、杨愚两位研究员积极回应并撰稿;在高校中担任教授的复旦大学盛政明、邵春林,南京大学闻海虎,西安交通大学邹建华,中山大学包定华,云南大学杨宇,深圳大学林晓东等踊跃投稿;勇于创新创业的几位企业董事长、总经理贾月超、杨文勇、汪民、陈滋健等也积极参与。由于大家的齐心协力,历时 3 年多,我们欣喜地迎来了《科学与人生》这本书的问世。

遗憾的是,在征集文稿的过程中,惊悉几位优秀的研究生英年早逝,我的内心隐隐作痛。尤其是 2021 年收到了中国科学院硅酸盐研究所党委书记、副所长董显林的文稿,而在编委会对稿件进行终审的时段,我再也收不到他的回复了……静静地,他走了,我真的不敢相信,还是他的同班同学告诉了我这个消息,我真的感到很心痛,眼泪止不住地流下来,正是发光发热的青春年华,无奈挡不住疾病的侵袭……

在此,希望你们保重身体,用健康去编织和续写新的华章。

本书得以顺利出版,应感谢中国科学院合肥物质科学研究院领导班子以及等离子体所原党委书记张晓东、现任所长宋云涛、现任所党委书记吴新潮的大力支持及指导。

感谢 87 岁高龄的季幼章先生逐字逐句审读了文集的全部文稿,提出了指导性意见;感谢编委会全体成员的辛勤付出;感谢中国科学院合

肥物质科学研究院研究生处、档案馆的大力支持;感谢等离子体所党委委员何友珍在本书出版过程中的辛勤付出与出谋划策,与我共同完成了出版过程中的许多工作;感谢等离子体所综合办原信息宣传主管蒋缇耐心细致地整理资料、收集图片,同时撰写了文集中的4篇文稿;感谢合肥物质科学研究院资深主任记者张建平老师对每一篇文稿的编辑,并撰写了5篇文稿;感谢等离子体所综合办公室信息宣传主管叶华龙参与撰写文稿;在书中我们使用了等离子体所的标志,在此感谢标志的设计者孙裴兰;感谢胡海临、周发根提供了书中附图部分的部分照片。

在此,我由衷地感谢曾经在等离子体所工作多年,现任中国科学院合肥物质科学研究院党委副书记、纪委书记的邹士平对文稿审读并提出意见;感谢合肥物质科学研究院副院长程艳的友情相助,给了我很多建议。他们给了我更多的信心,赋予了本书更重的分量和珍藏价值。

张 英
2022年9月6日

附 图

一、研究生招生

赴南京大学招生
（左起：张晓东、张英、陈宇、张彦秋）

赴华中科技大学招生
（左起：张彦秋、匡光力、张英）

赴山东大学等高校招生

[左上：张英、尹富先；右上：张英；下：张英、王守国（等离子体所博士毕业生，当时在山东大学开展博士后研究工作，全程陪同并帮助联系学校）]

二、研究生期间文化活动

研究生部组织1982级、1983级、1984级、1985级硕士生,1985级、1986级博士生赴黄山游览合影(1987年)

[第一排左起:吴蔚澜(叶民友夫人)、吕涛(邓传宝夫人)、胡丽丽(闻海虎夫人)、龚红隽、何云、吴恪、刘婉培、肖平(张华夫人)、陈湘波(李建刚夫人);第二排左起:康保田(车队师傅)、丁刚(技术中心)、季幼章、杜世俊、李定、李建刚、邹建华;第三排左起:闻海虎、毛玉周、林晓东、杜涛、张霆宇、张韶光、胡立群、冯志、丁涟城、潘志宣、叶民友、王先玉、张京武、韩谷昌;第四排左起:王震宇(龚红隽先生)、肖俊勇、张华、常永斌、吴新潮、黄荣、陈一平、余元旗、李国相、吴俊伶、单树民、张树高、邓建国;第五排左起:邓传宝、张学雷、戴勇(刘皖培先生)、丁振峰]

等离子体所研究生"FUSION"乐队

研究生部组织研究生参加在合肥举办的国际会议演出

2000年研究生元旦晚会
（左起：虞龙、张彦秋、张英、杨坤、陈文革）

研究生部"三八节"女研究生活动合影
（左起：徐惠、许玲、张英、彭士香、张彦秋）

1988级硕士研究生游览黄山
（右起：王容川、胡文英、凌瑞、杨国华、梁晓雯）

三、研究生中期论文检查、学位答辩

1992级硕士研究生中期论文检查合影
[第一排左起：导师任兆杏、万元熙、王绍虎、谢纪康、王孔嘉，张英；第二排左起：黄建国、吴永吉、陈展、戈应安、陶小平、王传兵、徐惠、彭士香；第三排左起：王进(小)、李斌、王进(大)、胡海天、王进成、谢一强、陈永浩]

罗鹏(后排右二)硕士论文答辩合影

范毅明博士论文答辩合影

[前排左起：万元熙、范毅明、张崇巍(合工大)、刘正之、王绍华、张英；后排左起：许家治、谢纪康、翁佩德、闻一之(中国科大)、杜世俊]

邹建华博士论文答辩合影

[第一排右起：邹建华、李正赢（华中科大）、中国科大教授、华中科大教授、俞昌旋（中国科大）、胡希伟（中国科大）、张英；第二排左起：谢纪康、余元旗、潘垣、鄂茂怀、郭增基、李林忠、董俊国]

四、学位授予

等离子体所研究生毕业典礼学位授予仪式

（右起：匡光力、王绍虎、万元熙、谢纪康、张英、张彦秋）

毕业博士、硕士研究生聆听万元熙（时任所长）致辞

毕业博士、硕士研究生与万元熙、王绍虎、谢纪康合影

时家明(左)博士毕业与导师邱励俭合影

硕士研究生陈曦、汤萍、刘瑜毕业合影

博士毕业研究生李红(左)与万元熙合影

时任党委书记王绍虎祝贺吴丽芳(左)博士毕业

时任所长万元熙(右)祝贺谭立湘硕士毕业

所领导谢纪康（右一）、万元熙（右二）、王绍虎（左一）祝贺彭士香（左二）博士毕业

五、相聚

余增亮研究员与他培养的博士研究生合影

[第一排左起：胡纯栋、余增亮、易德炜（嘉义优公司董事长）、吴李君、宋道军；第二排左起：尹若春、谷运红、葛盛芳、郭金华、虞龙、王浩波、李红、陈若需]

在长沙参加全国等离子体物理会议期间与毕业生在一起(2001年)
(左起:徐金州、周登、丁伯江、张英、李毅、马志斌)

部分1986级硕士研究生参加所庆40周年纪念活动(2018年)
(第一排左起:焦新平、张英、董显林;第二排左起:包定华、项农、侯海晏、屈化民)

季幼章和张英在深圳与等离子体所毕业博士、硕士合影(2019年)
(前排左起:程晓红、季幼章、张英;后排左起:林晓东、贾月超、冯再金、薛军)

在华南师范大学合影(2019年)
(左起:陈俊芳、季幼章、张英、包定华、汪民)